Anmerkung:

Sollten Ähnlichkeiten mit realen Personen, Kreditinstituten oder Institutionen auftreten, sind diese rein zufällig. Alle Charaktere sind frei erfunden und entspringen meiner Fantasie.

Für meine Familie

Prolog

Er sah es in ihren Augen. Sah es daran, wie sie aus der Bürotür ihres Chefs kam und sie langsam hinter sich schloss, als müsse sie etwas Zeit gewinnen. Zeit, um sich genau zu überlegen, wie sie ihm die schlechte Nachricht überbringen sollte. Schweiß tropfte ihm von der Stirn auf den Schreibtisch und hinterließ hässliche Flecken auf den Kreditanträgen. Sie hatte ihn noch nicht einmal ins Beraterzimmer gebeten. Nein, er wurde mitten in der Kassenhalle, an einem Schreibtisch, wo ihn jeder sah, abgefertigt.

Er holte ein Taschentuch aus seiner Bundfaltenhose, die er sonst nur bei feierlichen Anlässen trug, und tupfte sich die Stirn. Noch am Morgen hatte er sich deswegen mit seiner Frau gestritten:

»Du gehst nicht mit deiner abgewetzten Jeans in die Bank. Unsere ganze Zukunft hängt von diesem Gespräch ab, also zieh dir gefälligst die Hose an, die ich dir hingelegt habe!«, hatte sie ihn angeschrien.

Ihr Tonfall ihm gegenüber war in der letzten Zeit ständig lauter geworden und er hatte gelernt, wann es besser tat, auf seine Frau zu hören.

Jetzt saß er an diesem gottverdammten Schreibtisch und sah, wie seine hübsche und eigentlich sehr nette Sachbearbeiterin die Schultern straffte und sich um ein nicht allzu aufgesetztes Lächeln bemühte:

»Mein lieber Herr Petry, es tut mir sehr leid, aber …«

15 Jahre später

1.

Frühling. Fast hätte er vergessen, wie herrlich der Frühling im Siegerland sein konnte. Alle Welt schimpfte über den Regen, für den diese Gegend bekannt war, aber er liebte es, wenn die Erde feucht wurde und ihren ganz besonderen Duft entfaltete. Auch heute lag wieder Regen in der Luft und so schien der ganze Giersberg noch schnell seine Kinder zum Spielen rauszuschicken, bevor der Himmel endgültig seine Schleusen öffnete.
Seit einer Woche hatte er nun Quartier bezogen und konnte sich glücklich schätzen, dass sie mit ihrer Familie in einem kleinen, älteren Einfamilienhaus wohnte, auf dessen gegenüberliegender Seite dieser dicht bewachsene Wald begann, in dem er sich so herrlich verstecken konnte. Aus früheren Zeiten wusste er, dass es für die Siegener ein großer Unterschied war, ob man am Weidenauer oder am Siegener Giersberg wohnte. Er hatte das schon immer albern gefunden. Ein Baugrundstück in Siegen hatte damals mindestens fünfzig Euro pro Quadratmeter mehr gekostet als ein ähnliches, das nur hundert Meter weiter, aber dafür schon in Weidenau lag. Ihr Zuhause lag in einer kleinen Seitenstraße genau in der Mitte zwischen Siegen und Weidenau.
Dass ihr Sohn Leon hieß, circa zwölf Jahre alt war und ziemlich gut Fußball spielte, hatte er schon ausgespäht. Über ihren Mann wusste er bisher nur, dass er morgens pünktlich um Viertel vor acht, im Anzug und mit Aktentasche unter dem Arm, das Haus verließ. Wann er abends zurückkam, war bisher jeden Tag zu unterschiedlichen Zeiten gewesen. An zwei Abenden in der Woche hatte er seinen Sohn dabei, und immer spielte sich das gleiche Prozedere ab: Ihr Ehemann fuhr in seinem schwarzen Sportcoupé knapp vor die Garage. Der Sohn stieg aus, holte seine Sporttasche aus dem Kofferraum, der Vater fuhr hinein und drückte den Schalter, der das Garagentor

elektrisch herunterfahren ließ. Dann hakte er sich bei seinem Sohn unter, und die beiden gingen gut gelaunt ins Haus.
Nur über sie hatte er bisher noch nicht viel in Erfahrung bringen können, und das musste er dringend ändern. Es wurde Zeit, seinen Plan endlich in die Tat umzusetzen! Und der sah für Sara Jakobs nicht wirklich gut aus.

2.

Oh nein. Sie wusste es schon, bevor sie den Reißverschluss an ihrem Rock zumachte. Sie hatte tatsächlich zugenommen.

»Das gibt's doch nicht«, schimpfte sie über sich selbst. »Das blöde Teil muss doch irgendwie zugehen. So ein Mist! Also, Bauch eingezogen und hoch mit dem Ding!«
Niemals würde sie zu ihrem Chef gehen und ihm eingestehen, dass sie ihre Arbeitskleidung doch besser in Größe achtunddreißig und nicht in sechsunddreißig bestellt hätte. Schließlich war sie eh schon die Älteste und mit ihrer Konfektionsgröße die dickste Hostess von allen. Warum ihr Chef immer nur Hungerhaken in die roten Kostüme steckte, wusste sie auch nicht. Waren wir denn bei den Topmodels oder bei der Stadtbank?
Kritisch betrachtete sie sich im Spiegel, und wenn sie ehrlich zu sich selbst war, gefiel ihr, was sie sah. Für ihre neununddreißig Jahre hatte sie sich erstaunlich gut gehalten. Ihr Teint war zwar noch etwas blass, aber das würde sich jetzt schnell ändern. Vor acht Wochen hatte sie die Joggingsaison eröffnet und freute sich, dass sie endlich wieder ohne schlechtes Gewissen ihre tägliche Tafel Schokolade schnabulieren konnte.
Jetzt noch die Pumps und den Blazer an und ran an den

Schminktopf. Der feuerrote Lippenstift passte eigentlich gar nicht zu ihr. Er wirkte an ihr immer etwas billig, und sie hatte ständig das Gefühl, als würde er der Männerwelt verkünden: Küss mich, ich bin noch zu haben.

»Es wird spät heute Abend, also warte nicht auf mich! Und mach keinen Unsinn! Und räum noch die Spülmaschine aus! … ach so, um Mitternacht ist Schluss, ok?«

Sie war froh, dass morgen Samstag war und Leon schulfrei hatte. So naiv zu glauben, dass ihr dreizehnjähriger Sohn tatsächlich auf sie hörte und pünktlich ins Bett ging, war sie nicht. Sara gab ihm zum Abschied noch einen fetten Kuss, erntete dafür einen strafenden Blick ihres Sohnes, zog die Haustür hinter sich zu und machte sich auf den Weg zur Arbeit.

Sie war gespannt, was dieser Abend wohl heute für sie bringen würde.

3.

Glücklich war sie. Weg von zu Hause und eintauchen in die Welt der Schönen und Reichen. Wenn das im Siegerland auch nicht unbedingt mit der New York Fashion Week zu vergleichen war, so schielte sie dennoch mit neidvollem Blick auf die traumhafte Abendrobe der Vorstandsdamen und der anderen zu diesem Event geladenen weiblichen Gäste.

Schon immer hatten ihr die Männer leidgetan, wenn sie sich lediglich zwischen einem dunkelblauen und einem schwarzen Anzug entscheiden durften. Was hatten es die Frauen doch gut. Und an diesem Abend war wirklich alles vertreten. Angefangen von kurzen Cocktailkleidern, über Hosenanzüge bis hin zu glitzernden langen Röcken. Rot war allerdings ein Farbton, der den Hostessen vorbe-

halten war. Schließlich war rot die Farbe der Stadtbank und die lud an diesem Abend in ihr Kundencenter am Scheinerplatz zur Gala ein.
Es war ein sonniger Tag gewesen, doch auch im Juni wurde es abends langsam frisch. In der Eile hatte sie ihre passende rote Hostessenjacke zu Hause vergessen und war dankbar, dass sie heute Abend nicht für die Begrüßung draußen vor der Tür eingeteilt war. So standen zwei andere, bildhübsche Hostessen in ihren roten Kostümen vor dem Eingang zum Kundencenter, um die Gäste in Empfang zu nehmen und sie die Treppe ins erste Obergeschoss zu begleiten. Auf der großen Freifläche, von der aus man hinunter in die Kundenhalle sehen konnte, hatte jemand wahre Wunder vollbracht.
Auf dieser sonst so leeren Fläche waren große, runde Tische mit jeweils zehn Stühlen aufgestellt worden. Jeder Stuhl war mit einer weißen Husse überzogen. Auf den Tischen standen Kerzenleuchter, so groß, dass sie bei ihr zu Hause auf dem Küchentisch keinen Platz mehr für die Teller gelassen hätten. Ein Meer an Kerzen hatte sie angezündet und war froh gewesen, noch pünktlich damit fertig geworden zu sein.
Zwei weitere Kolleginnen hatten alle Hände voll zu tun, die wertvollen Mäntel an die Garderobe zu hängen, die die Männer, ganz Gentlemen like, ihren Damen abgenommen hatten.

Ihre Aufgabe bestand heute darin, die Gäste an ihre Plätze zu führen.

4.

Da ist sie ja, dachte er bei sich. Sie hatte sich kaum verändert. Reifer war sie geworden und das stand ihr ausgesprochen gut. Ihr Mund wirkte noch immer sehr verlockend und die High-Heels ließen erahnen, dass sich unter dem engen, feuerroten Rock lange schlanke Beine verbargen. Er konnte kaum abwarten, das Spiel mit ihr zu beginnen.

»Entschuldigen Sie bitte?«, fragte er. »Sie können mir sicher weiterhelfen, Schmitz, Jochen Schmitz, ist mein Name.«

»Ah, der Herr Schmitz«, suchte Sara in ihrer Liste. »Hier haben wir Sie ja«, sagte sie und setzte gekonnt ein Häkchen hinter seinen Namen.

Mit bewusst unschuldigem und leicht traurig angehauchtem Tonfall erklärte er ihr, dass er es sehr schade fand, diesen schönen Abend ohne Begleitung verbringen zu müssen.

»Herr Schmitz, vertrauen Sie mir. Es wird ein wundervoller Abend werden. Ich kann Ihnen versprechen, dass das Essen mit den dazu korrespondierenden Weinen aus der Gourmetküche hier im Haus sehr dazu beitragen wird, dass Sie sich hier bei uns wohlfühlen werden.«

Sie machte ihre Sache gut – freundlich, sehr zuvorkommend und doch professionell genug, um leicht auf Distanz zum Kunden zu gehen. Sie würde keine leichte Beute für ihn abgeben.

Aber genau das, freute sich Jochen, *wird das Spiel erst richtig interessant machen.*

Von dem Restaurant im Hause der Siegener Stadtbank hatte er gehört. Es soll sich sehr gemausert haben. Früher beherbergte es eine gutbürgerliche Küche, daran konnte er sich noch erinnern, doch der Koch blieb nicht lange, übernahm eine andere Lokalität und versuchte dort neu

Fuß zu fassen. Da aber das Restaurant im Stadtbankgebäude gleichzeitig das Mittagessen für die Mitarbeiter der Bank anbot, schaltete sich der Vorstandsvorsitzende höchstpersönlich ein und übergab die Federführung des Restaurants an einen, so hieß es, hervorragenden Koch aus Rheinland-Pfalz. Er soll sogar in der Nationalmannschaft der Köche gebrutzelt haben.

Mal sehen, ob meine kleine hübsche Hostess nicht übertrieben hat.

5.

Seine Reise war anstrengend gewesen! China hatte ihn mal wieder fest im Griff gehabt. Müde war er dort vor zwei Wochen aus dem Flieger gestiegen. Der Mann, der das braune Pappschild mit seinem Namen hochhielt, sah etwas verschlagen aus, aber was blieb ihm anderes übrig. Er ließ sich von ihm ins Hotel fahren, checkte ein, zog sich um, spritzte sich kräftig kaltes Wasser ins Gesicht und fuhr wieder herunter in die Lobby, um sich vom Fahrer direkt zu seinem Geschäftskunden fahren zu lassen.
Er war wirklich müde gewesen, durfte sich das in den anstehenden Verhandlungen aber auf keinen Fall anmerken lassen. Acht chinesische Fachleute saßen ihm in dem eiskalten Besprechungsraum gegenüber. Frisch und munter waren die Chinesen gewesen. Für sie war es acht Uhr am Morgen, aber für ihn nach deutscher Zeit erst zwei Uhr in der Früh. Nach vier Stunden harter Arbeit mit anstrengenden Diskussionen ging die Tür ihres Besprechungszimmers auf und der Austausch begann.
Er kannte das Spielchen schon aus früheren Zeiten. Sobald der Kunde erste Anzeichen von Erschöpfung bei

ihm sah, bot er ihm eine kleine Pause an. Bei seiner ersten Reise hatte er noch gedacht, es stecke pure Freundlichkeit dahinter. Nach der Pause allerdings saßen ihm dann plötzlich vier neue und ausgeruhte chinesische Fachkräfte gegenüber, die ihm genau die gleichen Fragen stellten wie die ersten acht. Das war keine Freundlichkeit, nein – reine Zermürbetaktik. Die Zeitumstellung hatte ihm auch nicht gerade in die Karten gespielt, und wäre seine Firma nicht so auf Sparkurs getrimmt, hätte er dort nicht einsam, verlassen und ausgeliefert gesessen. Er wäre mindestens mit drei Kollegen dort gewesen.
In den letzten zwei Jahren waren ihm die vielen Reisen immer schwerer gefallen. Sein gemütliches Zuhause war ihm wertvoller denn je und seine eigene kleine Familie gab ihm alles, wonach er sich sehnte. Seit ein paar Wochen allerdings hatte Sara den Spleen, sich selbstverwirklichen zu müssen und das passte ihm gar nicht. In diesem Punkt bestand eindeutig Redebedarf.

Nun waren zwei Wochen vergangen. Harte Wochen, nach denen er sich auf sein Zuhause freute, auch wenn er ohne Auftrag, dafür aber mit viel Arbeit die Heimreise angetreten hatte.
Er hatte versucht, seine Frau anzurufen, um ihr zu sagen, dass er einen Tag früher als geplant nach Hause kommen würde. Leider war sie nicht an ihr Handy gegangen. Auch Leon hatte ihm keinen begeisterten Empfang bereitet. Er schien sich nicht wirklich gefreut zu haben, als er kurz vor Mitternacht die Haustür aufschloss und seinen dreizehnjährigen Sohn dabei erwischte, wie er sich einen Film reinzog, der eindeutig erst ab achtzehn Jahre freigegeben war. Sie hatten sich gestritten und er hatte ihn zur Strafe sofort ins Bett geschickt. *Was für eine Heimkehr ...*
Jetzt lag er selbst im Bett und wartete um drei Uhr morgens noch immer darauf, dass seine Frau nach Hause kam.

6.

Es war ein langer Abend geworden, ihre Füße taten weh und sie war dankbar, dass sie sich um vier Uhr morgens endlich zu Hause unter der Dusche abkühlen konnte. Unfassbar, wie schnell der Abend vergangen war. Es war viel getrunken worden und da Sara, nachdem sie jedem Gast seinen Platz zugewiesen hatte, ins Kellner-Team wechseln sollte, hatte sie an diesem Abend sehr gut zu tun gehabt. Die Stimmung war ausgelassen, die Band war der Hammer und hatte einen Hit nach dem anderen gespielt, sodass kaum jemand auf seinem Platz geblieben, sondern auf die Tanzfläche geströmt war.
Bis auf Jochen Schmitz. Etwas verloren wirkte er auf seinem Platz, so ganz ohne Begleitung. Und irgendwie hatte er ihr leidgetan. Sie wusste, dass es ein ungeschriebenes Gesetz war, sich als Hostess nicht allzu sehr um nur einen Kunden zu kümmern. Dennoch hatte sie es sich nicht nehmen lassen, öfter an seinem Tisch vorbeizusehen, als es wirklich nötig gewesen wäre. Warum, das konnte sie sich selbst nicht erklären. Irgendwie wirkte Herr Schmitz so interessant und geheimnisvoll …
Sara sah, dass Christians Zahnbürste wieder in seinem Zahnputzbecher steckte. Er musste also wieder zu Hause sein. Wie schön! Leise schlich sie sich ins Schlafzimmer und kuschelte sich an ihren Ehemann, doch der war tief und fest eingeschlafen.

7.

Perfekt! Was für ein Abend, das Essen hatte die Vorschusslorbeeren wahrlich verdient. Der Koch hatte sich an diesem Abend für eine klassische französische Küche

entschieden und es tatsächlich geschafft, für alle einhundertfünfzig Gäste fast gleichzeitig das Essen auf einem gekonnt angerichteten Teller in warmem Zustand servieren zu lassen. Damit hatte er sich Jochens Respekt verdient. Die Weine, so hieß es, waren mit viel Feingefühl von einem der drei Vorstandsmitglieder ausgesucht worden. Die Krönung des Abends aber war Sara gewesen. Er hatte nicht erwartet, dass sie sich zu einer solch attraktiven, aufmerksamen, reifen Frau entwickelt hätte.
Die längeren, dunkelbraunen Haare stehen ihr gut, dachte Jochen, während er sich nach dem langen Galaabend in seinem Haus am Weidenauer Giersberg, nicht weit entfernt vom Eigenheim der Familie Jakobs, seine Pyjamahose anzog und mit nacktem Oberkörper in sein Bett stieg. Seine Frau hatte es immer gehasst, wenn er oben ohne schlief, aber das hatte sich schließlich vor vielen Jahren von selbst erledigt.
Wie er so dalag, malte er sich aus, wie er Sara eines Tages fest in seinen Armen hielt: vorsichtig würde er ihr Haarband lösen und seine Nase in ihr offenes und kräftiges Haar stecken. Welchen Geruch es wohl hatte? Zitrone, Kokos oder Vanille …? Oh ja, wenn er Glück hatte, roch es nach frisch geriebener Vanille.
Jochen ließ seiner Fantasie freien Lauf: *Ob ich einen Strick benutzen soll? Oder doch lieber ein Messer…?*

Auf jeden Fall würde er viel Spaß mit ihr haben. Er brauchte nur Geduld …

8.

Jochen hatte schnell herausgefunden, in welchem Verein Leon Fußball spielte, was nicht wirklich schwer war, da

es am Giersberg nur zwei Vereine gab. Die Dautenbacher und die Giersberger waren seit Jahren Rivalen und gezwungen, sich dennoch einen Fußballplatz teilen zu müssen. Sie hatten es damals nicht geschafft, sich gemeinsam auf ein Vereinsheim zu einigen, sodass beide Vereine tief in die Tasche gegriffen hatten und jeder für sich ein eigenes Heim bauen ließ. Allerdings hatten die Dautenbacher, was das Vereinsheim anging, eindeutig die Nase vorn!
Mittlerweile aber kamen, aufgrund der langen Schulzeiten und angeblich auch des demografischen Wandels, immer weniger Teens und Jugendliche ins Training, sodass beiden Vereinen nichts anderes übrig blieb, als sich zusammenzuraufen und eine Spielgemeinschaft zu gründen.
Ein paar Recherchen im Internet und Jochen hatte ausfindig gemacht, dass dringend ein Co-Trainer für die gemeinsame D-Jugend gesucht wurde. Er hatte seine Chance genutzt und war tatsächlich eingestellt worden. Seine Trainer-Lizenz war zwar schon lange abgelaufen, aber Thomas, dem Chefcoach, hatte Jochens Zusage ausgereicht, dass er sich so schnell wie möglich zur Auffrischschulung anmelden würde.

Nun war er also Co-Trainer einer D-Jugend-Mannschaft, und was noch besser war: Er war Leon Jakobs Trainer geworden. Leon war wirklich talentiert. Trotz seiner für sein Alter unglaublichen Größe von 1,75 Meter und seiner Schlaksigkeit beherrschte er den Ball wie kein anderer auf dem Feld. Kein Wunder, dass er erneut zum Kapitän der Mannschaft gewählt worden war. Außerdem hatte er eine gute Art mit seinen Kumpels umzugehen, war hilfsbereit, wenn es darum ging, am Trainingsende die Bälle einzusammeln, und sah seiner Mutter mit seinen – für seinen Geschmack zu langen – Haaren verteufelt ähnlich.

Jochen hatte gehofft, dass Leons Vater öfter auf dem Platz auftauchen würde, aber mittlerweile wusste er, dass Christian selten vor 19 Uhr von der Arbeit heimkam. Er gabelte seinen Sohn daher nach dem Training oft nur schnell am Parkplatz auf, um dann noch einen kurzen Stopp an der Theke im Supermarkt um die Ecke einzulegen und dort eine Kleinigkeit zu essen. Es schien für die beiden an den Trainingstagen ein festes Ritual zu sein. Zum Glück für Jochen lag der Supermarkt nicht weit von der Sporthalle entfernt, sodass er den beiden mit seinem Fahrrad auf der kurzen Strecke sehr gut folgen konnte. Der Supermarkt hatte eine große Glasfront, durch die er sie perfekt vom Parkplatz aus beobachten konnte.
Vater und Sohn verstanden sich gut, das konnte für Jochen später nur von Vorteil sein.

Hinter jedem starken Mann steckt auch eine starke Frau. Wenn ich also an Sara ran will, muss ich nur ihren Göttergatten knacken, sinnierte Jochen, während er in seinem Trainingsanzug und mit der Sporttasche über der Schulter durch die Scheibe sah. *Es wird mir eine Freude sein …*

9.

»Ich glaube es einfach nicht! Wieso willst du jetzt plötzlich noch mehr arbeiten gehen? Reicht dir dein Minijob als Hostess bei der Stadtbank nicht mehr?«, schnaubte Christian.

»Ich arbeite mir die Hände wund, ich verdiene gutes Geld, Leon ist erst dreizehn Jahre alt, du kommst durch deinen tollen Hostessenjob abends wer weiß wie spät nach Hause und …«, giftete er, »… Lust auf einen schönen Abend mit mir hast du auch nicht mehr.«

Sara merkte, wie langsam die Wut in ihr hochkochte. Wie oft hatten sie diese Diskussion in den letzten zwei Monaten schon geführt.

»Christian, du sagst es! Leon ist nicht erst, sondern schon dreizehn Jahre alt! Und was die Lust auf einen schönen Abend mit dir angeht ... natürlich verbringe ich liebend gerne einen ruhigen und gemütlichen Abend mit dir, aber für dich muss so ein Abend ja immer zwangsläufig mit Sex enden«, sprudelte es aus ihr heraus.

»Ja und? Ist das denn so schlimm?«, erwiderte er verletzt und wütend. Dann nahm er seine Jacke vom Haken und verkündete: »Weißt du was? Mir reicht's! Das ist mir hier echt zu blöd!«, schrie er. Ging und knallte die Haustür hinter sich zu. *Das ist doch nicht zu fassen! Jetzt beschwert sie sich schon, dass ich noch Bock auf sie habe*, dachte Christian beleidigt, während er mit seinem Wagen aus der Garage fuhr. Kurz musste er überlegen, wo er überhaupt hin wollte.

Dankbar war er, dass er sich seit ein paar Wochen so gut mit dem neuen Trainer von Leon verstand. Dessen Frau hatte ihn vor vielen Jahren verlassen und so hatte er immer eine offene Tür, ein offenes Ohr und eine offene Flasche guten Single Malt Scotch Whisky für ihn. Ja, Jochen war ihm wirklich ein guter Freund geworden.

10.

Jochen fand, dass es endlich an der Zeit gewesen war, sich an den Ehemann seiner früheren Kundenberaterin heranzumachen. Das war vor vier Wochen gewesen! Da hatte es hervorragend gepasst, dass der Chefcoach die D-Jugend für den Oranje-Cup in den Niederlanden angemeldet hatte. Jochen wusste, dass Christian alles gab, um bei möglichst vielen Heim- und Auswärtsspielen seines Sohnes dabei zu sein. Leider gelang ihm das aus beruflichen Gründen nicht immer, und Jochen war klar, dass er genau an dieser Stelle – nämlich an Christians Vaterehre – ansetzen musste.

Die Gelegenheit bot sich, als ein Vater, der sich bereit erklärt hatte als Betreuungsperson mitzufahren, kurzfristig krank wurde.

»Hast du nicht Bock mitzukommen? Wir machen uns ein richtig klasse Wochenende. Los, das wird gut!«

»Ich weiß nicht, ich bin doch schon so oft unterwegs. Da kann ich Sara nicht auch noch ein ganzes Wochenende alleine zu Hause lassen«, hatte Christian seine Zweifel geäußert.

»Boah,«, hatte er gestichelt, »die hat dich aber ganz schön im Griff. Ist das dein Ernst?«

Es hatte nicht viel Überzeugungskraft seinerseits bedurft und Christian hatte zugesagt.

Sie hatten sich von der Jungschar des CVJM Weidenau zwei große Zelte ausgeliehen und sich mit einem Reisebus auf den Weg in den Nordosten der Niederlande zur Hansestadt Ommen gemacht. Jochen war Fan von den fünf restaurierten Windmühlen gewesen. *Genau das sind die Niederlande: Windmühlen, Käse und eine knackige Frau Antje,* hatte er sich gefreut und erinnerte sich daran, wie er vor ewigen Zeiten mit seinem Vater ständig in das gleiche Feriendorf in Holland gefahren war. Er war genervt gewesen. Seine Freunde waren mit ihren Familien oft in die Ferien geflogen, und er hatte sich immer etwas geschämt ihnen einzugestehen, dass es für ihn, den sechzehnjährigen Jochen Schmitz, mal wieder nur an die Nordsee ging. Doch dann kam der eine Sommer, der alle seine Freunde neidisch werden ließ.

In allen Einzelheiten hatte er ihnen vom ersten Sex seines Lebens am Strand von Julianadorp erzählt. Natürlich hatte er verschwiegen, dass die circa dreißigjährige Frau, die bei der Strandparty so lasziv an ihrem Strohhalm gesaugt und ihm dabei fest in die Augen gesehen hatte, ziemlich blau gewesen war. Verschämt und irritiert hatte er damals schnell weggesehen. Er hatte auch verschwiegen, wie sehr der Sand ihn gestört hatte, als er seinen jungfräulichen Penis in ihre ganz sicher nicht mehr jungfräuliche Muschi gesteckt hatte. Noch drei Tage später hatte er Schmerzen beim Pinkeln, die er aber mit einem Lächeln ertragen hatte. Er war stolz auf sich gewesen. Nicht zuletzt wegen ihres:

»Gut gemacht, Kleiner!«

Als Co-Trainer war er in diesem Jahr für die Aufteilung der Zelte zuständig. Die Jungs hatte er in zwei Gruppen aufgeteilt und ihnen erklärt, wie man die beiden ausgeliehenen Zelte aufbaut. Das war mit den langen Stangen nicht leicht gewesen und auch die Heringe wollten in dem Boden einfach nicht halten. Aber nach zwei Stunden hatten seine Spieler es tatsächlich geschafft. Für sich selbst hatte er es so arrangiert, dass er sich ein kleines Zwei-Mann-Zelt mit Christian teilen konnte. Den zweiten Vater hatte er zu Coach Thomas gesteckt. Während die Jungs spät abends in ihren Zelten lagen und sich gegenseitig Gruselgeschichten erzählten, hatten sie sich ein paar Bierchen gezischt und Jochen seine Chance genutzt, von seiner missglückten Ehe zu erzählen. Eigentlich war er kein Mann vieler Worte, aber wenn sein Plan funktionieren sollte, musste er das Vertrauen von Christian gewinnen. *Und das gelingt am besten, wenn man etwas von sich selbst preisgibt*, wusste Jochen.

»Weißt du, ich war acht Jahre mit meiner Claudia verheiratet. Wir waren echt glücklich, hatten Spaß, guten Sex – alles war super. Und dann kam der Tag, an dem sie auf die glorreiche Idee kam, unbedingt wieder arbeiten gehen zu wollen. Und ich? Was hab ich Idiot gemacht? Ich habe sie auch noch darin bestärkt. Wie kann man nur so blöd sein?«, hatte er ziemlich laut durch sein kleines Zelt geschimpft.

Auf der einen Seite schien er Christian tatsächlich leid zu tun, aber auf der anderen Seite machte der sich wohl langsam Sorgen, dass sein Kumpel den ganzen Zeltplatz mit seiner Ehegeschichte unterhielt und meinte:

»Pssst, Jochen, nicht so laut! Komm, wir reden morgen weiter … tut mir wirklich leid mit deiner Claudia.«

Nein, mein Lieber, hatte er sich gedacht. *So leicht kommst du mir nicht davon ... den Stachel muss ich noch platzieren*: »Weißt du, dass sie dann plötzlich keine Zeit mehr für mich und unsere zwei Töchter hatte und sich schon nach ein paar Wochen auf der Arbeit in einen Kollegen verknallt hat? Kannst du dir das vorstellen?«, hatte er gepoltert und Christian davon erzählt, wie er eines Abends von der Arbeit nach Hause gekommen war und einen rosa Briefumschlag auf dem Küchentisch vorgefunden hatte. Auf edlem Büttenpapier hatte Claudia ihm geschrieben, dass sie ihn verlassen und in den nächsten Tagen mit den Kindern zu ihrem neuen Freund ziehen würde.

Befriedigt hatte er in Christians mitfühlendes Gesicht gesehen. Dass die Geschichte etwas anders abgelaufen war, musste er ja nicht wissen.

Als es jetzt an der Haustür klingelte, konnte sich Jochen ein Lächeln kaum verkneifen. Er öffnete die Tür. Christian sah furchtbar aus.

Kaum zu glauben, wie schnell mein perfider Plan Stück für Stück aufgeht, freute sich Jochen.

11.

Seit zwei Wochen waren die Sommerferien vorbei und Sara hatte wirklich das Gefühl, Kräfte getankt zu haben. Sie wollte neue Wege gehen, sich ausprobieren und irgendwie auch wissen, ob sie es noch drauf hatte. Sie verstand nicht, warum Christian sich schon wieder so querstellte.

Sara konnte sich noch bestens an die Diskussion erinnern, die sie vor einem halben Jahr geführt hatten: Sie hatte vorgeschlagen, auf 450-Euro-Basis für die Stadtbank als Hostess arbeiten zu gehen. Ihr Ehemann war davon ganz und gar nicht begeistert gewesen.

»Stellen die jetzt auch schon Nutten ein, oder was? Kommt gar nicht infrage«, hatte er ungehalten geantwortet.

»Unsinn! Eine Hostess ist doch keine Nutte.«

»Pah, da kannst du aber alle meine Arbeitskollegen fragen. Wenn ich denen sage, dass meine Frau als Hostess arbeitet, dann würden die alle deine Telefonnummer haben wollen!«

Damit war die Diskussion für ihn beendet.

Zwei ganze Wochen hatte sie gebraucht, um ihm klarzumachen, dass eine Hostess, die für die Siegener Stadtbank arbeitete, in keinster Weise eine Prostituierte war. Eine Hostess war jemand, der die Kunden bei Veranstaltungen freundlich begrüßte, ihre Jacken und Mäntel aufhängte, sie mit Getränken versorgte, ihnen den Weg zeigte ... einfach jemand, der alles dafür tat, damit sich ein Kunde bei der Stadtbank wohlfühlt. Nach langem Hin und Her hatte er dann endlich zugestimmt.

Heute Morgen, als er um sechs Uhr früh endlich nach Hause kam, hatte sie versucht, ihn zur Rede zu stellen:

»Christian, wo kommst du denn jetzt erst her? Du stinkst nach Whisky!«, hatte sie ihn mit einem Mix aus

Ärger und Erleichterung in der Stimme geschimpft.

»Und beeil dich, dass du unter die Dusche kommst! Leon wird gleich wach. Er muss nun wirklich nicht mitbekommen, dass du woanders übernachtet hast.«

»Aye, aye, Sir, Käpt'n Sir«, hatte er in seinem völlig zerknitterten T-Shirt gemurmelt und versucht, die Hacken gegeneinanderzuschlagen und dabei irgendwie den Militär-Gruß hinzubekommen. Allerdings war er schon bei dem Versuch, seine Beine synchron zu bewegen, kläglich gescheitert.

»Wir reden später!«, hatte sie ihn angeblafft, obwohl sie sich fest vorgenommen hatte, ruhig zu bleiben.

Sie liebte ihren Mann, auch wenn sie hin und wieder unterschiedlicher Meinung waren. Aber sie hatten das immer gemeinsam hinbekommen. Bei diesem Thema aber fühlte sie sich völlig alleingelassen. Das war neu. Und da sie selbst unsicher war, ob es der richtige Zeitpunkt war, wieder ins Berufsleben einzusteigen, war es deshalb vielleicht so besonders schlimm für sie, ihren Mann in diesem Punkt nicht an ihrer Seite zu wissen. Der Job als Hostess machte ihr Spaß, aber eine geregelte Arbeitsstelle, mit festen Arbeitszeiten und etwas mehr Verantwortung, war einfach etwas anderes.

Nachdem sie allein mit Leon am Frühstückstisch gesessen hatte, weil Christian noch immer im Badezimmer verschwunden war, hatte ihr Sohn sie heute Morgen damit überrascht, unbedingt zu Fuß in die Schule laufen zu wollen, statt sich wie sonst von seinem Vater auf dem Weg zu dessen Arbeit mitnehmen zu lassen. Sara vermutete, dass die hübsche Emma aus der 8b dahintersteckte. Sie war leicht ökomäßig angehaucht und fand Jungs blöd, die sich von Mama und Papa zur Schule fahren ließen. An diesem Morgen kam das Sara allerdings sehr gelegen. Also drückte sie Leon die Brotdose, eine Banane und einen Apfel in die Hand, gab ihm einen fetten Schmatzer auf die Stirn und freute sich darüber, dass ihr dreizehn-

jähriger Sohn das an diesem Morgen ausnahmsweise mal erlaubte.
Unglaublich, was er zurzeit alles verdrückt, dachte Sara liebevoll. Sie kam mit dem Einkaufen kaum noch hinterher. Jetzt stand sie am Fenster und sah zu, wie sich Leon auf den Weg zum Fürst-Johann-Moritz-Gymnasium in Weidenau machte. Christian hatte dort sein Abitur gemacht und ihm war es wichtig gewesen, dass auch sein Sohn am FJM zur Schule ging, obwohl die Gesamtschule fast vor ihrer Haustür lag und Leon keine acht Minuten zu Fuß bis in den Unterricht benötigt hätte.

Sara machte sich Sorgen, dass das anstehende Gespräch wieder böse enden könnte, aber es half ja nichts. Da musste sie jetzt durch. Sie war gerade dabei, das schmutzige Geschirr in die Spülmaschine zu räumen, als Christian in die Küche kam. Sie wollte es nicht, aber irgendwie sprudelten die Worte einfach so aus ihr heraus: »Christian, wo kommst du her? Wo zum Henker bist du gewesen? Ich habe mir Sorgen um dich gemacht. Wo also warst du?«, fragte sie mit einer etwas zu lauten Stimme.
Christian sah Sara lange an und antwortete dann mit einer Gegenfrage: »Interessiert dich das wirklich? Interessierst du dich überhaupt noch für mein Leben? Bin ich dir noch gut genug?«
Sara war völlig perplex, aber Christian setzte noch einen oben drauf: »Was willst du eigentlich? Ich verdiene doch gutes Geld, wir können uns einiges leisten. Wenn ich nicht auf Reise bin, versuche ich alles, um ein guter Vater und auch dir ein guter Ehemann zu sein, aber irgendwie reicht dir das ja nicht!«
Sara musste sich erst einmal sammeln. »Christian, ich liebe dich von ganzem Herzen und du bist ein guter Vater und Ehemann. Leon vergöttert dich und mich machst du auch glücklich, wirklich!« sagte Sara und kam sich vor, als würde sie gerade den Dialog nachsprechen, der ges-

tern bei ihrer Lieblingsserie ‚Rote Rosen' im Fernsehen lief. Aber sie meinte es zutiefst ernst.
Christian legte ein Kaffeepad in die Maschine und drückte auf den Startknopf. Während er zusah, wie der Kaffee langsam in seine Tasse tropfte, hatte er Zeit, das Gehörte sacken zu lassen. Er hatte nicht damit gerechnet, dass ihm ihre Worte so viel bedeuten würden und hätte sich nicht so von Jochen beeinflussen lassen sollen.
Seine Sara war anders als diese Claudia, die seinen neuen Freund verlassen hatte. Sara suchte eine neue Herausforderung, warum nicht? Wenn er ehrlich zu sich selbst war, konnte er das sogar verstehen.

»Hey!«, sagte Christian versöhnlich, stellte die Kaffeetasse ab und nahm seine Frau liebevoll in den Arm. »Es tut mir leid!« Dann straffte er seine Schultern und flüsterte seiner Frau ins Ohr: »Weißt du was? Versuch es! Du bist eine klasse Frau! Die wären ganz schön blöd, wenn sie dich bei der Stadtbank nicht mit einer halben Stelle einstellen würden«.
Diesen Meinungsumschwung hatte Sara nicht erwartet.

»Danke!«, sagte sie gerührt. Doch dann wurde sie stutzig, löste sich aus der Umarmung und schaute Christian prüfend in die Augen. »Woher weißt du überhaupt von der Halbtagsstelle und dem Gespräch mit meinem Chef?«
Christian lächelte sie an und sagte: »Du musst etwas leiser sprechen, wenn deine Telefonate mit Louisa nicht für die ganze Nachbarschaft bestimmt sind.«

12.

Louisa hatte sich gefreut, als Sara sie anrief. Sie hatten gemeinsam die zweieinhalbjährige Ausbildung bei der Siegener Stadtbank absolviert und waren gute Freundinnen geworden. Sara hatte es nach der Ausbildung in die Filiale nach Dreis-Tiefenbach verschlagen. Ihr dortiger Chef war begeistert von ihr gewesen und hatte dem Personalleiter vorgeschlagen, seinen Schützling frühzeitig zum Kundenberaterlehrgang nach Münster zu schicken. Nachdem sie ein paar Monate als Kundenberaterin tätig war, hatte sie nach einem unglücklichen Vorfall in Dreis-Tiefenbach Reißaus genommen und war in die Geschäftskundenberatung der Niederlassung in Weidenau gewechselt. Ein Jahr später hatte Louisa die Hochzeitsanzeige in ihrem Briefkasten entdeckt und sich gefreut, dass ihre beste Freundin sie an ihrem schönsten Tag im Leben als Trauzeugin an ihrer Seite haben wollte.

Sara war immer einen Tick besser gewesen als sie selbst. Sei es in der Berufsschule, im Internen Unterricht, bei der schriftlichen Abschlussprüfung, und selbst bei der mündlichen Prüfung konnte sie die Prüfer mit ihrer leicht schüchternen, aber gewinnenden Art eher überzeugen, als sie selbst es konnte. Dabei war es nicht Sara gewesen, die damals mehr Zeit mit dem BWL-Klassiker ‚Grill-Perczynski' verbracht hatte als mit ihrem Freund.
Sara war schon in ihrer Jugend wunderschön gewesen. Groß, schlank, mit – laut den Jungs aus ihrem Ausbildungsjahr – mega Titten. Sie selbst konnte bei Körbchengröße C nicht mithalten, aber wie hieß es so schön: »mehr als eine Handvoll ist Verschwendung«.
Mit ihrer Körpergröße von 1,72 Meter konnte auch sie sich sehen lassen. Ihr hellblondes, schulterlanges Haar gefiel ihr gut und mit achtundfünfzig Kilo Körpergewicht passte sie hervorragend in Konfektionsgröße sechsunddreißig. Einzig ihre helle Haut machte ihr öfter zu schaffen. Sie bekam schnell einen Sonnenbrand, und wenn sie aufgeregt war, breiteten sich unangenehme rote Flecken an ihrem Hals aus. Dennoch war sie nie eifersüchtig auf Sara gewesen.

Sara war der selbstloseste Mensch, den sie kannte, und sich ihrer Wirkung auf Männer kein Stück bewusst. Sie war für jeden da, der Hilfe brauchte! Sie nahm sich die Zeit, um ihre Freundschaften zu pflegen, und diese Zeit hatte sie damals mit ihrer besten Freundin genossen. Aber dann kam Christian ins Spiel.

Sara war verliebt, richtig blind vor Liebe, und als Christian sie mit gerade mal zweiundzwanzig Jahren fragte, ob sie ihn nächsten Sommer heiraten wolle, hatte Sara himmelhochjauchzend ‚Ja' gesagt. Christian war ein klasse Kerl, passte mit seinen 192 Zentimetern und seinen schnittigen blonden Haaren perfekt zu Sara, spielte Fußball, hatte viele Freunde, studierte Elektrotechnik am Haardter Berg in Weidenau und schien Sara sehr glücklich zu machen.

Eine Macke allerdings hatte der Typ – er war tierisch eifersüchtig. Louisa erinnerte sich genau, wie Christian ständig bei ihr anrief:

»Ist Sara bei dir?«

»Klar!«, hatte sie geantwortet. »Das hat sie dir doch bestimmt auch gesagt, oder? Also, was willst du?«

»Ich habe Essen vom Italiener geholt. Das wird kalt, wenn sie jetzt nicht sofort nach Hause kommt.«

Also hatte Sara den Abend beendet und war mit ihrem Roller nach Hause gefahren, wo Christian auf sie wartete. Solche Szenen mit vorgeschobenen Ausreden hatte es nach Louisas Geschmack zu oft gegeben, sodass eines Tages ihre Freundschaft darunter litt. Und als Sara dann mit sechsundzwanzig Jahren schwanger wurde, gerade als Christian seine erste Arbeitsstelle bei einer Walzengießerei in Weidenau antrat, war deren Glück perfekt und sie selbst saß immer öfter abends alleine zu Hause.

Bis Louisa sich entschloss, Karriere bei der Stadtbank zu machen und sich für die Weiterbildung zum Bankbetriebswirt bewarb. Sie hatte beim Assessmentcenter sehr gut abgeschnitten, war für das Studium nach Münster gegangen, hatte viel gelernt und einen klasse Abschluss hingelegt. Allerdings hatte sie dafür auch fast all ihre Freizeit geopfert. Mit dem Ergebnis, dass ihre Abende heute mit Kundengesprächen gefüllt waren und sie gegen 23 Uhr regelmäßig völlig erschöpft ins Bett fiel.

Dann, vor einem halben Jahr, sahen sie sich wieder. Sara sah klasse aus, wie immer. Sie war fast noch hübscher als damals und die Schwangerschaft hatte ihrer Figur nichts angetan.
Louisa war mittlerweile Privatkundenbetreuerin für vermögende Kunden geworden und an jenem Abend mit einigen ihrer Kundinnen zum Oberen Schloss gefahren, um dort eine wunderschöne und gut organisierte Frauenveranstaltung ihres Arbeitgebers zu besuchen. Die ausgestellten Gemälde hatten sie nicht sonderlich interessiert, aber der anschließende Empfang im schön beleuchteten Schlosshof mit den leckeren kleinen Häppchen hatte sie eindeutig dafür entschädigt. Sie fand es nett, wenn die sonst rein berufliche Beziehung zu ihren Kundinnen – oft waren es die Ehefrauen ihrer männlichen Kundschaft – an solchen Abenden etwas privater wurde.
Sekt und Wein flossen an diesem Abend reichlich, und plötzlich hatte ihre frühere Freundin Sara in einem perfekt sitzenden roten Kostüm vor ihr gestanden, sie angelächelt und ihr das leere Sektglas aus der Hand genommen.
Seit jenem Abend trafen sie sich wieder regelmäßig. Christian hatte laut Sara seine erste Arbeitsstelle schon nach drei Monaten in Weidenau wieder gekündigt und war zu einem Unternehmen hinter Freudenberg gewechselt, das Schaumstoffschneidemaschinen herstellte und leider zu zweiundneunzig Prozent Exportgeschäfte tätigte. Was seine Eifersucht anging, war er angeblich viel ruhiger geworden und Sara schien aufrichtig glücklich

zu sein. Das machte Christian in Louisas Augen wieder etwas sympathischer.

Als Sara sie nun gestern anrief, um ihr zu erzählen, dass sie demnächst ein Vorstellungsgespräch mit dem Personalleiter und dem Direktor der Marketingabteilung wegen einer zusätzlichen Halbtagsstelle hätte, hatte Louisa sich von Herzen für ihre Freundin gefreut.

13.

Er mochte Sara – schon immer! Hin und weg war er gewesen, als sie neulich nach Dienstschluss in ihrem stadtbankroten Hostessenkostüm vor dem Ausgang des Verwaltungshochhauses stand.
Etwas verlegen und völlig überrumpelt hatte er Sara angelächelt, ohne zu wissen, was er sagen sollte. Ihr schien es da nicht anders zu gehen.
»Hallo Daniel … ich … was machst du hier? Wie geht's dir?«, hatte sie ihn gefragt.
»Naja, ich arbeite hier«, war seine wirklich dumme Antwort gewesen.
Dann war plötzlich ein Schwung suchender Lehrer aus dem Nichts aufgetaucht und hatte ihr zaghaftes Gespräch – wenn man es denn so nennen möchte – abrupt beendet. Sara war ihrer Pflicht nachgekommen und hatte sie mit ihrer zuvorkommenden Art rüber zu ihrer Veranstaltung im Nebengebäude geführt.

Da geht sie hin, die Hostess in Rot!

14.

Zwei Wochen später stand Sara oben im Schlafzimmer vor ihrem Kleiderschrank und war sehr dankbar, dass sie sich nicht entscheiden musste, was sie heute Abend anziehen würde. Sie mochte die roten Hostessenkostüme und freute sich darauf, heute Abend bei einem klassischen Konzert im Apollo-Theater für ihren Arbeitgeber die Platzanweiserin zu spielen. Sara entschied sich für die Hose und zog ihre Ballerinas dazu an.
Die anderen Hostessen liebten es, zu ihrer Dienstkleidung Pumps anzuziehen, aber mit ihrer Größe von 178 Zentimetern fühlte sie sich eh schon etwas zu groß, und der Schmerz, als sie nach der letzten Gala ihre High-Heels ausgezogen hatte, war ihr noch sehr präsent.
Während sie ihr Spiegelbild kritisch betrachtete, sah sie aus dem Augenwinkel etwas im Wäldchen hinter ihrem Haus blinken. Irritiert ging sie zum Schlafzimmerfenster. Doch als sie genauer hinschaute, konnte sie nichts Besonderes entdecken.

Als Sara im Badezimmer die Mascara auftrug, dachte sie an das Gespräch mit Christian zurück. Er hatte sie wirklich überrascht. Sie hätten schon viel früher reden sollen. Das, so nahm sie sich vor, wollte sie unbedingt ändern!

15.

Eigentlich war Daniel kein Fan von Klassik, aber die Chance, Sara heute Abend vielleicht beim Konzert wiederzusehen, hatte ihn in einer seiner letzten Mittagspausen rüber an die Theaterkasse des Apollo-Theaters geführt und ihn dort tatsächlich fragen lassen, ob es noch

eine Karte für das Klassik-Konzert der Stadtbank geben würde.
Daniel kannte das Theater noch aus der Zeit, als es ein Kino war und er es mit seinen gerade mal sechs Jahren gemeinsam mit seinen Eltern zum ersten Mal betreten hatte, um ‚Ronja Räubertochter' zu sehen.
Im Vergleich zu 1984 hatte sich das Filmtheater zu einem richtigen Theater gemausert, das weit über das Siegerland hinaus bekannt war. Der Intendant hatte ein gutes Händchen bewiesen, ebenso wie der Architekt.

Sein Arbeitgeber hatte das Apollo-Theater großzügig gesponsert und tat es, so wusste Daniel, heute noch immer. Auch dadurch war es möglich gewesen, den Innenraum so zu gestalten, dass man sich als Zuschauer, durch die wohlige Atmosphäre bestärkt, genüsslich in den roten Sesseln zurücksinken lassen konnte, um den Abend zu genießen. In der Pause, das hatte er öfter schon erlebt, wenn er sich die hervorragenden A-cappella-Konzerte angehört hatte, bot das großzügige und helle Foyer genug Platz, um sich dort bei einem Glas Prosecco oder Wein die Beine zu vertreten. Er zog es allerdings vor, oben auf der Empore zu stehen und die Menschen zu beobachten, wie sie eine Etage tiefer im Foyer standen und sich angeregt unterhielten.

Jetzt aber war er aufrichtig verdutzt, als ihm die nette Dame mit flottem Kurzhaarschnitt an der Kasse erklärte, dass er Glück hätte und noch ein Platz in Reihe 14 für ihn frei sei.

»Wissen Sie«, hatte sie ihn aufgeklärt, »eigentlich ist das eine geschlossene Veranstaltung der Siegener Stadtbank, aber eben war die Auszubildende der Marketingabteilung hier und hat die Restkarten der Kunden zurückgegeben, die sich kurzfristig abgemeldet haben. Freuen Sie sich! Das sollte wohl gerade so sein.«

Ob das wirklich so sein sollte, dessen war sich Daniel allerdings ganz und gar nicht sicher.

So war er eben nach der Arbeit schnell nach Hause gefahren, hatte sich zügig umgezogen und sich auf den Weg zurück nach Siegen gemacht. Er war froh, dass ihm aufgrund seiner Position als Leiter der Kreditabteilung ein Parkplatz in der Tiefgarage unter dem Stadtbankgebäude zustand. So musste er sich nicht in die lange Schlange von Autos einreihen, deren Fahrer alle ihre Wagen im Parkhaus Morleystraße abstellen wollten. Daniel konnte an ihnen vorbei bis zur Einfahrt in die Tiefgarage vorfahren, wo er nur auf den Funksender drücken musste und ... ‚Sesam öffne dich', das Rolltor langsam nach oben fuhr. Er wusste, dass er von einigen Kollegen darum beneidet wurde, aber das war nicht sein Problem.

Er freute sich auf Sara, wollte sie wiedersehen. Und als ihm klar geworden war, dass sie einen Job als Hostess angenommen hatte, hatte er vermutet, dass sie an diesem Abend im Einsatz sein würde. Sicher konnte er sich da aber nicht sein. Gespannt stieg er aus seinem Geländewagen, der für ihn allein eigentlich viel zu groß war, ließ seine Jacke im Wagen und ging die paar Meter zu Fuß rüber zum Eingang des Theaters.
Er fühlte sich ein bisschen wie damals im zehnten Schuljahr am FJM-Gymnasium, als er mit der Fußball-Schulmannschaft gegen den Erzrivalen, das Evangelische Gymnasium, gespielt und so sehr gehofft hatte, dieses wunderhübsche Mädchen, das er letzte Woche im Freibad in Geisweid kennengelernt hatte und das in die neunte Klasse am EVAU ging, wiederzusehen.

16.

Daniel Treude … sie war völlig überrumpelt gewesen, als sie ihn letzte Woche, nach so vielen Jahren, wiedergesehen hatte. Sie hatte kaum einen Ton herausbekommen. Er sah so gut aus! Seine dunklen Haare hatten an den Schläfen einen Grauschimmer bekommen, was ihn in ihren Augen noch interessanter machte. Die schlanke Nase stach noch immer ein wenig aus seinem markanten Gesicht hervor, und der leicht italienische Einschlag machte ihn nach wie vor zu einem sehr attraktiven Mann. Er schien noch immer viel Sport zu treiben, denn seine Figur war unglaublich. Er war einen Tick kleiner als Christian, aber wesentlich durchtrainierter und muskulöser. Seine tiefbraunen Augen hatten sie angestrahlt – wie damals.
Sara fand es lustig, dass ihm noch immer italienische Wurzeln angedichtet wurden, obwohl er ein waschechter Sejerlänner Jong war, wie er von sich selbst behauptete.

»Daniel, seit wann magst du denn klassische Konzerte?«, hatte sie ihn verblüfft gefragt, als er ihr an diesem Abend plötzlich vor dem Theater gegenüberstand.

»Och, bei den Konzerten soll sich unsere Stadtbank ja angeblich nicht lumpen lassen und lädt wohl immer sehr gute Solisten dazu ein. Das konnte ich mir heute Abend natürlich nicht entgehen lassen.«
Verschmitzt hatte sie sich zu ihm herübergelehnt und ihm zugeflüstert: »Wie interessant … und? Wie heißt denn die Solistin heute Abend?«
Daniel war dankbar gewesen, dass er letzte Woche in der Warteschlange an der Vorverkaufskasse einen Blick in das Programmheft geworfen hatte: »Sara, du hast dich kein Stück verändert. Der Solist heute Abend ist ein Mann und spielt hervorragend Harfe«, hatte Daniel amüsiert gekontert.
Sara war enttäuscht. Irgendwie schien sie wohl gehofft zu haben, dass er wegen ihr gekommen war.

17.

Entweder war sie paranoid oder sie wurde wirklich verfolgt. Sie wusste, dass sie manchmal etwas überreagierte, wenn Christian auf Dienstreise war und sie Leon zur Übernachtung zu ihrer Mutter gebracht hatte, weil sie abends lang arbeiten musste. So ganz allein zu Hause … das war nichts für sie.

Sie war nach Beginn des Konzertes rüber ins Kundencenter gegangen, um dort auf der großen Freifläche im ersten Obergeschoss alles für den Empfang vorzubereiten. Um kurz nach 22 Uhr waren auch die Kunden nach dem Konzert aus dem Apollo-Theater zu ihnen rübergeströmt und hatten sich an dem köstlichen Fingerfood-Buffet bedient. Es musste ein klasse Konzert gewesen sein.

»Maistre ist wirklich ein Weltstar an der Harfe«, hatte sie jemanden sagen hören und innerlich lächeln müssen.

Daniel war leider nicht geladen und durfte daher auch nicht am Buffet teilnehmen. *Und das ist sicher auch besser so,* redete sie sich ein. Schließlich hatte sie sich damals für Christian entschieden!

Als sie gegen ein Uhr morgens aus dem Parkhaus fuhr, bemerkte sie einen dunklen Geländewagen, in dem ein Mann mit schwarzer Wollmütze in der Einfahrt zwischen den beiden Verwaltungsgebäuden der Stadtbank auf jemanden zu warten schien.

Aus dem Parkhaus raus, bog sie an der Kreuzung nach links Richtung Kochs Ecke ab. *Unfassbar, dass nachts die Ampeln hier geschaltet sind – was das kostet,* hatte sie gedacht und brav darauf gewartet, dass die Ampel auf Grün schaltete. Sie fuhr geradeaus über die Kreuzung und bog nach dem Löhrtor-Gymnasium links ab, um dann die steile Löhrstraße hochzufahren.

Was hatte ihr diese Straße damals in der Fahrschule Angst gemacht. Sara erinnerte sich genau daran, wie der

Fahrlehrer zu ihr gesagt hatte: »Schätzchen, wenn du mit jedem Knüppel, den du mal in die Hand nehmen wirst, so umgehst, dann aber hallo. Da kann sich die Männerwelt ja auf was gefasst machen!«
Prompt hatte sie zu wenig Gas gegeben, dazu die Kupplung zu wenig kommen lassen und den Motor an der steilsten Stelle am Berg abgewürgt. Der Kommentar des Fahrlehrers war nur gewesen: »... und das mit dem ‚langsam kommen lassen' üben wir auch nochmal!«
Der Typ war richtig schmierig gewesen, soll später eine Fahrschülerin geschwängert haben, die angeblich erst siebzehn Jahre alt gewesen war und hatte daraufhin seine Lizenz abgeben müssen. Richtig so!

Seltsam, dachte Sara, *warum muss ich gerade jetzt daran denken? Ich bin nun wirklich schon oft genug die Löhrstraße hochgefahren.* Aber irgendetwas machte ihr an diesem Abend Angst.
Im Rückspiegel konnte Sara sehen, dass sich ihrem Wagen ein großes Auto näherte. Die Ampel sprang auf Grün und so fuhr sie die Marburger Straße entlang, um dann später halb rechts auf die Giersbergstraße zu gelangen – der fremde Wagen direkt hinter ihr.
Was soll das denn? Wieso fährt der Typ denn so dicht auf? Oder bilde ich mir das nur ein? Nein, auf keinen Fall fuhr sie jetzt zu sich nach Hause. Sie war sicher, sie wurde verfolgt. Heute Nacht war sie allein zu Hause und deshalb würde sie diesen Mann ganz bestimmt nicht zu ihrem Haus führen.
Also bog sie an der Einmündung zur Giersbergschule links ab, gespannt, ob ihr das fremde Auto folgen würde. Ihr Herz schlug ihr bis zum Hals. Lange hatte sie nicht mehr solche Angst gehabt. *Puh, Glück gehabt! Sara, du Angsthase ... reg dich wieder ab!*, beruhigte sie sich selbst.
Doch gerade als sie nach fünfzig Metern an der Verkehrsinsel wenden wollte, um den direkten Weg nach Hause

zu nehmen, erschien der SUV hinter ihr. Das konnte kein Zufall sein. Sara gab Gas, bog mit quietschenden Reifen rechts in die Sodingenstraße ab, ohne dabei den Fuß vom Gaspedal zu nehmen. Der Geländewagen war direkt hinter ihr. Irgendwann ging die Sodingenstraße in die Schultestraße über. Schweißgebadet heizte sie weiter durch diese endlos lange Straße mit den vielen parkenden Autos am Straßenrand. *Oh nein, was mache ich bloß?,* schrie sie verzweifelt, riss plötzlich blitzartig das Lenkrad links rum und rutschte in die Kurve, um anschließend die Talstraße weiter hinabzubrettern. Der Fahrer des Geländewagens war wohl von ihrem Manöver dermaßen überrascht worden, dass er sich entschied, weiter auf der Schultestraße zu bleiben und das Risiko einer Kollision mit einem parkenden PKW zu vermeiden.
Auf Umwegen und mit ständigen Blicken nach links, rechts und in den Rückspiegel, fuhr Sara völlig aufgelöst nach Hause. Schon als sie mit ihrem feuerroten Kleinwagen in den Silberwald einbog, drückte sie ständig auf ihren Garagenöffner, aber sie war noch zu weit weg. Panisch fuhr sie weiter und sah erleichtert, wie sich das Tor langsam öffnete. Fast hätte sie es beim Reinfahren noch erwischt, weil sie nicht abwarten wollte, bis es ganz hochgefahren war.

Hätte sie sich damals doch nur durchgesetzt, als sie versucht hatte, Christian davon zu überzeugen, die Garage nicht freistehend, sondern direkt ans Haus mit einer Verbindungstür zu bauen. So sprang sie aus dem Auto, rannte durch den Vorgarten zur Haustür, schloss mit zitternden Händen die Tür auf, schlug sie hinter sich zu, steckte den Schlüssel ins Schloss und drehte ihn so oft um, bis es nicht mehr ging.

Sara blickte auf ihre Uhr. Es war mittlerweile fast zwei Uhr geworden. Christian! Bei ihm war es jetzt fast acht.

Wenn sie Glück hatte, saß er noch beim Frühstück im Hotel, bevor er den ganzen Tag in Besprechungen verschwunden war.

Nach einer viertel Stunde und fünf vergeblichen Versuchen wählte sie die Nummer, von der sie gehofft hatte, sie nie wieder in ihrem Leben wählen zu müssen. Sara wählte die 110!

18.

»Johanna, nun komm endlich!«, rief Holger ihr zu. »Die Leitstelle hat gefunkt.«

»Was ist mit dem Streifenwagen?«, fragte Johanna verschlafen zurück.

»Die sind alle mit einer Schlägerei vor dem Hauptbahnhof beschäftigt. Also los, wach werden und ufftata!«

Johanna hasste dieses ‚ufftata', aber Holger war ein wahrer Goldschatz und da konnte sie ihm nicht böse sein, wenn er sie mitten in der Nacht so scheuchte. Überhaupt fühlte sie sich auf der Wache in Weidenau pudelwohl.

Von ihren Kolleginnen aus der Zeit ihrer Ausbildung in Düsseldorf hatte sie gehört, dass sie echte Probleme mit ihren männlichen Kollegen hatten, aber ihr war das zum Glück erspart geblieben. Zwar hatte sie gehofft, nach ihrer Ausbildung zur Polizeikommissarin in der Landeshauptstadt auch dort eingesetzt zu werden, aber in Siegen herrschte wohl noch größere Not.

Ihr damaliger Personalleiter hatte zu ihr gesagt:

»Frau Daub, Sie sind genau die Richtige für Siegen. Mit Ihrem Nachnamen passen Sie perfekt dorthin und außerdem sind die dort genauso stur und dickköpfig wie Sie.«

Idiot, hatte sie sich gedacht. Johanna kannte die Anzeigen in der Mitarbeiterzeitschrift für Polizeibeamte unter der Rubrik Tauschbörse: ‚Tausche Siegen gegen alles!', hatte sie des Öfteren schmunzelnd gelesen, nicht wissend, dass sie selbst eines Tages einmal davon betroffen sein könnte. Als Rheinländerin ins verregnete, fromme Siegerland zu ziehen … *Warum ausgerechnet ich?*

»Ich habe mit dem dortigen Leiter gesprochen und für Sie ausgehandelt, dass Sie im ersten Jahr in verschiedene Abteilungen schnuppern dürfen. Danach entscheiden Sie beide gemeinsam, wie und wo es im Siegerland für Sie weitergeht«, fuhr er damals fort.

Mittlerweile arbeitete sie nun schon seit elf Jahren im KK3, war zur Kriminaloberkommissarin befördert worden und das Siegerland war ihr zu einer neuen Heimat geworden. Der Siegerländer war gar nicht so ein Sturkopf, wie alle behaupteten, und das so besonders gerollte ‚R' fand sie mittlerweile ganz charmant. Auch äußerlich hatte sie sich verändert. Ihr Körper war gut durchtrainiert und ihr flotter Kurzhaarschnitt war zu einer langen lockigen Mähne gewachsen, die sie meistens zu einem Pferdeschwanz zusammenband.

Johanna schaute aus dem Fenster und sah ihren Partner, Kriminalhauptkommissar Holger Stein, am Parkplatz mit zwei Bechern Kaffee in der Hand wild nach ihr gestikulieren.

Wie hatte er das denn schon wieder geschafft?, fragte sie sich. *Er war wirklich ein Goldschatz.*

19.

Johanna schaute sich im Wohnzimmer um und blickte dabei direkt in Saras verweinte Augen. Die Frau tat ihr leid!

»Frau Jakobs, jetzt nochmal zusammengefasst: Sie sind nach der Abendveranstaltung im Apollo-Theater von einem dunklen Geländewagen verfolgt worden? Ist das richtig?«, fragte Johanna.
Holger mischte sich ungeduldig ein: »Wurden Sie von dem Wagen bedrängt? Hat Sie der Fahrer genötigt an die Seite zu fahren? Hat er Lichthupe gemacht? Ist er zu dicht aufgefahren?«

»Äh, nein, eigentlich nicht«, musste Sara zugeben und kam sich irgendwie dumm vor.
Johanna warf ihrem Partner aus ihren grün funkelnden Augen einen bösen Blick zu, den dieser allerdings völlig ignorierte.

»Frau Jakobs, warum haben Sie sich dann bedroht gefühlt?«, fragte Holger. »Wenn ich das richtig sehe, hatte der Fahrer oder die Fahrerin, …

»Es war ein Mann!« fiel Sara ihm ins Wort. »Das habe ich Ihnen doch eben schon gesagt. Ein Mann hat schon vor dem Apollo-Parkhaus auf mich gewartet«, wiederholte Sara ihre Aussage.

»Ok, dann hatte halt der Mann vorhin vielleicht den gleichen Heimweg wie Sie!« Holger drehte sich zu Johanna um und rollte mit den Augen. Wenn er auch sonst ein echt netter Kerl war, aber Einfühlungsvermögen hatte er ganz sicher nicht mit der Muttermilch aufgesogen.

»Sara«, fragte Johanna »Sie sind allein im Haus? Haben Sie jemanden, bei dem Sie diese Nacht bleiben können? Ich denke, es wäre besser für Sie, jetzt nicht allein zu sein.«

In der Polizeischule hatte sie gelernt, dass es wichtig war, den Betroffenen das Gefühl zu geben, ernst genommen zu werden. Und wenn sie ehrlich war, konnte sie Frau Jakobs gut verstehen. Spät abends im Dunkeln in ein Parkhaus gehen zu müssen, das Gefühl, verfolgt zu werden und dann in ein dunkles und einsames Haus zu

kommen – das war sicher kein Spaß. Dennoch waren ihnen die Hände gebunden.
Bisher hatten sie nun mal keinen Beweis, sondern einfach nur ein Gefühl. Und das, so wusste Johanna zur Genüge, reichte nicht, um offiziell tätig zu werden.

»Ich könnte zu meiner Mutter nach Wilden fahren, aber dann würde sich mein Sohn nur wundern, wenn ich mitten in der Nacht dort auftauche«, überlegte Sara.
Johanna sah zu, wie Frau Jakobs fieberhaft nach einer Lösung suchte und keine fand.
Dann atmete Sara tief ein und versuchte mehr schlecht als recht zu schauspielern: »Wissen Sie was? Mir geht es schon viel besser. Danke, dass Sie extra mitten in der Nacht vorbeigekommen sind. Ich bin Ihnen wirklich zu Dank verpflichtet. Ich werde einfach eine Schlaftablette nehmen und morgen in Ruhe ausschlafen. Ich glaube, das wird mir guttun und Leon wird eh morgen früh von meiner Mutter in die Schule gebracht.«
Sie waren schon zur Haustür raus und standen im Vorgarten, als Johanna doch noch einmal zurück zu Frau Jakobs ging und sagte: »Sie sind eine tapfere Frau! Und wenn irgendetwas ist, scheuen Sie sich nicht uns anzurufen ... das ist schließlich unser Job!«

20.

Jochen verfluchte den Herbst. Er machte es für ihn immer schwieriger, das Haus zu beobachten. Den Sommer über hatte er viel über die Familie erfahren können, doch mittlerweile hatten sich immer mehr Blätter von den Bäumen verabschiedet und es für ihn fast unmöglich gemacht, sich tagsüber unentdeckt im Wäldchen gegenüber des

Einfamilienhauses der Familie Jakobs aufzuhalten. Jetzt blieb ihm nur noch die Dunkelheit, und allmählich wurde es abends ganz schön frisch. Es war so praktisch für ihn gewesen, dass es direkt hinter Saras Haus bergauf ging, sodass er von seinem Beobachtungsposten genau auf Augenhöhe mit dem Elternschlafzimmer der Jakobs gewesen war. Sein alter Feldstecher aus seiner Zeit bei den Pfadfindern hatte ihm noch immer gute Dienste erwiesen. Wie hatte er es genossen zuzusehen, wie sie morgens, wenn ihre Familie das Haus verlassen hatte, aus der Dusche kam und sich vor ihrem Kleiderschrank Zeit ließ, um zu entscheiden, welches Outfit für diesen Tag wohl das Richtige war. Durch seine Beobachtungen wusste Jochen, dass sie ihre BHs nicht im Kleiderschrank, sondern in einer extra Kommode aufbewahrte, und schon oft genug hatte er ihre prallen Brüste aus der Ferne bewundern dürfen.
Zutiefst erregt hatte er sich ausgemalt, wie sie in ihrer Spitzenunterwäsche hilflos vor ihm liegen und was er alles mit ihr anstellen würde. Aber das würde er sich für später aufheben müssen. Dann hatte er seine Hose geöffnet und im Wäldchen hinter ihrem Haus das getan, von dem sein Vater damals zu ihm gesagt hatte, als er ihn mit vierzehn Jahren dabei erwischt hatte:

»Ein Mann muss tun, was ein Mann tun muss!«

21.

Christian saß, ein paar Hundert Meter von seinem Zuhause entfernt, bei Jochen auf dem Sofa. Das Wohnzimmer war zwar gemütlich, aber uralt. Selbst Saras Mutter war moderner eingerichtet. Die Möbel schienen aus einer anderen Zeit zu stammen, aber Jochen störte das anscheinend nicht. Er hatte das Haus von seinem Vater geerbt und bisher nichts an der Einrichtung geändert.

»Bescheidenheit ist eine Zier«, hatte er ihn aufgeklärt. Jochen reichte ihm gerade sein fünftes Kellerbier für diesen Abend und er nahm es dankend an.

»Wenn ich abends von der Arbeit komme, Sara den ganzen Tag zu Hause war, ich geduscht im Bett auf meine Frau warte«, hatte er sich bei Jochen ausgekotzt, »... und sie dann in ihrem hässlichen Flanellnachthemd vor mir steht … oh Mann, dann muss sie sich nicht wundern, wenn ich mich mal nach anderen Weibern umgucke.«

Er merkte selbst, dass er zu viel getrunken hatte.

»Weißt du, wie oft ich ihr schon richtig heiße Strapse und andere geile Wäsche mitgebracht habe? Sie hat eine ganze Schublade voll davon … aber nein … Madame zieht sowas ja nur zu besonderen Anlässen an!«, schimpfte er. »Ich liebe meine Frau, ehrlich! Aber irgendwie ist im Moment die Luft raus. Was habe ich ihr nicht alles zu Füßen gelegt! Ein Haus, Leon, ein geregeltes Leben … und was ist der Dank? Ein gedeckter Frühstückstisch und hin und wieder mal ein bisschen Sex«, hatte er gelallt.

Jochen war ihm wirklich ein guter Zuhörer und Ratgeber geworden. Er war froh, einen Freund zu haben, der zu jeder Tages- und Nachtzeit für ihn da war.

In nüchternem Zustand hatte er sich schon oft gefragt, womit Jochen eigentlich sein Geld verdient und in welchem Job man so viel Freizeit hatte, dass man ständig auf Abruf zur Stelle sein konnte. Jedes Mal hatte er eine ausweichende Antwort bekommen. Schließlich hatte er genug Anstand besessen, seinen neuen Freund nicht zu sehr zu bedrängen und nicht weiter nachgehakt.

Einmal hatte er Jochen sogar gefragt, ob er Leon nach dem Training mit zu ihm nach Hause nehmen könnte. Er

hatte Sara versprochen, ihren Sohn pünktlich vom Fußballplatz abzuholen, dann aber kurzfristig einen Geschäftstermin reinbekommen.
Sara war zu einer Sitzung zur Jahresplanung der Hostessen im Schulungszentrum der Stadtbank gefahren und so schien das eine gute Lösung zu sein. Leon war Fan von der Idee und hatte ihm später vorgeschwärmt, wie cool der Abend mit Jochen gewesen sei.

Ja, Jochen war wirklich ein guter Freund und es wurde wohl allmählich Zeit, dass Sara ihn kennenlernte. Aber erst wollte er diesen Abend in Ruhe genießen und Jochen von seiner neuen Kollegin Alex erzählen, deren Sohn frisch in die D-Jugend am Giersberg gewechselt hatte …

22.

»Das wird schon, reg dich nicht auf! Die kennen dich doch! Der Schleifenbaum steht eh auf dich. Und denk dran: Die Marketingabteilung heißt jetzt nur noch Marketing, die Immobilienabteilung jetzt Immozentrum und Achtung: Ein Privatkunden- und Vermögensanlagenreferat gibt es mittlerweile auch«, grinste Louisa. »Hey, im Ernst, du schaffst das!«

Sara schwirrte der Kopf. Sie hatte richtig Schiss, als sie sich auf den Weg in die Personalabteilung, nein, falsch, in den Personalbereich machte. Ihr eventuell zukünftiger Chef Schleifenbaum war ein klasse Kerl, ihre Kolleginnen erzählten immer nur Gutes über ihn.
Er war halt ein Mann, war geduldig, wurde nicht unfair, nahm Kritik nicht persönlich und das Beste – er bekam niemals seine Tage …

Sollte das Gespräch positiv ausgehen, würde sie sich sehr freuen, unter ihm zu arbeiten. Schleifenbaum selbst hatte dafür gesorgt, dass dieses Vorstellungsgespräch zustande gekommen war.

»Sie haben mich mit Ihrer Idee so begeistert, dass ich Ihren Vorschlag bei unserem Vorstand erwähnt habe und er fand ihn gut. Sogar so gut, dass Herr Schreiner darüber nachdenkt, eine Halbtagsstelle dafür zu schaffen.«

Herr Schreiner war das Vorstandsmitglied, das zuständig für alle Vorgänge war, die den Markt betrafen. Alles, was in den Filialen und im Kundencenter passierte, lag in seinem Verantwortungsbereich. Er war immer flott unterwegs und alle Mitarbeiter wunderten sich darüber, dass Schreiner in der Lage war, jeden, wirklich jeden Mitarbeiter, ob im Markt oder in den internen Abteilungen, mit Namen anzusprechen. Was auf ein super Gedächtnis schließen ließ, denn schließlich hatte Sara inklusive der Teilzeitkräfte mittlerweile rund sechshundertfünfzig Kollegen. Natürlich nur in dem Falle, dass sie die Stelle auch bekam. Als Hostess war sie bisher leider keine feste Angestellte, aber das würde sich ändern, sobald sie hoffentlich ihren Fünfzig-Prozent-Vertrag in Händen hielt.

Da die neue Stelle eine Schnittstelle zwischen Marketing und dem Immozentrum sein sollte, bedurfte es der Zustimmung des Vorstandsvorsitzenden Herrn Klein und der des Personalrats. Laut Schleifenbaum hatten diese Besprechungen mittlerweile stattgefunden – für Saras Geschmack waren zwei Monate Wartezeit eine lange Zeit – und die Stelle war genehmigt worden. Jetzt ging es nur darum, von wem diese besetzt werden sollte.

Also machte sich Sara auf den Weg von dem zweiten rüber in das erste Verwaltungsgebäude. Sie war froh, dass sie als Hostess die Chance gehabt hatte, die Gänge und Wege vorab halbwegs kennenzulernen. In welcher Etage man von dem einen in das andere Gebäude kam,

wo sich welche Abteilung befand, all das hatte sie mittlerweile etwas erschnuppern können.
Wie viele Ausgänge die Tiefgarage hatte und wem es erlaubt war, dort unten parken zu dürfen, würde ihr allerdings ein ewiges Rätsel bleiben. Oft genug schon war sie nach einer Veranstaltung dort unten umhergeirrt, um die Hussen von den Stehtischen wieder durch die Tiefgarage in den richtigen Keller zu bringen. Im richtigen Gebäude angekommen, bereitete sie sich gedanklich noch einmal auf das bevorstehende Vorstellungsgespräch vor, bevor sie den Fahrstuhl herbeiholte.

23.

Sein Büro lag so, dass er aus dem sechsten Stock des Hochhauses direkt auf den Scheinerplatz sehen konnte. Offiziell hieß der Platz ‚Jakob-Scheiner-Platz' und war nach dem aus dem Siegerland stammenden Maler benannt worden. Scheiner war durch seine Zeichnungen typischer Siegerländer Motive bekannt geworden und wurde 1820 in dem netten Dörfchen Sohlbach geboren. So hatte man den Namensgeber für diesen schönen Platz schnell gefunden.
Der Scheinerplatz war ein großer Platz, der umgeben war vom Kundencenter der Siegener Stadtbank, dem Apollo-Theater, einem Spielwarenladen, einer Eisdiele und einem Schuhgeschäft. Er eignete sich hervorragend für kleinere Open-Air-Veranstaltungen und verlieh der Innenstadt etwas Großzügiges. Was die Skulptur in der Mitte des Platzes allerdings darstellen sollte, hatte Daniel bisher noch nicht herausfinden können. Für seinen Geschmack war sie für den großen Platz viel zu klein geraten.

Er liebte es, bei einer Tasse guten Kaffees, aus dem Fenster zu schauen und nachzudenken. Gut, dass er seiner Abteilung letztes Jahr zu Weihnachten einen Kaffeevollautomaten spendiert hatte. Es war Viertel vor elf und er war sich ziemlich sicher, dass es Sara gewesen war, die, in einen blauen Herbstmantel gehüllt, über den Platz auf das Stadtbankgebäude zugelaufen kam. Ihr Gang war einfach unverwechselbar. Sein Herz machte einen Sprung!
Das darf nicht sein! Nicht gut, gar nicht gut …
Sara blieb für ihn unerreichbar und die Enttäuschung von damals wollte er nicht noch einmal erleben müssen.
Also, Finger weg!, ermahnte er sich selbst.

Mit sechzehn Jahren hatte er sie damals im Freibad gesehen und sich sofort in sie verknallt. Eines Tages hatte er dann endlich den Mut gefunden, sie anzusprechen und um ein ganz offizielles Date zu bitten. Ab diesem Zeitpunkt war er oft bei ihr gewesen, hatte mit ihr Tee getrunken, war mit ihr im Wald spazieren gegangen, auf Hochsitze geklettert und … sie hatten sich gegenseitig oft kleine Briefchen geschrieben.
Wenn Sara wüsste, dass ich sie alle bis heute in der alten Holzkiste aufbewahrt habe, dachte Daniel und schwelgte weiter in Erinnerungen.
Seinem Schulkumpel hatte er ständig von Sara vorgeschwärmt. Christian hatte sogar behauptet, dass er auf der Stufenfahrt nachts im Traum immer ‚Sara, oh Sara‘ gestöhnt hätte und sich lauthals darüber lustig gemacht. Ständig hatte ihn Christian mit ihr aufgezogen und manchmal hatte er sogar das Gefühl, dass sein Freund eifersüchtig auf seine Beziehung zu Sara war. Sie war sein neuer bester Kumpel und Christian die Nummer zwei geworden. Damit kam er nicht klar.
Mit achtzehn hatten sie beide ihr Abitur gemacht und sich danach kurzzeitig aus den Augen verloren. Wenig später

aber waren sie im gleichen Fußballverein gelandet und hatten ihre Freundschaft sofort wieder aufleben lassen. Christian hatte mit einem Studium an der Uni in Siegen begonnen und er selbst hatte sich für eine Ausbildung bei der Siegener Stadtbank entschieden, genau wie ein Jahr später auch Sara.

Daniel erinnerte sich daran, wie glücklich und zufrieden er in dieser Zeit gewesen war. Seine Freundschaft zu Sara war immer mehr gewachsen, auch wenn sie noch immer kein festes Paar waren. Aber das störte ihn nicht. *Alles hat seine Zeit,* hatte er gedacht. Irgendwann waren sie auf die glorreiche Idee gekommen, ihre beste Freundin Louisa mit seinem besten Freund Christian zu verkuppeln und so trafen sie sich öfter zu viert in einer Kneipe an der Hauptstraße in Weidenau, die nach einem Schalk aus dem vierzehnten Jahrhundert benannt war, und hatten gemeinsam viel Spaß.
Bis zu jenem Freitagabend, an dem Christian nach dem Training unter der Dusche zu ihm sagte: »Hey, dass deine Sara im Bett so eine Granate ist, das hätte ich nicht gedacht. Ihre Haut, samtweich, ihre Titten …«, hatte er süffisant hinzugefügt, »so lecker …«
Weiter war Christian nicht gekommen. Daniel war mit wutverzerrtem Gesicht auf ihn losgegangen und hatte ihn nach Strich und Faden verprügelt, bis zwei Mannschaftskameraden gerannt kamen, um ihn von Christian wegzuziehen.
Leider hatte die Befriedigung nur einen kurzen Moment angehalten und war einer tiefen Enttäuschung gewichen. Er hatte sich Stück für Stück aus Saras Leben zurückgezogen und ihr nie erzählt, mit welchem Arschloch sie da eigentlich zusammen war. Das sollte sie besser selbst herausfinden. Leider schien das bis heute nicht passiert zu sein. Oder vielleicht doch?

24.

Immer wieder schaute er aus dem Fenster, in der Hoffnung, er würde Sara entdecken, wenn sie die Stadtbank wieder verließ. Was wollte sie bloß hier? Hätte sie nur Geld abheben wollen, hätte sie den Hauptkundeneingang genommen und nicht den kleinen, gesicherten Eingang zwanzig Meter weiter. Daniel erwischte sich dabei, wie er seit zwei Stunden in seinem Büro auf- und abging, ohne sich auf seine Arbeit konzentrieren zu können.
Es war kurz nach dreizehn Uhr, als er sie entdeckte, wie sie die Auslage des Schuhgeschäftes am Scheinerplatz studierte. ‚Schuhe sind Rudeltiere', hatte sie schon damals lachend behauptet, als sie beide zusammen zum Shoppen gefahren waren und er ihre drei neuen Kartons Schuhe für sie durch Köln getragen hatte.

Wie gut, dass er bisher auf seine Mittagspause verzichtet hatte. Jetzt ließ er alles stehen und liegen, fuhr mit dem Fahrstuhl, der mal wieder verdammt lange brauchte, bis er endlich im Erdgeschoss ankam, nach unten und beeilte sich, Richtung Schuhhaus zu kommen. Wenn sich Sara in all den Jahren nicht zu sehr verändert hatte, würde er sie ganz gewiss im Inneren des Ladens antreffen.
Er war tatsächlich nervös, als er sie durch das Schaufenster entdecken konnte und sah, wie sie gerade einen ziemlich glitzernden Schuh aus dem Regal nahm. Er scharwenzelte noch etwas vor der Eingangstür herum, bis Sara aus dem Laden kam und fast mit ihm zusammengestoßen wäre. Ihre Handtasche rutschte ihr von der Schulter auf den Boden, und während sie sich gleichzeitig bückten, um sie wieder aufzuheben, kamen sich ihre Gesichter verdammt nahe.
Jetzt hatte er schon zum zweiten Mal in Gedanken das Wort ‚verdammt' benutzt und er bekam ein seltsam schlechtes Gewissen. Sara hatte es nie gemocht, wenn er

geflucht hatte und jetzt konnte er sie fast sagen hören: »Daniel, verdammt, zum Teufel nochmal, Gott sei Dank … Sag das nur, wenn du es auch wirklich so meinst!« Recht hatte sie gehabt und zwangsläufig musste er lächeln.

»Aua, da hätte ich ja besser meine Football-Ausrüstung anziehen sollen. Mensch Sara, hast du spitze Knochen«, beschwerte er sich und rieb sich dabei demonstrativ den Arm. »Ich erwarte eine angemessene Entschuldigung, junge Frau!« sagte er verschmitzt.

»Ok, ok, ich wusste ja nicht, dass du so ein Weichei bist, aber bitte schön … Ich lade dich auf einen Kaffee nebenan ins Café ein, einverstanden?«, stieg sie in sein Spielchen mit ein. »Soll ich auch noch ei machen und pusten?«

Das nette Café lag zur einen Seite hin direkt am Siegufer, zur anderen Seite lag es an der Bahnhofstraße und somit direkt gegenüber des Schuhgeschäftes. Schnell huschten sie rüber und Daniel hielt ihr, gut erzogen, die Tür auf, damit sie eintreten konnte. Um die Mittagszeit war hier immer richtig was los, doch sie hatten Glück und fanden einen gemütlichen Fensterplatz. Sie hatten es früher schon immer gemocht, gemeinsam andere Menschen zu beobachten und zu raten, in welcher Beziehung sie zueinander standen. Waren es Vater und Tochter, oder doch eher die Geliebte? Kollegen oder Freunde … oder vielleicht beides? Lehrer und Schüler … oft hatten sie sich die wildesten Sachen ausgemalt.

Daniel erinnerte sich, wie sie einmal im Biergarten einer Kneipe in der Nähe vom Effertsufer gesessen hatten und zwei Frauen beobachteten, die ständig zu den drei Herren an ihrem Nebentisch rüberschielten. Zwei Stunden später waren sie zu fünft abgezogen. Sara und er hatten sich völlig verdutzt angeguckt und waren in lautes Gelächter ausgebrochen. Glückliche Zeiten waren das.

Drei Kaffee, ein Mittagsmenü und zwei Stunden später verabschiedeten sie sich voneinander. Daniel hatte sehr gemischte Gefühle. Auf der einen Seite freute er sich königlich, auf der anderen Seite machte er sich ernsthaft Sorgen um sein Herz. Denn erst bei der Verabschiedung realisierte er, was Sara ihm in den letzten zwei Stunden erzählt hatte: »Ich kann es noch immer kaum glauben! Was für ein Geschenk, dass ich die Stelle bekommen habe. Jetzt werden wir uns bestimmt wieder öfter sehen.«

25.

Sara schloss die Haustür auf, hing ihren Mantel in den Garderobenschrank, stellte ihre Handtasche auf die Kommode in der Diele und ging in die Küche. Sollte sie den Sekt schon aufmachen? Christian hatte bestimmt vorsichtshalber eine Flasche kaltgestellt. Sara wusste, dass er ihr eigentlich nicht zutraute, den Job zu ergattern. Er sah sie als Mutter und nicht als Bankkauffrau. Aber, sie hatte es tatsächlich geschafft. Unglaublich! Nein, sie wollte auf ihn warten und gemeinsam mit ihm auf ihren Erfolg anstoßen.
Sie war so in Feierstimmung, dass sie erst jetzt den Teller auf dem Küchentisch bemerkte. Sie war sich sicher, dass sie heute Morgen den Tisch abgeräumt und alles in die Spülmaschine gestellt hatte – genauso wie sie es jeden Morgen tat, bevor sie ins Bad ging um sich selbst fertig zu machen.
Jetzt stand mitten auf dem Küchentisch einer ihrer guten Essteller, die sie vor sechzehn Jahren zur Hochzeit von ihrer Patentante bekommen hatte. Das Wurstbrot hatte sich wohl jemand frisch zubereitet, denn das Messer lag gut sichtbar neben dem Teller. Es war kein Messer aus

ihrem Tafelbesteck, nein, es war das große Brotmesser aus dem Messerblock, an dem noch die Reste der Zwiebelwurst hingen wie totes Fleisch.
Sara wurde unruhig.
Christian, ich rufe Christian an, natürlich, entschied sie erleichtert. Dann dämmerte es ihr langsam. Es war Christian! Christian war früher von der Arbeit gekommen, um sie zu überraschen und hatte sich erst noch ein Brot geschmiert. Warum auch immer er das mit dem großen Brotmesser getan hatte. Aber das war die Erklärung. Sara ging durch den Flur und rief:
«Christian, Christiaaaan, bist du zu Hause?«
Sie ging ins Schlafzimmer, kein Christian, sie lief nach oben, suchte im Büro, riss die Tür von Leons Kinderzimmer auf, kein Christian. Gerade als sie im Keller suchen wollte, klingelte es an der Haustür. Sara zuckte zusammen. Durch die Scheibe in der Haustür konnte sie erkennen, dass es der Postbote war.
Sara öffnete die Tür und blickte in die besorgten Augen des Postboten. »Ist alles in Ordnung mit Ihnen, Frau Jakobs? Sie sehen furchtbar aus! Ich habe Sie im Haus rufen hören und dachte, ich frage mal nach.«
Sara nahm sich zusammen: »Ja, Herr Ising, es ist alles in Ordnung, Danke! Das war sehr aufmerksam von Ihnen. Mir geht es gut, machen Sie sich keine Sorgen.«

Bevor Sara die Tür schloss, nahm sie aus reiner Gewohnheit den Briefkastenschlüssel aus dem Schlüsselkasten, holte die Post herein, hing den Schlüssel wieder in den Kasten und legte die Post auf die Kommode neben ihre Handtasche. Obenauf lag ein rosa Umschlag, auf dem in akkuraten Buchstaben ihre Adresse geschrieben stand. Er sah aus wie die Einladung zu einer Hochzeit oder zu einem runden Geburtstag und machte Sara neugierig. Ihr fiel auf, dass nicht Familie oder Eheleute, sondern schlicht ‚Sara Jakobs‘ im Adressfeld stand.

Sara stand mitten im Flur, als sie den Briefumschlag öffnete und auf festem Büttenpapier die Worte las, die ihr das Blut in den Adern gefrieren ließen:

»Wer hat von meinem Tellerchen gegessen?«

26.

»Wer hat von meinem Tellerchen gegessen? Soll das ein Witz sein?«, fragte Kriminalhauptkommissar Holger Stein auf dem Weg zu Familie Jakobs auf den Giersberg. »Was soll denn der Quatsch? Macht da einer auf Märchenonkel, oder was?«
Die beiden waren gerade auf dem Rückweg vom für polizeiliche Trainingseinheiten umgebauten Milchhof in Geisweid zur Hauptwache in Weidenau, als sich per Funk die Leitstelle meldete. Jetzt standen sie erneut vor Sara Jakobs Haustür und drückten auf den Klingelknopf.
Ein großgewachsener Mann um die vierzig öffnete die Tür und stellte sich ihnen als der Ehemann vor. »Sara liegt auf dem Sofa. Sie ist mit den Nerven völlig am Ende! Ich weiß gar nicht, was ich von der ganzen Sache halten soll«, legte er los.
Johanna konnte die Sorge in seiner Stimme deutlich hören.

»Erst erzählt sie mir, dass sie neulich nachts von einem Geländewagen verfolgt wurde und jetzt das hier.«

»Herr Jakobs,«, sagte Holger, »beruhigen Sie sich. Wir hören uns jetzt erst einmal an, was Ihre Frau uns zu erzählen hat und dann sehen wir weiter. Wir kennen ja die Sachlage noch gar nicht und da ist es besser, wenn uns Ihre Frau persönlich darüber aufklärt.«
Nachdem Sara den Beamten alles erzählt hatte, was ge-

schehen war, zeigte ihnen Christian den Teller, das Messer und den Brief. Johanna tütete alles vorsichtig ein und fragte dann:

»Sara, und Sie haben wirklich keine Idee, wer Ihnen so böse mitspielen könnte? Jemand aus Ihrer Verwandtschaft, dem Kollegenkreis oder aus der Nachbarschaft?« Johanna war bewusst, dass das keine angenehmen Fragen für eine Mutter waren, die gerade wieder mit dem Berufsleben begonnen hatte.

»Sie haben erzählt, dass Sie eine neue Arbeitsstelle bei der Siegener Stadtbank angetreten haben. Haben Sie jemand anderem die Stelle vielleicht weggenommen?«
Sara dachte nach: »Nein, darüber haben ja mehrere Personen entschieden. Außerdem muss auch der Personalrat zustimmen, eben genau aus solchen Gründen.«
Christian mischte sich ein: »Ihre Fragen sind doch albern! Meine Frau hat keine Feinde, sie ist ein netter Mensch und tut keiner Fliege was zuleide. Da draußen läuft irgendwo ein Irrer rum, der gerne Frauen erschreckt.«

»Christian!«, schreckte Sara plötzlich vom Sofa hoch. »Hast du mit meiner Mutter gesprochen? Wo ist Leon?«

»Schatz, das hab ich. Deine Mutter hat Leon von der Schule abgeholt und bringt ihn gegen Abend zum Training. Ich hole ihn dann anschließend dort ab«, beruhigte er seine Frau.

»Aber das Sportzeug ...«
Johanna und Holger warfen sich einen ‚Zeitzugehen-Blick' zu, verabschiedeten sich und gingen zu ihrem Wagen. Sobald sie die Tür hinter sich geschlossen hatten fragte Holger: »Denkst du, was ich denke?«

»Ja, Holger, ich weiß genau, was du denkst! Es gab keine Einbruchsspuren ...«

27.

»Hey Süße, klar ziehe ich bei dir ein!«

» …«

»Wie lange ist Christian weg? Zehn Tage? Puh, du Arme, das ist ganz schön lang.«

» …«

»Kein Problem. Ich freue mich drauf!«

» …«

»Nein, das ist wirklich kein Umstand für mich!«

» …«

»Ja, ganz ehrlich! Und auf Leon freue ich mich auch.«

» …«

»Nein, natürlich werde ich ihm nichts erzählen. Wir sagen ihm einfach, dass wir aus den letzten Jahren so viel nachzuholen haben und das stimmt ja auch!«

» …«

»Wieso denn? Jetzt gönn doch deiner Mutter ihren Urlaub. Gib mir eine Stunde Zeit, dann bin ich da! Bis gleich …«, flötete Louisa ins Telefon.

Sara sollte auf keinen Fall merken, welche Sorgen sie sich machte. Das hörte sich nicht gut an. Erst die Verfolgungsjagd, dann der Brief. Sara war noch nie ein Mensch gewesen, der überreagierte. Sie stand mitten im Leben, bekam alles auf die Reihe, was sie sich vornahm und neigte in keinster Weise dazu, zu dramatisieren. Im Gegenteil, sie spielte die Dinge eher herunter. Wenn Sara sie jetzt fragte, ob sie die nächsten Tage bei ihr wohnen könnte, dann war es bitterernst.

Während sie ihre Sachen für die nächsten Tage in ihren blauen Trolley packte, dachte sie darüber nach, wie bescheiden Sara ihr von ihrem neuen Job erzählt hatte: »Ach, das ist doch nichts Besonderes, den Job hätte auch jeder andere bekommen können. Ich hatte halt die Idee, und da fühlten sie sich sicher schon fast gezwungen, die

Stelle an mich zu vergeben.«

»Spinnst du?«, hatte ihr Louisa ziemlich sauer geantwortet. »Jetzt stell dein Licht mal nicht so unter den Scheffel. Deine Idee, auch die Immobilienverwaltung über die Stadtbank anzubieten, ist mega. Du hast vollkommen recht, dass Nebenkostenabrechnungen und all dieser Papierkram für viele ein rotes Tuch ist. Das ist eine riesige Marktlücke«, hatte sie ihre Freundin bestärkt. »Das war einfach eine geniale Idee von dir, alles aus einer Hand anzubieten. Hey, du bist ein Genie!«, hatte Louisa verkündet, dabei ihr Sektglas erhoben und mit Sara auf ihren Erfolg angestoßen.

Das war gerade mal ein paar Tage her. Und wo standen sie jetzt? Natürlich würde sie ihrer Freundin beistehen. Das war gar keine Frage! Aber, war das nicht eigentlich Christians Job? Sie war sich nicht sicher, ob er seine Dienstreise nicht hätte absagen können oder ob er einfach nicht wollte. Aber das würde sie Sara natürlich so nicht sagen …

Auf jeden Fall werde ich für meine Freundin da sein!

28.

»Prosciutto oder Funghi?«, fragte Sara und lümmelte sich mit der Speisenkarte neben Louisa aufs Sofa. Wie lange hatten sie das nicht mehr getan.

»Hihi, Prosciutto natürlich!«, gab Louisa zurück. »Weißt du noch? Wie lange ist Korsika jetzt her?«, fragte sie.

»Moment … wir waren gerade mit der Ausbildung fertig und Christian hatte mir den Heiratsantrag gemacht«, überlegte Sara.

»Das müsste so vor ungefähr achtzehn Jahren gewesen sein. Unfassbar!«

»Das könnte hinkommen. Wir beide auf Korsika in der Pizzeria, mit einer Speisenkarte auf Französisch …«, lachte Louisa.

»Stimmt!«, erinnerte sich Sara und rief sich wieder das Bild des Kellners in den Sinn, der versucht hatte, ihnen beiden die Speisenkarte zu erklären. Als er mit Worten nicht weiterkam, hatte er auf das Wort ‚Pizza au jambon' gezeigt und angefangen wie ein Schwein zu grunzen und sich dabei kräftig auf sein Hinterteil zu schlagen.

Louisa liefen bei der Erinnerung vor Lachen die Tränen: »Hast du mal ein Taschentuch für mich?« Während sie sich die Augen trocken wischte, fuhr sie fort: »Du hattest an dem Abend ganz schön viel Wein getrunken und ich musste dich in der Nacht immer davon abhalten, im Schlafanzug ans Meer zu laufen und zur Abkühlung schwimmen zu gehen.«

Louisa sah ihre Freundin an und wusste, dass sie in diesem Moment genau am richtigen Ort war.

Sara hatte zuerst Tränen mitgelacht. Doch während ihres Lachanfalls waren daraus aus heiterem Himmel Tränen der Angst, der Verzweiflung und auch des nicht Begreifens geworden. Ihr anfangs fröhliches, lautes Gelächter schlug um in einen ausgewachsenen hysterischen Anfall.

Sara saß kreischend, dann schluchzend und zum Ende hin wimmernd auf dem Sofa. Louisa konnte nichts anderes tun, als ihre Freundin in den Arm zu nehmen und ihr beruhigende Worte ins Ohr zu flüstern: »Hey, ich bin doch da, ganz ruhig ... jetzt atme erst mal tief ein … und wieder aus ... ein … und aus …«

So ging das noch eine ganze Weile. Sara hatte sich gerade wieder halbwegs beruhigt, als es an der Tür klingelte.

Louisa stand auf, nahm die Pizza entgegen, stellte sie auf den Küchentisch und ging zu Sara ins Wohnzimmer.

»Hey Süße, komm! Ich bringe dich jetzt hoch ins Bett und die Pizza gibt es morgen zu Mittag, ok? Schlaf dich mal richtig aus!«
Sara sah ihre Freundin dankbar an. Bei Christian hätte sie dieses Angebot niemals angenommen. Gerne ließ sie sich von ihrer Freundin hoch ins Schlafzimmer bringen. Sie war schon fast eingeschlafen, als sie murmelte: »Leon … machst du ihm gleich die Tür auf?«

»Klar, dafür bin ich doch da!«, antwortete Louisa und schloss leise die Schlafzimmertür hinter sich.

Und jetzt? Jetzt machte sie sich wirklich Sorgen um ihre Freundin. So hatte sie sie noch nie erlebt. Ob so etwas öfter vorkam? Schließlich hatten sie sich lange nicht gesehen und sie konnte nicht mit Bestimmtheit sagen, ob ihre Reaktion angemessen war oder sich Sara nicht doch ein Stück in die Richtung einer überforderten, sensiblen und überspannten Hausfrau entwickelt hatte. Hoffentlich würde sich die Sache mit dem Brief bald in eine harmlose Geschichte auflösen.
Bis Leon von seinem Trainer nach Hause gebracht wurde, dauerte es noch eine halbe Stunde und so würde sie jetzt erst einmal das Haus erkunden.

29.

Es war ein wirklich schönes Haus.
Bevor der Kontakt zu ihr eingeschlafen war, hatte Louisa noch miterlebt, dass Sara nach der Hochzeit mit Christian in einer Mietswohnung in Freudenberg-Büschergrund gewohnt hatte. Ein paar Mal hatte sie ihre Freundin dort besucht und sie erinnerte sich noch genau an das Läuten der Schulglocke im nahegelegen Schulzentrum, als sie

draußen auf der kleinen Waschbetonterrasse gesessen hatten, die zu der Einliegerwohnung gehörte.
Bei ihrem letzten Besuch in Büschergrund war Sara schon schwanger gewesen und sie und Christian wollten sich auf die Suche nach einem kleinen Häuschen in Siegen oder Weidenau machen.

Jetzt stand sie also in diesem kleinen Häuschen zwischen Siegen und Weidenau und staunte über Saras Einrichtungsgeschmack. Das hätte sie ihrer Freundin so nicht zugetraut. Sie hatte es tatsächlich geschafft, aus einem alten Haus, sie würde es auf circa achtzig Jahre schätzen, das Beste rauszuholen. Das Schlafzimmer von Christian und Sara hatte sie nur kurz gesehen, aber es hatte etwas von einem gemütlichen Hotelzimmer, in dem die Vorhänge passend zu den Paradekissen auf dem Bett ausgesucht worden waren. *Paradekissen auf dem Bett …* dachte sie. Auf die Idee wäre sie nie gekommen. Bei ihr musste morgens immer alles schnell gehen. Da wäre es lästig gewesen, nach ihrem runtergeschlungenen Müsli erst noch ihr Bett zu machen, geschweige denn, die Tagesdecke und Kissen zu drapieren.
In Leons Zimmer wollte sie nicht ohne seine Erlaubnis eindringen, dafür hatte sie zu viel Respekt vor der Privatsphäre eines heranwachsenden Jugendlichen. Das ‚Achtung! Bissiger Schüler‘-Schild an der Zimmertür tat das Seinige dazu. Die übrigen zwei Türen, so vermutete sie, müssten in das Badezimmer und ein Gäste- oder Arbeitszimmer führen.
In dem kleinen Flur hatte Sara Fotos von Leon aufgehängt. Leon als Baby, Leon verkleidet im Kindergarten, Leon mit Schultüte, Leon mit dem Meisterschaftspokal in der Hand … jedes Foto steckte in einem Bilderrahmen aus altem, schön aufgearbeitetem Holz.
Sie ging die Treppe herunter ins Erdgeschoss und betrachtete die Diele. Ein alter, abgebeizter Kleiderschrank

aus Fichtenholz diente als Garderobe. Dazu hatte sie das gusseiserne Gestell einer alten Singer-Nähmaschine gestellt, von dem die Maschine selbst abmontiert worden war und Sara die Holzplatte durch eine Glasplatte hatte ersetzen lassen. Auf der Glasplatte stand eine kleine dreistöckige Etagere, die Sara mit bunten Blättern aus Holz dekoriert hatte. Louisa war sich sicher, dass dort in einigen Wochen statt der Blätter, kleine Engelchen oder Sterne ihren Platz einnehmen würden.
Das Klingeln riss sie aus ihren Gedanken. Sie ging zur Tür und war völlig perplex, dass sie einem jungen Mann gegenüberstand, der fast die gleiche Größe hatte wie sie. Sie hatte einen kleinen Jungen erwartet, dem sie zur Begrüßung einmal kräftig durchs Haar wuscheln konnte und war plötzlich unsicher, wie sie Leon begegnen sollte.
Leon war da völlig unkompliziert: »Hi, du bist Louisa, stimmt's? Wo ist Mama? Was gibt's zum Abendessen?«
Louisa überlegte nicht lange: »Mama war so müde, sie hat sich schon mal ins Bett gelegt. Morgen ist ja ihr erster Arbeitstag und da will sie fit sein. Aber wir haben noch eine ganze Pizza für dich in der Küche.«
Damit schien sie bei Leon schwer gepunktet zu haben.

30.

Jetzt ist es endlich soweit ... hatte sie aufgeregt gedacht als sie mit dem Fahrstuhl langsam nach oben fuhr. Sara erinnerte sich daran, wie aufgeregt sie gewesen war, als sie sich bei Herrn Schleifenbaum als Hostess beworben und zum ersten Mal vor diesem Fahrstuhl gestanden hatte.
Die erste Hürde, die sie damals hatte nehmen müssen, war der komplett aus Glas bestehende Fahrstuhl selbst

gewesen. Bis sie begriffen hatte, dass man draußen auf einem installierten Tablet das Stockwerk wählen musste, waren ihre Hände noch etwas feuchter geworden und die ersten beiden Fahrstühle an ihr vorbeigerauscht.
Da auch die Rückwand der Kabine aus Glas bestand, konnte sie genau in die in Apfelgrün eingerichteten Mitarbeiterküchen der unteren Stockwerke sehen. Allerdings hatten auch die beiden Kaffee trinkenden Herren in ihren schicken blauen Anzügen aus dem dritten Stock Einblick in ihre Kabine. Sich deren Blicken bewusst, hatte sie inständig gehofft, dass die beiden ihr jetzt nicht unter den Rock gucken konnten, als sie langsam an ihnen vorbei ein Stockwerk höher fuhr.

Jetzt stand sie an ihrem ersten Arbeitstag als Angestellte der Siegener Stadtbank, und nach fast vierzehn Jahren Pause, vor der Flurtür, durch die sie ab heute regelmäßig gehen würde. Mutig straffte sie die Schultern, hoffte, dass man ihre von der letzten Nacht leicht verquollenen Augen nicht bemerkte und ging den Flur entlang. Was regte sie sich eigentlich so auf? Die meisten ihrer neuen Kollegen kannte sie doch schon von ihrer Tätigkeit als Hostess, aber eben noch nicht alle. Sie war gespannt und neugierig zugleich, wer und was sie an ihrem ersten Arbeitstag in ihrem Einzelbüro erwarten würde.

Die Kollegen hatten sie herzlich willkommen geheißen, indem sie ihren Schreibtisch mit bunten Ballons geschmückt und ein fast lebensgroßes Kuschel-Nilpferd namens Hugo auf ihrem Bürostuhl platziert hatten. Sie machten es ihr leicht und Sara nahm den Willkommensgruß gerne an.
Eigentlich hatte sie erwartet, dass ihr Arbeitsplatz im Immozentrum angesiedelt sein würde, aber das hatte die Personalabteilung, oder ihr Chef Schleifenbaum, das wusste sie nicht so genau, anders entschieden.

Was sie aber wusste, war, dass sie sich auf viele fröhliche, lustige Ausflüge und Feiern mit der Marketingabteilung freuen durfte. Dafür war ihre neue Abteilung im ganzen Haus bekannt.

Vierzehn Jahre waren eine lange Zeit und nicht nur Leon, sondern auch die Technik hatte sich weiterentwickelt. Sara musste sich schnell eingestehen, dass sie mit vielen Dingen überhaupt nicht mehr vertraut war. Das Computersystem war ihr fremd, sie wusste nicht, für welche Türen sie den besonderen Sicherheitsschlüssel benötigte und für welche nicht und sie hatte keine Ahnung von der Telefonanlage. Aber die, so stöhnten alle Kollegen, war gerade erst frisch im ganzen Haus installiert worden und noch kannte sich keiner richtig damit aus.

Herr Schleifenbaum hatte ihr zwar angeboten: »Frau Jakobs, Sie wissen ja, wenn Sie irgendwelche Fragen haben, Sie können sich jederzeit gerne an mich wenden!« Aber da Sara sich nicht sicher war, ob sie sich das Zuzwinkern ihres Chefs nur eingebildet hatte, lehnte sie dankend ab. Als sie später Louisa davon erzählte, hatte die nur gelacht.

»Für den Schleifenbaum lege ich meine Hand ins Feuer, ganz ehrlich! Da musst du dir keine Sorgen machen. Der ist einfach nur nett und nach fünfundzwanzig Jahren immer noch voll verliebt in seine Frau«, war sie von ihrer Freundin beruhigt worden. »Da könnte sich dein Mann mal eine Scheibe von abschneiden, oder wann hast du das letzte Mal Blumen von ihm bekommen?«

Die Tage mit Louisa hatten ihr gutgetan. Sie hatte lange nicht mehr so viel Spaß gehabt. Zuerst hatte sie es schade gefunden, dass Christian bei ihrem Start ins feste Berufsleben nicht an ihrer Seite, sondern mal wieder irgendwo in der Weltgeschichte unterwegs war. Mittlerweile aber war sie ganz froh, dass sie erst einmal ihren Arbeitsalltag ohne ihn austesten konnte. Louisa war in dieser Zeit das Beste, was ihr passieren konnte. Sie wusste genau, was zu tun war. Sie machte ihr Mut, half ihr morgens dabei, die Brote für Leon zu schmieren, stand gemeinsam mit ihr vor dem Kleiderschrank und suchte mit ihr das Tagesoutfit aus.

Jetzt waren die zehn Tage mit Louisa wie im Flug vergangen und Sara hatte den Eindruck, dass auch Leon etwas traurig war, als er sich zum Abschied von ihr in den Arm nehmen ließ. Während er Louisas Koffer zum Auto brachte, drückte ihre Freundin ihr einen fetten Schmatzer auf die Wange und flüsterte: »Ich bin für dich da! Immer!«

31.

So langsam ging es auf Weihnachten zu und in den Supermärkten war es selbst für ihn nicht möglich an der Kasse zu stehen, ohne Spekulatius und Lebkuchen im Einkaufswagen liegen zu haben. Wenn er von zu Hause aus über den Siegener Giersberg rüber in die Oberstadt lief, überkam ihn Wehmut. Die Marburger Straße war mit beleuchteten Girlanden geschmückt worden, in den Schaufenstern war die Herbstmode der warmen Winterkleidung gewichen und überall sah man Menschen, die zwar gestresst wirkten, aber dennoch eine innere Freude auf Weihnachten ausstrahlten. Jochen vermisste seine Familie. Er vermisste es, mit seinen Töchtern über den kleinen überdachten Weihnachtsmarkt in Weidenau zu gehen und sie in die kleine Schweinchenbahn im Siegerlandzentrum zu setzen. Die Mäuse hatten es genossen, in den umliegenden Geschäften und in der Stadtbank nach

kostenlosen Fahrscheinen zu fragen. Ihrem bittenden Blick hatte keine Verkäuferin widerstehen können, da ging es ihnen nicht anders als ihm selbst. Jedes Mal gab es Zuckerwatte und warme Mandeln für die zwei. Für Claudia hatten sie sich eine mit Schokolade überzogene Banane einpacken lassen.
Seine Frau war ihm immer sehr dankbar gewesen, wenn er sich an den Adventswochenenden um die Kinder gekümmert hatte, damit sie in Ruhe Geschenke besorgen und das Haus schön dekorieren konnte. Ja, er vermisste seine Familie, den warmen Ofen, den selbstgemachten Adventskranz und die Freude seiner Töchter, wenn sie jeden Morgen ein Törchen an ihrem von Claudia gebastelten Adventskalender öffnen durften.
Als Christian ihn fragte, ob er am Samstag zu ihnen nach Hause zum Abendessen kommen wolle, hatte er sich erst geziert:

»Äh, du weißt aber schon, dass die Winterpause in der Bundesliga erst in zwei Wochen anfängt, oder? Komm mir jetzt nicht mit Raclette oder so einem Quatsch am Samstagabend an!«, hatte er ablehnend gesagt, damit Christian nicht merkte, wie aufgeregt er über die Chance war, die ihm da gerade von Sara Jakobs Ehemann geboten wurde.

»Was sagt denn überhaupt deine Perle dazu? Ist sie damit einverstanden?«

»Sara? Die freut sich, sie hat es ja selbst vorgeschlagen. Ich vermute, sie glaubt manchmal, du seist einfach ein Hirngespinst und dass es dich gar nicht gibt. Komm schon, jetzt stell dich nicht so an! Das wird ein netter Abend! Auf jeden Fall ist genug Bier im Haus«, versuchte Christian ihn zu überreden, obwohl das ganz und gar nicht nötig war. »Außerdem hat Sara dich noch nie gesehen. Ich habe schon bei dir übernachtet, bin mit dir und den Jungs in Holland gewesen, ich erzähle öfter von dir … Ihr wird es gut tun, ein Gesicht dazu zu haben«, hatte

Christian ihn fast angefleht.

»Ok, ok … ich komme«, hatte er geantwortet und es so aussehen lassen, als hätte Christian ihn dazu überredet.

32.

Je mehr er darüber nachdachte, umso besser gefiel ihm der Gedanke. Sich ganz offiziell und sogar geladen in ihrem Haus zu bewegen, das hatte schon was. Der Samstag kam schnell und Jochen machte sich zu Fuß auf den Weg. Schließlich hatte er es nicht weit. Sein Auto ließ er lieber in der Garage, das war bestimmt besser so.

Für Christian hatte er im Internet einen Johnnie Walker bestellt. Der Kerl war eh kein Feinschmecker, das hatte er an ihren ersten gemeinsamen Abenden bei sich zu Hause schnell herausgefunden. Der Whisky war völlig ausreichend, aber es gab bedeutend bessere. Mit Sara hatte er sich wesentlich schwerer getan und war zum guten Schluss dann doch im Blumenladen in Weidenau hinter der Tankstelle gelandet, den er mit einem Strauß weißer Lilien wieder verlassen hatte. Die Verkäuferin hatte ihm ziemlich seltsam hinterhergeguckt.

Soll sie doch! Welche Blumen ich kaufe, ist schließlich meine Sache!

Er war gespannt auf den Abend und verwundert, als er die Tür von einer ihm fremden Frau geöffnet wurde.

»Hi, ich bin Louisa, eine Freundin von Sara. Du musst Jochen sein! Komm rein, Sara steht gerade noch in der Küche und Christian bringt Leon schnell zu einem Freund … also, hereinspaziert!«, sagte sie und hielt ihm die Haustür auf, damit er, bepackt wie er war, eintreten konnte.

»Oh, danke, ja, ich bin Jochen!«
Eine Freundin von Sara also, dachte er bei sich. *Nicht schlecht, das wird ein interessanter Abend werden.*
Während Louisa ihn ins Wohnzimmer führte, erklärte sie ihm: »Sara wollte mit euch beiden Jungs nicht alleine den Abend verbringen. Sie hatte die Befürchtung, dass es außer Fußball wahrscheinlich kein anderes Gesprächsthema geben würde und so hat sie mich um Unterstützung gebeten.«
Gute Idee, dachte Jochen und sagte zwinkernd: »Naja, uns wird da sicher noch ein anderes Gesprächsthema einfallen als Fußball.«
Louisa kam so nah an ihn heran, dass er ihr blumiges Parfum riechen konnte und flüsterte ihm ins Ohr: »Allerdings habe ich die Befürchtung, dass sie uns beide gerne verkuppeln will.«
Jochen war belustigt. Das konnte Sara gerne haben. Ha, den Gefallen würde er ihr wirklich gerne tun:
Ich vögle vielleicht heute Abend ihre beste Freundin. Ein besseres Vorspiel kann ich mir beileibe nicht vorstellen, freute sich Jochen. *Das Einzige, was ich an diesem Abend tun muss, ist dafür zu sorgen, dass ich nüchtern bleibe und Fragen nach meiner Vergangenheit mit Gegenfragen beantworte. Ein Kinderspiel…*

Dann betrat Sara mit einer Schüssel heißer Kartoffeln den Raum …

33.

Wie jetzt, das ist Jochen? Christians Freund Jochen? Leons Trainer Jochen? Jochen Schmitz ist der Jochen?, dachte Sara völlig verwirrt. *Das gibt's nicht.* Sie musste

sich erst einmal sortieren. Jochen Schmitz war der neue beste Freund ihres Mannes, dem er sein Herz ausschüttete und von dem Christian behauptete, dass er ihn besser verstünde als seine eigene Ehefrau. Er war der Trainer, von dem Leon behauptet hatte, er sei der beste Coach ever? Unfassbar!
Die Abneigung, die sich unbewusst in ihr Herz geschlichen hatte, sollte sie schleunigst wieder herausholen und irgendwo vergraben. Er hatte bei der Stadtbank-Gala im Frühjahr sehr sympathisch gewirkt und sie war fest entschlossen, ihm heute Abend eine Chance zu geben. Auch um Louisas willen. Dass er ihr die gleichen Blumen mitbrachte, die sie jedes Jahr am Todestag ihres Vaters auf dessen Grab legte, hatte sie zwar etwas irritiert, den Gedanken daran aber schnell wieder vergessen.
Sara, das war ein Geniestreich von dir, sagte sie zu sich selbst. *Louisa und Jochen, Christian und ich … Das kann ein sehr schöner Abend werden*, schwärmte sie innerlich und vergaß für einen Moment ihre Sorgen.

Was für ein Trugschluss …

34.

Daniel freute sich. Dreimal hatte er jetzt schon mit Sara und Louisa in der Kantine im siebten Stock des Hochhauses gefrühstückt. Er genoss es, die Zeit mit Sara zu verbringen. Er wusste genau, dass es eigentlich keine gute Idee war, zumal er aus den Gesprächen rausgehört hatte, dass Sara noch immer mit Christian zusammen war. Daniel hatte seine Prinzipien: fang niemals etwas mit einer verheirateten Frau an! Daran hatte er sich bisher gehalten und das würde er auch weiterhin tun.

Seinen Vorsatz, niemals etwas mit einer Kollegin anzufangen, hatte er vor vielen Jahren leider gebrochen. Schließlich konnte man sich auf der Arbeit nicht aus dem Weg gehen. Wenn es ganz schlimm kam, hatte man sie eines Tages als seine Vorgesetze vor sich stehen. Das wusste er von Martin, dessen damalige Eroberung völlig überraschend zur Leiterin der Organisationsabteilung gekrönt wurde.

»Ein Albtraum!«, hatte er gestöhnt. »Die ist zur totalen Furie mutiert.«

Ihm selbst hatte damals das Verständnis gefehlt.

»Tja, Maddin, so was weiß man vorher. Also kein Mitleid!«, hatte er ihn ausgelacht.

Bis zu jenem verhängnisvollen Betriebsausflug nach München. Sie hatten morgens früh um halb sechs mit über vierhundert Mitarbeitern der Stadtbank am Siegener Bahnhof gestanden und auf den Sonderzug gewartet, der sie nach München bringen sollte.

Was für eine Gaudi, was für eine Stimmung im Tanzwaggon. Eigentlich war Daniel kein Typ dafür, aber er hatte mit einigen Kollegen in einer Ecke gestanden und sich daran erfreut, den anderen beim Tanzen zuzusehen. Etwas schüchtern hatten drei Mädels versucht, sich irgendwie einen Weg durch diesen Waggon zu bahnen, aber er war so voller Menschen gewesen, dass für die drei kein Vorwärtskommen war. Dann plötzlich musste der Zug so schlagartig bremsen, dass eines der Mädels fast gefallen wäre, hätte er sie nicht aufgefangen.

Das war Louisa gewesen, die ehemals beste Freundin seiner Sara. Durch ihre Arbeitsstelle in Wilden hatte er sie lange nicht gesehen und dann lag sie plötzlich in seinen Armen. Die laute Musik machte es kaum möglich, sich mit ihr zu unterhalten, sodass er sich immer wieder zu ihr herunterbeugen musste, um sie zu verstehen.

Irgendwann wurde ihm bewusst, dass er sie noch immer im Arm hielt. So hatte es angefangen …
Warum auch nicht?, dachte Daniel. *Sie war Single, ich war Single. Und der Sex war gigantisch.* Fünf Monate hatte ihre Beziehung gehalten und drei Jahre hatte es nach der Trennung gebraucht, bis er und Louisa wieder halbwegs normal miteinander umgehen konnten.

Sie war damals Kundenberaterin in Wilden gewesen und eines Tages als Privatkundenbetreuerin für vermögende Kunden in Siegen wieder aufgetaucht. Ab diesem Zeitpunkt war es unmöglich geworden, sich aus dem Weg zu gehen. Heute, nach so vielen Jahren, war das auch nicht mehr nötig. Sie hatten sich zusammengerauft und waren gute Freunde geworden, die hin und wieder ihre Mittagspause miteinander verbrachten. Ganz ohne Hintergedanken, obwohl beide wieder Singles waren.

Dass er jemals wieder mit Louisa und Sara gemeinsam um einen Tisch sitzen würde, damit hätte er niemals gerechnet.

35.

Jedes Jahr im Dezember lud die Stadtbank alle Pensionäre zu einem fröhlichen Kaffeetrinken in das erste Obergeschoss im Kundencenter ein. Wieder verwandelte sich die Freifläche in einen wunderschönen Veranstaltungsort, der eine gemütliche und festliche Gastlichkeit ausstrahlte. Fünfzehn große runde Tische waren herbeigeholt worden, um jeden Tisch standen zehn Stühle mit weißen Hussen bedeckt. Auf jeden Tisch hatte Sara ein großes Adventsgesteck drapiert und die Lichterketten um die Gestecke herum angeknipst. Echte Kerzen, so wusste sie, waren aus Sicherheitsgründen nicht erlaubt.

Sara hatte sich bewusst dafür entschieden, heute zu arbeiten. Sie hatte die Wahl gehabt: zwei Tage zuvor, am Freitagabend, bei der Jubilarsfeier zu bedienen, oder eben heute, an einem Adventssonntag-Nachmittag. Da sie wusste, dass die Jubilarsfeiern immer bis in die Puppen gingen und ihr das nächtliche Erlebnis mit dem Geländewagen nach der letzten Feier noch sehr präsent war, war ihr die Entscheidung für die Pensionäre leichtgefallen.

»Frau Jakobs«, rief ihr ein kleinerer Herr mit Schnäuzer zu und winkte sie heran. »Du bist es wirklich, Mädchen, komm mal rüber! Ich habe immer gedacht, du würdest ein Leben lang unter der Fuchtel deines Mannes stehen und die Stadtbank würde dich nie wieder zu Gesicht bekommen«, sagte er ihr mitten ins Gesicht, nachdem Sara sich durch die ganzen Pensionäre geschlängelt hatte und ihm schließlich gegenüberstand.

Sara wusste nicht, ob sie sich ärgern oder freuen sollte. Sie war nicht sein Mädchen, sondern eine gestandene Frau und er brauchte sie daher auch nicht zu duzen. Das hatte sie damals schon gefuchst. Wilhelm Schwarz war immer sehr offen und direkt zu ihr gewesen. Er war es auch, der ihr damals als ihr Chef in der Niederlassung Weidenau davon abgeraten hatte, so früh schwanger zu werden.

»Kind, du versaust dir das ganze Leben!«, hatte er sie gewarnt und sich dabei eine fette Zigarre angezündet.

»Du hast einen Spitzenabschluss beim Kundenberaterlehrgang hingelegt, bist jetzt seit zwei Jahren hier bei mir im Firmenkundengeschäft, den Bankbetriebswirt schaffst du locker! Mädchen, mach doch erst mal was aus deinem Leben!«, hatte er sie damals fast angefleht.

Sara fühlte sich wieder in die Zeit von damals zurückversetzt. Die Niederlassung Weidenau mit ihrer Empore, dem fleckigen Teppich, den alten schweren Schreibtischen, aber auch ihrem ganz eigenen Charme. Zu Beginn hatte sie jede Entscheidung mit Herrn Schwarz abstimmen müssen, nein, eigentlich hatte er jede Entscheidung für sie gefällt, weil Sara es nicht übers Herz gebracht hatte, jemandem einen Kredit abzulehnen. Ihrem Chef hatte das nichts ausgemacht. Im Gegenteil, manchmal wirkte er sogar richtig abgebrüht. Aber nach drei Jahren unter seiner strengen Hand hatte sie viel gelernt und auch den weichen Kern ihres Chefs kennenlernen dürfen! Geduzt, so hatte sie irgendwann festgestellt, wurde nur, wen er wirklich mochte. Dennoch war es ihm wichtig gewesen Sara deutlich zu machen, dass in keinster Weise das Gefühl oder die Sympathie darüber zu entscheiden hatte, ob jemand Geld bekommt oder nicht.

»Mädchen, dafür gibt es feste Kreditvergaberichtlinien und daran gibt es auch nichts zu rütteln! Auch wenn uns der Kunde noch so leid tut, klar?!«, waren damals seine Worte gewesen.

Und so hatte Sara, anstelle ihres Chefs, so manch einem unbelehrbaren Kunden die Hiobsbotschaft über dessen abgelehnten Kreditvertrag überbringen müssen. Ja, sie hatte unter Herrn Schwarz viel Lehrgeld gezahlt und aus heutiger Sicht war das auch gut so.

Sie lächelte ihm zu, erzählte ihm kurz von ihrem neuen Job, den sie sich selbst mit ihrer Idee geschaffen hatte und verließ ihn dann, nicht ohne eine gewisse Genugtuung zu verspüren.

Als Sara aus dem Kundencenter kam und hinüber ins Parkhaus lief, war es dunkel und leichte Graupelschauer fielen vom Himmel. Unheimlich war ihr zumute. Daher lief sie schnellen Schrittes, nachdem sie ihr Parkticket ausgelöst hatte, rüber zu ihrem kleinen roten Fiat - froh, dass sie bei der Hinfahrt einen der beleuchteten Frauenparkplätze ergattert hatte.

Sie hatte einen Nachmittag hinter sich, an dem sie das Vorstandsmitglied Herrn Heinrich erwischt hatte, wie er heimlich unter dem Tisch das letzte Spiel der Bayern vor der Winterpause auf dem Display seines Handys verfolgte. Alle Mitarbeiter wussten um die Leidenschaft ihres Vorstandsmitglieds und hatten damit immer ein unverfängliches Gesprächsthema, sollten sie ihm zufällig im Fahrstuhl begegnen.
Es war auch ein Nachmittag, an dem sie der Vorstandsvorsitzende, Herr Klein, gerettet hatte, indem er während des Fallens das Sektglas auffing, das ihr vom Tablett gerutscht war. Damit hatte er eindeutig bewiesen, dass ein Ex-Torwart eines Siegener Fußballvereins für immer seine einst geschulten Reflexe behält.
Zwei Vorstände, deren Leidenschaft der Fußball war. Der dritte, so hatte sie gehört, hatte die Tischtennisplatte gegen einen Golfplatz eingetauscht.
Sie öffnete die Autotür und musste laut lachen, als sie sich in ihrer blühenden Fantasie vorstellte, wie Herr Klein in Torwartkluft auf einem der runden Tische stand und mit einem Hechtsprung versuchte, trotz der gepolsterten Handschuhe ein zierliches Sektglas zu retten. Sie malte sich aus, wie er genau zwischen den Stühlen von Herrn Schreiner und Herrn Heinrich landete und die beiden mit zu Boden riss.

Das Bild war einfach zu schön …

36.

»Zwei Gläser Sekt, das ist doch nichts«, dachte sich Herr Schwarz, als er sich im Parkhaus Morleystraße hinter das Steuer des kleinen sonnengelben Minis quetschte

und dabei fluchte: »Warum hab ich mich bloß darauf eingelassen?«
Nur weil seine Frau Anke heute mit ein paar alten Freundinnen zum Weihnachtsmarkt im Freilichtmuseum nach Hagen fahren wollte, musste er ihren Wagen nehmen. Sein schicker BMW befand sich nun in den Händen seiner Ehefrau. *Hoffentlich fährt sie ordentlich und die Weiber bringen nicht so viel Schlamm mit ins Auto, wenn sie ihre drei Glühwein intus haben*, dachte er grimmig.
Er wusste, dass er selbst die Schuld trug und hatte die Aufforderung seiner Frau noch genau im Ohr: »Schatzi, denk dran, dass du mir noch die Winterreifen aufziehen lässt!« Er bewunderte seine Frau dafür, wie sie es schaffte, auf so freundliche Art und Weise Befehle zu erteilen.
Das war Anfang November gewesen und bis heute hatte er es schlichtweg vergessen. Nach dem Mittagessen war ihm dann nichts anderes übrig geblieben, als ihr zähneknirschend die Autoschlüssel für seinen Wagen zu überlassen und sich mit ihrem Mini auf den Weg zu seiner Pensionärsfeier zu machen.
Etwas sorgenvoll machte er sich nun auf den Heimweg Richtung Kochs Ecke, um dann nach rechts abzubiegen, wo er die Auffahrt auf die Hüttentalentlastungsstraße nahm, um dann in Eiserfeld über den Zubringer auf die A 45 zu gelangen.
Früher hatten sie in Geisweid gewohnt und es war nicht weit für ihn zur Arbeit gewesen, schwelgte er in Gedanken an seine Zeit, bevor er zum Pensionär wurde. *Mensch, die Frau Jakobs, die hat tatsächlich was aus sich gemacht. Potenzial hatte sie ja schon immer…* ließ er sein kurzes Gespräch mit Sara Revue passieren.
Morgen, so nahm Herr Schwarz sich vor, *rufe ich erst mal den Schleifenbaum an und forsche nach, wie sich mein Mädchen so macht*. Er nahm die Autobahnausfahrt Wilnsdorf und fuhr im Kreisel die dritte Ausfahrt Richtung Wilden. Aus den Graupelschauern waren mittler-

weile dicke Schneeflocken geworden, die einen dünnen weißen Teppich auf der Straße hinterlassen hatten.

»Was mussten wir auch in dieses Kuhdorf Wahlbach ziehen?«, schimpfte er vor sich hin, obwohl er genau wusste, dass das die beste Entscheidung war, die er mit Anke für ihren gemeinsamen Ruhestand hatte treffen können. Er liebte seine beiden Enkelsöhne abgöttisch und wenn das so weiterging, musste er morgen bestimmt mit ihnen einen Schneemann hinterm Haus bauen. Aber erst einmal musste er sehen, wie er mit seinen Sommerreifen das steile Stück bis nach Wilden runterkam.

Ab dann, das war ihm klar, würde sicher kein Verkehr mehr auf der Straße sein, wenn er durch die Wilde auf der Burbacher Straße Richtung Gilsbach fahren würde. Es war ja selbst auf der Autobahn kaum was los gewesen.

Saras ehemaliger Chef war nicht unvernünftig. Er fuhr auf der Höhe rechts ran, ließ die beiden Autos, die ihm entgegenkamen, vorbei und rutschte dann den Berg hinunter. Glücklich, dass er unbeschadet unten angekommen war, bog er links Richtung Wilde ab und schlich im Schritttempo durch den dunklen Wald bergauf Richtung Gilsbach.

»Ich hatte recht!«, bemerkte er erleichtert, als weit und breit keine Scheinwerfer zu sehen waren. »Hier ist tatsächlich keiner so blöd wie ich und fährt diese Strecke entlang. Es ist ja auch keiner so blöd und wohnt in Wahlbach!«, redete er mit sich selbst.

37.

»Los, erzähl!«, forderte Sara ihre Freundin noch am selben Abend auf. Sie war direkt von der Pensionärsfeier zu Louisa gefahren, um sich von ihr alles brühwarm erzählen zu lassen. *Christian müsste jetzt eh mit Leon in Kreuztal in der Sporthalle sitzen, um den Ferndorfern beim Handball zuzugucken*, hatte sie sich gedacht und war auf der Höhe von Schleifmühlchen geradeaus und am Marienkrankenhaus vorbei Richtung Kaisergarten zum Sieghütter Hauptweg gefahren.

Jetzt saß sie auf Louisas schwarzer Ledercouch in ihrem recht nüchtern eingerichteten Wohnzimmer und sah ihre Freundin interessiert an:

»Du hast meine volle Aufmerksamkeit, also leg los!«, forderte Sara ihre Freundin begierig auf.

Louisa war eindeutig von Sara überrascht worden, denn sie lief in einem grauen Jogginganzug vor ihr auf und ab.

»Was soll ich erzählen? So viel gibt es da gar nicht zu berichten. Wir hatten Sex und gut ist …«, murmelte Louisa.

»Moooment«, gab Sara zurück. »So leicht kommst du mir damit nicht davon!«

Sara kannte ihre Freundin viel zu gut, als dass sie nicht merken würde, dass irgendetwas nicht stimmte.

»Jetzt sag schon, was ist los?«, bohrte sie.

Louisa ging zum Sofa und setzte sich neben sie. Sara entging nicht, dass sie versucht hatte, sich dabei unbemerkt mit ihren Händen abzustützen.

»Louisa, jetzt sag doch endlich! Was ist passiert?«, hakte Sara nach und schaute ihrer Freundin dabei eindringlich in deren glasig gewordenen blauen Augen, die sich langsam mit Tränen füllten:

»Ich weiß gar nicht, wie ich es dir beschreiben soll …«

»Versuch es!«

»Ich habe diesen Mistkerl nach dem schönen Abend bei euch mit nach Hause genommen.«

»Du meinst Jochen? Er ist der Mistkerl?«

»Genau, Jochen, der beste Freund deines Mannes«,

sprudelte es jetzt aus Louisa heraus.

»Wir haben noch eine Flasche Sekt aufgemacht, ich hab Eros Ramazzotti eingelegt und wir haben, genau wie wir beide jetzt, hier auf diesem Sofa gesessen. Er hat mich mit seinen blauen Augen angelächelt, mir eine Strähne hinters Ohr gestrichen und mir einen zuckersüßen Kuss gegeben.«

Sara war nun völlig verwirrt. Was bitte sollte daran so schlimm sein? Das hörte sich doch alles nach einem netten, romantischen Abend an, auch wenn sie sich den in Louisas kühler Wohnung schwerlich vorstellen konnte. Nachdem Louisa sich die Nase geputzt hatte fuhr sie fort: »Ich war hin und weg. Er war wirklich zärtlich, hat vorsichtig Knopf für Knopf an meiner Bluse aufgemacht. Mein BH ist fast von alleine aufgesprungen, so sehr habe ich mich danach gesehnt, dass seine Lippen sich endlich um meine Brüstchen kümmern.«

Sara war klar, dass da noch etwas kommen musste, denn Louisa kauerte sich immer mehr zusammen und schlang ihre Arme um ihren Körper, als wenn sie sich vor etwas schützen wollte.

»Erzähl weiter!«, machte sie ihrer Freundin Mut.

»Er hat mich ganz plötzlich an meinen Haaren gepackt, hat mich hinter sich hergezogen und sich auf die Suche nach meinem Schlafzimmer gemacht.« Weiter kam sie nicht. Sie wurde zu sehr von Schluchzern geschüttelt.

Sara nahm ihre Freundin liebevoll in den Arm: »Du musst das Schwein anzeigen! Louisa, das darfst du dir nicht gefallen lassen!«

»Anzeigen?«, presste Louisa zwischen ihren Tränen hervor. »Und was bitte soll ich der Polizei sagen? Ja, Herr Kommissar, ich habe ihn mit nach Hause genommen, ja, Herr Kommissar, ich habe eine Flasche Sekt aus dem Keller geholt, ja, Herr Kommissar, ich wollte heißen Sex mit ihm haben … aber nein, Herr Kommissar, auf die Art aber dann bitte doch nicht …«, wimmerte Louisa.

Sara musste etwas tun, aber Louisa hatte wohl recht. Wie sollte sie der Polizei diesen Abend erklären?

38.

Jochen hatte in seinem Wagen gesessen und laut lachen müssen, als Schwarz, auf dem Weg zu seiner Pensionärsfeier, mit einem gelben Mini um die Ecke bog. Besser hätte es nicht laufen können. Jetzt musste er nur noch warten bis die Feier im Kundencenter vorbei war und sich dann auf den Weg nach Wahlbach machen. Nachdem er ganze drei Stunden in seinem Auto verbracht hatte, war er froh, dass er sich eine Thermoskanne Kaffee und eine warme Decke mit ins Auto genommen hatte. Er hatte in der Hammerstraße geparkt, einer kleinen Seitenstraße in der Nähe von Effertsufer, ungefähr fünfhundert Meter Luftlinie vom Kundencenter entfernt, und von dort die Hauptstraße beobachtet. Irgendwann würde Schwarz an ihm vorbeikommen, da war er sich sicher. Schließlich musste er die Autobahn nehmen, wenn er nach Hause in sein Kaff kommen wollte.
Von seiner Position aus konnte er alle Autos bestens beobachten, die zur Auffahrt auf die HTS, die Hüttentalentlastungsstraße, fuhren, welche später in den Zubringer zur A 45 mündete.

Seinen Gedanken hatte er zwischenzeitlich freien Lauf gelassen. Dass Louisa zur Polizei rennen würde, darüber machte er sich keine Sorgen. Dafür hatte sie sich viel zu sehr geschämt. Sie hatte tatsächlich gedacht, er käme für ein nettes, zärtliches Liebesspiel mit zu ihr nach Hause. Da hatte sie sich allerdings getäuscht.
Eigentlich hatte er ja gar nicht so grob werden wollen. Es

hatte ihm auch wirklich Freude gemacht, Louisa heiß zu machen, sie Stück für Stück auszuziehen, zuzusehen, wie sich auf ihrem Hals große rote Flecken der Erregung ausbreiteten ... Mit Befriedigung hatte er gesehen, wie sich unter ihrer Bluse ein blauer Spitzen-BH offenbart hatte. Sie legte Wert auf ihre Unterwäsche, das gefiel ihm. Er hatte Bock auf wilden, aber gepflegten Sex gehabt und dann war doch alles anders gekommen. Er hatte ihren BH auf den Couchtisch fallen lassen und dabei ein weißes Namensschild mit einem roten Rubenskopf-Logo darunter entdeckt. Sofort hatte sich in seinem Kopf ein fixer Gedanke breitgemacht: *Ich habe hier gerade eine Angestellte der Siegener Stadtbank halb nackt vor mir liegen ... gut für mich, Pech für Louisa!!*
Armes Ding, er musste dringend nach einer Möglichkeit suchen, das wieder gutzumachen, was er mit seiner Grobheit verbockt hatte, wenn er weiter mit Familie Jakobs befreundet sein wollte.

Dann plötzlich fuhr Schwarz an ihm vorbei und riss ihn aus seinen Gedanken. Jochen wartete brav darauf, dass seine Ampel grün wurde und bog dann rechts auf die Hauptstraße ab. Er konnte gerade noch sehen, wie die Rücklichter des Minis auf der HTS-Auffahrt hinter einer Kurve verschwanden und gab Gas. Jochen verschwendete keinen Gedanken daran, dass er Schwarz verlieren könnte. Er wusste, wo er hin wollte und welchen Weg der Chef seiner ehemaligen Kundenberaterin nehmen würde. Er musste nur etwas schneller sein. Schwarz schlich so langsam über die Autobahn, dass es für ihn ein Leichtes war, den gelben Kleinwagen zu überholen.

Mit seinen Winterreifen und dem Geländewagen war er für den einsetzenden Schneefall bestens gerüstet. Jochen spürte, wie ihm das Adrenalin durch die Adern schoss, nachdem er Wilhelm Schwarz mit seinem Wagen weit hinter sich gelassen hatte. Es bereitete ihm keine Probleme, durch das dicke Schneegestöber über Wilden hinunter bis Gilsbach zu fahren. Dort wendete er und stand nun am Fuße des Berges zwischen Gilsbach und Wilden. Nun musste er nur noch darauf warten, oben auf der Kuppe die Scheinwerfer eines kleinen, gelben Minis zu sehen.

39.

»Scheiße, scheiße, scheiße«, schimpfte Schwarz hinter dem Steuer, als er plötzlich nach der Kurve von den Scheinwerfern eines großen Geländewagens geblendet wurde. »Ruhig bleiben!«, befahl er sich selbst. »Ich muss nur auf meiner Seite bleiben, dann passt das schon.«

Der Schnee glitzerte im Licht der entgegenkommenden Scheinwerfer so stark, dass er kaum noch etwas erkennen konnte:

»Hey, du Arsch, mach das verdammte Fernlicht aus!«, schrie er, als ob der Fahrer, des ihm entgegenkommenden Fahrzeugs, ihn hören könnte.

Sie waren noch gute hundert Meter voneinander getrennt, als Schwarz immer mehr in Panik geriet.

»Was soll das! Was machst du da? Hau ab!«, versuchte er den Fahrer anzuschreien, als dieser plötzlich die Spur wechselte und frontal auf seinen Mini zusteuerte.

Saras früherer Chef war sich der immer näher kommenden Gefahr absolut bewusst. David gegen Goliath – und er war eindeutig David. Er begriff nur nicht, was das Ganze sollte. Reaktionsschnell riss Schwarz das Lenkrad herum und versuchte auf die Gegenfahrbahn zu wechseln, um der Kollision mit dem Geländewagen auszuweichen.

»Geschafft«, jubelte er, als der kleine Mini wie in Zeitlupe an seinem Gegenüber vorbeirutschte, ohne ihn auch nur mit der Stoßstange zu berühren. Als er dabei einen kurzen Blick auf den Fahrer erhaschen konnte, sah er sich plötzlich wie in einem Geistesblitz auf der Empore in der Weidenauer Stadtbankfiliale stehen und hinab in die Schalterhalle schauen, aus der ein verzweifelter Mann mit Tränen in den Augen zu ihm aufblickte.

Jetzt aber lag keine Verzweiflung, sondern blanker Hass in diesem Blick, der Schwarz das Blut in den Adern gefrieren ließ. Während er sich noch darüber wunderte, welch seltsame Dinge einem Menschen im Bruchteil einer Sekunde durch den Kopf gehen können, realisierte er Stück für Stück, dass die Sommerreifen seines Wagens nicht griffen. Wider besseres Wissen trat er fest auf die Bremse.
Dass das ein Fehler war, merkte er, als er dadurch jegliche Kontrolle über das geliebte Auto seiner Frau verlor, das sich erst zweimal um die eigene Achse drehte, um sich dann von der Straße zu verabschieden und den steilen Abhang hinunterzustürzen.
Herr Petry?, dachte er, während er gleichzeitig mitzählte, wie oft sich der Wagen überschlug, bis er auf dem Dach liegenblieb.
»Anke, ich hätte auf dich hören sollen«, war der letzte Gedanke, den Wilhelm Schwarz in diesem Leben haben sollte.

40.

»Ein Autounfall?«, fragte Johanna vier Stunden später. »Und was haben wir bitte mit der Wildener Ecke zu

tun?«, rief sie ihrem Kollegen im Nebenzimmer durch die halboffene Tür zu. »Dafür ist doch wohl eindeutig die Wache in Wilnsdorf zuständig. Hast du mal rausgeguckt? Müssen wir da jetzt wirklich hin?«, fragte sie genervt.
Zum Glück arbeitete sie mittlerweile im Kriminalkommissariat und musste nicht mehr zu jedem Einsatz, den sie fuhren, ihren Gürtel mitnehmen. Zu Beginn ihrer Laufbahn als Streifenpolizistin hatte sie das als sehr lästig empfunden. Später war es Johanna zur Routine geworden, sich den Gürtel anzulegen und die R99 mit einem Ersatzmagazin in die dafür vorgesehenen Halterungen zu stecken. Taschenlampe, Schlagstock, Pfefferspray und Handfesseln hatten genauso zur Ausstattung gehört wie das Funkgerät, das sie immer als Letztes an ihrem Gürtel befestigt hatte.
Heute beschränkte sich ihre Ausstattung je nach Einsatz auf ihre Schutzweste, die Waffe und das Funkgerät. Deshalb stand sie auch kurze Zeit später, wenngleich noch immer genervt, in der Tür zu Holgers Büro.
Ihr Partner beantwortete ihre Frage mit einem Grinsen, das Johanna immer bei ihm sah, wenn ein interessanter Fall auf sie wartete: »Schätzelein,«, sagte er in fast dem gleichen Tonfall, wie es Hape Kerkeling in seiner Rolle als Horst Schlemmer tat, »das war wohl kein normaler Autounfall. Der Fahrer des einen Wagens liegt tot im Graben, der andere Fahrer ist abgehauen.«
Johanna wurde sofort hellhörig: »Woher wissen wir, dass es einen zweiten Fahrer gab? Bei dem Wetter kann man schnell von der Straße abkommen und die Spurensicherung hatte sicher auch keine Chance, irgendwelche Reifenspuren auszuwerten. Es schneit jetzt schließlich seit fast vier Stunden ununterbrochen«, forschte sie bei Holger nach.

»Naja …«, legte er ganz bewusst eine Kunstpause ein, »man hat einen Zettel gefunden, der in einer Klarsichtfolie hinter der Windschutzscheibe hing …«

Johanna wurde langsam sauer: »Jetzt lass dir doch nicht alles aus der Nase ziehen! Was stand drauf?«

»Heinrich, der Wagen bricht!«

41.

Als Sara sich drei Tage später auf der Arbeit die Siegener Zeitung vom Stapel nahm, um einen Blick in die Todesanzeigen zu werfen, las sie voller Mitgefühl:
Plötzlich und völlig unerwartet müssen wir Abschied nehmen von meinem lieben Ehemann, unserem geliebten Vater, Schwiegervater, Opa und Bruder Wilhelm Schwarz ...

Sara erinnerte sich, wie sie am Montag auf die Arbeit gekommen war, nicht ahnend, welch traurige Nachricht sie mittags erhalten würde. Wie gewohnt hatte sie ihren Computer hochgefahren, das Passwort eingegeben und fleißig losgelegt.
Ihre neue Arbeit machte ihr Spaß, vor allem, weil sie jegliche Freiheiten hatte und ihr eigener Herr war, denn schließlich war die Stelle ganz neu geschaffen worden. Nun bestand ihre Aufgabe in der Ausarbeitung eines Konzeptes, wie man das neue Angebot, Immobilienbesitzern die komplette Verwaltung abzunehmen, organisatorisch und auch marketingtechnisch umsetzen konnte.
Das Angebot wollte sie gerne auf die Oma von nebenan zuschneiden, aber auch auf den Kunden, der seine Immobilien als reine Anlageobjekte sah. Ihr war bewusst, dass sie sich mit der Organisationsabteilung, von allen Mitarbeitern nur kurz ‚Orga' genannt, dem Immozentrum und den Kollegen aus ihrer eigenen Abteilung würde

zusammensetzen müssen, um eine Vorstellung dafür zu bekommen, wie das Ganze möglich gemacht werden könnte. Natürlich war ihr bewusst, dass es schon Unternehmen gab, die genau diese Zielgruppe ansprachen, aber alles aus einer Hand, das war neu und hatte das gewisse Etwas.

Die Immobilie über die Siegener Stadtbank zu kaufen, sie auch dort zu finanzieren und schließlich von kompetenten Immobilienkaufleuten der Stadtbank verwalten zu lassen.

Genau das war ihre Idee!

Dem Vorstand und auch Herrn Schleifenbaum hatte dieser Gedanke gefallen und sie würde alles tun, um die Herren nicht zu enttäuschen. Jetzt musste sie aber erst einmal recherchieren, wie die Preise und Strukturen bei der Konkurrenz aussahen.

Während sie so vertieft in ihre Arbeit war, hatte sie Daniel aus den Augenwinkeln gesehen, wie er gerade über den Flur ging und bei Herrn Schleifenbaum im Büro verschwand.

Zuerst hatte Sara sich in ihrem Büro, das zum Flur hin komplett verglast war, etwas unwohl gefühlt, aber mittlerweile hatte sie sich daran gewöhnt, dass jeder, der an ihrem Büro vorbeikam, auch hineinsehen konnte. *Doch,* hatte sie sich gefreut, *genauso wie die anderen reingucken können, kann ich auch rausgucken und gleich sehen, wenn Daniel bei Herrn Schleifenbaum mit seiner Besprechung fertig ist.*

Nach einer halben Stunde hatte sie keine Lust mehr gehabt zu warten und stand gerade in der verglasten Teeküche, als sie Daniel durch die Flurtür kommen sah. Er schien vor den Aufzügen darauf zu warten, dass er mit einem von ihnen in den Keller fahren und durch die unterirdischen Verbindungsgänge trockenen Fußes ins zweite Verwaltungszentrum gehen konnte.

»Stopp!«, hatte sich Sara selbst rufen hören. »Wo willst du denn so schnell hin?«

Daniel schien überrascht gewesen zu sein, sie zu sehen:

»Hey«, sagte er etwas verlegen, »ich habe mich noch gar nicht daran gewöhnt, dir ganz unerwartet auf der Arbeit begegnen zu können.«

»Also, wenn du hier in meinem Stockwerk einen Termin bei meinem Chef hast und das direkt gegenüber meines Büros …«, sagte sie etwas enttäuscht, »dann hättest du auch mal kurz ‚Hallo' sagen können.«

Daniel hatte schmunzeln müssen: »Ja, du hast ja recht. Sag an, was gibt's?«

»Ich brauche deine Hilfe! Du musst meinen Ehemann spielen!«, war es ganz unbekümmert aus ihr herausgeplatzt.

»Ich soll was?«

»Ich hab dir doch von meinem Job erzählt, und da habe ich mir überlegt, dass wir uns einen Termin als Ehepaar und Besitzer eines Mehrfamilienhauses bei der Konkurrenz geben lassen können, um dort mal die Konditionen auszuspionieren«, hatte sie ihm mit ihrem zuckersüßesten Lächeln erklärt, das sie zu bieten hatte. »Biiiiiitte!«

»Du kleines Biest, du glaubst wohl, du könntest mich noch immer mit deinem Lächeln um den Finger wickeln?«, gab er gut gelaunt zurück.

»Und? Kann ich?«

» Na gut, aber das kostet dich was!«

»Einverstanden«, hatte sie sich gefreut. »Ich melde mich bei dir.«

Dann hatte sie zugesehen, wie Daniel den Fahrstuhl betrat und ihr zum Abschied mit seinen dunkelbraunen Augen zuzwinkerte. Sie hatte gerade ihre Tasse unter der Kaffeemaschine hervorgezogen, als Daniel plötzlich wieder vor ihr stand.

»Das hätte ich jetzt fast vergessen«, hatte er gesagt. «Hast du schon gehört?«

»Nein, was soll ich gehört haben?«

»Herr Schwarz ist letzte Nacht gestorben. Hattest du

nicht nach deiner Zeit in Dreis-Tiefenbach in Weidenau mit ihm zusammengearbeitet? Angeblich war es wohl ein Autounfall mit Fahrerflucht.«
Sie hatte es nicht glauben können und Daniel fassungslos angesehen. Das also war der Unfall gewesen, von dem sie beim Frühstück über das Lokalradio erfahren hatte. Die Polizei suchte nach Zeugen. *Herr Schwarz ... das kann nicht sein. Wir haben uns doch gestern noch so nett unterhalten. Er hat mir alles Gute für die Zukunft gewünscht und jetzt ist er tot?*
Sara wusste nicht, was sie sagen sollte, sie war einfach zu schockiert. Wie ein Häufchen Elend muss sie in der Teeküche gestanden haben, denn plötzlich hatte ihr Daniel die Tasse aus der Hand genommen und sie in seine Arme geschlossen. Sara hatte sich zusammenreißen müssen, um nicht loszuheulen. So gut kannte sie Herrn Schwarz doch gar nicht, dass sie jetzt so betroffen sein müsste. Ihr Nervenkostüm lag schlicht und ergreifend zu blank.

Sara war noch immer tief erschüttert, als nun ihr Telefon klingelte und sie aus ihren Gedanken riss. Die Vorsitzende des Personalrats bat sie, in einer halben Stunde bei ihr im Büro vorbeizukommen.
Meike war schon im Personalrat gewesen, als Sara damals schwanger wurde und ihre vierzehnjährige Stadtbankpause antrat. Mittlerweile wurde sie seit einigen Jahren immer wieder neu zur Vorsitzenden gewählt, was darauf schließen ließ, dass sie gute Arbeit leistete.
Wahrscheinlich wollte Meike mit ihr über ihre neue Tätigkeit sprechen, oder – was Sara kaum zu hoffen wagte – sie fragen, ob sie sich noch kurzfristig zum Betriebsausflug im Mai nach Bremerhaven anmelden möchte …

42.

Als Johanna mit Holger das Kundencenter der Stadtbank betrat, war sie froh, in ziviler Kleidung dort am Info-Schalter zu stehen und nach dem Weg zu fragen. Die freundliche Dame erklärte ihnen, dass die Personalratsvorsitzende in fünf Minuten käme, um sie abzuholen.
Johanna nutzte diese fünf Minuten, um sich in aller Ruhe umzusehen. Was hatte sich hier alles verändert. Modern, mit einem großen Selbstbedienungscenter, einem Info-Schalter, kleinen runden Glaskästen, in denen, so dachte Johanna, wahrscheinlich die Beratungsgespräche stattfanden, präsentierte sich die Stadtbank ihren Kunden – und auch ihren Nichtkunden.
An diesem Mittwochvormittag war zwar nicht viel los, aber Johanna wusste, dass das zu anderen Zeiten ganz anders aussah. Dann nämlich, wenn Schüler, Berufstätige, Hausfrauen oder auch Rentner das Kundencenter als Durchgang nutzten, um zum Siegener Bus- und Hauptbahnhof, zur City-Galerie oder zum Sieg Carré mit den zwei Modeläden und dem netten Handtaschengeschäft zu gelangen. Das schöne Café, in dem sie sich hin und wieder mit ihren beiden Freundinnen zum Kaffeetrinken traf, lag dort genau in der Mitte. Johanna beobachtete gerade zwei Stadtbank-Mitarbeiter, die mit einer Tasse Kaffee in der Hand über eine kleine Brücke schlenderten, die genau über der Kundenhalle herlief, als sie von einer netten Mitarbeiterin um die fünfzig gefragt wurde: »Lust auf einen Kaffee?«
Johanna fühlte sich etwas ertappt. Hatte man an ihrem Gesicht ablesen können, wie sehr sie sich nach einem Kaffee sehnte? Ihre Nächte waren tatsächlich sehr kurz gewesen. Ihre Wache hatte lange nicht mehr solch einen komplizierten, aber auch hochinteressanten Fall zu lösen gehabt, und so mussten sie und ihre Kollegen sich erst einmal sortieren und die Zuständigkeiten klären. Johanna

hatte die Aufgabe bekommen, sich um die Ehefrau des Toten zu kümmern und behutsam herauszufinden, ob Schwarz Feinde hatte, was er privat so getrieben hatte … einfach alles, was irgendwie von Interesse sein konnte.

So war sie nun mit Holger bei der Stadtbank gelandet. Die nette Dame stellte sich ihnen als die Personalratsvorsitzende Meike Lindt vor, was Johanna schlagartig daran erinnerte, dass sie heute Morgen vergessen hatte: das Törchen ihres Adventskalenders zu öffnen.
Frau Lindt führte sie erst in einen Fahrstuhl, dann einen längeren Gang entlang, wieder in einen Fahrstuhl, durch einen noch längeren Gang – aber dieses Mal durch den Keller – und wieder einen Fahrstuhl zu ihrem Büro im dritten Stock des ersten Verwaltungszentrums. Jetzt saßen sie zu dritt bei einer Tasse Kaffee im Büro der Personalratsvorsitzenden, von der Johanna, das musste sie zugeben, sehr angetan war. Eine Frau als Vorsitzende, das fand sie richtig gut.
Sie war sehr interessiert daran, wie sich der Personalrat der Stadtbank zusammensetzte. Doch leider bekam sie auf ihre Frage eine sehr ernüchternde Antwort für eine Polizistin, die versuchte in der Männerwelt Fuß zu fassen. Frau Lindt hatte ihr erklärt, dass bei der letzten Wahl siebzig Prozent Männer gewählt worden waren – und das, obwohl wesentlich mehr Frauen als Männer bei der Stadtbank beschäftigt waren. *Wie konnte das sein?* Johanna wollte das nicht in den Kopf. W*enn selbst die Frauen darauf vertrauen, dass sie von Männern besser vertreten werden als von ihrem eigenen Geschlecht, wie soll sich dann je etwas ändern?*
Aber sie waren ja nicht hier, um sich über die Stellung der Frau in der Berufswelt zu unterhalten. Sie waren hier, um zu erfahren, ob es unangenehme Vorkommnisse im Berufsleben von Wilhelm Schwarz gegeben hatte. Die forensische Handschriftenuntersuchung hatte eindeutig

ergeben, dass es sich sowohl bei dem Brief, den Sara Jakobs bekommen hatte, als auch bei dem, der hinter die Windschutzscheibe des gelben Minis geklemmt worden war, um die gleiche Handschrift handelte. Auch das Papier und der rosa Umschlag waren identisch. Worin also bestand die genaue Verbindung zwischen Wilhelm Schwarz und Sara Jakobs? Johanna hoffte inständig, dass sie das Gespräch mit Meike Lindt weiterbringen würde.

43.

Noch saß Jochen alleine an dem großen runden Tisch im Eingangsbereich des Restaurants im Gebäude der Stadtbank. Schließlich war es für alle geöffnet und nicht nur den Bankmitarbeitern vorbehalten. Jochen genoss es, sich mittags hier aufzuhalten und die Gespräche zu belauschen, die an den Tischen in seiner Nähe stattfanden. Oft hatte er sogar Glück und sein Tisch füllte sich mit Stadtbankmitarbeitern, die sich völlig unbedarft über Dinge unterhielten, die Jochen ganz neue Möglichkeiten eröffneten.

Seit dem vergangenen Sommer aß er regelmäßig zweimal in der Woche hier zu Mittag und hatte viele pikante und wertvolle Informationen über das Leben eines Bankangestellten gesammelt. Heute, so hatte er entschieden, sollte sein letztes Mal sein. Es wurde langsam zu gefährlich für ihn. Seit er mitbekommen hatte, dass auch Louisa hier im Kundencenter arbeitete, kam es für ihn nicht mehr infrage, auch wenn sie mit ihren Kollegen öfter im Restaurant des Apollo-Theaters, statt in dem der Stadtbank, zu Mittag aß. Außerdem wusste er mittlerweile alles, was er wissen musste.

Er wusste genauso Bescheid darüber, dass es gelungen

war, Sara Connor zu dem Musik- und Theaterfestival über Pfingsten nächsten Jahres auf den Giller zu locken, wie auch über das neue Telefonsystem und die dämlichen Kollegen, die das System noch immer nicht rafften oder nicht raffen wollten. Außerdem hatte er gehört, dass der Betriebsausflug über den ersten Mai nach Bremerhaven ging. Er konnte allerdings nicht nachvollziehen, wie man sich darauf freuen konnte, mit seinen Kollegen drei Tage am Stück zu verbringen. Sogar die Planungen zu einem Bremerhaven-Vortreffen hatte er mitangehört, unfassbar.

Heute saß er hier, um herauszufinden, wie man zu dem Tod des ehemaligen Geschäftskundenberaters Wilhelm Schwarz stand. Nachdem er aber nur Informationen über das anstehende Mitarbeiterevent in der Siegerlandhalle ergattern konnte, bei dem über das bevorstehende Jubiläumsjahr aufgeklärt werden sollte, verließ er das Restaurant und wäre fast mit Sara Jakobs und Louisa Schnell zusammengestoßen, die gerade aus dem Nebeneingang des Hochhauses kamen. Glücklicherweise waren die beiden so ins Gespräch vertieft, dass sie nicht bemerkten, wie er zügig kehrtmachte und in die andere Richtung über den Scheinerplatz lief, sich hinkniete, um seinen vorgetäuscht offenen Schnürsenkel zu binden und dabei beobachtete, wie sich die beiden im Restaurant gegenüber an einem Tisch am Fenster niederließen. Es schien ein ernstes Gespräch zu sein, denn Jochen konnte gerade noch erkennen, wie Louisa aus ihrer Handtasche ein Taschentuch kramte und es ihrer Freundin hinhielt.

Bestens gelaunt stand der Mörder von Wilhelm Schwarz auf, ging Richtung Siegufer, setzte sich auf eine der neu angelegten Stufen und sah der Sieg zu, wie sie sich durch die Stadt schlängelte. Da hatten sich die Städteplaner etwas Gutes einfallen lassen. Im Moment waren die Steine zwar noch bitterkalt, aber im Sommer saßen hier

Massen an Menschen und genossen das freigelegte Siegufer. Doch er saß hier, um einen neuen bösartigen Plan zu schmieden.
Aber erst einmal, so entschied er, wollte er Sara Jakobs über die anstehenden Weihnachtstage etwas Ruhe gönnen. Auch er wollte sich erholen, denn die letzten Tage waren nicht spurlos an ihm vorbeigezogen. Es war für ihn schließlich das erste Mal, dass er einen Menschen umgebracht hatte.

44.

»... und ich nehme eine große Maracujaschorle, Essen möchte ich heute nichts.«, sagte Sara zur Bedienung und erntete dafür einen missbilligenden Blick ihrer Freundin. Sie saßen dieses Mal im Restaurant des Apollo-Theaters an einem der Tische an der Fensterfront, durch die man die Kollegen so herrlich beobachten konnte. Doch heute waren sie nicht in der Stimmung dafür.

»Sara, du musst etwas essen. Du hast bestimmt schon drei Kilo abgenommen. Komm, gib dir einen Ruck!«, forderte Louisa sie auf. »Guck hier, das Tagesgericht: Putengeschnetzeltes mit Reis und Rucola-Salat, das ist doch genau dein Ding!«

»Ich bekomme jetzt keinen Bissen runter. Ich fasse das alles nicht. Wilhelm Schwarz ist tot und das wegen mir? Wieso? Ich begreife das einfach nicht. Das Einzige, was uns verbindet, ist die Stadtbank und das ist sicher kein Mordmotiv.«

»Wie, Mordmotiv? Ich dachte, es war ein Verkehrsunfall mit Fahrerflucht? Das haben sie zumindest im Radio behauptet«, hakte Louisa nach, während sie versuchte, ein Blatt Rucola mit der Gabel aufzuspießen.

»Du, die haben genauso einen Umschlag an dem Auto vom Schwarz gefunden, wie den, der bei mir mit der Post ankam. Also muss er mit voller Absicht von der Straße gedrängt worden sein.«

»Oh Sara, wie furchtbar! Dann ist das also der Grund, warum Meike dich zu dem Gespräch hinzugebeten hat?«

»Genau, ich dachte ja zuerst, sie wollte mich fragen, ob ich noch mit zum Betriebsausflug fahren will, weil ja der Anmeldeschluss schon um war, bevor ich meinen Arbeitsvertrag bekommen habe«, gestand Sara. »Aber nein! Ich war völlig perplex, als ich die beiden Polizisten bei Meike im Büro habe sitzen sehen. Und die haben mir dann erzählt, dass in dem Brief, den sie hinter der Windschutzscheibe gefunden haben, wieder ein Zitat aus einem Märchen geschrieben stand. Jetzt halt dich fest! ‚Heinrich, der Wagen bricht!'«

»Wie passend für einen Autounfall. Der Typ ist gut. Heinrich, der Wagen bricht«, wiederholte Louisa langsam die Worte und trank einen großen Schluck ihrer Cola Light. »Das hab ich doch schon irgendwo gehört. Von Schiller?«

Sara brachte ein kleines Lächeln zustande: »Nein, du Banause, das ist aus dem Märchen vom Froschkönig. Die Polizei meint, dass der Typ sogar so pfiffig ist, dass ‚Heinrich' den Bezug zu unserem Vorstand darstellt.«

»Unglaublich, das wäre allerdings pfiffig.«

Sara glaubte einen Hauch Bewunderung aus Louisas Stimme herauszuhören. »Louisa, das ist nicht witzig«, ermahnte sie ihre Freundin. »Der Typ jagt mir eine Heidenangst ein. Stell dir doch mal vor … jemand, der bereit ist einen Mord zu begehen, war in unserem Haus.«

»Wenn es überhaupt ein Mann war«, zweifelte Louisa.

»Klar war das ein Mann. Wenn es der Gleiche war, der mich nach meinem Hosteseneinsatz beim Klassik-Konzert im Apollo-Theater verfolgt hat, ist es auf jeden Fall ein Mann. Das habe ich damals genau erkennen können«, erwiderte Sara leicht genervt.

»Ok, ok. Ich glaube dir ja! Jetzt erklär mir aber bitte, was die Polizisten von Meike wollten. Was hat denn der Personalrat mit der ganzen Geschichte zu tun?«

»Anscheinend gehen sie davon aus, dass die Stadtbank der gemeinsame Nenner zwischen Schwarz und mir ist«, erklärte sie. »Deshalb wollten sie wissen, ob es irgendwelche Beschwerden über ihn gegeben hat. Kollegen, die sich bei der Beförderung übergangen fühlten, Kolleginnen, die belästigt wurden … solche Sachen eben.«

»Und?«, wollte Louisa wissen.

»Meike sagt, da gäbe es nichts, rein gar nichts. Das hätte ich mir bei ihm auch wirklich nicht vorstellen können. Er war immer ein ehrlicher und gradliniger Chef, zumindest mir gegenüber.«

»Oh Mann, das ist ja fast wie im Tatort«, sinnierte Louisa. »Aber wo ist das Motiv?«

»Das ist es ja gerade, was wir alle nicht verstehen. Und den genauen Tathergang konnten sie auch noch nicht rekonstruieren, weil es genau an diesem Abend so stark geschneit haben muss, dass sie keine Reifen-, geschweige denn Bremsspuren erkennen konnten.«

»Und wie soll es jetzt weitergehen?«, fragte Louisa mitfühlend, als sie in das bedrückte Gesicht ihrer Freundin sah.

»Ich bin jetzt erst mal froh, dass Weihnachten vor der Tür steht und Christian über die Feiertage frei hat. Das wird uns beiden guttun und mich hoffentlich auf andere Gedanken bringen.«

» Das stimmt! Und sag mal …«, druckste Louisa rum, »hast du nochmal was von Jochen gehört?«

»Was? Nein! Nachdem, was du mir erzählt hast, hätte ich Christian am liebsten verboten, sich weiter mit ihm zu treffen. Aber er ist ja kein Kind mehr.«

»Jetzt sag nicht, du hast deinem Mann von meinem Sex mit seinem besten Freund erzählt!«

»Nein, natürlich nicht!«, beruhigte Sara sie schnell. »Das würde ich niemals tun.«

»Gut, weil … naja, heute sehe ich die Sache auch etwas anders …«, gab Louisa kleinlaut zu.

Nachdem Louisa Sara ihre neue Sicht der Dinge kundgetan hatte, wischte sie sich den Mund an der Serviette ab und winkte die Bedienung herbei, um zu zahlen. Draußen nahm sie Sara noch einmal in den Arm und sagte: »Hey, Kopf hoch, du schaffst das!«

Louisa ließ eine völlig perplexe Sara vor dem Eingang zum Kundencenter stehen.

Sara ließ das Gespräch noch einmal Revue passieren: Ihre Freundin war sich nicht mehr ganz so sicher, ob es nicht doch nur ungezügelte Lust gewesen sei, die Jochen Schmitz jegliche Zärtlichkeit hatte vergessen lassen und ihn in das fast schon animalische Liebesspiel getrieben hatte. Im Ernst? Louisa hatte ihr sogar verkündet, dass sie tatsächlich daran überlege, sich noch einmal mit ihm zu treffen, aber nicht ohne vorher die Grenzen festzulegen.

»Ich habe jetzt seit über drei Jahren keinen Mann mehr gehabt … Sara, kannst du dir das vorstellen? Und am Anfang war es auch wirklich ein sehr, wirklich sehr schöner Abend gewesen«, hatte sie geschwärmt.

Noch sechs Monate

Januar

1.

Der stürmische Wind auf der Insel tat ihm gut und passte bestens zu seiner Stimmung. Er musste dringend seine Gedanken ordnen und genauestens überlegen, wie er weiter vorgehen wollte. Ab jetzt durfte er sich keinen Fehler erlauben.
Der kleine Einbruch bei Sara war die eine Geschichte. Und eigentlich war es ja gar kein Einbruch, dachte Jochen grinsend, denn Christian hatte mit besoffenem Kopf seinen Schlüsselbund bei ihm am Sofatisch liegenlassen und war eingeschlafen. Da war es für ihn ein Leichtes gewesen, den Schlüssel schnell in Knete zu drücken und sich dann später einen weiteren beim Siegener Schlüsseldienst nachmachen zu lassen.
Nein, die andere Geschichte war der Tod von Wilhelm Schwarz.

Zum Glück war es heutzutage kein Problem mehr, auf Juist ein Hotel mit Internetzugang zu finden. Die Siegener Zeitung hatte er Online abonniert, sodass er stets auf dem Laufenden war. Die Polizei machte ihre Arbeit gut: Sie suchte Zeugen, die an besagtem Abend auf dem Stück zwischen Gilsbach und der Wilde zwischen 18 und 22 Uhr etwas beobachtet hatten. Dennoch war Jochen überzeugt, dass sie sich an ihm die Zähne ausbeißen würden. Das Wetter war auf seiner Seite gewesen, Spuren dürften sie also keine gefunden haben.
In den zwei Jahren in der Siegener Justizvollzugsanstalt am Unteren Schloss hatte er viel Zeit zu lesen gehabt und

wusste heute ganz genau, dass die Fingerabdrücke von Jochen Petry und auch seine Strafakte mittlerweile gelöscht worden waren. Paragraf 46 des Bundeszentralregistergesetzes war der alles entscheidende Paragraf. Nach fünfzehn Jahren würde die Polizei in den ihr zur Verfügung stehenden Registern nichts, aber auch gar nichts mehr finden können. *Da kann sie suchen, so lange sie will! Die fünfzehn Jahre sind um!*, dachte er zufrieden. *Sollen sie doch nach mir suchen ... aber erst müssten sie darauf kommen, dass ich wieder meinen Geburtsnamen angenommen habe und das wird wohl nie passieren.*

Für seinen Vater war es damals eine Schande gewesen, dass Jochen sich von Claudias Familie hatte überreden lassen, den Namen der Schreinerei, die er seit drei Jahren mit seinem zukünftigen Schwiegervater geführt hatte, als Familiennamen zu tragen.

»Jochen, denk doch mal nach«, hatte Claudia ihm zugesetzt. »Die Schreinerei heißt seit dreiundfünfzig Jahren Petry, Papa will sich nächstes Jahr zurückziehen und dann gehört das alles hier uns. Wir haben uns einen guten Namen aufgebaut, da willst du doch mit ‚Schmitz' nicht wieder von Neuem anfangen.«

Für ihn hatte das logisch geklungen, und da er zu seinem Vater eh nicht das beste Verhältnis hatte, war es ihm auch nicht schwergefallen, den Namen seiner Frau anzunehmen.

In den Augen seines Vaters kam das einem Verrat gleich. Dass dieser aber drei Jahre nach der Hochzeit einmal froh und dankbar darüber sein würde, dass sein Sohn nicht seinen Namen, sondern den der Familie Petry in den Dreck zog, konnte er damals noch nicht wissen.

Seine Mutter hatte ihn als Kind, er war gerade mal neun Jahre alt gewesen, verlassen und mit seinem Vater allein auf dem Giersberg zurückgelassen. Er war froh gewesen,

in Claudia eine Frau an seiner Seite zu haben, die ihn auf der einen Seite umsorgte, aber auf der anderen Seite auch wusste, was sie wollte: zwei Kinder nämlich, einen Jungen und ein Mädchen.
Claudia hatte in den nächsten Jahren zwei gesunde Mädchen zur Welt gebracht, doch bei Jochen hatte sich das Gefühl eingeschlichen, dass sowohl seine Frau als auch seine Schwiegereltern ihm insgeheim dafür die Schuld gaben, dass der ersehnte Sohn ausblieb. Schließlich benötigte die Firma eines Tages einen Nachfolger und eine Schreinerei war nun mal kein Frauending.
Er fühlte sich damals unter Druck gesetzt, einen Sohn zeugen zu müssen. Der Sex hatte jeglichen Reiz verloren und war für ihn zur puren Pflichterfüllung geworden. Claudia hatte gespürt, dass er sie nicht mehr begehrte und als es dann Stück für Stück mit der Schreinerei unter seiner Leitung bergab ging, ging es auch mit ihrer Ehe bergab. Bis er sich entschieden hatte, etwas dagegen zu tun.

Für seine Brandstiftung hatte er vor fünfzehneinhalb Jahren bei seinem Gerichtstermin an einem 30. Juni zwei Jahre Haft aufgedrückt bekommen. An genau diesem 30. Juni, als er sich von seiner Frau und den beiden Mädchen verabschiedete, um in die JVA einzuziehen, hatte Claudia die Ehe als beendet erklärt.
Als er dann ein Jahr später, es war wieder genau der 30. Juni, durch die Gitter seiner Zelle den Trubel beim Public Viewing zum WM-Endspiel Deutschland gegen Brasilien beobachtet hatte, war ein Plan in ihm gereift. Er hatte die riesige Leinwand gesehen, die Werbebanner der Siegener Stadtbank, die unverkennbaren Sonnenschirme mit dem roten Rubenskopf darauf und dann … hatte er zur Krönung Sara Jakobs in der Menge entdeckt, die glücklich und mitfiebernd zwischen all diesen Menschen stand und ihr Leben genoss, während er noch ein ganzes Jahr lang

in dieser Zelle verrotten musste.
An diesem 30. Juni hatte er die Entscheidung getroffen, dass die Frau, die ihn zur Brandstiftung getrieben hatte, die ihm sein Leben genommen hatte, an einem 30. Juni ihr eigenes Leben lassen würde.

Juist war die perfekte Insel, um sich im Sturm Gedanken darüber zu machen, wie er einen Sturm im Leben der Stadtbankmitarbeiterin Sara Jakobs auslösen könnte. Für sie war bisher ihre Familie ihre kleine Insel gewesen, aber das würde er zügig ändern.
Sollten sie sich über die Feiertage ruhig wieder sicher zu Hause und miteinander fühlen. Er würde dafür sorgen, dass das kommende Jahr ganz bestimmt kein gutes und glückliches Neues Jahr werden würde, wie es zurzeit auf den vielen Karten stand, die man an jedem Kiosk kaufen konnte.

2.

»Ach bitte, Daniel«, hatte sie ihn am Montag in der Mittagspause gefragt. »Hier ist der Schlüssel. Du musst nur am Mittwoch mal kurz ins Haus, um die Blumen zu gießen.«
Ihr bittender Blick hatte ihn dahinschmelzen lassen und ihm zum Dank einen Schmatzer auf die Wange beschert.
Wenn sie wüsste, was dieser flüchtige Kuss bei mir auslöst, hätte sie sich das wahrscheinlich zweimal überlegt.
Zusammen mit Louisa hatten sie mal wieder im Restaurant des Apollo-Theaters gesessen. Leider waren die Tische an der schönen Fensterfront alle belegt, sodass sie es sich auf den Barhockern nahe der Eingangstür gemütlich gemacht hatten. Alle drei hatten sich für das Tages-

gericht entschieden und schallend gelacht, als Louisa versuchte, ihnen die neueste Anekdote aus der Vorstandsetage zu erzählen.

»Also, Susanne hat erzählt, dass Klaus ihr erzählt hat, dass Sabine, die mit Klaus in einem Büro sitzt, ihm erzählt hat, dass ihre Schwester ...«

Sara und er hatten sich angeguckt und einen ausgewachsenen Lachflash bekommen.

»Das ist besser als jede Anekdote«, hatte Sara gemeint, während sie sich die Lachtränen aus den Augenwinkeln gewischt hatte.

Tut das gut, sie endlich nochmal so herzhaft lachen zu sehen, hatte er sich gefreut.

»Ihr seid echt blöd! Wollt ihr die Geschichte nun hören oder nicht?!«

»Klar!«, hatten er und Sara gleichzeitig erwidert und an sich halten müssen, um nicht wieder in schallendes Gelächter zu verfallen.

»Also, nochmal von vorne! Susanne hat erzählt … ach, ist ja auch egal. Auf jeden Fall ist die Geschichte wohl schon letzten Sommer bei der Einführung der neuen Azubis passiert, als unser Vorstand, Herr Klein, Herr Heinrich und Herr Schreiner oben im Schulungszentrum in Reih und Glied standen, um die Neuen zu begrüßen.«

Louisa, wir wissen, wie unsere drei Vorstände mit Namen heißen, hatte Daniel schmunzeln müssen.

Jetzt war es Louisa selbst, die sich beherrschen musste, nicht zu lachen. »Ihr wisst ja, wie man sich normalerweise vorstellt. Daniel, du bist jetzt mal Herr Klein«, hatte sie ihn aufgefordert.

Also hatte Daniel ihr über den Tisch herüber seine Hand gereicht und gesagt: »Klein!«

Louisa hatte seine Hand ergriffen und erwidert:

»Guten Morgen, Herr Klein, mein Name ist Schnell!«

Als Daniel dabei zu Sara blickte, wusste er genau, was sie gerade gedacht hatte: *Wie kann ein Mensch nur so*

kompliziert Anekdoten und Witze erzählen.
Schon immer war der Erzählvorgang bei Louisa lustiger gewesen als die Geschichte selbst. Aber Louisa schlug sich tapfer, als sie ihn nun aufforderte, als Nächstes das Vorstandsmitglied Herrn Heinrich zu spielen.
Er hatte sich einen Spaß daraus gemacht, war von seinem Hocker gerutscht, hatte den mittleren Knopf seines Jacketts zugemacht, sich vor Kopf des Tisches gestellt, ihr die Hand gereicht und mit verstellter Stimme gesagt:
»Heinrich!«
Louisa hatte sich zum großen Finale erst sammeln müssen, dann sein Spiel mitgespielt und war ebenfalls aufgestanden:
»Oh, ja, wie nett, dass du mir direkt das ‚Du' anbietest! Also dann Heinrich … ich bin der Tobi!«

3.

Christian war in Hochstimmung! Schließlich stieg er mit einem millionenschweren Auftrag in der Tasche aus dem Flieger. Er kannte sich mittlerweile bestens am Frankfurter Flughafen aus und ging schnellen Schrittes in Richtung des Parkhauses, wo er vor einer Woche seinen Wagen abgestellt hatte, löste das Ticket am Automaten aus und ließ sich eine Quittung ausdrucken. Parkgebühren durfte er mit auf die Spesenrechnung setzen und bei einer Woche war wieder ganz schön was zusammengekommen. Er verstaute den Trolley in seinem Kofferraum, setzte sich dann hinters Steuer seines Sportcoupés und machte sich auf den Weg nach Siegen.
Er hatte sich von der Stewardess, das Wort ‚Flugbegleiterin' fand er viel zu unsexy, zwei Gläser Wein und drei Whisky bringen lassen. Schließlich war es ein Langstre-

ckenflug und er hatte etwas zu feiern.
Als er gerade, noch immer leicht alkoholisiert, von der A 5 auf die A 45 wechselte, klingelte sein Handy. Es war Jochen: »Hey alter Freund, wie geht's? Bleibt's bei heute Abend wie besprochen?«
Christian war unsicher: »Ich weiß nicht, ich hab so was noch nie gemacht«, gab er zögerlich zurück.

»Mensch Junge, so eine Gelegenheit bekommst du nie wieder! Überleg es dir, besser geht's nicht!«, versuchte Jochen ihn zu überzeugen. »Ich bleibe auf jeden Fall die nächsten zwei Tage zu Hause und lasse mich nirgendwo blicken.«
Eigentlich hatte Jochen ja recht. Christian wusste, dass er nie wieder so eine perfekte Gelegenheit bekommen würde. Er fuhr an Gießen, Wetzlar und Herborn vorbei, immer darauf bedacht, das Tempolimit einzuhalten, damit er bloß nicht geblitzt würde. Schließlich fuhr er gegen 20 Uhr über Kochs Ecke Richtung Kreisel. Als er 5 Minuten später links in die kleine Seitenstraße einbog, sah er mit Erleichterung, dass ihr Auto an der Straße geparkt war und die Garage für ihn offen stand. Er fuhr hinein, froh, dass es draußen stockfinster war, und schloss zügig das Garagentor. Dann beeilte er sich, ungesehen zur Haustür zu kommen. Klingeln musste er nicht. Sie hatte auf ihn gewartet. Es verschlug ihm die Sprache.

»Hey Süßer, da bist du ja!«, sagte die Frau, die nur mit einem feuerroten Spitzen-BH und einem Tanga bekleidet vor ihm stand.

Schade nur, dass es nicht seine eigene war …

4.

Auf keinen Fall würde Jochen die nächsten zwei Tage zu Hause bleiben. Im letzten Training hatte er Leon ausgequetscht und herausgefunden, dass sein Vater die ganze Woche über auf Reise und seine Mutter für drei Tage auf einem Fortbildungsseminar in Münster war. Leon schien das ziemlich cool zu finden, weil er zusammen mit seinem neuen Fußballkumpel Tim bei dessen Vater wohnen durfte, der laut Leon total hip und gechillt war.
Jochen musste innerlich laut lachen. Er wusste auch, wie die Mutter seines Fußballkumpels hieß und wen diese Alex heute Abend zu Besuch bekam.
Alex, Alex, ... dachte er. *Da hast du ja wirklich alles gegeben, um zwei ganze Tage sturmfreie Bude zu haben.*

Jochen war froh, dass er so selten ein Auto brauchte. Er nahm sogar an, dass kaum einer seiner Nachbarn wusste, welches Modell er fuhr, weil er es viel zu selten nutzte und es ansonsten ausschließlich in seiner Garage stand. Sein Elternhaus stand direkt unterhalb des Fußballplatzes, sodass er fast alles zu Fuß erledigen konnte. *Danke, Papa, dass du mich wenigstens nicht enterbt hast!,* hatte er schon mehr als einmal gedacht, sonst hätte er sich dieses eine Jahr Auszeit niemals gönnen können.

Vor zwölf Jahren hatte seine Ex ihren Kollegenarsch von damals geheiratet, letzten Frühling war sie mit ihm nach Lüneburg gezogen. Beide Töchter studierten mittlerweile in Hamburg. Wie zum Hohn hatte sich die eine für Jura entschieden, die andere für Betriebswirtschaftslehre. *Wahrscheinlich nur, damit sie nicht den gleichen Fehler machen wie ihr Vater. Die eine studierte, welche Strafe auf Brandstiftung stand, die andere erfuhr an der Uni, wie man auf keinen Fall eine Schreinerei in den finanziellen Ruin treibt.*

Er hatte sich von seiner Familie nicht nur verlassen, sondern auch verhöhnt gefühlt. Das war für ihn der Startschuss gewesen, endlich seinen Plan in die Tat umzusetzen. Hinzu kam, dass er ab jetzt auch nicht mehr Gefahr lief, Claudia und den Mädchen irgendwo in der Stadt zu begegnen, weil sie mittlerweile alle im hohen Norden weilten. Die Kontakte zu seinen früheren Freunden und Angestellten hatten sich eh schon in den ersten Monaten seiner Haftstrafe zerschlagen.

Jochen hatte in seiner Not damals genau geplant, wie seine hochverschuldete Firma kontrolliert abbrennen sollte, ohne dass umstehende Häuser in Gefahr geraten konnten. Das wurde ihm dann später auch zu seinen Gunsten ausgelegt und hatte ihm ‚nur' zwei Jahre Haft eingebracht.
Obwohl die Sohlbacher Feuerwehr einen sehr guten Ruf genoss und auch die Geisweider Einsatzkräfte innerhalb kürzester Zeit zur Verstärkung angerückt kamen, hatte die Schreinerei nicht mehr gerettet werden können. Holz brannte eben wie Zunder und das war auch gut so, hatte er damals gedacht, als er oben auf der Höhe am Waldrand von Sohlbach stand, um sich das Spektakel anzusehen.
Zu seinem Pech war er dabei von einer Buchenerin, einer Frau aus dem kleinen Nachbarort, gesehen worden, die mit ihrem Köter unterwegs war. Sie hatte sich über den Feuerschein im Dorf und den Mann, der sich zwischen den Bäumen versteckt hielt und alles aus der Ferne beobachtete, sehr gewundert. Hätte dieser kleine Kläffer das Maul gehalten, hätte sie ihn niemals im Dunkeln sehen können. Durch ihre Aussage bei der Polizei war der Verdacht dann schnell auf ihn gefallen.
Als dann die scheiß Stadtbank für seinen Fall gerichtlich zur Aufhebung ihres Bankgeheimnisses verpflichtet wurde und den Ermittlern Zugang zu seinen Bankdaten gewähren musste, kam sehr schnell heraus, dass er vor zwei

Wochen im Baumarkt Brandbeschleuniger gekauft hatte. Zu dumm, dass er diesen mit seiner EC-Karte bezahlt hatte. Die Versicherung zahlte nicht, seine Ehe war im Eimer, seine Töchter wollten ihn nicht mehr sehen, weil sie in der Schule wegen ihm gehänselt wurden, und seine Angestellten hatten einen Hals auf ihn.

Heute, so triumphierte Jochen, würde er es besser machen. Gut dosiert, in kleinen Häppchen, würde er das Leben von Sara Jakobs Stück für Stück zerstören.

5.

»Läuft da eigentlich was zwischen dir und Daniel?«, fragte Louisa neugierig, als sie es sich gerade mit einer Tüte Chips und einem Glas leckeren Sauvignon auf dem Sofa gemütlich machte.

»Was? Wie kommst du denn darauf?«, antwortete Sara empört. »Was soll denn die Fragerei? Wir verstehen uns gut, das ist alles!«

»Ich meine ja nur. Früher wart ihr doch auch ein Herz und eine Seele. Und außerdem wusste ich gar nicht, dass deine Blumen unbedingt heute Abend nochmal gegossen werden müssen, wenn du eh morgen wieder nach Hause kommst.«

Sara konnte ihre Freundin durchs Telefon grinsen hören.

»Stimmt, wir waren mal ein Herz und eine Seele, aber früher war ich auch nicht verheiratet!«

Hörte Louisa da tatsächlich etwas Enttäuschung in Saras Stimme? Und die Frage nach den Blumen hatte sie auch nicht beantwortet.

»Nun los, jetzt erzähl mal, irgendwas ist doch im Busch, oder? Wie ist es denn in Münster? Sind die anderen nett, konntest du schon was für deinen neuen Job lernen?«, löcherte sie ihre Freundin.

»Ach, alles gut. Ich kann hier viel mitnehmen und die Leute sind auch super nett hier. Aber … ich weiß halt auch nicht …«, zögerte Sara. »Irgendwie ist Christian in letzter Zeit so seltsam.«

»Inwiefern?«

»Naja, ich habe das Gefühl, er begehrt mich gar nicht mehr richtig. Ich glaube sogar, dass er sich auf seine Dienstreise echt gefreut hat.«

»Die nach China? Das war doch für ihn im wahrsten Sinne des Wortes immer ein rotes Tuch. Das ist wirklich seltsam«, stimmte Louisa zu.

»Morgen kommt er zurück. Ich denke, wir müssen einfach mal reden. Vielleicht gehe ich ihm auch mit meiner Hysterie gerade ziemlich auf den Keks …«

»Hysterie? So ein Quatsch«, versuchte Louisa sie zu beruhigen. »Ist doch klar, dass du bei allem, was gerade passiert ist, ein etwas sensibles Nervenkostüm hast.«

»Danke, du Süße! Du tust gut! Im Moment ist ja auch etwas Ruhe eingekehrt, aber trotzdem würde es mir besser gehen, wenn sie den Täter langsam mal schnappen würden.«

»Das kann ich gut verstehen! Wann kommst du morgen zurück? Wollen wir dann noch etwas zusammen essen gehen?«

»Du, lass mal, morgen Abend kommt Christian zurück und ich muss Leon noch abholen. Er hat bei einem Fußballkumpel und dessen Vater übernachtet«, erzählte Sara und stockte, als würde ihr das gerade erst auffallen. »Auch das ist seltsam. Früher war Christian immer strikt dagegen, wenn Leon mal woanders als bei meiner Mutter übernachten wollte, aber dieses Mal war er sofort damit einverstanden. Er hat sogar versucht, mich regelrecht zu überreden, ‚Ja' zu sagen.

»Und, hast du?«, hakte Louisa nach.

»Hab ich, das passte ja auch gut. Christian in China, ich in Münster und meine Mutter will ich ja auch nicht überstrapazieren. Ich bin schon froh, dass sie bisher von dem ganzen Kladderadatsch noch nichts mitbekommen hat. Sie würde aus Sorge sonst sofort bei uns einziehen.«

»Ach du Schreck, das wäre allerdings ein riesiger Kladderadatsch«, wiederholte Louisa lächelnd das Wort, das Sara gerne als Synonym für ‚Scheiße' benutzte.

»Jetzt lies mal noch zwei Stündchen in deinem Liebesroman und dann machst du das Licht aus, ok? Hab morgen einen guten Tag und ruf mich an, wenn du zu Hause angekommen bist!«

»Jawoll, Mama«, gab Sara liebevoll zurück.

Drei Stunden später, sie musste das Buch einfach zu Ende lesen, stellte sie sich den Handywecker auf 6:30 Uhr und knipste brav das Licht aus.

Hätte sie geahnt, was sie zu Hause erwarten würde, hätte sie sicher die ganze Nacht über kein Auge zugetan.

6.

Nach seinem Telefonat mit Christian stand Jochen in seinem Badezimmer und war dabei, sich für den heutigen Schachzug fertigzumachen. Er setzte gerade seine blauen Kontaktlinsen ein, als sein Blick auf seinen Haaransatz fiel. Langsam kam seine ursprüngliche Haarfarbe durch … das war nicht gut. Er sollte den Ansatz wieder zügig blond nachfärben.

Noch immer war ihm der kurze Moment eine Genugtuung, in dem er in Wilhelm Schwarz' überraschten Augen sehen konnte, dass er ihn, kurz bevor er die Böschung hinunterstürzte, erkannt hatte. Extra für ihn hatte er sich eine Perücke und einen Bart im Karnevalsversand be-

stellt, damit er so aussah wie damals.
Vor fünfzehn Jahren hatte er fast schwarze, etwas längere Haare und einen Vollbart besessen. Heute hatte er blonde, kurze Haare, blaue Augen, war stets glattrasiert und wog, dank seines Trainings mit dem Mountainbike, zwölf Kilo weniger. Er selbst erkannte sich heute im Spiegel kaum wieder.

Er erinnerte sich, wie aufgeregt er vor neun Monaten gewesen war, als er zum ersten Mal in seiner neuen Erscheinung die steilste Einkaufsstraße Deutschlands, die Kölner Straße, hochgeschlendert war, um zu testen, ob er zufällig von irgendjemandem aus seiner Vergangenheit angesprochen wurde. Dass dort so viele Läden leer standen und kaum Menschen unterwegs waren, damit hatte er nicht gerechnet.
Eine Woche später hatte er sich dann für die City-Galerie entschieden, aber auch dort war ihm niemand Bekanntes begegnet, an dem er sein neues Erscheinungsbild hätte testen können.
Sein letzter Versuch hatte ihn schließlich zum alljährlichen Feuerwehrfest nach Sohlbach, ganz in der Nähe seiner ehemaligen Schreinerei, geführt. Fast das ganze Dorf hatte sich dort versammelt. Bierzeltgarnituren waren aufgestellt worden, ein DJ spielte zünftige Schlager. Je länger er blieb, umso heimischer fühlte er sich. Schon zu seiner Zeit war dieses Fest für Sohlbach das Highlight des ganzen Jahres gewesen. Umso schmerzhafter wurde ihm bewusst, was er durch den von ihm gelegten Brand alles verloren hatte.
Froh und enttäuscht zugleich war er, dass ihn nicht ein einziger Freund oder Nachbar aus seinem alten Wohnort wiedererkannt hatte. Selbst von seinen Ex-Schwiegereltern, die sich mit ihren mitgebrachten Sitzkissen auf einer Bierzeltgarnitur weit weg von der lauten Musik niedergelassen hatten, wurde er nicht erkannt.

Als es für Jochen nach einer guten Stunde zu kritisch wurde, weil immer mehr Menschen auf das Fest strömten und der Platz neben ihm auf der Bank von Opa Alfred, der zu Jochens Verwunderung noch immer lebte, besetzt wurde, hatte er sich schnell vom Acker gemacht, bevor jemand auf die Idee kam, ihn anzusprechen. Seine Stimme, die konnte er schließlich nicht verändern. Um aber seiner ehemaligen Kundenberaterin gegenüberzutreten, dafür würde es allemal ausreichen. Da war er sich sicher gewesen.

Jetzt stand er in seinem Badezimmer und sah jenen unglückseligen Tag wieder glasklar vor sich: Es schoss ihm wieder in sein Hirn, wie er damals völlig gedemütigt in der Kundenhalle dieser alten und schmuddeligen Stadtbankfiliale in Weidenau gesessen hatte und sein Leben ab diesem Zeitpunkt vollends den Bach runtergegangen war. Er hatte alles gegeben, seine Beraterin aus traurigen Augen angelächelt und sie freundlich um einen erneuten kleinen Kredit gebeten. Er hatte sich sogar für sie schick gemacht. Trotzdem hatten sie und ihr arrogantes Arschloch von Chef ‚Nein' gesagt und irgendetwas von Kreditvergabe-Richtlinien gefaselt. Er hatte sich zusammennehmen müssen, um dort nicht in aller Öffentlichkeit zusammenzubrechen.

Nach Hause hatte er sich an diesem Nachmitttag nicht getraut und war auch die ganze Nacht weggeblieben. Dankbar, eine Kneipe zu kennen, die schon nachmittags geöffnet hatte, war er wie in Trance direkt aus der Filiale rüber in das Weidenauer Einkaufszentrum getorkelt und hatte seine Zeit bis in die Nacht hinein dort in der Kneipe verbracht, bis man ihn vor die Tür gesetzt hatte.
Bis zum Eingangsbereich des Juweliergeschäftes war er damals noch gekommen, hatte sich aber dann völlig betrunken dort niedergelassen und war mit dem Gedanken

eingeschlafen, dass es der erste Abend war, an dem nicht er, sondern Claudia seinen beiden Töchtern das Gute-Nacht-Märchen vorlesen würde. Und das ausgerechnet aus dem Gebrüder Grimm-Buch, aus dem ihm seine Mutter abends schon vorgelesen hatte, bevor sie sich entschied, ihn und seinen Vater zu verlassen.

In den letzten fünfzehn Jahren war viel passiert. Während er zwei Jahre unglücklich im Gefängnis gesessen hatte, war sein Vater verstorben und ihm jede Chance genommen worden, ihn als seinen Sohn stolz zu machen.
In dieser Zeit hatte seine Claudia nichts anbrennen lassen und sofort die Scheidung eingereicht. Auch seine Kinder und Freunde hatten nichts mehr von ihm wissen wollen und mit dem Finger auf ihn gezeigt.
Nach diesen beiden Jahren hatte er seinen Geburtsnamen wieder angenommen, hatte sich einen Job in einer Schreinerei in Hinterzarten im tiefsten Schwarzwald gesucht, sein Elternhaus über einen Makler vermieten lassen und die ganze geerbte Kohle in Frachtcontainer investiert. Niemals, so hatte er sich selbst geschworen, würde er sein Geld einer Bank anvertrauen. Wirklich niemals!
Als er dann, nach dreizehn langen Jahren, in denen er genug Zeit hatte, seinen Plan zu perfektionieren, zurück ins Siegerland und sein Elternhaus zog, brach er sein eigenes Versprechen. Er hatte seine Container verkauft und alles Geld aus dem Verkauf bei der Stadtbank auf seinen Geburtsnamen Jochen Schmitz angelegt.
Der Startschuss für sein böses Spiel wurde in dem Moment gelegt, als er aufgrund seines angelegten Vermögens die Einladung zu einem Gala-Abend im Kundencenter der Stadtbank erhielt. Das war im letzten Frühjahr gewesen. Seitdem war viel passiert und er freute sich, dass er sich gleich auf den Weg machen würde, um das nächste Kapitel seines Plans aufzuschlagen.

7.

Daniel stand mitten im Wohn- und Esszimmer von Sara und ihrer Familie und suchte nach der Gießkanne. Das Wohnzimmer war ein richtiger Hingucker. Sara hatte wirklich, außer, was die Wahl ihres Ehemannes anging, einen sehr guten und gemütlichen Geschmack. Die Wände waren in einem Taupe-Ton gestrichen worden. Auf dem Boden lag ein dunkler Parkettboden mit einem Wuschelteppich, dessen Schlingen fast die gleiche Länge hatten wie die Haare auf Daniels Kopf. Über dem Esstisch hing eine alte Holzleiter, an deren Sprossen Sara vier kleine Stofflampenschirmchen in unterschiedlichen Brauntönen gehängt hatte. Dazu hatte sie Tannenzweige zwischen den Sprossen durchgezogen, an denen kleine Schneeflocken aus Holz hingen.

Das ist Sara, dachte er etwas schwermütig, als ihm bewusst wurde, dass es damals auch hätte anders ausgehen können. Dann nämlich wäre das heute auch sein Zuhause, das Sara so liebevoll eingerichtet hätte.

Daniel fand die Gießkanne hinter dem Sofa versteckt und machte sich daran, die Pflanzen im Wohnzimmer zu gießen.

Die sind ja noch ganz feucht, wunderte er sich und inspizierte jeden einzelnen Blumentopf. Wenn die Pflanzen noch mehr Wasser bekämen, würden sie eindeutig ertrinken. Definitiv wollte er nicht Schuld am Tod dieser unschuldigen Lebewesen sein, auch wenn er selbst mit dem Grünzeug nicht viel anfangen konnte. Verwundert verstaute er die Kanne wieder hinter dem Sofa und beeilte sich, aus dem Zimmer zu kommen. Er war schon fast zur Haustür raus, als ihm einfiel, dass er die Post vergessen hatte. Also nahm er den Schlüssel aus dem Schlüsselkasten neben der Haustür, schloss den Briefkasten auf und wunderte sich, dass er leer war. *Seltsam! Andererseits bekomme ich auch nicht täglich Post!*

8.

Jochen konnte sein Glück kaum fassen. Gerade als er entschieden hatte, seinen Beobachtungsposten hinter dem Haus der Jakobs im Silberwald zu verlassen, um seinem Plan endlich Taten folgen zu lassen, ging im Wohnzimmer das Licht an.
Dass das Grundstück hinter ihrem Haus bergauf ging, hatte zwar den Vorteil, dass er auf seinem Posten auf gleicher Höhe mit Saras Schlafzimmer war, was ihm schon so manchen Blick in ihre Intimsphäre beschert hatte. Aber nun musste er das Wäldchen hinunter zum Zaun klettern, um zu erkennen, wer sich da im Wohnzimmer der Familie Jakobs aufhielt. Der Mann schlich suchend umher, bis er eine Gießkanne in der Hand hielt und zu überlegen schien, ob er die beiden Yuka-Pflanzen tatsächlich gießen sollte, die Sara links und rechts von der Terrassentür postiert hatte. Nach circa fünf Minuten ging das Licht aus, nach weiteren drei Minuten auch das Licht im Flur. Jochen hörte, wie ein Auto angelassen wurde, kletterte schnell wieder nach oben und konnte gerade sehen, wie ein dunkelblauer Geländewagen die Straße verließ, um rechts Richtung Dreis-Tiefenbach abzubiegen.
Er wartete noch weitere fünf Minuten, bis er sich durch das Dickicht des Wäldchens kämpfte, vorbei an den Gärten der Nachbarn. In seinen warmen Mantel gehüllt und mit schwarzer Wollmütze ins Gesicht gezogen, hatte er nach knappen zehn Minuten am Anfang des Silberwaldes wieder Asphalt unter den Füßen. *Eine interessante Straße,* hatte er schon im Frühjahr gedacht. *Alle Anwohner der rechten Straßenseite haben einen Wald hinter dem Haus. Für Frauen, deren Ehemänner regelmäßig auf Dienstreise gehen, wohl nicht der richtige Ort, um Wurzeln zu schlagen*!
Jetzt ging er die Straße fast bis zum Ende entlang, bis er

vor dem Haus der Jakobs stand. Der Bewegungsmelder hatte schon bei ihrem Raclette-Essen nicht funktioniert und wie er Christian kannte, hatte der sich bisher sicher nicht die Mühe gemacht, ihn zu reparieren. Schnell schlich er zur Haustür, schloss mit Christans nachgemachtem Schlüssel auf und trat ins Haus.
Mit dem Briefumschlag und auch dem zweiten netten Accessoire in seiner Mantelinnentasche machte er sich, ohne Licht anzuschalten, auf den Weg ins Schlafzimmer. Heute Abend hatte er alle Zeit der Welt.
Christian war bei seinem Schäferstündchen, Leon schlief bei dem Ex-Mann des Schäferstündchens und die nichtsahnende Ehefrau verweilte auf einer Fortbildung in Münster. Jochen freute sich. Er ging rüber ins Badezimmer, duschte sich im Licht einer kleinen Kerze, die er extra mitgebracht hatte, und legte sich anschließend in Saras Bett. Auf dem Nachttisch stand ein Hochzeitsfoto von ihr in einem langen weißen Brautkleid, einem kurzen Schleier und einem Blumenstrauß aus klassischen roten Rosen. Christian trug einen schwarzen Anzug mit einer rotgoldenen Weste darunter. Das perfekte glückliche Paar. Jochen löste das Foto aus dem antiken Bilderrahmen, riss Stück für Stück den Kopf von Christian heraus, steckte das Foto zurück und stellte den Rahmen wieder auf den Nachttisch zurück.
Hier also hat meine kleine Hostess in Rot viele glückliche Nächte mit ihrem Christian verbracht, dachte er erbost.

In dieser Nacht würde er dafür sorgen, dass sich das bald ändern würde.

9.

»Frau Jakobs, jetzt beruhigen Sie sich doch!«, versuchte Johanna auf Sara einzureden. Vor einer Stunde hatten sie einen Anruf der Zentrale bekommen und sich sofort auf den Weg zum Silberwald gemacht. Den Weg kannten sie mittlerweile zur Genüge. Während Holger mit der Spurensicherung das Schlafzimmer durchsuchte, saß sie mit Sara am Esstisch und versuchte aus ihr herauszubekommen, was geschehen war.

»Hier, trinken Sie einen Schluck!«, forderte Johanna sie mitfühlend auf und reichte ihr ein Glas Wasser.

Sara blickte sie dankbar an und trank vorsichtig einen kleinen Schluck. »Ich ... ich bin vor circa einer Stunde nach Hause gekommen, habe meinen Koffer abgestellt und wollte nur kurz ins Bad, um mich frisch zu machen, bevor ich Leon bei seinem neuen Freund und dessen Vater abhole«, erzählte sie verstört.

»So ist es gut, erzählen Sie weiter. Was war im Badezimmer?«

»Irgendetwas war anders. Ich habe direkt gespürt, dass jemand im Haus gewesen sein muss. Ich hatte meinen Kollegen zwar gebeten, gestern die Blumen zu gießen, weil wir alle ein paar Tage aus dem Haus waren, aber das dort oben war anders. Das war nicht Daniel. Er würde niemals in unser Badezimmer gehen und …« Sara konnte nicht mehr weitersprechen. Wieder brach sie in Tränen aus. Johanna wartete geduldig und gab ihrem Gegenüber die Zeit, die sie brauchte, um sich zu sammeln.

»Frau Jakobs, nochmal! Was war in dem Badezimmer?«, forschte sie etwas schärfer nach.

»Die Dusche war nass!«

»Was? Jemand hat bei Ihnen geduscht? Sie meinen, jemand völlig Fremdes hat sich bei Ihnen unter die Dusche gestellt?«, fragte sie ungläubig.

»Ja, und anschließend war er im Schlafzimmer«, er-

zählte Sara mit zitternder Stimme.
Johanna sah, wie ihre Lippen bebten und Frau Jakobs kurz vor einem erneuten Weinkrampf stand. So kamen sie heute nicht weiter, obwohl sie sicher war, dass Frau Jakobs noch wesentlich mehr zu erzählen hatte. Wichtig war erst einmal, dass diese arme Frau jetzt nicht allein blieb.

»Sara, wann kommt denn Ihr Mann nach Hause?«, wechselte sie geschickt das Thema.

»Ich weiß nicht genau, er kommt morgen irgendwann aus China zurück.«

»Ok, können wir jemanden anrufen, der sich bis dahin um Sie kümmert? Ihre Mutter oder eine Freundin vielleicht?«
Sara reichte der netten Ermittlerin ihr Handy rüber und sagte nur leise: »Louisa … Louisa Schnell!«

Als Johanna zwanzig Minuten später die Haustür schloss, war Holger mit dem ganzen Trupp schon wieder abgezogen. Sie hatte sich mit ihm abgesprochen, so lange zu warten, bis die Freundin von Sara Jakobs sie ablösen würde. In diesen zwanzig Minuten hatte sie Sara doch noch zum Reden bringen können. Sie hatte sich die Telefonnummer von Louisa und auch die des blumengießenden Kollegen aus Saras Handy notiert und herausgefunden, bei welcher Firma Herr Jakobs arbeitete.
Ihr war aufgefallen, dass es weder an der Vorder- noch an der Terrassentür Einbruchsspuren zu entdecken gab. Es musste also jemand sein, der einen Schlüssel zum Haus der Familie Jakobs besaß.

Genau wie beim ersten Mal!

10.

Louisa warf den Hörer auf die Gabel, schnappte sich ihre Jacke und rannte die Treppe runter. Am Ausgang hielt sie ihren Key unter das Zeiterfassungsgerät und wollte gerade Richtung Parkhaus stürzen, als jemand rief:
»Louisa, stopp! Was rennst du wie ein aufgescheuchtes Huhn die Treppe runter?«, fragte Daniel sorgenvoll, als er in Louisas angespanntes Gesicht sah.
Er war zufällig aus dem Keller die Treppe hoch gelaufen, als plötzlich das ganze Treppenhaus den Hall ihrer Absätze wiedergab, die im Eiltempo die Treppe heruntergerannt kamen.
Louisa konnte kaum sprechen: »Sara … es ist etwas passiert, ich muss sofort zu ihr.«

»Sara? Oh Gott, was ist mit ihr? Ist sie verletzt?«

»Ich weiß auch nicht so genau. Ich habe gerade einen Anruf einer Polizistin bekommen. Sie sagte nur, Sara ginge es nicht gut und ob ich kommen könne.«

»Mehr hat sie nicht gesagt? Warte, ich komme mit! Wir können meinen Wagen nehmen, ich hole nur schnell den Schlüssel.«
Acht Minuten später öffnete ihnen Kriminaloberkommissarin Johanna Daub die Tür. In ihren hübschen grünen Augen konnten beide eine tiefe Sorge sehen, die ihnen Angst machte. Louisa und Daniel stellten sich ihr kurz vor und gingen dann zu Sara ins Wohnzimmer. Daniel hatte noch nie solch ein Häufchen Elend gesehen. Völlig zusammengesunken saß Sara in eine Decke gehüllt auf dem Sofa und wiegte sich wie ein kleines Kind auf und ab.
Daniels erste Gedanke war, zu ihr zu gehen und sie fest in seine Arme zu nehmen, aber er war sich der Anwesenheit der Ermittlerin und auch ihrer besten Freundin zu sehr bewusst, also ließ er Louisa den Vortritt und setzte sich auf den Sessel neben dem Sofa.

»Gut, dass Sie da sind«, sagte die Polizistin. »Ich fahre jetzt wieder ins Revier. Kann jemand von Ihnen heute Nacht hier bleiben? Herr Jakobs kommt erst morgen im Laufe des Tages von seiner Dienstreise zurück und es wäre wirklich besser, wenn Frau Jakobs jetzt nicht alleine wäre.«
Louisa und Daniel sahen sich an und nickten. Zu Sara gewandt sagte die Frau: »Frau Jakobs, rufen Sie mich an, wenn Ihnen noch etwas einfällt. Egal wie spät es ist!«

11.

Johanna hatte ein Problem: »,Wer hat von meinem Tellerchen gegessen' ist für mich eindeutig. Und bei ,Heinrich, der Wagen bricht', dem Zitat aus dem Froschkönig, ist klar, dass er mit ,Heinrich' auf den Stadtbankvorstand abzielt. Aber was bitte soll das ,Spieglein, Spieglein an der Wand'?«, fragte sie sich laut.

»Glaubst du wirklich, dass da was hinter steckt? Der Kerl hat doch bestimmt einfach nur irgendwelche Märchenzitate im Internet gesucht und war glücklich, dass er passend zu seinem scheinbar großen Appetit Schneewittchen und passend zum Autounfall eins mit einem Wagen gefunden hat«, behauptete Holger. »Es muss nicht immer die ganz große Bedeutung hinter allem stecken.«

»Mensch Holger, jetzt denk doch mal nach! Wir sind uns einig, dass der Kerl der Gleiche ist, der den Ex-Chef von Frau Jakobs den Abhang runtergedrängt hat, oder? Der ist gefährlich. Und schlau scheint er ja irgendwie auch zu sein. Mit Frau Jakobs wollte ich gerade echt nicht tauschen.«

»Reich mir nochmal die Beweistüte von gestern rüber!«, bat Holger. Er nahm vorsichtig den Briefumschlag aus der Tüte und las noch einmal langsam vor, was auf dem rosafarbenen Büttenpapier geschrieben stand:

»Spieglein, Spieglein an der Wand …«

»… wer ist die Schönste im ganzen Land«, vollendete Johanna das Zitat. »Er will uns eindeutig etwas damit sagen!«

»Johanna, er wollte schlicht und ergreifend einer verängstigten Frau erneut einen riesigen Schrecken einjagen«, war Holgers schlichte Antwort.

»Das ist ihm auch gelungen. Nein, Holger, denk nach, da ist noch mehr. Vielleicht will er sie bei seinem nächsten Besuch so verunstalten, dass sie nie wieder in einen Spiegel schauen will«, überlegte Johanna und spielte dabei an einer vorwitzigen Lockensträhne, die sich aus ihrem Pferdeschwanz gelöst hatte.

Holger mochte Johanna und er war jedes Mal beeindruckt, wie sie sich von einem Fall packen und einfach nicht mehr locker ließ, bis sie die Lösung gefunden hatte. Aber dieses Mal sah es anders aus. Dieser Fall war gefährlich und schien von langer Hand geplant zu sein. Das würde nicht leicht werden, und er wusste, dass er gut auf seine Kollegin aufpassen musste, damit sie sich emotional nicht allzu sehr mitreißen ließ.

»Dann hätte er aber ihren Kopf und nicht den des Ehemannes aus dem Foto gerissen«, widersprach Holger. »Aber überleg mal: Wer ist die Schönste im ganzen Land? Ist das nicht ein Vergleich? Vielleicht spielt er auf irgendetwas an. Mit wem könnte er Frau Jakobs vergleichen wollen?«, grübelte jetzt auch er.

Johanna ging um ihren Schreibtisch herum, betrachtete den zweiten Gegenstand in der Beweistüte und sagte:

»Ich glaube, ich weiß es!«, und hatte dabei ein triumphierendes Funkeln in den Augen, während sie einen rosafarbenen Büstenhalter aus feinster Spitze auf den

Tisch legte. »Herr Jakobs hat eine Geliebte!«

»Du spinnst! Nur weil seine Frau gerade ausgesagt hat, dass sie dieses Teil noch nie zuvor gesehen hat, muss doch Herr Jakobs noch lange keine Geliebte haben«, konterte Holger. Das ging ihm nun doch zu weit.

»Holger, jetzt überleg doch mal! Wieso sollte der Typ sonst einen BH einkaufen gehen und ihn an den Spiegel im Schlafzimmer hängen, wenn er ihr damit nicht etwas sagen will?«

»Du meinst so etwas wie: Pass gut auf, denn für deinen Christian bist du schon lange nicht mehr die Schönste im ganzen Land?«

»Genau!«, freute sich Johanna, dass Holger endlich auf ihre Fährte einstieg. »Deshalb auch der fehlende Kopf auf dem Hochzeitsfoto. Er will die Frau fix und fertig machen. Ob Herr Jakobs wirklich eine Freundin hat, müssen wir erst noch überprüfen, aber auf jeden Fall will unser mysteriöser Unbekannter, dass seine Ehefrau das denkt.«

»Wann kommt Herr Jakobs von seiner Reise zurück? Morgen Abend?«, fragte Holger.

»Stimmt, aber bevor wir zu ihm fahren, rufe ich morgen erst mal in Freudenberg bei seiner Firma an und lasse mir seine Dienstreise bestätigen. Schließlich hatte der Täter einen Schlüssel und da sollte Herr Jakobs unser Verdächtiger Nummer eins sein.«

»Mach das! Und morgen nehmen wir uns dann auch den Blumengießer vor!

12.

Meine arme kleine Sara. Daniel fehlten die Worte. Wie konnte ihr jemand so etwas antun? Warum? Sara war die netteste, ehrlichste und aufrichtigste Person, die er kannte. Er konnte es sich einfach nicht erklären. Louisa hatte sich um 19:30 Uhr von einem Taxi zu ihrem dringenden Kundengespräch fahren lassen. Ganze dreimal hatte er ihr versprechen müssen, auch wirklich in Saras Nähe zu bleiben.

Etwas unsicher hatte er Sara dabei geholfen, sich bettfertig zu machen. Sie war wie benommen gewesen und stand völlig neben sich. Er hatte sie ins Bett gebracht, liebevoll zugedeckt und ihr einen Kuss auf die Stirn gegeben. Auf keinen Fall hätte er sich neben Sara in Christians Bett gelegt. Auch wenn Sara das wahrscheinlich gar nicht wahrgenommen hätte.

Wie konnte Christian seine Frau in dieser Zeit so oft allein lassen, schimpfte er innerlich über seinen früheren besten Freund. Daniel wusste, dass er unfair war. Und trotzdem! Als guter Ehemann hätte er doch merken müssen, wie sehr seine Frau ihn an ihrer Seite brauchte. Und wenn er sich zur Not so lange beurlauben ließ, bis der Täter geschnappt worden war.

Den ganzen Abend hatte er zusehen müssen, wie Sara versucht hatte, ihn am Telefon zu erreichen, um dann verzweifelt aufzugeben.

Christian, dieser miese Kerl! Wie konnte Sara damals nur mit ihm ins Bett gehen und damit unsere Freundschaft wegwerfen?

Daniel wunderte sich, wie sehr ihn dieser Verrat, sowohl von Sara als auch von Christian, noch immer verletzte. Er hatte die Hochzeitseinladung zerrissen, hatte den Fußballverein gewechselt und war heilfroh gewesen, als Sara zwei Jahre später schwanger geworden war und die Stadtbank für viele Jahre verlassen hatte.

Jetzt lag er auf Leons Matratze im Treppenhaus vor der Tür zu Saras und Christians Schlafzimmer und grübelte vor sich hin.

Er würde wohl bis morgen warten müssen, um die ganze

Geschichte zu erfahren. Heute Abend war Sara zu erschöpft gewesen, um ihm und Louisa zu erzählen, was eigentlich genau passiert war. Sie hatte nur immer wieder etwas von einem BH und einem Foto erzählt ... aber darauf hatte er sich keinen Reim machen können.

13.

Als Christian am nächsten Morgen aufwachte, ging es ihm gar nicht gut. Er hatte ein schlechtes Gewissen und konnte sich nicht erklären, wie es dazu hatte kommen können. Er lag nackt neben einer Frau im Bett, die er kaum kannte und was noch schlimmer war: die seit einem halben Jahr in derselben Firma arbeitete wie er. Das allerschlimmste aber – und daran hatte er vorher nicht gedacht –, sie war die Mutter des Fußballkumpels seines Sohnes!

Alex hatte dafür gesorgt, dass sie zwei ganze Tage alleine, ohne ihren Sohn, im Haus waren und das hatten sie auch redlich ausgenutzt. Christian hatte ihr Angebot gerne angenommen, Leon zusammen mit ihrem Sohn Tim bei ihrem Exmann übernachten zu lassen. Für Sara hatte er allerdings etwas Überzeugungskraft gebraucht und ihr den Bären aufgebunden, dass er Tims Vater über den Fußball sehr gut kennen würde und sie sich daher keine Sorgen machen müsse, ihren Sohn bei ihm zu lassen. So hatte sie schließlich eingewilligt.
Am ersten und auch am zweiten Abend hatten sie je zwei Flaschen Rotwein geköpft und es richtig krachen lassen. Zwischendrin gab es neben dem Sex ein paar Cracker und eine Flasche Sekt. Mehr nicht. Das Bett hatten sie zwei Tage lang kaum verlassen.

Alex war der Hammer. Ganz anders als Sara. Sie hatte zwar keine so gute Figur wie seine Ehefrau und auch ihre Brüste waren etwas kleiner, aber dafür war sie richtig abgegangen.
Er stieg leise aus dem Bett und schlich ins Wohnzimmer, in dem noch immer über den Boden verteilt seine Klamotten lagen. Alex hatte es kaum abwarten können und ihm nach seiner Ankunft schon in der Diele das Jackett ausgezogen. Schuhe und Hose waren im Wohnzimmer gefolgt und dort waren sie auch die nächsten drei Stunden auf dem Teppich vor ihrem Ofen geblieben. Sein Hintern scheuerte heute noch immer!
In der Hosentasche auf dem Boden fand er sein Handy und sah erschrocken, dass Sara neunmal versucht hatte ihn anzurufen. *Scheiße, scheiße, scheiße! Was jetzt?,* dachte er entsetzt.
Es musste etwas passiert sein. Sara rief ihn nie im Ausland an. Das war viel zu teuer. Sie wartete immer darauf, dass er sich bei ihr meldete und darauf hatte er sich auch dieses Mal verlassen.
Warum, warum nur, hab ich mich von Jochen so beschwatzen lassen? Was mache ich jetzt? Wenn ich zurückrufe, weiß sie, dass ich nicht im Flieger sitze, wenn nicht, ... oh Gott, ich muss sie anrufen ... neun verpasste Anrufe ...
Er wollte gerade die Nummer von Sara wählen, als sich von hinten eine warme Hand auf seinen nackten Po legte. Langsam drehte er sich um und blickte direkt in Alex begierige Augen.
»Hey, was machst du hier unten? Komm wieder ins Bett, mein Tiger!«
In dem Moment rutschte sein Hirn ein Stockwerk tiefer in seine nicht vorhandene Hose und Sara war für den Rest des Tages vergessen.

14.

»Halt dich fest«, rief Johanna rüber ins Nebenzimmer. »Christian Jakobs hat seine Frau angelogen.«
Zwei Sekunden später stand Holger neugierig in der Tür.

»Erzähl!«

»Sein Flieger ist laut seiner Firma schon vorgestern Abend um 20 Uhr gelandet. Seiner Frau erzählt er, er käme erst heute zurück«

»So ein Arschloch!«

»Das kannst du laut sagen. Bei ihm wird eingebrochen, seine Frau wird bedroht und er? Was macht er?«, empörte sich Johanna. »Verbringt wahrscheinlich in der Nacht, in der sich seine Frau zu Hause die Augen ausheult, heiße Stunden mit irgend so einem Flittchen!«

»Na, na, Johanna, solche Worte aus deinem holden Munde? Jetzt reg dich mal nicht so auf. Wir wissen doch gar nicht, wo er tatsächlich gewesen ist.«

»Klar, wahrscheinlich wollte er eine Überraschung für seine Frau besorgen, von der sie noch nichts wissen soll, oder was?«, gab Johanna sarkastisch zurück.

»Hallo? Schon mal was von dem Satz gehört ‚Jeder bleibt unschuldig, bis seine …«, – weiter kam er nicht.

»Du gehst mir sowas von auf den Sack, wenn ich einen hätte«, fiel sie Holger ins Wort.

»Hanni, was ist denn mit dir los? So kenne ich dich ja gar nicht …«

Johanna schwieg, dann gab sie zögerlich zu: »Ach, Sara Jakobs tut mir einfach so leid. Sie ist echt nett und so einen Arsch hat sie einfach nicht verdient.«

»Naja, ich fand ihren Arsch eigentlich ganz knackig«, versuchte er seine Kollegin aufzuheitern.

Der Schuss ging allerdings nach hinten los, was für einen Polizisten besonders ungünstig ausgehen konnte.

Johanna stand unvermittelt auf, warf ihm einen bösen Blick zu und verließ das Büro, nicht ohne dabei die Tür

hinter sich zuzuknallen.
»Wo willst du hin?«, rief er ihr hinterher, als sie schon die Hälfte des Flures durchquert hatte.

»Zu der Frau mit dem knackigen Arsch!«

15.

Johanna hatte sich fest vorgenommen, sachlich und objektiv mit Christian Jakobs umzugehen. Allerdings hatte sich der Vorsatz nach circa zehn Sekunden, die sie im Vorgarten der Jakobs zugebracht hatte, verflüchtigt.
»Der hat doch wohl nicht ernsthaft bei dir übernachtet. Ich bringe den Kerl um! Nutzt eiskalt aus, dass du mal wieder die Hysterische spielst …«
Mehr musste Johanna nicht hören und drückte auf den Klingelknopf. Mit hochrotem Kopf öffnete Christian ihr die Tür. Sie kannte solche Typen – um von sich selbst abzulenken, versuchten sie die Schuld auf andere zu schieben. *Aber nicht mit mir, Freundchen*, dachte Johanna. *Das wollen wir doch mal sehen.*
Mit einem Seitenblick auf Sara entschied sie kurzerhand, erst mit ihm alleine zu sprechen. Seine Frau hatte schon genug mitmachen müssen, da musste sie zu diesem Zeitpunkt nicht auch noch mit der Affäre ihres Mannes konfrontiert werden.
»Frau Jakobs, würden Sie uns bitte einen kleinen Moment alleine lassen? Ich komme dann gleich zu Ihnen«, sagte sie freundlich. Als Sara oben verschwunden war, ging sie hinter Christian her ins Wohnzimmer und setzte sich, nun schon zum dritten Mal, auf die Couch. *Hatte da nicht ein großer Spiegel gehangen?,* wunderte sie sich. Er setzte sich auf den Sessel ihr gegenüber.

Johanna holte ihren Block heraus und begann ihre Fragen zu stellen: »Herr Jakobs, wo waren Sie die letzten zwei Tage?«

»Ich verstehe nicht! Das hat meine Frau Ihnen doch schon alles erzählt. Ich war auf Dienstreise und bin eben erst aus dem Flieger gestiegen.«

»Herr Jakobs, wir sind nicht blöd. Ich frage Sie noch einmal: Wo waren Sie gestern Abend?«, wiederholte sie eindringlich.

»Bin ich jetzt verdächtig, oder was? Ich war in China!«

Johanna merkte, wie ihr langsam der Geduldsfaden riss:

»Das haben wir überprüft. Ihr Firmenreisebüro, das für Sie die Flüge bucht, hat uns versichert, dass es Ihren Rückflug nicht für heute, sondern für vorgestern gebucht hat. Das hat uns auch die Fluggesellschaft bestätigt! Wo also waren Sie gestern Abend, als Ihre Frau Sie so dringend gebraucht hätte?«, fragte Johanna wütend.

»Jetzt reicht es aber!«, schnauzte Christian zurück. »Ich muss Ihnen ganz sicher keine Rechenschaft ablegen.«

Johanna wollte gerade etwas erwidern, als Herr Jakobs aus seinem Sessel aufstand, im Wohnzimmer umherging und aufgebracht sagte: »Aber vielleicht sollten Sie den lieben Daniel Treude mal fragen, was er die Tage getrieben hat! Was er letzte Nacht, falsch, mit wem er es letzte Nacht getrieben hat, das kann ich Ihnen auf jeden Fall beantworten.«

»Herr Jakobs, jetzt werden Sie mal nicht unverschämt. Sie glauben doch nicht allen Ernstes, dass Ihre Frau, nach allem, was sie gestern durchgemacht hat, nichts Besseres zu tun hat, als mit dem Nächstbesten ins Bett zu gehen.«

»Pah, der Nächstbeste ... Sara war schon immer Daniels große Liebe, aber sie gehört mir! Hören Sie? Nur mir!«

Johanna hatte langsam die Befürchtung, dass Christian nicht mehr ganz nüchtern war und das Gespräch in die völlig falsche Richtung lief.

»Herr Jakobs, ich kann Sie beruhigen. Ihre Frau war gestern so fertig, dass wir den Notarzt rufen mussten. Sie zitterte am ganzen Leib und konnte kaum sprechen. Sie hat eine Beruhigungsspritze bekommen und wäre gar nicht in der Lage gewesen, an diesem Abend noch Sex zu haben … und außerdem«, konnte sie sich nicht verkneifen, »sollten Sie Ihrer Frau eher beistehen, anstatt sie mit wüsten Beschimpfungen zu traktieren, die man bis auf die Straße raus hören kann.«

Christian Jakobs setzte sich wieder in seinen Sessel und schwieg. Nach einer Weile lenkte er ein: »Also gut, ich war bei meinem Freund. Ich hatte Sara erzählt, dass ich erst heute zurückkomme, damit ich endlich nochmal ohne schlechtes Gewissen zwei ordentliche Männerabende verbringen konnte. Wir haben zusammen einen Film geguckt, Whisky getrunken, gequatscht und dann geschlafen. Beim letzten Mal hatten wir deswegen einen fetten Streit, da hatte ich einfach keinen Bock drauf.«

Johanna war skeptisch: »Wie heißt Ihr Freund?«

»Jochen, Jochen Schmitz!«

Nachdem Sie sich die Telefonnummer dieses ominösen Freundes hatte geben lassen, stand sie auf und ging zur Haustür. Nach oben rief sie: »Auf Wiedersehen, Frau Jakobs, schlafen Sie gut, ich komme später nochmal wieder!« Zu deren Ehemann gewandt befahl sie: »Kümmern Sie sich!«

Zwei Minuten später drückte Johanna Daub erneut auf den Klingelknopf der Familie Jakobs: »Eine Frage noch: Wo waren Sie an dem Abend, als der ehemalige Chef Ihrer Frau in seinem Auto ums Leben kam, nachdem Ihre Frau ihn auf der Pensionärsfeier bedient hatte?«

Christian musste kurz überlegen: »Der Abend der Pensionärsfeier? Oh, für diesen Abend habe ich 680 Zeugen. Ich war in der Kreuztaler Sporthalle und habe mir mit meinem Sohn ein Handballspiel angesehen. 26 zu 25 übrigens für uns …«

16.

Sara war froh, dass die beiden sie nicht beim Lauschen auf der Treppe erwischt hatten. Sie hatte es gerade noch rechtzeitig ins Schlafzimmer geschafft, bevor Christian und die Ermittlerin im Treppenhaus aufgetaucht waren. Jochen Schmitz, immer wieder tauchte in letzter Zeit dieser Name in ihrem Leben auf. Er war der Trainer ihres Sohnes und der stand völlig auf den coolen Coach. Er hatte sich auch mit ihrem Ehemann angefreundet. Aber waren die beiden wirklich so dicke, dass Christian sie wegen ein paar Männerabenden mit ihm derart belügen würde? Zur Krönung hatte dieser Jochen auch noch mit ihrer besten Freundin geschlafen und war ganz schön hart rangegangen.
Sara war völlig überfordert und nicht in der Lage, ihre Gedanken zu ordnen. In den letzten Tagen war eindeutig zu viel passiert.

Als sie an diesem Morgen aufgewacht war, war sie noch leicht benommen aus dem Bett gestiegen und hatte leise das Schlafzimmer verlassen. Vor der Tür wäre sie fast über Leons Matratze gestolpert und war plötzlich ganz gerührt gewesen. Daniel war niemand, der eine Situation ausnutzte, er hatte tatsächlich draußen vor der Tür übernachtet. Nicht zum ersten Mal trauerte sie der Zeit nach, in der sie beide die besten Freunde gewesen waren und fast jede Sekunde ihrer freien Zeit miteinander verbracht hatten.
Dass er sich damals aus ihrem Leben zurückgezogen hatte, nur weil er eine Austauschschülerin aus den USA kennengelernt hatte, hatte sie tief getroffen. Christian hatte ihr brühwarm erzählt, dass die Cheerleaderin seinem Freund völlig den Kopf verdreht hätte, wie sexy sie gewesen sei und dass Daniel ihm verraten hätte, mit ihr den ersten Sex seines Lebens gehabt zu haben.

Leider viel zu spät war ihr damals aufgegangen, dass Daniel mehr für sie gewesen war als nur ein bester Freund. Sie war enttäuscht, dass er sich nicht für sie entschieden hatte, sondern für irgend so eine Tussi aus den USA. Das war einfach nicht richtig.
Drei Wochen lang war Louisa täglich bei ihr zu Hause vorbeigekommen, um sie zu trösten, und irgendwann hatte sie dann Christian mit im Schlepptau gehabt, den sie doch eigentlich mit Louisa hatte verkuppeln wollen:
»Hier, zu mir passt er nicht, ganz ehrlich. Aber vielleicht lenkt er dich ja von Daniel ab«, hatte sie gesagt. Nach vier Monaten waren sie dann tatsächlich ein Paar geworden. Bis heute!

Während Daniel duschte, hatte sie ihm frische Klamotten von Christian vor die Badezimmertür gelegt, um dann in der Küche das Frühstück zuzubereiten. Sie schenkte gerade Kaffee in die großen Tassen, die sie aus ihrem Urlaub in Schweden mitgebracht hatte, als Daniel sich in seinem völlig zerknitterten Hemd und Anzugshose an den Tisch setzte.

»Tut mir leid, aber ich kann und werde die Sachen von Christian nicht anziehen.«

Sara hatte sich das fast schon gedacht, dafür schien seine Wut gegenüber ihrem Ehemann nach all den Jahren noch immer zu groß zu sein. Allerdings wüsste sie zu gerne, was damals zwischen den beiden passiert war. Bisher hatte sie es nie herausfinden können. Das Einzige, was sie wusste, war, dass Daniel sich damals mit Christian geprügelt und anschließend den Verein verlassen hatte. Das ‚Warum' war ihr verborgen geblieben. Christian hatte ihr nie eine Antwort darauf gegeben und Daniel hatte ihr damals nur geantwortet:

»Das musst du schon deinen Lover fragen.«

Sofort danach hatte er jeglichen Kontakt zu ihr abgebrochen.

Während sie später gemeinsam in ihrer Küche gesessen hatten, kam ihr Stück für Stück wieder ins Gedächtnis, was gestern geschehen war. Wenn sie nicht wollte, dass sich Daniel extra für sie einen Tag Urlaub nahm – und ihr war klar, dass das in seiner Position als Leiter der Kreditabteilung ein Gewaltakt wäre –, musste sie sich noch so lange zusammenreißen, bis er gegangen war. Also hatte sie sich gezwungen, einen Toast mit Marmelade zu essen und ein Lächeln aufzusetzen.

Dennoch hatte Daniel gefragt: »Hey, wenn du willst, bleibe ich gerne den Tag über hier!«

»Danke, das ist lieb von dir, aber das brauchst du wirklich nicht, ganz ehrlich! Ich rufe dich an, wenn ich dich brauche, ok?«

»Versprochen?« hatte er skeptisch nachgehakt.

»Ja, versprochen«, hatte sie geantwortet.

Das alles war heute Morgen passiert. Als Sara nun nach dem belauschten Gespräch zwischen der Kommissarin und ihrem Mann auf dem Bett saß, konnte sie nicht anders, als sich Gedanken um ihre Ehe zu machen. Sie hatte Christian nie betrogen und hatte niemals Zweifel an ihrer Ehe gehabt. Aber gestern war etwas zerbrochen. Sie fühlte sich von Christian hintergangen!

Er war nicht für sie da gewesen, als sie ihn so dringend gebraucht hätte. Nicht wegen seines Jobs, nein, weil ihm ein Abend mit Jochen Schmitz wichtiger gewesen war, als ein Abend mit seiner Frau! Nur deshalb war er nicht an ihrer Seite gewesen.

Sie wusste, dass er es im Moment nicht ganz leicht mit ihr hatte. Sie war sensibel und brach schnell in Tränen aus. Aber sich von dem eigenen Ehemann als frigide und hysterisch beschimpfen zu lassen … das war zu viel. Als sie ihm vor zwei Wochen erzählt hatte, wie sie mit Daniel als ihrem fiktiven Ehepartner zum größten Immobilienverwalter der Region gegangen war, um dessen Konditionen auszuspionieren, war Christian völlig ausgerastet. Als er dann heute von ihr erfuhr, dass Daniel in seinem Haus übernachtet hatte, hatte er sich am Barschrank im Wohnzimmer bedient, sich ein großes Glas Whisky eingeschüttet, nur um es fünf Sekunden später wutentbrannt in den großen antiken Spiegel über dem Sofa zu werfen, der daraufhin in tausend Scherben zerbrach. Sara hatte ihn nur angesehen, einen Eimer geholt und damit begonnen, die Scherben aufzusammeln. Fünfzehn Minuten später hatte es an der Haustür geklingelt und Frau Daub stand vor der Tür.

17.

»Jetzt sag schon«, forderte Daniel Louisa auf. »Wer ist Jochen Schmitz? Du sagst, der taucht hier auf und krallt sich die komplette Familie Jakobs? Wieso? …«

Nicht nur die, dachte Louisa.

»Du, ich kann dir das auch nicht richtig erklären. Ich weiß nur, dass er wie aus dem Nichts bei unserer Stadtbank-Gala letztes Jahr aufgetaucht ist und kurze Zeit später der Trainer von Leon und Christians bester Freund geworden ist.«

»Mehr weißt du nicht?«

»Nein«, *außer, dass er etwas seltsame Vorlieben im Bett hat…*

»Ist er verheiratet? Was macht er beruflich?«

»Daniel, ich weiß es nicht«, wiederholte sie genervt.

»Findest du es denn nicht seltsam, dass da plötzlich ein wildfremder Typ auftaucht und zeitgleich passieren im Haus und im Leben von Sara diese schrecklichen Dinge?«

»Doch, daran habe ich auch gedacht, aber Christian soll

doch in der Zeit bei ihm gewesen sein, in der der letzte Zettel mit dem BH im Schlafzimmer positioniert wurde. Schmitz hat also ein Alibi …«

»Tolles Alibi, da findest du ja in jedem ‚Tatort' ein besseres, als dass der Verdächtige zur fraglichen Tatzeit Besuch seines besten Freundes gehabt haben soll.«

»Jetzt hörst du dich schon tatsächlich wie ein Tatort-Kommissar an«, lächelte Louisa ihn an.

»Vielen Dank«, gab er zurück. »Aber jetzt pass auf! Ich habe erst am Mittwochabend die Blumen bei ihr im Haus gegossen. Sara war aber schon seit Dienstagmorgen in Münster. Und das Beste … Christian war seit Samstag in China!«

»Ja und?«

»Das fragst du noch? Der Typ hat ganz und gar kein Alibi. Vielleicht hat er die Sachen schon am Dienstag dort deponiert«, verkündete Daniel.

Louisa wusste nicht genau, wie sie es Daniel verklickern sollte, ohne ihre Freundin zu verraten. »Am Mittwochnachmittag war wohl noch die Putzfrau im Haus und die hat ausgesagt, dass im Schlafzimmer weder ein Brief noch Unterwäsche rumgelegen hätte.«

»Ok«, gab Daniel zu. »Das leuchtet ein.«

Louisa zählte innerlich bis zweiundzwanzig, dann sah sie, wie bei ihrem Gegenüber langsam der Groschen fiel.

»Dann war die Putzfrau diejenige, die kurz vor mir die Blumen gegossen hat?«

»Scheint so …«

»Louisa, kannst du mir bitte mal verraten, warum mich Sara für Mittwoch in die Wohnung schickt, um Blumen zu gießen, wenn eh am selben Tag die Putzfrau kommt?«

»Nein, das kann ich nicht«, druckste sie rum. »Da fragst du Sara besser selbst.«

»Wieso? Verstehe ich nicht!«

»Kannst du dir das denn nicht denken?«, fragte Louisa vorsichtig.

Hoffen vielleicht, aber denken? Wollte sie wirklich, dass ich die Gelegenheit bekomme, ganz unauffällig ihr Zuhause kennenzulernen? War es ihr so wichtig, dass ich weiß, wie sie wohnt und wo sie ihre Zeit verbringt?

»Ich bin mir da nicht so sicher«, antwortete er ehrlich.

»Frag sie einfach, ok? Jochen Schmitz scheidet also durch das Alibi von Christian und durch die Putzfrau als Verdächtiger eindeutig aus«, versuchte Louisa zum eigentlichen Thema zurückzukehren.

»Hoffentlich kommt die Polizei jetzt nicht auf die Idee, mich zu verdächtigen. Ich hatte einen Schlüssel und war eindeutig im Haus. Das habe ich auch offen zugegeben.«

»Und genau das ist doch der Punkt. So blöd ist doch keiner. Das wäre viel zu offensichtlich, wenn du es gewesen wärst.«

Die beiden hatten sich nach der Arbeit im Café im Inneren des Sieg Carrés verabredet, um sich über Schmitz auszutauschen. Jetzt saßen sie gemeinsam auf einem Sofa im Innenhof, der gleichzeitig der Durchgang zwischen Stadtbank und Busbahnhof war. Keine gute Wahl, hatte sich Louisa mit einer gewissen Ironie gedacht, als sie der dritte Kollege auf seinem Heimweg grinsend grüßte. Zwei Stadtbanksingles nach Dienstschluss zusammen auf einem Sofa – na toll. Morgen konnte sie sich im Büro sicher was anhören. Gesine und Gabi würden sie löchern bis aufs Blut.

Ein gutaussehender, dunkelhäutiger Pianist spielte am Flügel inmitten der Gäste eine wunderschöne Ballade. Louisa hatte Mühe, sich wieder auf das Gespräch mit Daniel zu konzentrieren.

»Wenn wir ihn zu unserer Gala eingeladen haben, dann hat der Typ bestimmt richtig Kohle, und das heißt, wir müssen irgendwo Unterlagen über ihn haben. Ich gucke morgen direkt mal nach!«, sagte Daniel dankbar, etwas tun zu können.

»Du machst dir ganz schön Sorgen, stimmt's?«

»Du etwa nicht?«, fragte er zurück.

»Doch, ich auch! Aber du hattest dich eigentlich vor vielen Jahren aus Saras Leben verabschiedet. Sag mal ehrlich, was ist damals zwischen euch passiert?«

»Louisa, tut mir leid, aber das geht dich wirklich nichts an und es ist sehr lange her.«

»Aber ich bin doch nicht blind. Ich sehe doch, wie du sie ansiehst. Du bist wieder genauso verknallt wie früher!«, sagte sie ihm auf den Kopf zu.

Daniel wurde rot. Er beugte sich vor, um seine Tasse von dem viel zu niedrigen Couchtisch zu nehmen und etwas Zeit zu gewinnen. »Und ich sehe, dass sie eine verheiratete Frau ist.«

Dem konnte Louisa nichts entgegensetzen. Dennoch versuchte sie es noch einmal: »Christian hat Sara noch nie gutgetan. Das Beste, was er ihr geben konnte, war Leon. Aber ansonsten ist und bleibt er ein Egoist. Zwischendurch hatte ich das Gefühl, er hätte sich tatsächlich geändert, aber wie kann er einen Abend mit diesem Jochen verbringen, anstatt Sara beizustehen?«, fragte sie sich selbst. »Hätte ich doch Sara damals bloß nie zugeredet, sich auf Christian einzulassen, als du mit dieser USA-Tussi abgehauen bist und …«

»Als ich was?«, fiel Daniel ihr ungläubig ins Wort.

»Jetzt tu doch nicht so! Dein bester Freund Christian hat uns damals brühwarm erzählt, wie mega dein Sex mit dieser Austauschschülerin gewesen sein soll. Du hättest dich vor all deinen Fußballkumpels damit gebrüstet, wie du sie vernascht hast.«

Daniel war fassungslos. So langsam wurde ihm manches klar. *Dieser miese Dreckskerl …*

»Und das habt ihr ihm geglaubt?«

»Was blieb uns denn anderes übrig? Du warst ja von einem auf den anderen Tag für uns nicht mehr erreichbar. Du bist nicht mehr ans Telefon gegangen und selbst auf der Arbeit hast du uns gemieden. Sara hat sich wegen dir die Augen ausgeheult. Sie war völlig fertig. Da dachte ich, dass ihr etwas Ablenkung ganz guttun würde und hab sie mit Christian verkuppelt …«

Daniel musste weg. Seine Krawatte wurde ihm plötzlich viel zu eng und schnürte ihm die Kehle zu. Er sprang vom Sofa auf, legte einen Zehner auf den Tisch und sagte fast flüsternd:

»Ich muss nach Hause!«

Louisa sah ihm nach, wie er langsam die Treppe Richtung Kundenhalle hinunterging, um dann den Seiteneingang zur Tiefgarage der Stadtbank zu nehmen, in der sein Auto stand.

Hoffentlich kommt er heil nach Hause, dachte sie und ging an die Theke des Cafés, um dort für Sara etwas süße Nervennahrung zu besorgen.

Februar

1.

Jochen wunderte sich, dass es drei Tage dauerte, bis die Polizei bei ihm vor der Tür stand. Eine hübsche junge Frau, Anfang dreißig, mit süßen kleinen Sommersprossen auf der Nase und einem strengen Pferdeschwanz, stellte sich ihm als Kriminaloberkommissarin Johanna Daub vor. Sie stand neben einem etwas korpulenteren, gemütlich wirkenden Kriminalhauptkommissar und bat darum, ins Haus eintreten zu dürfen.

Das wird ein interessantes Spielchen werden, freute sich Jochen.

»Aber natürlich, kommen Sie herein. Darf ich Ihnen etwas anbieten? Einen Kaffee vielleicht?«

Die Beamtin nahm an, er lehnte ab. Jochen ahnte, dass der Ermittler kein Typ für Smalltalk war. Das schien eher die Methode seiner Partnerin zu sein.

»Nett haben Sie es hier, Herr Schmitz«, rief sie ihm in die Küche hinterher.

Das war eindeutig gelogen!

Jochen wusste, dass sie gerade dabei war, nebenan das Wohnzimmer genauestens unter die Lupe zu nehmen, während er in der Küche stand, um für sie den Kaffee zu kochen. Ihr Kollege stand im Türrahmen und fragte:

»Wohnen Sie ganz alleine hier? Das ist ein großes Haus.«

»Ja, ich wohne hier alleine, aber nur vorübergehend. Als mein Vater vor vielen Jahren starb, fiel es mir zu schwer, mein Elternhaus sofort zu verkaufen, deshalb habe ich es die letzten Jahre vermietet. Aber nun sind die

Mieter ausgezogen und ich wohne selbst hier«

»Und warum haben Sie das in den letzten Jahren nicht getan? Das ist doch eine nette Gegend hier oben am Giersberg.«

»Das stimmt, aber ich habe meinen Hauptwohnsitz in den Schwarzwald verlegt und bin dort in einer kleinen Schreinerei beschäftigt.«

»Und was treibt Sie dann jetzt zurück ins Siegerland?«

»Die Auftragslage dort war eh gerade nicht so prickelnd, sodass mein Chef froh war, als ich vorschlug, für ein Jahr mit der Arbeit auszusetzen.«

Jochen registrierte, wie sein Gesprächspartner eine Augenbraue hob: »Sie haben sich eine Auszeit von einem ganzen Jahr genommen?«, fragte der ungläubig und auch etwas neidisch.

»Genau, ich werde die Zeit nutzen und das Haus hier auf Vordermann bringen, damit ich es dann mit einem dicken Gewinn verkaufen kann. Bei dem Zinsniveau, sagte mein Berater, scheint es gerade die richtige Zeit zu sein. Die Leute reißen sich angeblich um solche Häuser wie meines.«

»Aber, wenn ich das richtig verstanden habe, bekommen Sie auch ein ganzes Jahr kein Gehalt?«, fragte die rothaarige Polizistin, während sie sich neben ihren Kollegen in den Türrahmen quetschte und versuchte, ihm unauffällig ein Zeichen zu geben, dass sie mit der Besichtigung fertig war.

»Wie können Sie sich das leisten?«

»Ich habe geerbt, und wenn der Hausverkauf gut läuft, bin ich im Sommer mit einem Haufen Kohle wieder unten im Süden.«

»Dafür, dass Sie nur ein Jahr im Siegerland bleiben wollen, haben Sie sich aber ganz schön ins Zeug gelegt«, erkundigte sich Holger.

»Wie meinen Sie das?«

»Naja, Sie trainieren eine Jugendmannschaft, haben

sich sehr eng mit Herrn Jakobs angefreundet ...«

»Sogar so eng, dass er für einen Whisky und einen Film mit Ihnen seine Frau im Stich lässt«, ergänzte Johanna bissig.

Jochen fand es amüsant, dass die Frauen mal wieder zusammenhielten. Sara musste dieser Frau wirklich leidtun.

»Touché! Aber würden Sie mir jetzt bitte mal verraten, warum Sie eigentlich hier sind? Sicher nicht, um sich darüber zu informieren, ob es im Schwarzwald mehr Bäume als im Siegerland gibt«, fragte er und schaute die kleine Beamtin dabei herausfordernd an. Es machte ihm Spaß, sie auf die Palme zu bringen.

»Herr Schmitz, wollen Sie uns etwa sagen, dass Sie keine Ahnung haben, was wir von Ihnen wollen? Ihr ach so guter Freund, Christian Jakobs, hat Sie doch eh längst angerufen, um Ihnen von den neuesten Vorfällen in seinem Haus zu berichten!«

Jochen war beeindruckt von ihrer Aggressivität ihm gegenüber. Das machte tatsächlich Spaß!

»Doch, hat er, aber Sie haben so eine nette Stimme, da möchte ich das gerne nochmal aus Ihrem zuckersüßen Mund hören.«

Mit Genugtuung beobachtete er, wie langsam die Wut in Kriminaloberkommissarin Johanna Daub hochkochte und sie kurz davor war zu platzen. Sehr schade, dass sich ihr Partner schnell einmischte:

»Herr Schmitz, jetzt wollen wir doch mal sachlich bleiben, einverstanden? Sie wissen also Bescheid. Dann können Sie uns ja sicher auch die Frage beantworten, wo Sie am Mittwochabend gewesen sind.«

»Ja natürlich, da helfe ich Ihnen doch gerne«, antwortete er an Johanna gewandt, nicht ohne ihr mit seinen Blicken zu zeigen, wie geil er sie fand.

»Ich war hier zu Hause, habe mir Essen gekocht und dann ferngesehen. Während der Tagesschau stand dann plötzlich Christian mit einer Flasche Whisky, die er im

Duty-free am Flughafen gekauft hatte, vor mir.«

»Und dann?«, fragten ihn die beiden gleichzeitig.

»Dann haben wir die Flasche geköpft und uns einen Film angesehen. Anschließend bin ich ins Bett gegangen und Christian hat hier auf dem Sofa gepennt.«

»Wie spät war es da?«, fragte Holger.

»Da muss ich überlegen … ich denke gegen zwei Uhr morgens.«

»Wie hieß der Film?«, wollte Johanna wissen.

»Stirb langsam!«

Sie schrieb den Titel auf ihren Block und forschte weiter:

»Worum ging es da?«

»Frau Daub, Sie sind zwar eine Frau, aber trotzdem sollten Sie die ‚Stirb langsam' Filme kennen. Gestern lief zum Beispiel die Szene, in der Bruce Willis als John McClane mit einem Schild um den Hals in Harlem rumläuft und darauf wartet abgeknallt zu werden, bis dann Samuel L. Jackson angerannt kommt, um ihm den Arsch zu retten. Sehr amüsant!«, hatte er sich über sie lustig gemacht.

Die Kommissarin nickte ihrem Partner zu, stand auf und verabschiedete sich von ihm. Ihre Hand hatte sie ihm zum Abschied nicht gegeben. Aber das störte Jochen nicht. Ganz im Gegenteil, was war das für eine nette Abwechslung in seinem sonst so tristen Leben.

Bis zu seinem nächsten Coup würde er ein paar Wochen ins Land ziehen lassen. Bis dahin sollten sie sich doch an ihren Ermittlungen die Zähne ausbeißen.

2.

»Dieser Scheißkerl«, schimpfte Johanna. »Was bildet der sich eigentlich ein? Hast du gesehen, wie der mich angeguckt hat?«

»Hab ich.«

»Ja und? Hättest du da nicht auch mal was zu sagen können?«

Johanna blickte Holger wütend an.

»Hallo? Du stehst doch so auf Gleichberechtigung«, gab Holger amüsiert zurück.

»Wir fahren jetzt sofort auf die Wache und gucken uns diesen Jochen Schmitz mal genauer an. Ich wette fünf Euro, dass wir ihn bei uns im System haben. So wie der mich angeglotzt hat, wird er in seinem bisherigen Leben bestimmt nicht immer ein braver kleiner Junge gewesen sein.«

Eine Stunde später hörte Holger durch die geschlossene Tür aus dem Büro nebenan ein entnervtes Stöhnen. Er öffnete die Tür und sah Johanna, die wütend auf ihre Tastatur einhämmerte.

»Nichts! Absolut nichts! Keine Fingerabdrücke, keine Vorstrafen! Das darf doch alles nicht wahr sein. Wir sind nicht einen Schritt weitergekommen. Weder bei Sara Jakobs noch bei Wilhelm Schwarz. Und jetzt?«

Verzweifelt und zugleich voller Hoffnung sah sie Holger an. Er war ihr schon oft zum Anker geworden, wenn sie sich zu sehr in einen Fall verbissen oder zu große Empathie zu einem der Opfer entwickelt hatte. In diesem Fall schien es wohl beides zu sein.

»Hanni,«, sagte Holger, ging um ihren Schreibtisch herum und setzte sich auf die Schreibtischkante, »wir haben uns bisher zu sehr auf Sara Jakobs konzentriert. Was wir dringend brauchen, ist die Schnittstelle zwischen Frau Jakobs und Herrn Schwarz.«

Johanna schaute zu Holger auf: »Du hast recht! Da muss es mehr geben, als dass sie einfach nur Kollegen waren. Allerdings können wir Schwarz nicht mehr fragen und Sara hat uns keine Verbindung nennen können. Hast du eine Idee, wie wir weiter vorgehen sollten?«

»Das Einzige, worüber die beiden verbandelt waren, ist die Stadtbank. Da müssen wir ansetzen. Lass uns am Montag nochmal bei Frau Lindt nachforschen. Vielleicht kann sie uns weiterhelfen.«

»Am Montag … schon klar!«

Johanna musste lächeln. Holger war eben ein waschechter Siegerländer. Mit welcher Penetranz er den Rosenmontag ignorierte, war ihr jedes Jahr aufs Neue ein Vergnügen.

Sie hatte einige Jahre in Düsseldorf am Rosenmontag Dienst geschoben, da war der Karnevalsumzug der Siegener Stadtbank ein Klacks. Sie freute sich sogar darauf und hatte freiwillig für einen Kollegen dessen Dienst übernommen, um wenigstens einen Hauch von Karneval abzubekommen.

»Sehr gute Idee, Holger. Aber lass uns lieber einen Termin für Dienstag ausmachen, ok?«

3.

»Und? Was haben sie gesagt? Haben sie es geschluckt?«

»Christian, jetzt reg dich mal nicht so auf«, sprach Jochen in sein altes schwarzes Prepaid-Handy.

Jochen hatte nicht viele Freunde, deshalb telefonierte er wenig, geschweige denn, dass er in sozialen Netzwerken unterwegs war. Ein Smartphone hätte sich für ihn definitiv nicht gelohnt.

»Es ist gelaufen wie geschmiert! Hattest du da etwa Zweifel? Vertraust du mir nicht? Ich habe gesagt, ich gebe dir für dein Schäferstündchen ein Alibi, also mache ich das auch. Der Film, den wir angeblich zusammen gesehen haben, hieß übrigens ‚Stirb langsam'. Das solltest du wissen, wenn sie dich danach fragen!«

»Mensch Jochen, tut mir leid! Ich habe nur so ein verdammt schlechtes Gewissen. Hier zu Hause ist die Kacke am Dampfen und ich vögele genau in der Zeit mit Alex rum. Wie konnte ich das nur tun?«

»Jetzt komm mal wieder runter! Ist doch nichts passiert! Du hast erzählt, dass Sara zwei Kollegen da hatte, die sich um sie gekümmert haben, dann ist doch alles in Ordnung. Und wenn es stimmt, dass der Typ wirklich bei euch übernachtet hat, dann ist auch klar, was da abgegangen ist und du musst wirklich kein schlechtes Gewissen haben. Jetzt weißt du auch, warum sie dich nicht mehr ran lässt. Du bist bei ihr abgeschrieben«, stichelte Jochen.

»Nein, das stimmt nicht. Die Polizistin meinte, Sara hätte eine Beruhigungsspritze bekommen Da ging ganz bestimmt nichts mehr mit den beiden.«

»Alter, bist du naiv! Glaubst du im Ernst, deine Frau sitzt zu Hause und dreht Däumchen, während du auf Dienstreise bist? Das glaubst du genauso wenig wie ich. Denk doch mal nach! Wann hattet ihr das letzte Mal Sex? Und ich meine jetzt keinen ‚Rein-Raus-Sex' …«

»Keine Ahnung!«, gab Christian zu. »Vor drei Wochen glaube ich. Aber Sara hatte auch verdammt viel zu tun, und außerdem geht die ganze Zettelgeschichte auch nicht spurlos an ihr vorüber.«

»Du bist ja noch naiver, als ich dachte«, setzte Jochen noch einen oben drauf.

»Wenn da einer bei euch einbricht und wirklich was Böses im Sinn hat, denkst du nicht, er hätte es mittlerweile getan? Deine Frau ist einfach eine hysterische Ziege, das ist alles.«

Christian passte es nicht, wie abfällig Jochen über seine Frau sprach. Sie waren jetzt schon so lange verheiratet und hatten viele glückliche Jahre miteinander verbracht. Das wirft man nicht einfach weg. Außerdem traute er Sara nicht zu, ihn so eiskalt zu hintergehen. Das passte einfach nicht zu ihr. Er war der Schuft, er war der Betrüger, der Ehebrecher, derjenige, der ihre Ehe aufs Spiel gesetzt hatte. Er hoffte inständig, dass die zwei Tage mit Alex niemals ans Tageslicht kamen.

»Jetzt mach aber mal einen Punkt!«, schnauzte er Jochen an. »Hysterische Ziege … also bitte. Sie ist immer noch meine Frau!«

Aber nicht mehr lange, dachte Jochen erfreut. Wusste aber auch, dass er nicht übertreiben durfte.

»Ok, ok, hast ja recht. Die Ziege nehme ich zurück! Was hat sie denn so schrecklich viel zu tun, dass ihre Nerven so blank liegen?«

»Ende der Woche muss sie die Präsentation halten, an der sie jetzt schon seit ein paar Monaten mit ihrer Freundin und ein paar anderen Kollegen arbeitet. Du weißt doch … ihr neuer Job«.

»Ach ja, die Geschichte mit dem Häuserverwaltungsgedöns, richtig?«

»Genau. Der Vorstand will ihre Kalkulationen sehen und hören, welche Werbestrategie sie sich ausgedacht hat.«

»Hm, scheint ein großes Ding zu sein. Hätte ich deiner Frau gar nicht zugetraut.«

»Wenn ich ehrlich bin – ich auch nicht!«, gab Christian zu. »Ich habe ihr versprochen, am Wochenende mit in ihr Büro zu kommen und ihr bei der Präsentation zu helfen. Das bin ich ihr schuldig.«

Am Telefon entstand eine kurze Pause, bis Christian zögerlich fragte: »Sag mal, könntest du Leon vielleicht am Sonntag mit zu dem Hallenturnier nehmen? Dann könnten Sara und ich in aller Ruhe ihre große Sitzung vorbereiten.«

»Das mache ich doch gerne! Du weißt doch, dass du

dich immer voll auf mich verlassen kannst. Aber jetzt, mein Freund, erzählst du mir erst mal alles über deine Zeit mit deiner Kollegin und Fußballmama Alex ...«

4.

Johanna lehnte an dem Polizeibus, den sie mitten auf den Scheinerplatz gestellt hatten und beobachtete das fröhliche Treiben. Circa fünfhundert Jecken, überwiegend Kinder, hatten sich auf dem buntgeschmückten Platz versammelt, um dann gemeinsam mit lauten Tröten, die die Mitarbeiter der Stadtbank an die Kinder verteilten, durch die Stadt zu ziehen. *Da hat sich jemand viel Mühe gegeben,* dachte sie. Hunderte von Ballons hingen in langen Girlanden von dem Dach des Bankgebäudes herunter. In den Bäumen und auch an den Straßenschildern hatte man Ballonpuschel aufgehängt, und sogar eine kleine Bühne, auf der gerade ein Zauberer die Kinder bespaßte, war aufgebaut worden. In den verschiedenen Stockwerken des Stadtbankhochhauses standen einige Mitarbeiter am Fenster, die sich von oben das Geschehen direkt vor ihrer Haustür nicht entgehen lassen wollten. Im sechsten Stock entdeckte sie Daniel Treude, den Blumengießer, gemeinsam mit einem seiner Kollegen fröhlich lachend am Fenster.

Alle waren guter Stimmung und selbst ihre eigenen Kollegen hatten sich von dem fröhlichen Kinderlachen anstecken lassen. Ob es wirklich das Kinderlachen oder die Aussicht auf ein paar leckere Berliner Ballen am Ende des Umzuges waren, wusste Johanna nicht so genau. Im Radio hatte man für den Nachmittag Regen angesagt, dennoch war der Scheinerplatz gefüllt von einer erwar-

tungsvollen Menschenmenge. Sie hörte, wie der engagierte Fotograf eine Mutter fragte, ob er ihre Tochter fotografieren dürfe und war begeistert von dessen Umsichtigkeit.
Dann plötzlich, wie aus dem Nichts, meldete sich Johannas Instinkt. *Irgendetwas stimmt hier nicht.* Sie konnte es sich selbst nicht erklären und erst recht hatte Holger dafür nie Verständnis gehabt. Aber am Ende des Tages hatte er doch immer anerkennen müssen, dass ihr Instinkt sie nicht getrügt hatte.
Sie suchte den Platz mit ihren Augen nach etwas ab, was nicht ins Gesamtbild passte. Da sah sie Sara. Bildhübsch stand sie mitten auf dem Platz, in das Kostüm einer Comic-Figur aus dem Kidsclub der Stadtbank gesteckt, und beugte sich gerade zu einem Kind herunter, um ihm einen Luftballon ums Handgelenk zu binden, damit er nicht wegfliegen konnte. Johanna bewunderte diese Frau. Nach allem, was sie zurzeit mitmachte, schien sie fest entschlossen zu sein, sich nicht unterkriegen zu lassen und erfüllte ihren Job als Hostess auch bei dieser Kinderveranstaltung mit Bravour.

Plötzlich ging alles blitzschnell. Ein großer Mann in einer kunterbunten Jacke, mit roter Perücke, aufgemalten Sommersprossen und Clownsnase näherte sich Sara und dem kleinen Kind. Johannas Magen zog sich zusammen und ihr Instinkt schrie ihr laut ‚Aufpassen!' ins Ohr.
Sie rannte sofort los und versuchte sich einen Weg durch die Menge zu bahnen, ohne den Mann dabei aus den Augen zu lassen. Ein kurzer Blick nach links verriet ihr, dass Sara sich noch immer mit der Mutter des Kindes unterhielt, nichts ahnend, welche Szenerie sich hinter ihrem Rücken abspielte.
Noch zehn Meter, bitte, lieber Gott, nur noch zehn Meter, rief Johanna zum Himmel. Sie sah, dass der Clown etwas in der Hand hielt und schrie aus Leibeskräften: »Saaara!«

Johanna spürte, wie sich die Augen ihrer Kollegen und auch die von Sara auf sie richteten. Sie sah die Verwirrung in Saras Blick und dann den Clown, der ihr mit seinen dunkelbraunen Augen direkt ins Gesicht schaute, grinste und dann seinen Arm auf Saras Rücken herunterschnellen ließ. Im Bruchteil einer Sekunde hatte er sich umgedreht und war in Richtung Kundencenter gestürmt.

»Der Clown«, rief sie ihren Kollegen zu und zeigte dabei in Richtung Kundencenter. Während sie sich in größter Sorge weiter zu Sara durchkämpfte, sah sie, wie drei Polizisten die Verfolgung aufnahmen. Leider kamen sie einige Zeit später mit einer Perücke und einer kunterbunten Jacke zurück, die sie in einem Mülleimer am Ausgang des Sieg Carrés gefunden hatten.

5.

»Hören Sie, mir geht es gut! Ich muss ganz sicher keine Nacht hier im Krankenhaus bleiben«, versuchte Sara den netten jungen Arzt im Kreisklinikum in Weidenau zu überzeugen. Die ganze Sache war ihr noch immer abgrundtief peinlich. Zum Glück hatte ohnehin ein Krankenwagen auf dem Scheinerplatz gestanden, sonst hätte Frau Daub sicher noch extra einen für sie gerufen. Sie hatte sich freundlich mit einer Mutter unterhalten, als sie plötzlich von dieser Polizistin weggerissen und hinter den Polizeibus gezogen worden war. Frau Daub hatte aufgewühlt und zutiefst besorgt gewirkt, sie selbst hingegen war völlig ahnungslos gewesen.

»Was ist los? Ich verstehe das nicht! Wieso verstecken wir uns hier?«

»Ist bei Ihnen alles in Ordnung? Sind Sie verletzt?«, kam die besorgte Gegenfrage.

»Ja, es ist alles ok … aber jetzt sagen Sie mir endlich, was hier los ist!«
Als Johanna ihr erklärte, dass ein als Clown verkleideter Mann ihr hätte etwas antun wollen, konnte sie das nicht glauben. Warum sollte das jemand am helllichten Tage, unter den Augen der Polizei und inmitten einer großen Menschenmenge tun?
Dann waren zwei Helfer der DLRG gekommen und hatten ihr angeboten, sie im Krankenwagen kurz zu untersuchen, um sicherzugehen, dass auch wirklich alles mit ihr in Ordnung war. Sara hielt das für völlig übertrieben, aber ihre vermeintliche Retterin bestand darauf. Also ließ Sara sich von den beiden Männern unter den Arm nehmen und zum Krankenwagen führen.
Sie war unendlich dankbar, dass bis auf ein paar wenige nichts von der unnötigen Panik mitbekommen hatten, weil der Zauberer just in dem Moment den Countdown für den Ballonwettbewerb gestartet hatte und sich alle Blicke in den Himmel gerichtet hatten. Bis auf den Blick der aufmerksamen Kommissarin und den des Täters.
Doch dann war ihr plötzlich das Blut in den Adern gefroren, als sie sich umgedreht und in die entsetzten Augen von Johanna Daub geblickt hatte. Deren Gesicht war kreidebleich und ihrer Kehle war ein krächzender Laut entwichen.
Die Kommissarin hatte doch recht behalten. Der Clown hatte es auf sie, Sara Jakobs, abgesehen. Sara klopfte noch jetzt das Herz bis zum Hals, wenn sie nur daran dachte.
Frau Daub hatte einen rosafarbenen Briefumschlag entdeckt, der mit doppelseitigem Klebeband an den Rücken ihrer Warnweste geheftet worden war. Sara hatte davon tatsächlich nichts mitbekommen, aber als sie den Umschlag gesehen hatte, waren ihr schlagartig die Beine weggesackt und die Sanitäter hatten ihre Schuldigkeit tun müssen.

Erst im Krankenhaus hatte sie richtig realisiert, wie nah ihr dieser Mann, der Mörder ihres ehemaligen Chefs, gekommen war. Der Arzt hatte ihr eine Beruhigungsspritze angeboten, aber das hatte sie abgelehnt. Beim letzten Mal hatte sie noch lange mit den Nachwirkungen dieser Spritze zu kämpfen gehabt. Nein, Christian sollte sie abholen und würde sich dann hoffentlich um sie kümmern.
Der arme Leon! Jetzt muss er schon wieder woanders übernachten. Aber besser ist es, da war sie sich sicher.
Er sollte so wenig wie möglich mit all dem hier konfrontiert werden. In Gedanken an ihren dreizehnjährigen Sohn, den sie in letzter Zeit viel zu oft in andere Hände gab, bemerkte sie nicht, wie sich die Tür zu ihrem Behandlungszimmer öffnete und Johanna Daub leise hereinkam.

»Frau Jakobs, ich weiß nicht, wie ich es Ihnen sagen soll … der Brief, also auf dem Zettel …«
Sie registrierte, wie schwer der Ermittlerin die Worte fielen.

»Es ist wieder ein Märchenzitat«, hörte sie sie sagen.
Sara war nur zu einem leisen Flüstern imstande:

»Was ist es dieses Mal?«

»Knusper, knusper Knäuschen, wer knabbert am fremden Häuschen?«

»Am fremden Häuschen? Was soll das denn? Was meint er damit? Heißt es denn nicht ‚an meinem Häuschen'?«, hörte sie sich fragen. Nur langsam, Stück für Stück, hatte sie realisiert, was da auf diesem rosafarbenen Büttenpapier geschrieben stand.
Der fremde BH in unserem Schlafzimmer, Knabbern am fremden Häuschen! Christian, was hast du mir da angetan?

»Das … das war auch leider noch nicht alles. Es tut mir

furchtbar leid.«
Trotz ihrer Schwachheit war ihr sofort klar geworden, dass es etwas sehr Unangenehmes für die Polizistin sein musste.

»Bei dem Brief lag noch ein Foto.«

»Was für ein Foto?«

Frau Daub schien es ihr nicht beschreiben zu wollen und hatte ihr wortlos das Foto aufs Bett gelegt.
Auf dem Foto konnte sie ihren Ehemann betrachten, der nur mit Socken bekleidet vor einem Küchentisch stand. Auf dem Küchentisch lag eine nackte Frau, die in freudiger Erwartung für ihren Christian die Beine spreizte.

6.

»Louisa, das geht nicht! Das kann ich auf keinen Fall machen!«

»Warum denn nicht? Das ist für dich jetzt gerade das Allerbeste!«

»Ich muss am Freitag meine Präsentation halten, da kann ich mich doch jetzt nicht krankschreiben lassen! Das funktioniert nicht. Wie sieht das denn aus? Und außerdem, mit welcher Diagnose denn? Wegen Hysterie?«

»Sara«, versuchte Louisa sie zu beruhigen, »ganz im Ernst, wie willst du denn in diesem Zustand die Präsentation halten? Wenn Klein, Schreiner und Schleifenbaum dabei sind, darfst du dir keinen Patzer erlauben. Verschieb es doch wenigstens um eine Woche.«

»Wie soll ich das denn anstellen?«, fragte Sara verzweifelt.

»Hey, jetzt reg dich nicht auf. Das ist gar nicht so schwer. Auf der Krankschreibung steht die Diagnose doch überhaupt nicht drauf. Nur auf dem Wisch für die

Krankenkasse. Wenn du dich jetzt für zwei Wochen krankschreiben lässt, dann kannst du danach gestärkt deine Arbeit präsentieren.«
Louisa betrachtete ihre Freundin. Sie hatte sich vorhin erschrocken, als sie an die Tür geklopft hatte und leise eingetreten war. Natürlich hatten Krankenhauszimmer nichts Gemütliches an sich, aber Sara dort liegen zu sehen, mit dem Infusionsständer neben ihrem Bett und dem Zugang, den man ihr auf ihren zierlichen Handrücken gelegt hatte – das hatte ihr fast das Herz gebrochen. Sara sah in dem Bett mit den weißen Laken noch bleicher aus, als sie es sowieso schon war. Ihre Augenringe waren so tief, als hätte sie seit drei Wochen keine Nacht mehr geschlafen. Ihre Wangen waren eingefallen und ihre schönen tiefbraunen Augen hatten jeglichen Glanz verloren. Ihre beste Freundin tat ihr aus tiefster Seele leid. Wenn sie nur wüsste, wie sie ihr jetzt am besten helfen konnte. Christian war das Allerletzte. Sie konnte es nicht fassen, was dieser Kerl seiner Frau angetan hatte. In einer Zeit, wo er alles hätte daran setzen müssen, um seiner Frau beizustehen, ließ er bei einer anderen die Hosen runter. Das Foto war regelrecht abstoßend gewesen. Wie demütigend hatte es für ihre Freundin sein müssen, den eigenen Ehemann so zu sehen.
Dennoch stellte sich die Frage, wer Sara dieses Foto an ihren Rücken geheftet hatte. Es musste jemand mit einer extrem bösartigen Ader gewesen sein. Jemand, der seinen Spaß daran hatte, andere Menschen leiden zu sehen.
Während Louisa an Saras Bett saß und ihre Hand festumschlossen hielt, kam ihr ein Gedanke, den sie gleich unbedingt mit Daniel teilen musste. Überhaupt war sie mit der ganzen Situation überfordert und völlig ratlos. Daniel war da genau der Richtige. Mit seiner besonnenen Art würde er wissen, was zu tun ist. Sie gab ihrer Freundin einen Kuss auf die Wange und versprach, ihr morgen frische Anziehsachen mitzubringen.

7.

Johanna hatte nicht damit gerechnet, dass sich die Ereignisse dermaßen überschlagen würden. Sie hatte doch nur ein wenig Karnevalsluft schnuppern wollen und nun endete ihr Arbeitstag im Krankenhaus am Bett von Sara Jakobs. Es war richtig, dass die Ärzte sie mindestens für eine Nacht dort behalten hatten. Sie brauchte dringend Ruhe – wenn nötig auch mit der Unterstützung entsprechender Medikamente.

Johanna hatte lange überlegt, wann der richtige Zeitpunkt wäre, Sara das Foto des untreuen Ehemannes zu zeigen und hatte sich dann entschlossen, es sofort zu tun.

Johanna war sich sicher, dass Frau Jakobs, nachdem sie den fremden BH in ihrem Schlafzimmer gefunden hatte, eh stark ins Grübeln über die Treue ihres Ehemannes geraten war. Vielleicht half ihr die Gewissheit mehr als die bange Frage, ob sie sich noch immer auf ihren Mann verlassen konnte.

Ein Toter und drei Märchenzitate auf rosafarbenem Büttenpapier waren die Bilanz der letzten Monate.

Johanna machte sich ernsthaft Sorgen darum, was sie erwarten würde, wenn sie das nächste Mal von der Zentrale in den Silberwald geschickt wurden. Sie hoffte inständig für Sara Jakobs, dass es kein nächstes Mal geben würde.

März

1.

Daniel fand es erstaunlich, dass das Fürst-Johann-Moritz-Gymnasium noch immer kurz vor den Osterferien mit allen Klassen der Jahrgangsstufe acht auf Skifreizeit fuhr – und das für ganze zehn Tage. Schon zu seiner Zeit war diese Fahrt das Highlight der Mittelstufe gewesen.
Er hoffte für Leon, dass er diese Zeit, weg von zu Hause und weg von den Sorgen um seine Mutter, genießen konnte. Auf jeden Fall war er für zehn Tage aus der Schusslinie und bekam so den Auszug seines Vaters aus dem gemeinsamen Zuhause nicht mit.

Daniel schwamm in einem unglaublichen Gefühlschaos. Er freute sich, dass Sara jetzt endlich frei war und schämte sich gleichzeitig wegen dieser Gedanken. Er hatte Christian vor vielen Jahren, als sie noch zusammen zur Schule gingen, als seinen besten Freund betrachtet und war nach dem aufschlussreichen Gespräch mit Louisa noch immer geschockt über die Dreistigkeit und den Egoismus, den Christian damals an den Tag gelegt hatte, indem er ihm die schmerzhafte Lüge aufgetischt hatte, mit Sara geschlafen zu haben. Genauso, wie dieser Mistkerl Sara erzählt hatte, dass Daniel mit einer Cheerleaderin abgehauen sei.
Wie oft hatte er sich in der letzten Zeit gefragt, wie sein Leben verlaufen wäre, wenn Christian nicht so ein grausames Arschloch gewesen wäre.
Wie sehr Leon unter der Trennung und den verweinten Augen seiner Mutter litt, konnte er nur erahnen. Er hatte

Sara seine Hilfe angeboten, als es darum ging, Christian vor die Tür zu setzen. Aber unter keinen Umständen hätte er zum jetzigen Zeitpunkt einen Fuß in das Haus der Familie Jakobs setzen wollen. Damit hätte er bei Christian nur Öl ins Feuer gegossen. Das musste nicht sein. Laut Louisa war Christian überraschenderweise ziemlich kleinlaut gewesen, hatte ein kleines Köfferchen gepackt und sich auf den Weg zu seinem ‚best friend' Jochen gemacht. Sara hatte ihm deutlich zu verstehen gegeben, dass er zwei Wochen Zeit hatte, sich eine Bleibe zu suchen und sein Zeug aus dem Haus zu holen. Louisa war ganz beeindruckt von den deutlichen Worten ihrer Freundin gewesen, und Daniel war dankbar, dass Sara den ersten Teil der Trennung so gut hinter sich gebracht hatte.

Gemeinsam mit Louisa hatte er Sara dazu überreden können, sich tatsächlich für zwei Wochen krankschreiben zu lassen und zur Erholung an den Tegernsee zu fahren. Noch lieber wären sie mit ihr irgendwohin in die Sonne geflogen, aber das wollte Sara partout nicht. Für den Fall, dass Leon sich auf der Skifreizeit verletzen sollte, wollte sie nicht von einem Rückflug abhängig sein.
Er liebte diese Frau, die sich bei all ihren eigenen Sorgen in erster Linie Sorgen um ihren Sohn machte.
Diese Erkenntnis traf ihn bis ins Mark, während er neben Sara auf dem Gipfel des Hirschberges stand und zusah, wie sie den Blick hinunter auf den Tegernsee aufsog und für einen kurzen Moment alles um sich herum vergaß.

2.

»Du mieses Arschloch! Du dreckiger Mistkerl! Du verdammter Verräter!«, schrie Christian ihn an.

Jochen musste sich zusammenreißen, damit er nicht in schallendes Gelächter ausbrach. Sara Jakobs geliebten Ehemann betrunken und völlig außer sich vor seiner Haustür stehen zu sehen, war eine wahre Wonne.

»Was ist denn los? Geht's noch?!«

»Jetzt tu doch nicht so scheinheilig! Wer sonst hätte Sara ein Foto von mir und Alex schicken sollen?«, schnauzte Christian und hatte dabei Mühe, sich auf den Beinen zu halten. »Du bist der Einzige, der davon wusste, du Scheißkerl.«

Jochen hatte Spaß! Er ging auf ihn zu, um ihm ins Haus zu helfen, aber Christian ließ ihn nicht. Mit der leeren Whiskyflasche in der Hand holte er mit dem Arm nach hinten aus, um seinem angeblichen Freund eins überzuziehen. Doch Jochen war schneller, packte seinen Arm und riss ihn auf den Rücken. Ein Schrei drang aus Christians Kehle. Das, was Jochen auf keinen Fall gebrauchen konnte, war, in der Nachbarschaft Aufsehen zu erregen. Noch immer fest gepackt, führte er den wehrlosen Christian ins Haus und ließ ihn erst wieder los, als er ihn auf den Sessel im Wohnzimmer hatte fallen lassen.

»Kannst du jetzt bitte mal dein Hirn einschalten! Da gibt es jemanden, der bei euch einbricht, der deine Frau fertigmachen will ... und du verdächtigst ausgerechnet mich, deine Ehe zu zerstören? Bist du jetzt völlig bescheuert?«, schrie Jochen ihn an, um seinen Worten mehr Ausdruck zu verleihen. »Damit du diese Alex vögeln konntest, bin ich extra zu Hause geblieben und habe mich nirgendwo blicken lassen, nur um dir ein Alibi zu geben – und das machst du mir jetzt ernsthaft zum Vorwurf?«

»Sorry Mann!«, kam Christian langsam zu sich. »Du hast ja recht, tut mir leid. Es ist nur … jemand hat Sara ein Foto von mir und Alex zugespielt.«

»In flagranti?«

»Ja, schlimmer hätte es nicht kommen können. Alex liegt gerade nackt vor mir auf ihrem Küchentisch …«

»Geil!«, fiel Jochen ihm interessiert ins Wort.

»Nix, geil! Ich hatte Sara gerade so eben davon überzeugen können, dass dieser BH an unserem Schlafzimmerspiegel nichts zu bedeuten hat und dass irgendein kranker Spinner Streit zwischen uns säen will.«

»Und das hat sie dir echt geglaubt? Deine Alte ist ja fast so naiv wie du.«

»Jetzt hör doch endlich mal auf mit dem Scheiß. Sie hat mich vor die Tür gesetzt. Hast du das verstanden? Sie hat mir zwei Wochen Zeit gegeben, meine Sachen zu packen und aus ihrem Leben zu verschwinden«, jammerte er.

Jochen konnte es kaum ertragen, diesen verweichlichten Typen bei sich zu Hause in seinem Sessel sitzen zu haben.

»Jetzt stell dich mal nicht so an. Das hat doch auch was Gutes … du bist frei! Du kannst jetzt machen, was du willst, kannst ficken, wen du willst, und du musst keinem gegenüber mehr Rechenschaft darüber ablegen. Was willst du mehr?«

Christian sah seinen Kumpel fassungslos an: »Was ich mehr will? Du fragst mich ernsthaft, was ich mehr will? Das kann ich dir sagen: Ich will mein altes Leben zurück!«

Tja, mein Freund, dafür ist es jetzt wohl zu spät!

3.

»Ufftata!«, verkündete Holger. »Wir haben einiges zu tun. Ich will jetzt endlich den blumengießenden Typen kennenlernen, den du so süß findest.«

Johanna wusste, dass sie ihrem Partner besser nicht erzählt hätte, dass Daniel Treude ein sehr netter, süßer Kerl war. Er hatte einen bleibenden Eindruck bei ihr hinterlassen, als sie ihn vor der Haustür der Familie Jakobs kennengelernt hatte. Und das, obwohl er Banker war – er hatte was. Er schien bei Weitem nicht so gediegen und langweilig zu sein, wie sie sich einen Anzugsträger immer vorgestellt hatte.

»Was hat der Typ nochmal für ein Alibi?«.

»Holger, jetzt komm schon! Er ist seit Jahren mit Sara Jakobs befreundet, ihre Freundin Louisa Schnell legt auch die Hand für ihn ins Feuer.«

»Jetzt sag mir nicht, dass das alles ist.«

»Nein, natürlich nicht«, gab Johanna etwas beleidigt zurück. »Er hat keinen Schlüssel.«

»Äh, sagtest du nicht, er sei der Blumengießer der Familie Jakobs? Kommt er dann immer durch den Schornstein gerutscht, oder was?«, zog er seine Kollegin auf.

»Manchmal bist du so kindisch. Frau Jakobs hat ihm den Schlüssel erst nach den ersten beiden Nachrichten und dem Unfalltod von Wilhelm Schwarz gegeben. Das hat auch Frau Schnell ausgesagt.«

»Ok, wann genau war er also in der Wohnung? Mittwochabend? Um wieviel Uhr?«

»Er sagt, so gegen 19 Uhr. Also muss der Täter nach ihm dort gewesen sein. Und unsere beiden Verdächtigen Christian Jakobs und Jochen Schmitz geben sich genau für diesen Zeitraum ein Alibi.«

Holger schaute seine Partnerin zweifelnd an und fragte, während er rüber zu der Kaffeemaschine ging, die in Johannas Büro in einer Ecke stand: »Auch einen Kaffee? Ich glaube, wir haben noch einiges zu besprechen, bevor wir uns auf den Weg zu der Personalratsfrau machen. Wie hieß sie nochmal?«

»Du meinst die Vorsitzende? Meike Lindt.«

Die Tür zu ihrem Büro ging auf und zwei Kollegen kamen herein, um sich an ihrer Kaffeemaschine zu bedienen. Johanna störte das nicht. Im Gegenteil, so wusste sie immer über alles Bescheid, was im Hause gerade an spannenden Fällen gelöst werden wollte. So hatte sie auch mitbekommen, dass ihr Fall unter den Kollegen als der ‚Märchenonkelfall' bezeichnet wurde. Was für eine Verharmlosung!

Sie räumte den Aktenstapel vom Besucherstuhl und suchte nach einem Platz auf ihrem eh schon viel zu vollgestopften Schreibtisch. Holger nahm auf dem freigeräumten Stuhl ihr gegenüber Platz, stellte die zwei Tassen Kaffee auf den Tisch und wartete ab, bis sie wieder alleine im Büro waren.

»Johanna, wir arbeiten jetzt schon seit ein paar Jahren zusammen und noch nie habe ich dich so aufgewühlt und emotionsgeladen ermitteln sehen. Pass auf, dass du nicht deine Objektivität verlierst!«

Jetzt war Johanna wirklich beleidigt. Das musste sie sich nicht unterstellen lassen: »Wie meinst du das?«, fragte sie ihn offen brüskiert.

»Genau das meine ich. Du bist direkt beleidigt, einfach nicht mehr in der Lage, die Sachlage neutral zu betrachten.«

»Zum Beispiel?«, wollte sie wissen.

»Ok, also gut! Frau Jakobs war laut ihrer Aussage drei Tage auf einer Fortbildung in Münster, richtig? Wieso kann der Täter dann nicht schon irgendwann vorher in der Wohnung gewesen sein? Warum muss es ausgerechnet am Mittwochabend passiert sein, für den die beiden ein Alibi haben? Und noch viel wichtiger, warum kann es nicht der Treude selbst gewesen sein?«

»Weil es da noch die Putzfrau gibt.«

»Welche Putzfrau?«

»Die Putzfrau, die am Mittwochnachmittag das ganze Haus der Familie gereinigt hat und der im Elternschlafzimmer nichts Ungewöhnliches aufgefallen ist.«

»Hättest du mir das nicht auch vorher sagen können?«

»Und hättest du dir vielleicht auch mal die Zeit nehmen können die Akten zu lesen, während ich zum Beispiel im Krankenhaus bei Frau Jakobs war?«

»Ist ja gut«, lenkte Holger ein. »Ich bin nur einfach genervt, weil wir keinen Schritt weiterkommen. Sorry, wollte das nicht an dir auslassen.«

»Hast du aber!«, sagte Johanna in so scharfem Ton, dass Holger irritiert aus den Akten zu ihr aufsah.

»Das kostet dich eine Tafel Schokolade!«

»Einverstanden!«, gab er zurück und ließ sich gerne von Johanna foppen. Hauptsache, es war wieder alles in Ordnung zwischen ihnen. »Aber jetzt nochmal Butter bei die Fische: Warum bestellt Frau Jakobs den Treude in ihr Haus, wenn eh die Putzfrau kommt?«

»Keine Ahnung, das müssen wir sie wohl selber fragen.«

»Machen wir!«, sagte Holger und blätterte dabei weiter in der Akte. »Hier steht, dass der Sohn, der Ehemann und die Mutter die Einzigen mit einem Haustürschlüssel waren. Was ist mit der Putzfrau?«

»Die hat Frau Jakobs erst später erwähnt.«

»Treude und diese Louisa … wie heißt die nochmal weiter?«

»Schnell, Louisa Schnell.«

»Stimmt! … und die beiden haben keinen Schlüssel?«

»Nein, angeblich haben sie sich im letzten halben Jahr erst wieder richtig angefreundet.«

»Das heißt, der Blumengießer hat für die drei Tage einen Schlüssel von der Jakobs ausgeliehen bekommen, aber das war erst, nachdem der Täter schon mindestens zweimal im Haus gewesen ist?«

»Richtig!«

»Verstehe. Und die Spusi konnte auch an Fenstern und der Terrassentür nichts Auffälliges finden?«

So langsam ging Holger ihr auf die Nerven:

»Nein, Holger, wie schon in der Akte steht, konnte die

Spurensicherung nichts finden …«

»Ok, ok!«, hob Holger beschwichtigend die Hände. »Sag mal, was ganz anderes. Der Typ vom Rosenmontag«, wollte Holger wissen, »kannst du den nicht doch irgendwie beschreiben?«

»Mach keine Witze. Es war ein Clown mit einer roten Perücke, aufgemalten Sommersprossen, braunen Augen und einer viel zu großen, kunterbunten Jacke, unter die er ein Kissen gesteckt haben muss. Wenn der Bauch echt gewesen wäre, hätte er niemals so schnell laufen können. Mehr kann ich dir dazu wirklich nicht sagen.«

»Schade, aber wundert dich das nicht auch, dass alles immer wieder mit der Stadtbank zusammenhängt?«

»An dem Punkt waren wir ja schon, erinnerst du dich? Deshalb wollten wir ja auch einen neuen Termin mit Frau Lindt ausmachen. Wir müssen endlich die Verbindung zwischen Herrn Schwarz und Sara Jakobs finden.«

»Sag ich doch!«, sagte Holger, stand von seinem Stuhl auf und stellte seine Kaffeetasse ungespült ins Becken. »Also los, ufftata!«

4.

Auf keinen Fall hatte sie Christian im Haus begegnen wollen. Die Garage war geschlossen und vor der Tür war kein schwarzes Sportcoupé zu sehen. Da sie sich nicht sicher sein konnte, ob Christian in der Garage geparkt hatte, hatte sie beschlossen, zu ihrer eigenen Sicherheit erst einen kleinen Spaziergang zu machen.

Das Wetter war schön. Die Sonne hatte den ganzen Tag geschienen und auch jetzt am späten Nachmittag war es noch immer angenehm warm. Sie zog ihren dünnen Trenchcoat über und startete ihren kleinen Rundgang.

Louisa schlenderte den Silberwald entlang, bis sie links auf den schön angelegten Spazierweg abbog, der, wie sie wusste, bis zum Neubaugebiet in Bürbach führte. Das allerdings war nicht ihr Ziel.
Sie hatte sich vorgenommen, das Haus ihrer Freundin von der Rückseite aus zu beobachten, um festzustellen, ob Christian wirklich nicht zu Hause war. Sie traute ihm nicht, und wenn sie ehrlich war, hatte sie sogar etwas Angst vor ihm. Sollte sie ihm tatsächlich begegnen, könnte es zu einer unschönen Auseinandersetzung kommen. Schließlich war sie für Christian diejenige, die seine Frau darin bestärkt hatte, ihren Ehemann vor die Tür zu setzen.
Zum Glück hatte sie immer ihre Laufschuhe im Auto und war erleichtert, dass sie jetzt nicht mit ihren Pumps durch den Wald schleichen musste. Es reichte schon, dass sie sich gerade eine Laufmasche an einem herunterhängenden Ast gezogen hatte. *Blöde Idee…was mache ich eigentlich hier?*, hatte sie sich selbst gefragt, während sie hinter dem Haus ihrer besten Freundin Stellung bezog, um herauszufinden, ob die Luft rein war.
Nachdem sie zehn Minuten lang auf der Lauer gelegen hatte und keine Bewegung im Haus ausmachen konnte, entschied sie, es zu wagen und im Haus nach dem Rechten zu sehen.
Sie drehte sich um und wollte gerade den Weg aus dem Wäldchen antreten, als ihr auffiel, wie plattgetreten der Boden an manchen Stellen war. Es sah ganz so aus, als hätte hier noch jemand außer ihr Stellung bezogen, um das Haus der Familie Jakobs zu beobachten. Louisa suchte den Boden ab, was für den Monat März nicht gerade leicht war. Überall lagen vertrocknete braune, zum Teil festgefrorene Blätter rum. Dennoch ließ sich ein klitzekleiner Trampelpfad erkennen. Louisa kletterte ihn die circa fünf Meter nach oben und erschrak.
Eiskalt lief es ihr den Nacken herunter, als sie bemerkte,

dass sie sich vis-à-vis des Schlafzimmerfensters ihrer Freundin befand. Wer auch immer an dieser Stelle gestanden hatte, er hatte freien Einblick in Saras Intimsphäre gehabt.

Fünfzehn Minuten später ging sie gemeinsam mit den Kommissaren Daub und Stein ins Haus, dankbar, dass sie nicht alleine war.

5.

»Nochmal von vorn …«, schnauzte Johanna in ihr Handy. »Sie haben den Garten der Familie durchsucht. Schön, und weiter?«

» …«

»Wie, nichts weiter? Ihnen ist aber schon aufgefallen, dass direkt hinter dem Haus der Wald beginnt, oder?«

» …«

»Der Zaun ist mir doch scheißegal!«

» …«

»Ja dann müssen Sie halt auf der anderen Seite des Zaunes suchen, zum Kuckuck.«

» …«

»Hören Sie, Ihr Feierabend ist mir gerade mal völlig wurscht. Sie kommen mit Ihrem Team sofort hierher und untersuchen das Waldstück hinter dem Haus, klar?«
Johanna war bei dem Telefonat feuerrot im Gesicht geworden, während Holger versucht hatte, seine Kollegin mit Handzeichen dazu zu bewegen, etwas freundlicher in ihr Handy zu blöken. Es gab nichts Schlimmeres als schlechtgelaunte Kollegen, denen der Feierabend versaut wurde, nur weil da jemand emotional betroffen war. Aus Holgers Sicht hätten sich die Beamten den Wald auch am

nächsten Morgen zur Brust nehmen können. So richtig wusste er eh nicht, was Johanna sich davon versprach. Immerhin hatten sie die Fingerabdrücke des Täters auf den Briefen abnehmen können. Das war schon verdammt viel. Pech war nur, dass der Kerl nicht vorbestraft zu sein schien, denn im System hatte es leider keine Übereinstimmung gegeben.

So langsam beruhigte sich Johanna wieder und sie versuchte, nicht zu einschüchternd auf Louisa Schnell zu wirken.

»Darf ich fragen, was Sie hier tun und woher Sie den Schlüssel zum Haus haben, Frau Schnell?«

»Ja natürlich, Entschuldigung! Sara, also Frau Jakobs, ist für zwei Wochen krankgeschrieben worden, das haben Sie im Krankenhaus ja noch mitbekommen.«

Johanna erinnerte sich, wie erleichtert sie gewesen war, dass Sara nach langem Hin und Her eingewilligt hatte, ein paar Tage zu Hause zu bleiben.

»Ich habe mir in der letzten Zeit öfter mal einen halben, manchmal sogar einen ganzen Tag auf der Arbeit freigenommen, aber so langsam geht das nicht mehr. Ich kann einen Kunden vielleicht einmal vertrösten, aber danach ist es vorbei. Wir können es uns nicht leisten, dass er zur Konkurrenz abwandert, nur weil seine Beraterin keine Zeit für ihn hat«, erklärte Louisa dem Ermittlerduo. »Ich muss oft abends für die Beratungen rausfahren und der Gedanke, dass Sara hier in diesem Haus abends alleine ist, war für uns unerträglich.«

»Wer bitte ist uns?«, wollte Holger wissen.

»Naja, Herr Treude und ich …«

»Warum ist dann Herr Treude nicht hier zu Hause bei Frau Jakobs geblieben? Ich dachte, die beiden verstehen sich ganz gut?«, fragte Holger scheinheilig nach.

»Ja, sie verstehen sich gut, aber Daniel wollte das nicht. Ihm war es wichtig, dass Sara mal rauskommt, etwas anderes sieht, auf andere Gedanken kommt. Da sind die

beiden zusammen an den Tegernsee gefahren.«
Johanna spürte förmlich die Genugtuung in Holgers Blick, obwohl er mit dem Rücken zu ihr stand.

»So, so! Herr Treude und Frau Jakobs machen also zusammen Urlaub am Tegernsee … und ihr Sohn?«
Louisa schien zu merken, worauf der Hauptkommissar hinaus wollte: »Es ist nicht so, wie Sie es denken. Ehrlich nicht. Daniel würde die Situation von Sara niemals ausnutzen. Er ist einfach nur besorgt. Und ich auch. Leon ist noch bis zum nächsten Wochenende auf Skifreizeit und bis dahin hat Sara ihrem Mann ein Ultimatum gesetzt: er soll seine Sachen gepackt haben und aus dem Haus verschwunden sein.«
Halleluja, gut gemacht!, dachte sich Johanna. *Endlich ist sie diesen Arsch los.*

»Und? Hat er seine Sachen denn gepackt?«

»Ich weiß es nicht. Deshalb bin ich ja hinters Haus geschlichen, um zu gucken, ob er zu Hause ist. Ich wollte ihm auf keinen Fall im Haus über den Weg laufen.«

Nachdem Johanna und Louisa das Haus inspiziert und zufrieden festgestellt hatten, dass Christians Kleiderschrank bis auf ein paar alte T-Shirts leergeräumt war, kamen sie gerade die Treppe herunter, als die Spusi an der Haustür klingelte. Herr Affolderbach, der es zum einen nicht gewohnt war, von einer Frau Befehle entgegenzunehmen und zum anderen fünfundzwanzig Jahre älter war als Johanna, sah ziemlich angepisst aus. Mit seinem runden Bauch und der Halbglatze, auf der sich kleine Schweißperlen gebildet hatten, sah er ein wenig aus wie Reiner Calmund – nur nicht ganz so schwerfällig. Früher hatte sich Johanna oft darüber gewundert, wie die etwas älteren und korpulenteren Kollegen ihr jährliches Sportabzeichen bestanden, aber heute wusste sie, dass die meisten von ihnen die dafür erforderlichen Punkte nicht über das Laufen, sondern das Schwimmen hereinholten.

Dass sie bei ihrem Telefonat übertrieben und vor allem den falschen Ton angeschlagen hatte, konnte Johanna deutlich in der Haltung von Kollege Affolderbach lesen. Inständig hoffte sie, dass das Kind noch nicht in den Brunnen gefallen war. Ihre Beförderung zur Kriminaloberkommissarin war noch nicht lange her, und wenn sie sich selbst noch nicht richtig an die zwei Sterne auf der Uniform und den damit verbundenen Kompetenzen gewöhnt hatte, wie sollte es dann erst dem armen Affolderbach gehen?

Versöhnlich ging sie mit ihm und seinem Trupp in den Garten der Familie Jakobs, um gemeinsam zu beraten, ob es besser war, den Gartenzaun an einer Stelle abzumontieren oder einmal komplett um den Silberwald zu fahren, um mit allen Gerätschaften, die die Spurensicherung benötigte, von hinten durchs Wäldchen an den Beobachtungsposten des vermeintlichen Täters ranzukommen. Johanna war so weise, Affolderbach die Entscheidung zu überlassen, ging ins Haus und rief über die Schulter zurück: »In einer halben Stunde gibt es Pizza für alle.«

Sie hoffte sehr, dass Affolderbach ihre Versöhnungsgeste registriert hatte.

Trotz des Wissens, dass jemand Fremdes in diesem Haus gewesen war und tief in die Privatsphäre, schlimmer noch, in Saras Leben eingedrungen war, strahlte das Wohnzimmer dennoch etwas Beruhigendes aus. Hier fühlte man sich einfach wohl. Ob es die Liebe war, mit der dieser Raum einmal eingerichtet worden war? Johanna wusste es nicht.

»Frau Schnell, erklären Sie mir doch bitte ganz kurz, wie der weitere Plan aussieht, bevor sie sich wieder auf den Weg machen. Wie soll es weitergehen?«

»Erst einmal habe ich einen Schlüsseldienst beauftragt, das Schloss an der Haustür auszutauschen, sobald Christian ausgezogen ist.«

»Sehr gut!«

»Und dann haben Daniel und ich uns überlegt, dass ich bei Sara einziehe, bis es ihr wieder richtig gut geht. Am Wochenende kommen sie zurück und bis dahin werde ich meine Sachen hierher gebracht haben.«

»Das heißt, Sie richten sich auf einen längeren Aufenthalt ein?«

»Wenn ich ehrlich bin … ich weiß es nicht. Ich möchte ihr nur nicht das Gefühl geben, dass sie innerhalb der nächsten zwei Wochen wieder fit sein muss.«

Das war der Moment, in dem sich Johanna auch eine Freundin wie diese Louisa wünschte. Trotz der vielen langen Jahre hatte sie hier im Siegerland noch immer keine beste Freundin gefunden. Da waren immer nur die Jungs von der Wache und aus dem Fitness-Studio. Und Männer konnten eine richtige Mädelsfreundschaft einfach nicht ersetzen.

6.

Holger lachte und Johanna wusste nicht warum.

»Nun sag schon! Was ist los?«, löcherte sie ihn nun schon zum wiederholten Mal.

»Hanni, das war eben echt eine Nummer! Wie du mit dem Affolderbach telefoniert hast … klasse. Da hätte ich glatt einen Hunderter für gegeben, in dem Moment neben ihm zu stehen.«

»Also komm, sooo schlimm war es nun auch nicht.«

»Dir ist aber schon klar, dass er im Vergleich zu dir drei Sterne auf der Schulter hat, oder?«

Johanna trat schwer auf die Bremse und guckte Holger mit großen Augen an: »Im Ernst jetzt?«

»Ja, was denkst du denn? Er arbeitet für die Spurensicherung, der hat zig Fortbildungen hinter sich, ist ein Vierteljahrhundert älter als du … Und meine Hanni putzt ihn mal gerade so am Telefon richtig runter. Respekt!«

»Immerhin habe ich mich mit einer Pizza entschuldigt«, sagte Johanna kleinlaut.

»Jetzt sag aber mal ehrlich … », kam Holger auf das eigentliche Thema zurück, »dieser Daniel Treude … ist der koscher? Glaubst du wirklich, dass da bei den beiden nichts läuft? Ein geschundenes Herz, das getröstet werden will, und der starke Retter in der Not. Das passt doch wie die Faust aufs Auge.«

»Ach Quatsch, so ein Unsinn! Was du dir wieder zusammenreimst.«

»Hast du nie Harry und Sally gesehen? Männer und Frauen können nicht nur so befreundet sein. Das geht einfach nicht!«, behauptete er. »Aber im Ernst. Der Treude, was fährt der eigentlich für einen Wagen? Habt ihr das mal überprüft?«

Obwohl Johanna ihm am liebsten geantwortet hätte, dass das in der Akte auf Seite drei im vierten Absatz steht, sagte sie beherrscht: »Haben wir!«

»Boah, Johanna, und?«

»Er fährt einen dunkelblauen Geländewagen … und bevor du fragst: Mir ist auch aufgefallen, dass es laut Frau Jakobs ein dunkler SUV gewesen sein soll, der sie damals verfolgt hat.«

»Und das ist alles, was du zu sagen hast? Dieser Blumengießertyp war auch derjenige, der zuletzt im Haus war, als unser Märchenonkel wieder zugeschlagen hat. Und stell dir vor, der gleiche Typ kuschelt sich gerade in einem warmen Bettchen in einer kleinen Pension am Tegernsee an seine alte, verflossene Liebe«, sagte Holger triumphierend, weil seine Kollegin davon ganz sicher noch nichts wusste. Und prompt kam auch die erwartete Reaktion.

»Alte Liebe? Woher weißt du das?«

»Während du draußen um deinen geliebten Affolderbach rumscharwenzelt bist, habe ich mir unsere Louisa Schnell nochmal zur Brust genommen. Es war sehr aufschlussreich, unser Gespräch.«

»Jetzt erzähl schon!«

»Frau Schnell meinte, dass die beiden vor ungefähr fünfzehn Jahren fast ein Paar geworden wären, wenn Christian Jakobs nicht mit einer Lüge deren Freundschaft zerstört hätte und sich das Objekt der Begierde selbst geschnappt und später dann geheiratet hätte.«

»Das gibt's nicht. Das heißt, die beiden Männer kennen sich?«

»Laut ihrer Freundin ist daraufhin die Freundschaft zerbrochen und die beiden haben bis heute kein Wort mehr miteinander gesprochen.«

»Oh Mann, wie ätzend. Dieser Christian wird mir immer unsympathischer.«

»Was aber den Schluss zuließe …«, an dieser Stelle machte Holger eine lange Kunstpause und sah Johanna eindringlich an, »dass dein Daniel auf Rache aus sein könnte, auf perfide Art und Weise den Ehemann aus dem Haus getrieben hat und sich jetzt gerade seine Flamme zurückholt.«

Johanna hatte den Seitenhieb auf ihre Objektivität bestens verstanden, und dennoch sagte sie: »Du hast sie doch nicht mehr alle. Aus dem Haus getrieben hat er sich schon selbst. Oder glaubst du, der Treude hat ihm persönlich die Hose runtergelassen und ihn vor einer willigen Tussi, die auf dem Küchentisch auf ihn wartet, postiert?«, fragte sie angriffslustig. »Und außerdem ist er ein echt netter Kerl.«

»Ach so, ja dann!» zischte Holger sarkastisch. »Und das ist sein Alibi? Dass er ein netter Kerl ist? Du musst zugeben, dass Rache in der Statistik zu fünfunddreißig Prozent das Motiv Nummer eins ist. Sooo abwegig ist das also gar nicht.«

»Ja, ja, ich weiß, gefolgt von Eifersucht, Habgier und Neid …«

Johanna entschied, Holger endlich aufzuklären, obwohl sie genervt war, dass er auch hier wieder einfach nur in die Akte hätte sehen müssen: »Holger, wie schon in der Akte steht: Daniel Treude hat ein Alibi für den Abend, an dem Wilhelm Schwarz in seinem Auto zu Tode kam. Außerdem habe ich ihn am Fenster des Hochhauses gesehen, als wir uns alle, außer dir, für den Karnevalsumzug auf dem Scheinerplatz versammelt haben. Er kann also Sara Jakobs definitiv nicht den Zettel an die Jacke geheftet haben. Zufrieden?«

»Na gut, wenn das so ist«, gab er leicht beleidigt zurück.

Mittlerweile waren sie auf dem Parkplatz vor der Wache an der Weidenauer Straße angekommen.

»Kommst du noch mit hoch?«, fragte er.

»Nee, den Bericht für die Akte schreibst heute zur Strafe du, weil du mich so geärgert hast«, gab ihm Johanna als Antwort. Sein amüsiertes Grinsen sagte ihr, dass zwischen ihnen alles wieder in Ordnung sein würde, wenn sie morgen früh ins Büro kam. Und genau dafür liebte sie ihren Holger …

7.

Was in vielen amerikanischen Filmen die Donuts waren, waren für Holger die Berliner Ballen aus der Bäckerei in der Seitenstraße, ganz in der Nähe der Polizeiwache. Johanna hatte am Ende des Monats oft das Gefühl, einen großen Teil ihres Gehaltes dafür verwendet zu haben, Schokolade, Teilchen oder auch Pizza für ihre Kollegen zu spendieren, damit sie ihr ihren letzten Gefühls-

ausbruch nicht übel nahmen.
Sie wusste selbst, dass sie oft zu emotionalen Ausbrüchen neigte, aber dieser Fall brachte wirklich das volle Spektrum unterschiedlichster Gefühle mit sich. Sie hatte tiefstes Mitleid für Sara Jakobs und gleichzeitig hatte sie einen Hals auf diesen Arsch von Ehemann, der nichts Besseres zu tun hatte, als seine Frau im Stich zu lassen und sich als Topping oben drauf auch noch dabei erwischen zu lassen, wie er eine andere beglückt.

Dann gab es Leon. Das einzige Kind der Familie. Seine Mutter würde alles für ihn tun. Auch wenn sie ihn bisher noch nicht kennengelernt hatte, fragte sie sich, was in einem mittlerweile vierzehnjährigen pubertierenden Jungen vor sich gehen muss, der seine Mutter ständig weinend und verängstigt zu Hause sitzen sieht. Ein Junge, dessen Vater auch ihn verlassen hatte, der ständig zur Oma oder seinen Freunden zur Übernachtung geschickt wurde, damit er von all dem schrecklichen Geschehen zu Hause nicht allzu viel mitbekam.
Aber Leon war bestimmt nicht blöd. Sicher ging es ihm richtig schlecht, weil er tatenlos zusehen musste, wie seine Mutter Stück für Stück zerbrach. Sie freute sich für ihn, dass er zurzeit mit seiner Stufe auf Skifreizeit in Österreich war und wünschte ihm inständig, dass er die Zeit nutzte, um einfach mal abzuschalten und all den Unsinn zu machen, den Jugendliche eben auf Klassenfahrten so machten.
Naja … und dann war da noch der Blumengießertyp, wie Holger ihn gerne nannte. Er war attraktiv. Das musste sie zugeben. Daniel Treude hatte etwas Südländisches an sich, seine markante Nase gefiel ihr und seine braunen Augen strahlten eine unglaubliche Wärme aus. Ja, sie musste zugeben, er hatte sie tatsächlich ins Schwärmen gebracht. Zu Beginn ihrer Zeit im Siegerland hätte sie sich einen hiesigen Partner an ihrer Seite nicht vorstellen

können, aber mittlerweile war das anders. Heute wusste sie die Verlässlichkeit und Bodenständigkeit eines Siegerländers sehr zu schätzen. Sie war froh, dass Holger bei ihrer Begegnung nicht dabei gewesen war, sonst hätte sie sich sicher heute noch seine witzelnden Kommentare über Polizeibeamte anhören müssen, die sich in einen Tatverdächtigen verknallen.
Doch bei all dieser Gefühlsduselei war Jochen Schmitz derjenige, der bei ihr das größte Gefühlschaos auslöste. Er hatte etwas Falsches an sich und Johanna wollte unbedingt herausfinden, was es war. Leider fehlte ihr bisher jegliches Motiv, um ihn mit den Briefen an Sara Jakobs und dem Unfalltod von Wilhelm Schwarz in Verbindung zu bringen.

Wir müssen wirklich dringend mit Meike Lindt sprechen, dachte sich Johanna, bezahlte die beiden Berliner Ballen und machte sich auf den Weg ins Büro. Holger war glücklicherweise noch nicht da, obwohl es schon kurz nach acht war. So konnte sie ihm als Versöhnungsgeste in aller Ruhe die Ladung pures Cholesterin auf einem Teller drapieren und die Kaffeemaschine anschmeißen, bevor Holger gleich auftauchen würde.
Sie hatte ihn nicht bemerkt und bekam einen riesigen Schreck, als sich plötzlich eine große kräftige Hand von hinten auf ihre Schulter legte.

»Hanni, du bist ein Schatz! Ich weiß ja, dass du es eines Tages auf meinen Posten abgesehen hast, aber doch noch nicht sofort ...«
Grinsend stand ihr Partner hinter ihr und hatte, das konnte Johanna in seinem Gesicht lesen, ihr mal wieder verziehen. Sie hoffte sehr, dass die Pizza bei den Jungs von der Spurensicherung das Gleiche bewirkt hatte.

»Sag mal, wann fahren wir endlich zu Meike Lindt in die Stadtbank?«, fragte Johanna etwas ungeduldig und schaute Holger dabei zu, wie er genüsslich in seinen Berliner Ballen biss und dabei Tausende von kleinen Zuckerstreuseln auf seinem Hemd verteilte.

»Erst mal hat uns der Achenbach dazu verdonnert, die Kriminalitätsstatistik für ihn vorzubereiten. In knapp drei Wochen ist die Pressekonferenz.«

Deutlich hörte sie an seinem Tonfall, dass Holger davon gar nicht begeistert war.

»Und das mitten in unserem Fall, geht's noch?«

»Tja, er ist der Chef. Die Jakobs vergnügt sich mit ihrem Lover am Tegernsee, die Schlösser wurden von ihrer Freundin ausgetauscht – also besteht da laut Achenbach zurzeit keine Gefahr.«

»Jetzt hör doch mal auf mit dieser Lover-Geschichte. Die beiden sind kein Paar. Er kümmert sich einfach nur um seine gute Freundin.«

»Hanni, das hättest du wohl gern, aber das glaubst du und ich nicht!«

April

1.

Sara ging es besser. Louisa hatte sie am Tegernsee angerufen und ihr mitgeteilt, dass Christian tatsächlich seine Sachen gepackt hatte und zu seinem Freund Jochen gezogen war. *Soll er doch! Da haben sich ja die zwei Richtigen zusammengetan,* hatte sie verbittert gedacht.
Anders als Louisa war sie Jochen gegenüber noch immer sehr skeptisch. Wenn ein Mann so die Kontrolle über sich verliert und es in Kauf nimmt, seiner Partnerin beim Sex derart weh zu tun, dass sie es noch Wochen später spürt … nein, das war nicht normal.
Das Schloss an ihrer Haustür hatte ihre Freundin für sie auswechseln lassen, und neue Schlüssel für ihre Mutter und Leon hatte sie auch schon bestellt. Die Putzfrau, so hatten sie beide besprochen, wollten sie in den nächsten Wochen lieber persönlich ins Haus lassen. Sara hatte zwar erst interveniert und versichert, dass sie vollstes Vertrauen in deren Loyalität hätte, aber auch Daniel hatte darauf bestanden, dass es besser sei, wenn so wenig Schlüssel wie möglich in Umlauf wären. Am Ende hatte sie nachgegeben.

Daniel hatte es tatsächlich geschafft, sie mit seiner ruhigen Art auf andere Gedanken zu bringen. Er hatte eine urige, aber dennoch saubere Pension mitten im Ort für sie beide gebucht. Sara war erleichtert und enttäuscht zugleich gewesen, als die nette Dame in einem pinkgeblümten Dirndl und ordentlich Holz vor der Hütte ihnen zwei Schlüssel mit unterschiedlichen Zimmernummern in die

Hand drückte. So war Daniel …
Sie hatten sich morgens um neun zum Frühstück getroffen und sich an dem traumhaften Blick über den See erfreut. Das Wetter hatte mitgespielt und die Sonne ließ das Wasser glitzern wie einen schön geschliffenen Diamanten. Sie hatten beim Frühstück entschieden, mit einer Gondel auf den Berg zu fahren, bevor sie sich auf den Heimweg machten. Das Wandern, die Berge, Daniel – das alles hatte ihre Sorgen für eine Zeit vertrieben und ihr den Kopf für all das freigepustet, was nun vor ihr lag.
Sie hatte viele Entscheidungen zu treffen und musste sich, gerade was Christian und Leon anbelangte, über vieles klar werden.
Daher war sie sehr erleichtert, dass Daniel während der gesamten Zeit am Tegernsee nicht einmal versucht hatte, ihr näherzukommen. Situationen hatte es reichlich gegeben, aber ihr Herz war viel zu durcheinander. Daniel wusste das und hatte es unausgesprochen respektiert.

2.

Die Heimfahrt war lang, um München und auch um Frankfurt herum hatte es Stau gegeben. Jetzt fuhren sie bereits durch die Dauerbaustelle kurz hinter Dillenburg auf der A 45 Richtung Heimat. Es war genau 17:30 Uhr und nun schon zum sechsten Mal hörten sie in den Radionachrichten von dem Sparkassenüberfall in Duisburg mit Geiselnahme. Sara konnte sich bestens vorstellen, was diese arme Geisel hatte mitmachen müssen.
Obwohl sie versucht hatte, nicht einzuschlafen und Daniel zu unterhalten, der hinter dem Steuer saß und sicher genauso müde war sie, war sie irgendwann dann doch weggedöst.

In ihrem Traum befand sie sich wieder mitten in der kleinen Schalterhalle in der Stadtbankfiliale in Dreis-Tiefenbach. Im Eingangsbereich, direkt gegenüber der automatischen Eingangstür, befanden sich zwei Kassen, an denen sich die Kunden, die einen Geldautomaten zu unpersönlich fanden, mit Bargeld versorgen konnten. Linker Hand der Kassen standen sich hinter dem Tresen zwei Schreibtische gegenüber und weiter hinten in der Kassenhalle gab es zwei Beraterplätze, die dem Kunden durch leicht vertrocknete Benjamini-Bäumchen einen Hauch von Diskretion vermitteln sollten. Zwei abgeschlossene Beraterräume gab es auch. Den einen nutzte ihr Chef als dauerhaftes Büro, der andere wurde nur für spezielle Kunden von einem der beiden vorderen Berater genutzt.

Sara hatte gerade ihren Beraterplatz verlassen, um die Kollegin am Schalter zu vertreten, die für ihre Frühstückspause runter in den Pausenraum gegangen war, um für eine Viertelstunde die Beine hochzulegen.

So stand Sara gerade an deren Schreibtisch und telefonierte mit ihren Kollegen in der Kreditabteilung, um abzuklären, ob die Anträge für den Wohnungskauf dort angekommen waren und wann Familie Weber mit dem Geld rechnen konnte. Frau Weber stand vor dem Tresen und wartete gespannt auf ihre Antwort.

»Hände hoch, alles auf den Boden! Halt, nein, du da, ja genau du … du nicht!«

Der maskierte Bankräuber stand mit der Waffe in der Hand plötzlich mitten in der Schalterhalle und zielte auf Sara. Die automatische Eingangstür öffnete sich erneut, ein zweiter Mann kam hereingestürmt und postierte sich mit seiner Waffe genau vor den beiden Kassen und behielt die beiden Kassierer im Auge.

Sara hatte eine Scheißangst. Sie wusste, dass die Kassen mit Panzerglas geschützt waren und niemand einfach so,

ohne Schlüssel, den gesicherten Kassenbereich betreten konnte.
Aber sie selbst, sie stand mit dem Hörer in der Hand völlig hilflos an ihrem Schreibtisch und musste mit ansehen, wie der Mann, der sie die ganze Zeit schon fest im Blick behalten hatte, um den Tresen herum auf sie zukam, nicht ohne weiterhin mit seiner Waffe genau auf ihre Brust zu zielen.
Durch die Glasscheibe des Kassenraumes warf sie dem Kassierer einen flehenden Blick zu. *Bitte, bitte drück den Alarmknopf ... tu es! Trau dich!*
Der Räuber hatte sie erreicht, schlug ihr den Hörer aus der Hand, packte sie im Nacken und hielt ihr die Pistole an den Kopf. Saras Beine wollten sie nicht mehr tragen. Kalter Angstschweiß bildete sich augenblicklich in ihren Achselhöhlen und hinterließ hässliche Flecken auf ihrer Seidenbluse. Aus den Augenwinkeln beobachtete sie, wie ihr Chef in seinem geschützten Büro völlig unbemerkt zur Tür schlich und sie vorsichtig schloss. *Was für ein Feigling. Lässt uns hier im Stich*.
Wie ein eiserner Griff lag noch immer die Hand des nach Zigaretten stinkenden Mannes um ihren Nacken. Er tat ihr weh. Sie hörte, wie ein Wirbel knackte, als er ihren Hals ruckartig nach rechts drehte und schrie: »Schlüssel, sofort!«
Panik leuchtete in den Augen des Kassierers auf und dieses Mal war er es, der Sara flehentlich ansah. *Nicht reinlassen, nicht reinlassen*, konnte sie in dem ängstlichen Blick ihres Kollegen lesen.

Der zweite Kassierer stand da wie in Stein gemeißelt. Völlig regungslos, wie ein Kaninchen, das nachts auf der Landstraße im Scheinwerferlicht des Autos einfach stehenblieb und den Fahrer anzusehen schien – so stand Burkhard mit erhobenen Händen da und sah seinem bewaffneten Gegenüber völlig teilnahmslos zu, ohne zu

bemerken, welche Gefahr sich von hinten durch den zweiten Räuber für ihn anbahnte.
Mit der Pistole am Kopf und dem festen Griff im Nacken ignorierte Sara den Blick des Kassierers, zog die oberste Schublade des Schreibtisches der Kollegin auf und nahm den Schlüssel für die Eingangstür des verglasten Kassenraumes heraus, in dem auch der Bargeldtresor untergebracht war.

»Nein!«, hörte sie den verzweifelten Schrei.

»Schnauze!«, kam als Antwort.

Sara kam sich wie eine Verräterin vor, doch was sollte sie tun? Sie schloss die Tür auf, formte mit ihren Lippen ein ‚es tut mir leid' und lieferte ihre Kollegen damit dem abgebrüht wirkenden Bankräuber aus. Der bedankte sich bei ihr, indem er ihren Nacken ruckartig in die andere Richtung riss und sie so zwang, vor ihm auf die Knie zu gehen.

»Hinlegen und Arme über den Kopf!«, befahl er und ging bewaffnet zu den beiden Kassierern ins Kassenhäuschen, um es nach endlos langen drei Minuten mit einer stattlichen Summe Bargeld wieder zu verlassen.

Sara wäre drei Tage dort am Boden liegen geblieben, wenn nicht die verwirrte Kollegin aus der Frühstückspause zurückgekommen wäre und ihr vorsichtig geholfen hätte aufzustehen.

Der zweite Kassierer war aus seinem Dornröschenschlaf erwacht und reichte seinem zitternden Kollegen gerade ein Glas Wasser, als Sara von einem wütenden »Ey, du Idiot, kannst du nicht aufpassen!«, geweckt wurde.

Sie schreckte auf und war im ersten Moment völlig orientierungslos. »Was ist los?«

»Oh, entschuldige, habe ich dich geweckt? Du bist eingeschlafen. Wir sind gleich da!«, sagte Daniel, während er die Autobahnausfahrt Siegen-Süd nahm, um dann kurze Zeit später die Leimbachstraße bergab zu fahren.

Sara war froh, nicht mehr in ihrem Traum gefangen zu sein. Sechzehn Jahre war der Überfall jetzt her. Und obwohl die Täter von damals gefasst und hinter Gitter gebracht worden waren, aus ihrem Gedächtnis konnte er nicht gelöscht werden.
Es hatte sich herausgestellt, dass es die sizilianische Mafia gewesen war, die sich extra für diesen und noch sieben weitere Banküberfälle auf den Weg ins Siegerland gemacht hatte. Ihr Filialleiter soll sich angeblich nur eingeschlossen haben, um in Ruhe mit der Polizei zu telefonieren. Seltsam war allerdings, dass der Notruf erst bei der Polizei eingegangen war, als die bewaffneten Männer mit ihrer Beute schon längst die Schalterhalle verlassen hatten.
Nach diesem Überfall hatte die Revisionsabteilung dafür gesorgt, dass alle Kollegen verpflichtend an einer Schulung ‚Wie verhalte ich mich bei einem Banküberfall' teilnehmen mussten. Doch für die Mitarbeiter in Dreis-Tiefenbach kam diese Schulung zu spät. Der Kassierer hatte nach dem Überfall acht Wochen in einer Klinik behandelt werden müssen, und noch heute meldete sich immer wieder Saras schlechtes Gewissen: Hätte sie den Räuber nicht reingelassen, hätte Sebastian nicht zwanzig Minuten lang mit einer Pistole an der Schläfe versuchen müssen, mit zitternden Fingern den Tresor zu öffnen.
Die Zahlenkombination hatte er zwar wie ein Gedicht fest in seinem Gedächtnis verankert, aber die Hände wollten partout nicht tun, was er ihnen auftrug. Sebastian schaffte es einfach nicht, mit dem Rad genau auf der entsprechenden Zahl stehenzubleiben. Neun Versuche hatte er benötigt, bis der Tresor endlich offen war. Neun Versuche, bei denen beide Männer ihn abwechselnd angeschrien und mit ihren Waffen herumgefuchtelt hatten. Neun Versuche, während denen sich weder Sebastian noch Burkhard getraut hatten, den Alarm auszulösen, aus Sorge, dabei erwischt zu werden.

Jetzt war es nicht mehr weit. Sie musste und wollte sich zwingen, ihren üblen Tagtraum zu vergessen und sich auf ihr Zuhause zu freuen. Für Leon, so hatte sie entschieden, wollte sie sich zusammenreißen und fest nach vorne schauen. Sie war die Mutter, er war das Kind! Sie sollte ihr Kind beschützen, ihm Geborgenheit vermitteln – nicht umgekehrt.

Als Daniel auf den Park & Ride-Parkplatz fuhr, an dessen Ende sich die Führerscheinprüfstelle befand, überkam sie ein ungutes Gefühl. Der ernste Blick ihres guten Freundes irritierte sie.

»Sara, lass uns reden. Ich möchte dir noch etwas sagen, bevor wir zu Hause sind.« Sara konnte die Unsicherheit Daniels deutlich aus seiner Stimme heraushören.

»Schieß los, was gibt's«, versuchte sie ihre Besorgnis zu überspielen.

»Ich … ich werde mich in der nächsten Zeit etwas zurückziehen. Louisa ist für dich da. Du bist also nicht allein.«

»Was? Wieso das denn? Hab ich etwas falsch gemacht? Daniel, das geht nicht! Ich brauche dich!«

»Wenn du Not hast, bin ich sofort da, versprochen! Aber ich glaube – und wenn du ehrlich bist, weißt du das selbst – ist es für uns beide gerade nicht der richtige Zeitpunkt, so viel Zeit miteinander zu verbringen. Bei dir herrscht im Moment das reine Gefühlschaos. Und was du gerade mitmachen musst, kann ich nur erahnen. Aber einer von uns muss einen klaren Kopf behalten und …«, druckste Daniel herum, »den habe ich einfach nicht, wenn du in meiner Nähe bist.«

Oh nein! Bitte lass das keine Liebeserklärung sein! Bitte nicht, das würde alles nur ganz schrecklich kompliziert machen. Nicht jetzt! Und genau in dem Moment wurde ihr bewusst, wie recht Daniel mit seiner Entscheidung hatte und er mal wieder derjenige war, der auf sie und ihr Herz aufpasste.

Er wollte sie nicht überfordern, wollte keine Beziehung, die durch Angst und Sorge entstanden war. Er wollte sie beschützen, aus der Ferne! So schwer es ihr fiel, das zu akzeptieren, wusste sie doch, dass er recht hatte. Was passieren würde, wenn der Täter gefasst war und all das hier überstanden war … das wusste sie nicht. »Dann ist das hier also ein Abschied?«, fragte Sara mit Tränen in den Augen.

»Hey, nicht für immer. Nur für den Moment. Glaub mir, es ist besser so! Dennoch! Denk dran! Wenn du mich brauchst, bin ich da!«

Schweigend fuhr Daniel vom Parkplatz Richtung Innenstadt, um sie nach Hause auf den Giersberg zu bringen. Vorm Haus angekommen, kam ihr Louisa schon entgegen, umarmte sie fest, nickte Daniel wissend zu und begleitete Sara ins Haus. Daniel lud das Gepäck aus, verabschiedete sich und machte sich auf den Weg in die Stadtbank. Es war neun Uhr abends, aber jetzt wollte er endlich mit seiner eigenen Recherche beginnen. Einfach nur tatenlos zusehen – das konnte er nicht!

3.

Er konnte jetzt nicht nach Hause fahren, dann hätten seine Gedanken nur um Sara gekreist. Nein, er wollte nicht, dass sie sich nur aus purer Enttäuschung über ihren Ehemann für ihn entschied! Dafür war er sich zu schade, so gern er Sara auch hatte. Es war für alle Beteiligten besser, wenn sie etwas Abstand zueinander halten würden, um sich über die eigenen Gefühle klar zu werden.
Er musste sich ablenken und endlich dem Gedanken nachgehen, der ihn seit einer Woche nicht mehr losließ.

Was hatten Sara und Wilhelm Schwarz gemeinsam? Wo lag die Verbindung? Es kann nur die Stadtbank sein. Eine andere Lösung gibt es einfach nicht. Doch wer könnte einen so großen Hass auf die beiden haben, dass er sogar bereit ist, den Tod des ehemaligen Firmenkundenbetreuers in Kauf zu nehmen?
Sara und Schwarz müssten mindestens zwei, eher sogar drei Jahre miteinander in Weidenau gearbeitet haben. Schwarz war damals ihr Chef gewesen. Die letzte Entscheidung in allen Dingen hatte also er getroffen. Es sei denn, es ging um kleinere Summen. Da hatte jeder Berater seinen eigenen kleinen Spielraum.
Daniel ging nicht davon aus, dass Schwarz wegen einer Kleinigkeit umgebracht worden war. Da musste mehr hinter stecken. Ein unzufriedener Kunde vielleicht? *Unzufrieden ....* Daniel schüttelte über sich selbst den Kopf. *Das wär's noch! Dann müssten wir ja alle eine Knarre in der Schublade liegen haben. Irgendjemand fühlt sich doch immer ungerecht behandelt.* Nein, hier musste etwas Großes vorgefallen sein. Etwas, das große Auswirkungen auf das Leben des Täters zur Folge gehabt hatte. Auf jeden Fall sollte man in Betracht ziehen, dass es ein Firmenkunde war – einer, den Sara betreut hatte.
Für Daniel gab es zwei Möglichkeiten: Entweder der Kunde hatte all sein Geld verloren und machte Schwarz und Sara dafür verantwortlich, oder aber er hatte dringend Geld benötigt und die beiden konnten es ihm nicht geben.
Er würde so schnell wie möglich mit der Organisationabteilung telefonieren müssen. Wie konnte er herausfinden, welche Kunden beide gemeinschaftlich betreut hatten? Zweitens musste er nachforschen, ob Sara eher für Kapitalanlagen oder für die Kreditvergabe zuständig gewesen war. Ja, das waren seine nächsten Schritte.
Dankbar, einen Plan zu haben und nicht sinnlos abwarten zu müssen, ob bald wieder ein Brief des Täters auftau-

chen und Saras Leben erneut aufwirbeln würde, fuhr er nach Hause.

Als er seinen Koffer aus dem Auto hob und ihn die Treppen in den dritten Stock des Vierparteienneubaus in Brauersdorf trug, merkte er, wie müde er war. Die lange Fahrt, die ‚Trennung' von Sara, die Sorgen – all das ging nicht spurlos an ihm vorüber.
Er stellte den Ofen an, sprang unter die Dusche und ließ sich zum Abkühlen immer wieder kaltes Wasser über den Körper laufen. Seine Tiefkühlpizza war passend fertig, sodass er sich in T-Shirt und Boxershorts gemütlich aufs Sofa fläzen konnte. Die neue Serie mit Matthias Schweighöfer würde ihn hoffentlich von all den trüben Gedanken ablenken.

Nach ein paar Minuten war er bei laufendem Fernseher tief und fest eingeschlafen.

4.

»Wo willst du denn heute Abend noch hin?«, hatte ihn Christian gefragt und Jochen damit genervt.
Seit über zwei Wochen schon beherbergte er den Noch-Ehemann von Sara Jakobs in seiner Wohnung, doch so ging das nicht weiter! *Wo kommen wir denn da hin, wenn ich mich jetzt schon vor diesem Loser rechtfertigen muss? Ich will meine Rache genießen, ich will Sara leiden sehen ... ich will mich langsam aber sicher auf das Finale vorbereiten, ohne dass mich ständig jemand dabei stört. Sara zu töten – das wird die Befriedigung schlechthin. Und dieses eine Jahr davor – oh ja, das hat etwas von einem richtig geilen Vorspiel!*

Christian musste weg, da war er sich mit sich selbst einig. Das Einzige, was er diesbezüglich noch entscheiden musste, war das ‚wie'. Mittlerweile war es ihm fast gleichgültig, ob Christian tot oder lebendig sein Haus verließ. Sicher war nur: er musste weg. Sara hatte neue Schlösser an ihrem Haus anbringen lassen, sodass er nun keinen ungehinderten Zugang mehr in das Privatleben seiner ehemaligen Kundenberaterin bekam. Es war so praktisch für ihn gewesen, mit dem nachgemachten Schlüssel immer mal wieder ins Haus der Jakobs einzubrechen. *Eigentlich bin ich ja mit einem Haustürschlüssel kein Einbrecher, wohl eher ein ungeladener Besucher,* lächelte Jochen verschlagen vor sich hin.
Die einzige Sorge war die Nachbarin von gegenüber gewesen. Glücklicherweise besaß sie einen von diesen kleinen Dreckskötern, die zwar bellten, als ob der Teufel hinter ihnen her sei, aber kaum in der Lage waren, ein paar Schritte zu laufen.
Morgens gegen neun und abends gegen 18 Uhr verließ die alte Frau mit ihrem Pseudo-Hund für circa fünfzehn Minuten das Haus, damit das Vieh kacken konnte. Zu diesen Zeiten hatte er öfter seine Chance genutzt und sich regelmäßig im Haus der Jakobs umgesehen. Doch jetzt ging das nicht mehr.
Genau passend kam da gestern der Anruf. Niemals hätte er damit gerechnet, dass sich Louisa Schnell mit ihren blauen Augen, den hellblonden, schulterlangen Haaren und ihrer hellen Haut nochmal bei ihm melden würde. *In ihren Augen bin ich doch sicherlich der Freund des Mannes, der ihre beste Freundin betrogen hat, und auf jeden Fall bin ich derjenige, der in ihrem Bett ziemlich grob mit ihr umgesprungen ist – da bin ich aber mal gespannt!*

»Hey Jochen, wie geht's dir? Ich habe lange nichts mehr von dir gehört«, hatte sie das Gespräch etwas unbeholfen begonnen.

»Alles ok. Und bei dir? Wie geht es Sara? Seit Christian nicht mehr zu Hause wohnt, bekomme ich ja nicht mehr viel mit! Ist nach dem letzten Brief und dem Foto noch mal etwas vorgefallen?«, fragte er scheinheilig.

»Lieb, dass du fragst. Nein, ist es nicht. Aber ich bin bei Sara eingezogen, damit sie mit Leon nicht alleine im Haus ist. Ich glaube, das tut ihr ganz gut.«

»Ähnlich wie bei mir«, gab sich Jochen solidarisch. »Christian wohnt jetzt seit fast zwei Wochen bei mir. Allerdings fühle ich mich langsam wie ein Gefangener in meiner eigenen Wohnung. Ständig ist er um mich rum. Ich bin das als Single einfach nicht gewohnt, dass ständig jemand da ist.«

»Genau! Genau das ist der Punkt. So froh ich bin, dass ich helfen kann … und trotzdem brauche ich auch mal etwas Zeit für mich«, gestand ihm Louisa.

Jochen war völlig überrascht, dass sie sich ihm gegenüber so ehrlich offenbarte, hatte aber noch immer keine Ahnung, was sie eigentlich von ihm wollte. »Kann ich dir irgendwie helfen? Dich ablenken?«

Jetzt bin ich sehr neugierig, wie du auf meinen Vorschlag reagierst!, dachte sich Jochen und fragte Louisa nicht ohne Hintergedanken: »Hey, was hältst du von Dienstagabend? Du sagst Sara, dass du ein paar frische Klamotten brauchst und nach der Arbeit erst noch kurz zu Hause vorbeifahren musst und ich lasse mir für Christian auch eine Ausrede einfallen. Was hältst du davon?«

»Uih, das kommt jetzt etwas überraschend, aber … ja! Sehr gerne!«

Braves, kleines, naives Mädchen! Zu Jochens Genugtuung hatte Louisa sich nicht lange bitten lassen und sofort zugesagt. Für seinen Plan würde er sogar auf einen spannenden Fußballabend verzichten, aber das war es ihm wert! *Das wird ein Fest. Ich werde ihr einen unvergesslichen Abend bereiten, an den sie noch lange denken wird*

... und sollte die Polizei sie danach fragen, würde sie sicher bezeugen, dass ich niemals in der Lage wäre, diese ach so schrecklichen Briefe an ihre Freundin zu schreiben, geschweige denn, einen Mann in den Tod zu schicken.

Nachdem er nach zwei langen Jahren aus der JVA in Siegen entlassen worden war und sich im Schwarzwald eine neue Bleibe gesucht hatte, war er regelmäßig Gast bei irgendwelchen Nutten gewesen. Hinterzarten war ihm allerdings zu sehr Dorf und er wollte der Dame, die ihm abends einen geblasen hatte, nicht unbedingt morgens früh in der Bäckerei begegnen. Deshalb war er regelmäßig nach Freiburg gefahren. Er hatte dabei viel Geld gelassen. Zuerst hatte er sich einmal im Monat einen richtigen Fick gegönnt, später dann, als Carmen anfing in seinem Lieblings-Puff zu arbeiten, war er sogar alle zwei Wochen Gast bei ihr. Sie war es auch gewesen, warum er damit begonnen hatte, sich regelmäßig aufs Mountainbike zu schwingen. Er wollte einen strammen, trainierten und attraktiven Körper für sie haben. Nicht nur sie sollte ihm, auch er wollte ihr Freude bereiten.
Als Carmen nach gut drei Jahren den Puff mit einem anderen Freier an ihrer Seite für immer verließ, war er in ein Loch gefallen. In diesem Loch war ihm bewusst geworden, dass er tatsächlich eine Beziehung zu der Nutte aufgebaut hatte.
Er hatte gelitten, sie vermisst und war schließlich nach einigen Wochen und langem Hadern mit einer anderen Nutte aufs Zimmer gegangen. Er hatte sich bei ihr jedoch nicht im Griff gehabt, – war zu grob geworden, – so dass die Puffmutter ihm Hausverbot erteilt hatte.

Heute Abend aber bekomme ich keine Nutte – nein! Heute Abend bekomme ich eine richtige Lady ... und ich muss noch nicht mal dafür zahlen.

5.

Leon war oben in seinem Zimmer, Sara wollte ein letztes Mal ihre Präsentation überprüfen und einstudieren, bevor sie diese nun endlich in drei Tagen vor ihrem Vorstand vortragen würde. Da war ihr einfach langweilig gewesen. Plötzlich hatte sie ihr Handy in der Hand gehalten und ihn angerufen. Doch jetzt war sich Louisa ganz und gar nicht mehr sicher, ob sie die richtige Entscheidung getroffen hatte. Sollte sie sich tatsächlich noch einmal mit ihm treffen?

Sie hatte sich eine Flasche leckeren Sauvignon Blanc aufgemacht, es war April und die Zeit des Rotweins war für sie vorbei.

Rotwein war für Louisa ein Wintergetränk, fast wie Glühwein. In den letzten Tagen aber war es draußen endlich Frühling geworden. Die Krokusse sprießten, die Forsythien bekamen langsam ihre gelben Knospen, die nur darauf warteten, sich endlich öffnen zu können. Auch sie wollte sich endlich nochmal öffnen. Auch sie hatte Sehnsucht nach ihrem ganz persönlichen Frühling.

6.

Ich bin so ein Arschloch ... wie konnte ich das nur tun? Christian grämte sich. Zu Recht, wie er selbst fand. Jochen war ausgegangen und hatte ihm auch nicht erzählen wollen wohin. Wahrscheinlich hatte er keine Lust gehabt, schon wieder einen Abend mit ihm zu verbringen. Er hatte sich bestimmt jemand anderen gesucht, bei dem er das Spiel gucken konnte. Christian hatte das starke Gefühl, seinem Freund zurzeit ziemlich auf den Sack zu gehen.

Er saß bei Jochen auf dem Sofa und freute sich auf das Viertelfinalspiel, doch bei dem kleinen Fernseher war das kein Vergnügen. Jochen hatte nicht nur die alten Möbel seiner Eltern übernommen und an Ort und Stelle stehen lassen, auch der Fernseher war noch aus einer anderen Welt. Kurz nach dem gemeinsamen Wochenende mit der D-Jugend in Holland, als er zum ersten Mal bei seinem neuen Freund zu Besuch gewesen war, stach ihm das Kasperletheater ins Auge, das in einer Ecke im Wohnzimmer stand und irgendwie nicht in dieses Zimmer zu passen schien. *Vielleicht kommen ihn seine Kinder regelmäßig besuchen*?, war sein erster Gedanke gewesen. Aber Jochen hatte ihm erklärt, dass Claudia mit den beiden Töchtern weggezogen war und es geschafft hatte, die Mädchen so sehr gegen ihren Vater aufzuhetzen, dass sie zu keinem Besuch mehr bereit waren.
Als Christian ihn fragte, was es ansonsten mit dem Kasperletheater auf sich hätte, war Jochen aufgestanden und hatte den Vorhang aufgezogen. Dahinter kam zu seiner Überraschung ein kleiner schwarzer Röhrenfernseher zum Vorschein. Damals hatte er fast damit gerechnet, dass die Filme noch in Schwarz-Weiß über den Bildschirm liefen. Andere Menschen versteckten ihren Fernseher in einem Schrank, Jochen eben in einem Kasperletheater … sehr originell.

Christians Lieblingsverein trat heute in der Champions League gegen Monaco an. Für die Dortmunder würde es extrem schwer, ins Halbfinale zu kommen. Monaco als Gegner zu haben war zwar besser, als gegen Madrid oder die Bayern spielen zu müssen, aber es wäre leichter geworden, wenn sie zuerst auswärts im Stade Louis II hätten antreten dürfen und dann das Rückspiel in der Heimat mit der Unterstützung der Fans bestritten hätten.
Während er so auf den kleinen Bildschirm starrte und darauf wartete, dass das Spiel endlich begann, schweiften

seine Gedanken immer wieder ab. Der Geist ist willig, aber das Fleisch ist schwach. Den Spruch fand er schon immer scheiße, aber irgendwo hatte er auch seine Berechtigung. Er hätte nicht mit Alex schlafen sollen. Er hatte alles aufs Spiel gesetzt. In die so tief verletzten Augen von Sara sehen zu müssen, wie sie so verloren unter der weißen Bettdecke im Krankenhaus lag, mit dem Foto auf dem Schoß … diesen Anblick würde er niemals vergessen. Was musste das für ein Mann sein, der seiner Frau so etwas antut – und dann auch noch in einer Situation, in der sie seine absolute Unterstützung und seinen Rückhalt gebraucht hätte. Sie würde ihm das niemals verzeihen.
Und Leon? Er hatte mit der Mutter seines Kumpels geschlafen. Das würde auch für seinen Sohn nicht leicht. Er hoffte inständig, dass er bald die Chance bekam, sich ihm zu erklären. Doch im Moment wurde jeder Kontaktversuch von Leon ignoriert. Auf WhatsApp hatte er ihn geblockt und an sein Handy ging er gar nicht erst ran, wenn er die Nummer seines Vaters im Display sah.

Christian konnte sich selbst nicht verstehen. Die Ausrede, dass Jochen ihn bestärkt hatte, einfach mal fremdzugehen, war ihm selbst zu billig. Sara war klasse, Leon war klasse – sein ganzes Leben war völlig in Ordnung gewesen. Warum also war er diesen Schritt gegangen? In jeder Ehe gibt es mal Streit, auch sicher Zeiten, in denen im Bett mal Flaute herrscht. Ja und? Deshalb alles zu riskieren, für einen schnellen Fick?
Alex war nett, ok, richtig geil, aber mehr auch nicht. Niemals wäre er auf die Idee gekommen, seine Familie zu verlassen und mit Alex eine feste Beziehung einzugehen. Außerdem war sie nicht nur die Mutter von Leons Kumpel, sondern auch noch eine Arbeitskollegin. Nein! Er wollte zurück. Er wollte wirklich und ganz ehrlich einfach nur zurück zu seiner Familie. Aber wie?
Er hatte sich entschieden, über die Ostertage, an denen

seine Kunden eh keinen Bedarf an Gesprächen angemeldet hatten, eine Woche in den Süden zu fliegen. Er brauchte Zeit zum Nachdenken, und so konnte er auch Sara die Gelegenheit geben, etwas zur Ruhe zu kommen. Dass sie ihn sofort vor die Tür gesetzt hatte, nachdem sie das Foto mit ihm und Alex gesehen hatte, konnte er ihr wirklich nicht verübeln. Aber vielleicht gab es ja doch noch eine Chance für ihn.
Nach seiner Rückkehr würde er sich dann eine andere Bleibe suchen. Leon hätte sicher keine Lust, sich im Haus seines Trainers mit ihm zu treffen. Und sollte Sara tatsächlich eines Tages für einen vorsichtigen Neuanfang bereit sein, täte es ihm bestimmt gut, diesen Anfang ohne Jochen an seiner Seite machen.

Schon seit fünfzehn Minuten wurde über einen Bombenanschlag auf den Bus der Dortmunder Spieler berichtet, bei dem ein Spieler schwer verletzt worden war und die anderen einen Schock erlitten hatten. Das Spiel wurde um einen Tag verschoben, doch Christian war zu sehr in seine Gedanken vertieft und bemerkte das erst, als er eine halbe Stunde später auf die Uhr sah und sich wunderte, dass noch immer kein grüner Rasen auf dem kleinen Bildschirm zu sehen war.

7.

Jochen konnte es nicht fassen, wie leicht Louisa es ihm gemacht hatte. Der Abend bei ihr verlief ganz nach Plan. Er hatte sich in dem Weindepot am Fuße des Haardter Berges für einen leckeren Weißwein entschieden und damit scheinbar die richtige Wahl getroffen. Es war ein lauer Frühlingsabend, die Sonne hatte den ganzen Tag

geschienen und auf seinem Fußweg den Giersberg bergab, vorbei an einem kleinen Spielplatz, strömte ihm ein verführerischer Duft verschiedenster Blüten in die Nase. Am Ende der Welterstraße angekommen, saß dort in der Dreißigerzone tatsächlich ein armer Kerl in seinem Wagen und überwachte das Blitzgerät im Kofferraum eines hässlich grünen Passats. Normalerweise hatte er kein Mitleid mit den Bullen, aber das Champions-League-Spiel zu verpassen, an einem Dienstagabend, an dem eh keine Sau unterwegs war, da musste der Typ wohl etwas ausgefressen haben. Und das machte ihn wiederum sympathisch.
Fünf Minuten später stand er vor dem Mehrfamilienhaus im Sieghütter Hauptweg und drückte auf die Klingel. Schon in der Tür bemerkte er, dass die beste Freundin seines Opfers sich extra für ihn hübsch gemacht hatte. Sie trug einen schwarzen, engen Lederrock, eine Strumpfhose schien sie sich gespart zu haben. Ein silbernes Neckholder Top mit eingenähtem Bustier verdeckte ihre Brüste nur spärlich und verfehlte seine Wirkung bei ihm nicht. Fast zu schade, was er da heute verpassen würde. Mit der Regung in seiner Hose wäre er beinahe bereit gewesen, seinen Plan zu ändern. Aber das verweigerte ihm die lange Vorbereitung des großen Finales, zu der dieser Abend eindeutig einen entscheidenden Beitrag leisten sollte.
Im Hinblick auf ihren kurzen Lederrock, unter dem sich, so vermutete er, wahrscheinlich kein Höschen verbarg, freute er sich. Das musste er zugeben, auch wenn es für ihn wohl nur bei einem Vorspiel bleiben würde.
Louisa nahm ihm die Flasche Wein ab, führte ihn ins Wohnzimmer und schien etwas verlegen zu sein. In den kühlen und nüchternen Raum hatte sie tatsächlich versucht, etwas Wärme hineinzubringen. Zwei Kerzenleuchter aus Edelstahl, mit je drei dicken roten Kerzen, verzierten den Couchtisch gemeinsam mit einer strahlend

weißen Etagere, auf die Louisa verschiedene Trüffelpralinen drapiert hatte. Sicher hatte sie sie in ihrer Mittagspause im Sieg Carré gekauft, vermutete er. Auf die schwarze Ledercouch hatte sie ein Wolfsfellimitat gelegt, was Jochen stark an das Märchen vom Wolf und den sieben Geißlein erinnerte. Ja, heute Abend war er der Wolf! Aber einer im Schafspelz!
Er wusste, dass sie wegen der letzten gemeinsamen Nacht sehr skeptisch sein musste, aber er war fest entschlossen, ihr diese Bedenken zu nehmen. Auch wenn seine heutige Bettgespielin Mitarbeiterin der Stadtbank war – dieses Mal war er vorbereitet und wurde nicht von jetzt auf gleich mit dieser Tatsache konfrontiert. Louisa war für ihn lediglich das Mittel zum Zweck. Dennoch konnte und wollte er dabei auf seine Kosten kommen. Wieder hatte sie Eros Ramazzotti als musikalischen Stimmungsmacher gewählt und er hatte sich zwingen müssen, diese sanfte Weichei-Stimme zu ignorieren.
Nach zwei großen Gläsern Wein war seine Chance gekommen. Louisa musste ins Bad. Zehn oder fünfzehn Tropfen? Er war sich nicht ganz sicher. Sie sollte tief und fest wegtreten, aber am nächsten Morgen nicht völlig neben sich stehen. Das war wichtig! Morgen sollte sie sich lediglich danach fühlen, als hätte sie die ganze Nacht mit ihm durchgevögelt, aber auf keinen Fall so benebelt sein, dass der Verdacht auf die Verwendung von K.-o.-Tropfen fiel.
Als Louisa zurück zu ihm aufs Sofa krabbelte, schwängerte sie den ganzen Raum mit ihrem blumigen Parfüm, dass sie sich frisch aufgetragen haben musste. Lockerer war sie geworden – der Wein tat langsam seine Wirkung, stellte er befriedigt fest und reichte ihr das Glas.

»Schmeckt dir der Wein?«

»Und wie, den hast du gut ausgesucht. Woher wusstest du, dass ich von Rot- auf Weißwein umgestiegen bin?«

»Das wird wohl Schicksal gewesen sein«, sagte er und

strich Louisa dabei eine Haarsträhne hinter ihr Ohr. »Du riechst gut«, schmeichelte er und rutschte auf der Decke näher an sie heran. »Lass uns auf einen schönen Abend anstoßen.«

Sie hatte sich ihrer hohen Schuhe entledigt und saß brav mit angewinkelten Beinen neben ihm. Er sah zu, wie sie einen großen Schluck aus dem, das musste er ihr lassen, sehr stilvollen Weinglas nahm und musste innerlich grinsen. Seine Hand legte er wie zufällig auf ihr Knie und schaute ihr dabei tief in die Augen.

»Hey Geißlein, es tut mir schrecklich leid, dass ich beim letzten Mal etwas grob zu dir war. Ich hatte mich einfach nicht mehr unter Kontrolle. Du warst so heiß, ich wollte dich so sehr, da sind die Pferde mit mir durchgegangen« entschuldigte er sich.

Völlig verblüfft, dass diese in keinster Weise ernstgemeinte Entschuldigung bei Louisa volle Wirkung zeigte, fuhr er fort:

»Heute wird das alles anders. Heute bist du die Königin, du darfst entscheiden. Ich werde alles tun, was du dir von mir wünschst …« legte er oben drauf.

»Ich, ich weiß nicht,«, hatte Louisa ihm etwas schüchtern geantwortet. »das ist wirklich lieb von dir. Ich weiß gar nicht so richtig, was ich sagen soll.«

»Das musst du auch nicht«, hauchte Jochen verführerisch, reichte ihr zum letzten Mal ihr Glas und sah gierig zu, wie sie einen großen Schluck daraus nahm.

»Zeig es mir.«

Der rote Lippenstift hatte einen Abdruck von Louisas voller Unterlippe auf dem Glasrand hinterlassen und glänzte im Kerzenschein, als Jochen ihr Glas auf dem Couchtisch abstellte.

Er beugte sich zu ihr rüber und küsste sie zaghaft auf den Mund. Sie sollte ruhig glauben, dass die Macht heute Abend bei ihr lag, solange sie noch Herr ihrer Sinne war. Sie hatte ihren Mund für ihn geöffnet. Stück für Stück

spürte Jochen, wie sie von unbefriedigter Begierde erfasst wurde und allmählich ihre Hemmungen verlor.
Mit ihrer Zunge durchforschte sie seinen Mund, um dann mit ihren Lippen an seinem Hals herunter zu wandern. Sein Hemd hatte sie dabei bis zur Mitte aufgeknöpft, sich gefreut, dass er kein Unterhemd trug und sie sich an seinen Nippeln festsaugen konnte. Das war geil gewesen … das musste er zugeben.
Sie hatte seine Hände genommen und auf ihre Brüste gelegt. Flehend hatte sie zu ihm aufgeblickt, er hatte ihren Blick verstanden. Das Bustier hatte er ihr gekonnt über den Kopf gezogen und war fasziniert gewesen von ihren strammen Brüsten und dem Warzenvorhof, der farblich genau richtig etwas dunkler abgesetzt war. Was hatte er beim letzten Mal alles verpasst. Langsam streichelte er ihre frischrasierten Beine entlang und schob dabei wie zufällig ihren Lederrock so weit nach oben, dass sie sich mit seiner Hilfe auf seinen Schoß setzen konnte. Er musste aufpassen. Auf keinen Fall sollte dieser Abend in ein zärtliches und liebevolles Liebesspiel mit der Stadtbank, im leckeren Körper ihrer Angestellten Louisa Schnell, ausarten. Das ging zu weit! Louisa aber war in ihrem Element.

»Hey, mach langsam! Wir haben alle Zeit der Welt«, hatte er gehaucht, ohne sich verstellen zu müssen, weil seine Stimme tatsächlich nicht zu mehr als einem leisen Hauchen in der Lage war. Während er ihren süßen Po massierte, merkte er, wie ihre Atmung langsam ruhiger wurde. Aus ihren schnellen erregten Atemzügen war eine langsame gleichmäßige Atmung geworden. *Das war knapp.* Regungslos blieb er eng mit Louisa verschlungen auf dem Sofa sitzen, bis sich sein Penis abgekühlt und wieder in seine ursprüngliche Größe verwandelt hatte. Louisa war tief und fest eingeschlafen.
Jetzt war er dran. Da er keinerlei Erfahrungswerte damit hatte, wie lange die Wirkung der Tropfen anhalten wür-

de, beeilte er sich, sie ins Bett zu bringen.
Bis auf den Rock hatte sie eh nichts mehr am Leib, sodass er nicht viel Zeit damit verlor, bis Louisa völlig nackt in ihrem Bett lag. Ihr Weinglas hatte Jochen in der Küche gespült, mit einem kleinen Schluck Wein neu gefüllt und das Glas auf ihrem Nachttisch postiert. Er nahm ein Kondom aus seiner Verpackung, wickelte es in ein Taschentuch und verstaute es in seiner Hosentasche. Die leere Packung ließ er neben dem Rock auf den Boden fallen. Perfekt!
Jochen knöpfte sich das Hemd zu, ging ins Bad, klebte sich dort den Bart an, nahm die blauen Kontaktlinsen heraus und zog sich die Perücke auf den Kopf. Anschließend nahm er Louisas Schlüsselbund aus dem Schlüsselkasten und machte sich zügig auf den Weg in die Stadtbank. Die Nacht gehörte ihm.

Falsch! Nicht nur die Nacht, auch die Stadtbank gehörte in dieser Nacht ihm.

8.

Als Johanna ihr Büro betrat, konnte sie durch die Glasscheibe sehen, dass Holger schon mit einer Tasse Kaffee in seinem Zimmer saß und telefonierte. Er hatte es sich, mit dem Rücken zu ihr gewandt, auf seinem Stuhl gemütlich gemacht und schien ganz entspannt zu sein. Ein privates Gespräch also, vermutete sie. Auf Zehenspitzen schlich sie zu ihrem Schreibtisch, nahm die Zeitung und schlug sie auf. Schließlich brauchte sie ein Alibi, falls Holger sie beim Lauschen erwischte.

»Ich meine das absolut ernst, sie macht ihren Job wirklich gut.«

» …«

»Frau Daub, glauben Sie mir, sie hat damals die richtige Entscheidung getroffen. Sie ist eine klasse Ermittlerin geworden.«

Die reden doch wohl nicht über mich. Wehe … wehe, meine Mom hat tatsächlich Holger angerufen, um ihn über mich auszuquetschen. Johanna wusste genau, was als Nächstes kam. Ihre dienstliche Qualifikation war eindeutig nur ein Vorwand, was sich just in diesem Moment bestätigte.

»Einen Freund? Äh, nicht dass ich wüsste.«

» …«

»Doch, wir haben hier viele nette Kollegen, aber Frau Daub, Ihre Tochter ist halt was ganz Besonderes. Da darf sie auch etwas wählerisch sein, meinen Sie nicht?«

Gut so, Danke, Holger!

» …«

»Naja, wenn ich ehrlich bin … also, da gibt es schon jemanden, der Johannas Interesse geweckt hat.«

Wag es nicht! Ich bringe dich um!

» …«

»Ein, laut Ihrer Tochter sehr gut aussehender Bankangestellter.«

» …«

»Da haben Sie recht! Die Arbeitszeiten sind allerdings geregelter als unsere …«

» …«

»Wie alt? Oh, ich schätze mal so circa zehn Jahre älter als Ihre Tochter …«

» …«

»Das freut mich, dass der Altersunterschied für Sie noch ok ist. Aber erst einmal, Frau Daub, ist es ja nur eine Schwärmerei …«

» …«

Jetzt reicht's! Eindeutig! Johanna war wütend. Laut raschelte sie mit der Zeitung, um dann aufzustehen und sich demonstrativ eine Kaffeetasse vom Stapel zu nehmen, nicht ohne dabei mit dem Geschirr zu klappern.

»Entschuldigen Sie bitte, ich muss hier leider weitermachen, meine Kollegin und ich haben noch einen Termin außerhalb.«

» …«

»Natürlich melde ich mich bei Ihnen, wenn sich etwas Neues ergeben hat.«

Von wegen, ich melde mich, sobald es etwas Neues gibt! Das wirst du schön bleiben lassen!

»Hannilein, da bist du ja endlich, ich habe schon auf dich gewartet. Wir wollten doch heute Meike Lindt nochmal befragen.«

»Du mieser, scheinheiliger Kerl! Du unterschätzt meine ermittlerischen Fähigkeiten maßlos, mein Lieber!«, sagte Johanna und versuchte dabei ein todernstes Gesicht zu machen. »Glaubst du im Ernst, ich weiß nicht, was du hinter meinem Rücken für ein Spielchen mit meiner Mom treibst?«

Holger fühlte sich ertappt und entschied sich, zu einem Gegenschlag auszuholen: »Apropos ermittlerische Fähigkeiten, meine Liebe! Ich sehe da Lippenstift auf deinen zarten Lippen, du trägst einen Rock und dazu sogar den passenden blauen Lidschatten.«, grinste Holger sie an. »Hat das eventuell etwas mit unserem Termin in der Stadtbank und der Hoffnung zu tun, dass uns zufällig der Blumengießertyp über den Weg läuft?«

Jetzt fühlte sich Johanna ertappt.

»Ok, Waffenstillstand, einverstanden?«

»Einverstanden!«

Eigentlich fand sie es ja ganz süß, dass sich ihre Eltern so gut mit ihrem Partner verstanden. Und besonders Mütter sind und bleiben eben neugierig. Das konnte sie ihrer Mom kaum verübeln. Sie wollte sich gerade ihre Jacke vom Haken nehmen, als Achenbach in der Tür stand.

»Gut gemacht, Frau Daub! Ich wollte mich nochmal

persönlich bei Ihnen für die Zahlen und Fakten aus dem letzten Jahr bedanken. Haben Sie den Artikel heute schon in der Tageszeitung gelesen? Ich konnte die Gesamt-Aufklärungsquote von 60,47 % selbst kaum glauben.«
Johanna hatte die Daten, die sie für Achenbach und dessen Pressekonferenz zusammengestellt hatte, noch sehr gut im Kopf.

»Und über 81 % Aufklärung bei den Gewaltdelikten«, sagte sie stolz.

»Eine tolle Leistung! Ach, Herr Stein, gut, dass ich Sie noch erwische. Haben Sie gerade noch einen kurzen Moment? Sagen Sie, wie sieht es denn in der Sache ‚Märchenonkel' aus?«, fragte Achenbach.
Holger warf Johanna einen kurzen Blick zu und antwortete dann: »Wir kommen langsam vorwärts.«

»Gut so, Stein, gut so. Sehen Sie zu, dass Sie mir die 81 %-Quote nicht versauen!«, betonte ihr Chef, zwinkerte Johanna dabei zu und verließ das Büro.

»Hannilein, du hast gehört, was der Chef gesagt hat, also ufftata!«

9.

Als Johanna und Holger das Büro von Meike Lindt betraten, roch es schon nach frischem Kaffee. Die beiden Frauen lächelten sich freundlich, aber dennoch respektvoll zu. Holger reichte Frau Lindt zur Begrüßung die Hand.

»Bitte, setzen Sie sich.«
Die beiden Beamten nahmen auf den gleichen Stühlen Platz, auf denen sie sich schon vor ein paar Wochen niedergelassen hatten.

»Frau Daub, mit Milch, Herr Stein, zwei Stückchen

Zucker, richtig?«
Johanna war beeindruckt: »Falls Sie mal einen neuen Job suchen … Sie könnten sofort bei uns anfangen, Frau Lindt.«

»Oh danke, aber im Moment bin ich eigentlich sehr zufrieden. Oder muss ich mir Sorgen machen? Gibt es Neuigkeiten von dem Täter?«

»Wir tasten uns langsam vor«, antwortete Johanna. »Frau Lindt, wir sind der Auffassung, dass der Täter Rache nehmen will. Es muss eine Gemeinsamkeit zwischen Frau Jakobs und Herrn Schwarz geben.«

»Ganz ehrlich? Das Gleiche haben Sie mich schon im Dezember gefragt. Jetzt haben wir April und Sie sind noch immer nicht weiter? Das ist nicht gut!«, bemerkte Frau Lindt etwas enttäuscht.

»Das wissen wir! Doch mittlerweile ist einiges passiert und deshalb sind wir auch hier. Sagen Sie, ist es richtig, dass auch Sie einer Schweigepflicht unterliegen? Denn dann würden wir Sie gerne über einiges aufklären.«

»Ja, natürlich unterliege ich der Schweigepflicht. Geht um Frau Jakobs? Oder hat es etwa noch einen Toten gegeben?«

»Nein, nein«, beeilte sich Johanna mit der Antwort. »Es geht aber tatsächlich um Frau Jakobs. Der letzte Vorfall hat sich Ende Februar bei dem Karnevalsumzug Ihrer Stadtbank ereignet.«

»Was? Draußen, in aller Öffentlichkeit?«, rief Frau Lindt erschrocken aus. »Wieso weiß ich davon nichts? Das muss doch einen riesigen Aufruhr gegeben haben.«
Johanna nahm sich die Zeit, um Meike Lindt in aller Ruhe und allen Einzelheiten auf den neuesten Stand zu bringen. Sie erzählte ihr von den vier Briefen und dem Vorfall beim Karnevalsumzug auf dem Scheinerplatz, von dem zum Glück wegen des Luftballonwettbewerbes kaum jemand Notiz genommen hatte.

»Die arme Frau Jakobs.«

»Da gibt es noch etwas, das Sie wissen sollten. Frau Jakobs wurde an dem besagten Karnevalsumzug ein Foto zugespielt. Darauf erkennt man, wie der Ehemann von Frau Jakobs ...«, Johanna suchte nach den richtigen Worten. »Man sieht, wie er gerade fremdgeht.«
Die beiden Ermittler sahen den ungläubigen und gleichzeitig mitfühlenden Blick in Frau Lindts Augen.

»Kein Wunder, dass sie krank geworden ist. Wie soll ein einzelner Mensch das auch alles ertragen? Ich hatte ja die Hoffnung, dass sie wenigstens in ihrem Mann eine Stütze hat. Aber dann steht sie jetzt in dieser schlimmen Zeit mit ihrem Sohn ganz alleine da?«

»Naja, so ganz alleine ist sie nicht. Sie hat Frau Schnell und Herrn Blumengie ...«, warf Holger ein.

» ... und Herrn Treude an ihrer Seite«, berichtigte Johanna ihn mit einem strafenden Blick.

»Oh, das ist gut. Ich kenne sie zwar nicht ganz so gut, habe aber bisher nur Gutes über die beiden gehört. Ich habe allerdings noch immer nicht verstanden, womit ich Ihnen helfen kann?«

»Zum einen bitten wir Sie um Verständnis für Frau Jakobs. Sie möchte auf keinen Fall, dass ihre Situation publik wird. Sobald die Presse oder ihr Kollegenkreis davon erfährt, wäre in Siegen die Hölle los und das wollen wir gerne vermeiden. Frau Jakobs ist zwar eine starke Frau und ihre Krankmeldung mussten wir ihr gemeinschaftlich förmlich aufschwätzen. Dennoch braucht sie Ihren Schutz. Es wird wichtig für Frau Jakobs sein, dass Sie hinter ihr stehen, falls irgendwelche Beanstandungen über ihre Fehlzeiten oder ihre Arbeit bei Ihnen aufschlagen«, bat Johanna und ging mit ihrer Bitte weit über das von Holger abgesperrte Maß an emotionaler Professionalität für einen Polizeibeamten hinaus.

»Ja natürlich, das ist wohl eine Selbstverständlichkeit. Und was war das Zweite, Frau Daub?«

»Das Zweite ist eher eine fachliche Sache. Gibt es

irgendeine Möglichkeit herauszufinden, an welchen Fällen Herr Schwarz und Frau Jakobs gemeinsam gearbeitet haben?«

»Oh, das wird schwer. Ich kann im Personalbereich nachforschen lassen, um welchen Zeitraum es sich genau handelt, aber ohne einen konkreten Namen des Kunden wird das schwierig. Und natürlich muss ich das erst mit unserem Datenschutzbeauftragten aus der Organisationsabteilung besprechen, inwieweit ich Ihnen darüber überhaupt Auskunft geben darf. Das verstehen Sie doch, oder?«

»Ja natürlich, ich werde nachher sofort einen Antrag auf Akteneinsicht stellen, dann sind Sie auf jeden Fall auf der sicheren Seite«, warf Holger ein.

Während sich die beiden Frauen unterhielten, hatte er seinen Kaffee leergetrunken und die Tasse mit einem ‚Mann, war der lecker' auf dem runden Besprechungstisch abgestellt. Frau Lindt verstand den Wink, lächelte Johanna zu und legte für ihren Partner drei Zuckerstückchen neben die frischgefüllte Kaffeetasse. Holger nahm dankbar an und nickte Johanna zu, sie solle fortfahren.

»Also, einen konkreten Namen hätte ich schon, den ich gerne bei Ihnen überprüfen lassen würde. In unseren Akten habe ich leider über ihn nichts finden können. Wie lange würde es dauern, bis Sie das Okay des Datenschutzbeauftragten bekommen?«

»Was soll ich Ihnen sagen? Er wird sicher auch unseren Vorstandsvorsitzenden Herrn Klein einweihen müssen. Gegenfrage: Wie lange dauert es bei Ihnen, bis Sie die Genehmigung des Staatsanwaltes vorliegen haben?«

Johanna wurde klar, dass auch die Stadtbank von einer gewissen Bürokratie nicht verschont blieb, war aber beruhigt, dass sich Meike Lindt sehr kooperativ zeigte.

»Wenn Sie einen konkreten Namen haben, hätte ich jemanden, der Ihnen eventuell weiterhelfen könnte. Er hätte vielleicht auch eine Idee, wie man herausfinden kann, woran Frau Jakobs und Herr Schwarz zusammen gearbeitet haben. Soll ich ihn schnell anrufen und fragen, ob er kurz Zeit hat?«

»Frau Lindt, das ist eine klasse Idee, sehr gerne.«

Während die Personalratsvorsitzende mit ihrem Kollegen telefonierte, besprachen die beiden Ermittler ihre weitere Vorgehensweise.

»Sag mal, die Frau Jakobs ist doch diese Woche wieder auf der Arbeit, oder? Willst du sie nicht mal kurz in ihrem Büro aufsuchen und fragen, wie es ihr geht? Ich übernehme dann den Bankheini ...«, schlug Holger vor.

»Mensch Holger, wie sieht das denn aus, wenn Frau Jakobs mitten während ihrer Arbeitszeit fremden Besuch bekommt? Vielleicht sitzt sie sogar in einem Großraumbüro. Du hast die ganzen Glaskastenbüros doch gesehen, an denen wir eben vorbeigelaufen sind. Da bekommt ja wirklich jeder alles mit. Ich habe aber ihre Handynummer, da kann ich sie später in Ruhe zu Hause mal anrufen.«

»Ich dachte ja nur ... so von Frau zu Frau ...«, antwortete Holger leicht beleidigt.

»Ich mache dir einen anderen Vorschlag: Du übernimmst jetzt gleich den Typen und ich hole uns in der Zeit zwei leckere Stücke Schokoladentorte für heute Nachmittag, einverstanden?«, fragte Johanna versöhnlich.

Just in diesem Moment klopfte es und der Bankheini stand in einem dunkelblauen Anzug, einem weißen Hemd und einer kräftigen pinkfarbenen Krawatte, mit kleinen dunkelblauen Pünktchen verziert, in der Tür. Johanna wurde feuerrot. Holger musste lachen und Frau Lindt schaute etwas verwirrt drein, als der Kriminalhauptkommissar gut gelaunt verkündete:

»Hannileinchen, ich gehe mal die Schokoladentorte holen. Wir sehen uns dann später auf der Wache.«

10.

Daniel hielt Johanna galant die Flurtür auf und drückte anschließend den Button für das Untergeschoss auf dem Tablet vor den Aufzügen.

»Es tut mir leid, Frau Daub, aber ich muss Sie einmal durch den Keller führen. Mein Büro ist drüben im Hochhaus.«

Mit dir gehe ich überall hin ... oder noch besser: Fahrstuhl bleib stecken!

»Ach, das ist doch kein Problem. Bei dem Wetter ist eine Verbindung durch den Keller doch Gold wert!«

Johanna beobachtete, dass er vor fast jeder Zwischentür stehenblieb, um sich mit seinem Schlüssel Zutritt zu dem nächsten Gang zu verschaffen.

»Schön, Sie wiederzusehen, auch wenn der Anlass sicher kein guter ist. Ich werde Ihnen helfen, wann und wo immer ich kann.«

Wann immer er kann ... schwärmte Johanna innerlich.

Jetzt hör endlich mit dem Blödsinn auf und konzentrier dich auf deine Arbeit!, ermahnte sie sich selbst.

»Das stimmt, ein unverhofftes Wiedersehen – und Ihre Hilfe kann ich tatsächlich gut gebrauchen.«

Sie liefen einen langen, hell erleuchteten Gang entlang, von dem aus man in diverse Kellerräume gelangen konnte. Johanna konnte einige Schilder erkennen, auf die Begriffe wie Materialverwaltung, Postraum oder Marketingskeller gedruckt worden waren und bemerkte, dass sie sich in demselben Gang befinden mussten, durch den sie und Holger im Dezember von Frau Lindt geführt worden waren – nur diesmal in die andere Richtung. Daniel öffnete eine weitere Tür und blieb so plötzlich vor einem Fahrstuhl stehen, dass sie fast in ihn hineingelaufen wäre.

»Gleich sind wir da«, sagte er und fuhr mit ihr in den sechsten Stock.

Johanna war überrascht, als Daniel sein Büro öffnete, an dem draußen ein Türschild mit der Aufschrift angebracht war: Daniel Treude, Leiter Kreditabteilung.
Das würde meine Mom jetzt sehr glücklich machen. »Kind, schnapp dir den Kerl, der ist 'ne klasse Partie!«, hörte sie ihre Mutter förmlich sagen.
In seinem Büro stand vor einer rot gestrichenen Wand ein großer, moderner grauer Schreibtisch mit einem schwarzen, gemütlich aussehenden Sessel. Die zweite Wand bestand komplett aus hellgrauen Aktenschränken, die dritte war verglast.
Johanna erinnerte sich daran, wie sie Daniel am Karnevalsumzug dort am Fenster hatte stehen sehen, als er das Treiben unten auf dem Scheinerplatz zu seinen Füßen beobachtet hatte.
Vor der vierten Wand stand ein runder Besprechungstisch mit vier Stühlen. Auf dem Tisch stand ein Getränkeständer mit ein paar Gläsern und, das wunderte Johanna, eine Edelstahlschale, in die jemand rot glänzende Kugeln dekoriert hatte. *Mist, das kann nur eine Frau gewesen sein.*
Suchend schaute sich Johanna nach einem Foto oder einem sonstigen Hinweis auf die unbekannte Frau um. Entweder gab es diese Frau nicht oder Treude wollte nicht, dass jemand von ihr erfährt. Oder, fiel Johanna als dritter Grund ein, er hat einfach selbst einen guten Geschmack. Sie hoffte, dass sich dieser Grund bestätigen würde, als ihr Blick erneut auf die blaugepunktete pinke Krawatte ihres Gesprächspartners fiel. *Bitte lass es Grund drei sein!*
Daniel schob ihr einen Stuhl an dem Besprechungstisch zurecht, setzte sich selbst aber hinter seinen Schreibtisch. Johanna war etwas enttäuscht.

»Frau Daub, wie kann ich Ihnen helfen? Sind Sie denn bisher irgendwie weitergekommen?«, fragte er ehrlich interessiert.

»Wie man es nimmt. Mein Partner und ich sind der festen Überzeugung, dass die Verbindung zwischen Frau Jakobs und Herrn Schwarz auf jeden Fall bei Ihnen im Haus liegen muss. Es muss irgendetwas sein, an dem die beiden zusammen gearbeitet haben.«

»Genau, irgendetwas, das für den Täter einschneidende Veränderungen gebracht hat«, ergänzte Daniel.

Johanna sah ihn überrascht an: »Sie haben sich wohl auch so Ihre Gedanken gemacht, hab ich recht?«

»Allerdings! Eine wirklich gute Freundin so leiden zu sehen und zu wissen, dass da jemand rumläuft, der zu allem bereit ist und es auf Sara, ich meine Frau Jakobs, abgesehen hat – das ist nicht leicht.«

Eine gute Freundin also ...

»Erzählen Sie mir von Ihren Überlegungen! Was können das für gemeinsame Fälle gewesen sein?«

»Bei uns heißt das wahrscheinlich eher ‚Verträge' statt ‚Fälle'«, lächelte er. »Ich denke, es muss jemand sein, der durch die beiden viel Geld verloren hat. Was denken Sie?«

Johanna hielt einen Moment inne und dachte nach.

»Das ist ein guter Ansatz. Jemand, der den beiden sein Geld anvertraut hat und Frau Jakobs hat es zusammen mit Herrn Schwarz an der Börse verzockt.«

»Moooment, Frau Daub! Nicht so schnell mit den voreiligen Schlüssen«, gab Daniel gespielt empört zurück. »Gehören Sie etwa auch zu der Fraktion, die uns Bankern zutraut, unsere Kunden über den Tisch zu ziehen und schuld daran sind, dass sie ihr Geld verloren haben? Das wäre aber sehr schade.«

Wenn Sie mein Bankberater wären, wahrscheinlich nicht!

»Oh nein, da kann ich Sie beruhigen. Ich habe am Ende des Monats nicht so viel übrig, dass ich mir Gedanken um eine Geldanlage machen müsste.« *Ich investiere eher in Donuts und Pizza als Wiedergutmachungsgeschenke.*

»Ok!«, ging ihr Gegenüber auf sie ein. »Gehen wir

davon aus, der Täter hat den beiden sein Geld anvertraut. Ich habe gestern noch kurz mit Frau Jakobs wegen desselben Themas telefoniert.«

Sie haben telefoniert und sich nicht persönlich gesehen. Yeah!

»Die beiden haben in den Jahren 2002 bis 2004 zusammen in der Niederlassung in Weidenau im Bereich Firmenkunden gearbeitet. Schwarz war zu der Zeit ihr Chef – ein guter übrigens, wie Sara nochmals bestätigt hat. Über kleinere Kredite durfte sie selbst entscheiden, für die größeren Summen war Herr Schwarz zuständig. In strittigen, kleineren Fällen hat sich Frau Jakobs bei ihrem Chef Rat geholt. Über Geldanlagen, bei denen man viel Geld hätte verlieren können, hat sie ihre Kunden in der Zeit aber gar nicht mehr beraten.«

»Wie jetzt, ich dachte, ein Berater ist für alles zuständig?«

»Früher war das tatsächlich so, heute aber ist die Vermögenspflege sehr komplex geworden, sodass sich unsere Vorstände entschieden haben, für beide Seiten Spezialisten einzusetzen.«

»Das heißt, wenn ich Geld brauche, muss ich zu Frau X und wenn ich Geld anlegen will, zu Herrn Y gehen?«

»Wenn Sie es so ausdrücken wollen. Ganz grob stimmt das so.«

»Aber Sie sagten doch eben, dass früher ein Berater für beides zuständig war. Warum hat dann Frau Jakobs zu der Zeit keine Beratung für Kapitalanleger angeboten?«

»Sie hat sehr wohl solche Beratungen gemacht. Hm, wie soll ich Ihnen das am besten erklären? Also, ich weiß, Sie sind noch etwas jung, aber…«

Hallo? Zu jung für dich bin ich auf keinen Fall!

»Können Sie sich vielleicht noch an den mega Börsenhype so um das Jahr 2000 erinnern?«

»Ach du Schreck, dafür bin ich wirklich noch zu jung. Das Einzige, wo ich mal spekuliert habe, war bei einem

Börsenplanspiel bei der Stadtbank Düsseldorf. Und das ist tatsächlich schon etwas länger her«, musste Johanna etwas kleinlaut zugeben.

»Na immerhin!«, grinste der attraktive Mann mit seiner markanten, aber sehr gut zu seinem kantigen Gesicht passenden Hakennase, ging um seinen Schreibtisch herum und setzte sich nun doch zu Johanna an den Beratungstisch.

Gut so!

»Viele Anleger waren zu der Zeit mit den klassischen Geldanlagen nicht mehr zufrieden. Die Zinsen waren ihnen einfach zu gering«, erklärte Daniel.

»Hinzu kamen viele Startup-Unternehmen, die in diesem Umfeld an die Börse gingen und in den Medien hochgejubelt und als Hoffnungsträger für fette Gewinne dargestellt wurden. Interviews und Ratschläge von sogenannten Börsengurus im Fernsehen, in Fachzeitschriften und sonst wo wurden aufgesogen und sofort in die Tat umgesetzt.

»Ich verstehe.« *Er wäre bestimmt ein guter Berufsschullehrer geworden. Die Mädels hätten an seinen Lippen gehangen.*

»Kennen Sie eigentlich noch Manfred Krug?«

»Manfred Krug … Manfred Krug … ah, der Tatortermittler?«

»Genau!«, staunte Daniel. »Das hätte ich jetzt nicht von Ihnen erwartet.«

»Schön, dass ich Sie noch überraschen kann. Das habe ich wohl meinen Eltern zu verdanken. *Danke, Mom!* Wahrscheinlich hat mich sogar unser Sonntagsabendprogramm dazu getrieben, Ermittlerin zu werden«, lachte Johanna.

»Da sind Sie sicher nicht die Einzige. Auf jeden Fall war Manfred Krug ein perfekter Werbepartner für ein Unternehmen, das Mitte der Neunzigerjahre in einem aufstrebenden Aktienmarkt frisch an die Börse ging.

Jeder Kunde, auch wenn er vorher noch nie etwas mit Aktien am Hut hatte, wollte plötzlich diese T-Aktien kaufen.«

»Krass!«

»Stimmt. 1996 kostete eine Aktie umgerechnet circa 17 Euro und jetzt raten Sie mal, wo sie im Jahr 2000 stand?«

»Keine Ahnung, bei 35 Euro vielleicht?«

»Halten Sie sich fest! Bei 103 Euro pro Aktie.«

»Wahnsinn. Dann hat also Manfred Krug den Börsenhype ausgelöst?«, fragte Johanna beindruckt.

»Naja, so würde ich das jetzt nicht sagen, aber er hat auf jeden Fall mit dazu beigetragen. Seine Aktie war nicht die Einzige, mit der man hohe Gewinne erzielen konnte, und da kamen dann die Startup-Unternehmen von eben ins Spiel. Unsere Kunden hatten die Hoffnung, dass es bei diesen Unternehmen an der Börse genauso schnell nach oben gehen würde.«

Johanna fand, dass Daniel sehr gut erklären konnte. Wenn sie ehrlich war, fand sie es sogar richtig spannend, wie gut er sich auskannte. »Und wie geht es weiter?«

»Tja, die ach so tolle Aktie sank und sank und sank. Der niedrigste Kurs lag irgendwann sogar bei unter sieben Euro. Unglaublich, oder?«

»Allerdings.«

»Und dann brach im Frühjahr 2000 alles zusammen.«

»Mit ‚alles' meinen Sie also, dass nicht nur die T-Aktie, sondern auch viele andere Aktien an Wert verloren haben?«

»Ganz genau.«

»Und dann brachten die großen Verluste den Börsenhype zum Stillstand, richtig?«

»Richtig!«, schien sich auch Daniel Treude zu freuen, dass seine Zuhörerin so gut aufgepasst hatte.

»Es gibt sogar einen Namen dafür! ‚Salami Crash', weil die Aktien Scheibchen für Scheibchen immer weiter runtergingen. Und nach dem 11. September 2001 war dann eh alles anders.«

»Ich ahne, was jetzt kommt.«

»Viele Kunden haben damals in kürzester Zeit erst viel Geld gewonnen, dann aber nicht nur ihre Gewinne verloren, sondern auch das angelegte Kapital, und schlagartig war der Spuk vorbei. Der Bedarf an risikofreudigen Kapitalanlagen war einfach nicht mehr da. Kein Mensch wollte mehr das Risiko eingehen, an der Börse sein hartverdientes Geld zu verlieren. Da waren dann doch die festverzinslichen Wertpapiere und andere klassische Geldanlagen plötzlich wieder im Rennen, auch wenn damit weniger verdient werden konnte.«

»Dann schließen Sie also aus, dass jemand zwischen 2002 und 2004 durch Frau Jakobs viel Geld durch eine falsche Kapitalanlage verloren hat, weil ihre Kunden ihr Geld eher sicher anlegen wollten?«, fragte Johanna ihn nach seiner ehrlichen Einschätzung.

»In meinen Augen schon, ja.«

»Einverstanden! Nach Ihrem halbstündigen Vortag über die Börse sehe ich das auch so«, zwinkerte Johanna ihm zu.

Wird er jetzt tatsächlich etwas rot oder bilde ich mir das nur ein?

»Bliebe da noch die andere Seite – die mit den Krediten«, fuhr sie fort. »Könnte das ein Grund sein, den Tod eines Menschen in Kauf zu nehmen, nur weil man von seinem Berater kein Geld bekommen hat?«

»Wenn Ihre ganze Existenz davon abhängt, vielleicht«, grübelte Daniel. »Bedenken Sie, dass Sara damals als Firmenkundenbetreuerin gearbeitet hat. Es muss also ein Firmenkunde gewesen sein. Und wenn Sara in die Entscheidung über den Kredit involviert war, muss es aufgrund ihrer Entscheidungskompetenzen ein kleiner Kunde gewesen sein.«

»Und die haben oft nicht so einen großen Puffer«, wusste Johanna.

Daniel sah sie überrascht hat.

»Das weiß ich von meinem Onkel. Er hat einen kleinen Malerbetrieb«, erklärte sie. »Er tritt bei den Händlern in Vorleistung und wenn der Kunde nicht zahlen kann oder will, dann hat mein Onkel ein Problem. Zur Überbrückung musste er sich auch öfter mal bei Ihnen im Haus Geld leihen *oder bei meinem Vater.*«

»Genauso ist es leider viel zu oft. Aber jetzt stellen Sie sich mal vor, Sie brauchen dringend einen Kredit. Sie müssen die Händler bezahlen, weil Ihre Mitarbeiter sonst kein Material zur Verfügung haben, das sie verbauen, vermalen oder sonst was können. Es käme kein neues Geld in die Kasse. Kundenaufträge könnten nicht ausgeführt werden und dann …«

»Und dann sagt Frau Jakobs in Absprache mit Herrn Schwarz ‚Nein'. Das kann schon eine ganze Existenz gefährden«, zog Johanna die logische Schlussfolgerung. »Eine sehr gute Theorie von Ihnen, Herr Treude.« Holger würde sich freuen. Das könnte sie tatsächlich ein Stück weiterbringen. »Wenn wir schon bei Theorien sind, hätten Sie auch eine, wie wir das herausfinden können?«

»Habe ich!«, antwortete Daniel und schaute Johanna vielsagend an.

»Na und? Die wäre?«

»Sie kümmern sich um die Genehmigung, dass Sie in unseren Akten stöbern dürfen und ich mache mich bei unserem Datenschutzbeauftragten schlau, wo die ganzen Akten von damals gelagert sind.«

»Akten? Sie meinen diese echten Mappen, mit allen möglichen Zetteln und Papieren drin, was bisher über einen Täter an Informationen gesammelt wurde?«, fragte Johanna etwas schockiert. »Und ich dachte, Sie seien in der Stadtbank etwas fortschrittlicher als wir.«

Daniel lachte und Johanna schmolz augenblicklich dahin. So ein herzliches und warmes Lachen hatte sie selten gehört.

»Nur, dass unsere Kunden nicht Täter heißen.«
Jetzt musste Johanna herzhaft mitlachen.

»Wenn ich ehrlich bin, dachte ich ja, Sie geben nur ein bestimmtes Jahr und dazu noch die passende Filiale ein und der Computer spuckt Ihnen dann alle Verträge aus.«

»Wenn das so einfach wäre, hätte ich ja keinen Grund, Sie in unseren Keller einzuladen, um mit mir die Akten zu durchforsten.«

Flirtet der etwa mit mir?

»Natürlich müssen wir nicht ständig in den Keller laufen, um Informationen über unsere Kunden zu suchen. Vor einigen Jahren wurden alle Akten nach Berlin geschafft. Dort wurden sie dann einzeln digitalisiert und anschließend bei uns im Archiv eingelagert«, erklärte Daniel.

Johanna hatte schon beim Erzählen den Eindruck, dass diese Zeit für ihr Gegenüber eine sehr anstrengende Zeit gewesen sein muss.

»Nicht, dass ich nicht gerne mit Ihnen in den Keller auf Spurensuche gehen würde … *Ups, habe ich das gerade laut gesagt?,* aber wenn Sie doch eh die gleichen Unterlagen im Keller haben wie hier oben auf Ihrem PC – warum dann der Aufwand?«

»Weil ich eben nicht, wie Sie es vorgeschlagen haben, einen Zeitraum und eine Filiale eingeben kann und alle Informationen, die wir brauchen, ausgespuckt bekomme«, antwortete er lächelnd. »Wenn Sie einen Namen und eine Genehmigung für mich haben, dann kann ich Ihnen wahrscheinlich von Geburt an alles über diese Person erzählen, aber diesen Namen müssen wir ja erst finden, richtig? Also, sind Sie dabei?«

Johanna versuchte, sich von ihrer Vorfreude nichts anmerken zu lassen und professionell zu wirken: »Natürlich, da bin ich gerne mit dabei. Schließlich ist das ja mein Job. Wann?«

Sie hoffte inständig, dass ihr ‚wann‘ nicht zu ungeduldig geklungen hatte. *Außerdem hätte ich da schon einen Na-*

men, den ich gerne von Ihnen überprüfen lassen würde ...
Bevor Daniel antworten konnte, klingelte sein Telefon.

»Bitte entschuldigen Sie mich kurz«, sagte er, ging rüber an seinen Schreibtisch und nahm den Hörer ab.

» ...«

»Hey, beruhige dich!«

» ...«

»Sara, ich kann dich nicht verstehen. Nochmal langsam. Was ist passiert?«

» ...«

»Welche Datei?«

» ...«

»Die für morgen?«

» ...«

»Bist du dir sicher? Kann es nicht sein, dass du sie woanders abgespeichert hast?«

» ...«

»Ja, ich weiß, Louisa ist heute den ganzen Tag auf einem Seminar in Münster.«

» ...«

»Sara, es ist völlig in Ordnung, dass du mich angerufen hast!«

» ...«

»Ja, ganz ehrlich.«

» ...«

»Hey, wir finden die Datei! Bist du jetzt im Büro?«

» ...«

»Ok, wir kommen.«

11.

Als Sara an diesem Morgen die Treppe herunterkam, roch es schon im Flur nach frischgekochtem Kaffee. Auch wenn sie selbst Teetrinkerin war, liebte sie dennoch diesen ganz besonderen Duft. Auf der Kommode hatte Louisa einen Zettel mit der Nachricht hinterlassen, dass sie ihr einen schönen Tag wünsche und sie jetzt auf dem Weg nach Münster sei. Es musste gestern Abend bei ihr spät geworden sein, denn als Sara gegen 23 Uhr das Licht ausschaltete, war Louisa noch nicht wieder zu Hause gewesen.

Leon hatte einiges an verpasstem Schlaf von der Skifreizeit nachzuholen und genoss es, dass er die Osterferien ohne großartige Termine verbringen konnte. Sara vermutete lächelnd, dass er nicht vor 12 Uhr mittags das Bett verlassen würde.

Sie hatte sich fest vorgenommen, auch wenn sie leider in den Ferien keinen Urlaub hatte bekommen können, in den nächsten Tagen so viel Zeit wie möglich mit ihrem Sohn zu verbringen. Ob Leon auch mit ihr so viel Zeit verbringen wollte, dessen war sie sich nicht ganz so sicher. Der Name Emma kam in den letzten Tagen sehr oft aus seinem Mund und so ging sie davon aus, dass sie ihren Sohn in der nächsten Zeit wahrscheinlich mit einer anderen teilen musste.

Sara mochte Emma. Sie war eine wirklich Nette und tat ihrem Sohnemann gut. Sein Zimmer war plötzlich immer topaufgeräumt, die schmutzige Wäsche ließ er auch nicht mehr einfach so im Badezimmer liegen. Die erste Liebe war einfach etwas Schönes.

Tja, die Liebe … in ihrer ersten großen Enttäuschung und Wut hatte sie Christian sofort vor die Tür gesetzt und war auch zu keinem Gespräch mit ihm bereit gewesen. Das Foto war das Allerletzte und hatte sie regelrecht aus der Bahn geworfen. Wie aus heiterem Himmel, völlig ah-

nungslos, war sie mit der Untreue und dem Verrat ihres Mannes konfrontiert worden. Doch in den paar Tagen am Tegernsee und auch jetzt in ihrem Zuhause gelang es ihr, langsam wieder klare Gedanken zu fassen.
Sie wusste, dass Christian in der Eile zu diesem Jochen gezogen war. Ob der so einen guten Einfluss auf ihren Mann hatte, das wagte Sara allerdings zu bezweifeln. Dennoch war sie mittlerweile dazu bereit, sich die Erklärungen ihres Mannes wenigstens anzuhören.
Dass Louisa und Christian nicht die besten Freunde waren, war ihr bewusst. Dennoch hatte Louisa ihr versucht deutlich zu machen, dass ein Gespräch unausweichlich sei. Schließlich hatten sie einen gemeinsamen Sohn und immerhin fast fünfzehn Jahre Ehe hinter sich, die, zumindest in Saras Augen, meistens sehr glücklich gewesen waren. Leon hatte ihr erzählt, dass sein Vater über Ostern ein paar Tage weggefahren war. Auch wenn es nicht in Ordnung war, konnte sie nicht umhin, ihren Sohn auszuhorchen, ob diese Alex ihn dabei begleitete.

»Hey Süßer, sag mal, willst du dich in den Ferien nicht nochmal mit Tim treffen?

»Nö, keine Lust.«

»Hey, warum nicht?«

»Der Vater ist nicht da und ihn bei dieser doofen Alex zu besuchen, da hab ich echt keinen Bock drauf«
Ok, Alex ist zu Hause, hatte sie erleichtert registriert. Leon gab also Tims Mutter die Schuld. Dass ihr Sohn im Moment keine Lust hatte, ihr zu begegnen … oh ja, das konnte sie gut verstehen.

»Dann geht doch in die Stadt oder trefft euch bei uns? Wir könnten auch in meiner Mittagspause mal in der Bäckerei direkt am Siegufer was zusammen essen, wenn ihr wollt. Ich lade euch ein.«

»Mal sehen«, war seine knappe Antwort gewesen.

Das Wetter war sonnig und Louisa hatte sie überredet,

wieder mit dem Joggen anzufangen. Der Bäumchenweg, eine schöne Strecke, die oben auf der Höhe den Weidenauer mit dem Siegener Giersberg verband, lag fast direkt vor ihrer Haustür. Von vielen Joggern und Spaziergängern genutzt, ist man dort nie allein. Die Bewegung an der frischen Luft hatte Wirkung gezeigt und ihnen beiden gutgetan. Sie waren sich einig, dass es nicht das letzte Mal gewesen sein sollte.
Auch zu Hause fühlte sich Sara langsam wieder sicher. Gut, dass Louisa den Schlüsseldienst beauftragt hatte, auch wenn sie beim Anblick der Rechnung für das neue Haustürschloss aus allen Wolken gefallen war.

Heute wollte sie nun ein letztes Mal ihre Präsentation durchgehen, um dann morgen das Okay ihres Vorstandes und ihres Chefs zu bekommen. Sie wollte endlich richtig loslegen. Die Mitarbeiter mussten über das neue Angebot informiert werden, die Anzeige für die Lokalpresse hatte sie schon von ihrer Kollegin entwerfen lassen. Jetzt fehlte nur noch der passende Slogan für den Werbespot. Das ‚Wir LiEBEN Siegen‘ war ja schon gesetzt. Aber ein Knaller hintendran, der fehlte Sara noch – und eben auch die zwei Kollegen, die dann mit ihr die Immobilienverwaltung übernehmen sollten. Sara träumte heimlich davon, dass aus ihrer Idee irgendwann eine eigene Abteilung wachsen würde. Aber bis dahin musste noch viel Wasser den Rhein hinunterfließen.
Heute Morgen hatte eine Kollegin die ganze Abteilung vorne in der Rotunde zu einem leckeren Frühstück anlässlich ihres fünfzigsten Geburtstags eingeladen, sodass sie sich erst später an ihre eigentliche Arbeit machen konnte. Sie fuhr den Computer hoch, gab ihr Passwort ein, klickte sich den Pfad durch die verschiedenen Hauptordner entlang und öffnete schließlich den Ordner ‚Immobilienverwaltung‘.
Völlig fassungslos starrte sie auf die Zeile, die ihr auf

dem Bildschirm entgegensprang: ‚Dieser Ordner ist leer'. *Nein, nein, nein. Das kann nicht sein! Das darf nicht sein ... Nochmal ganz langsam von vorn*, ermahnte sie sich selbst und versuchte dabei ruhig zu bleiben. *Ich gehe auf das Stadtbanklaufwerk, suche meine Projektgruppe, öffne den Ordner ‚Immobilienverwaltung' und ... Scheiße!*
Leer! Nicht eine Datei war mehr in dem Ordner zu finden. Das Brainstorming, die Fotos, die Statistiken, die die Kollegen aus dem Immozentrum mühsam zusammengetragen hatten, die Anzeige für die Zeitung, Louisas schriftlich ausgearbeitete Einschätzung des Unterstützungsbedarfs bei der Immobilienverwaltung und vor allem ihre Präsentation! Alles weg!
Was bitte soll ich jetzt machen? Das kann doch nicht wahr sein! Es kann doch nicht einfach jemand hergegangen sein und die Dateien gelöscht haben. Wer sollte so etwas Gemeines tun? Louisa, ich muss Louisa anrufen.
Nachdem bei mehrmaligem Klingeln nur die Voicemail anging, fiel Sara wieder ein, dass Louisa ja auf einer Fortbildung in Münster war.
Scheiße, Scheiße, Scheiße! Sara merkte selbst, wie sie langsam panisch wurde.
Was jetzt? Daniel, ich muss Daniel anrufen ...
Aus dem Kopf wählte sie seine Nummer.
Bitte, bitte geh ans Telefon!

12.

»Holger, tut mir leid, wir brauchen noch etwas länger.«
» ...«
»Nein, nicht das, was du denkst«, antwortete Johanna leise und errötete leicht.
» ...«

»Es scheint einen erneuten Zwischenfall bei Frau Jakobs gegeben zu haben.«

» …«

»Nein, ich glaube nicht, dass es wieder der Märchenonkel war.«

Johanna registrierte, wie Daniel Treude bei dem Wort Märchenonkel eine Augenbraue hob. Entschuldigend zuckte sie mit den Schultern.

» …«

»Danke dir, aber ich glaube, wir kommen hier alleine klar.«

» …«

»Ach, und Holger … lass mir ein Stück Schokoladentorte übrig.«

Johanna versuchte betont locker zu sein, um Daniel etwas von seiner Sorge abzulenken.

Er rannte förmlich vor ihr her durch den Kellergang, durch den sie vorhin gekommen waren, genervt von den vielen Sicherheitstüren, die sich ohne seinen Schlüssel nicht hätten öffnen lassen. Als sie aus dem Fahrstuhl im Nachbargebäude ausstiegen, blieb er kurz vor der Flurtür stehen und drehte sich zu ihr um.

»Gut, dass Sie in Zivil unterwegs sind. Ich stelle Sie als eine Freundin vor, falls uns jemand anspricht. Ist das in Ordnung für Sie? Hier wäre der Teufel los, wenn die Kollegen wüssten, dass die Polizei im Haus ist.«

Daniel straffte die Schultern, hielt ihr die Tür auf und schob sie vorwärts, bis sie vor der Tür zu Sara Jakobs Büro standen. Da auch deren Büro, so, wie das von Meike Lindt, verglast war, konnte Johanna die neugierigen Blicke der anderen Mitarbeiter auf dieser Etage förmlich im Rücken spüren.

»Frau Jakobs, gibt es einen Ort, wo wir ungestört und geschützt reden können?«

Sara sah furchtbar aus. Kreidebleich und völlig verzweifelt saß sie wie ein Häuflein Elend an ihrem Schreibtisch und versuchte zu erfassen, was passiert war.

»Ich, äh, ja … ich denke schon. Daniel, kannst du gerade mal gucken, ob der Besprechungsraum in der Rotunde frei ist?«

Der Raum war frei.

Als Leiter der Kreditabteilung saß Daniel Treude fast täglich in irgendwelchen Besprechungen und hatte so glücklicherweise eine Ausrede parat, als ihm in der Teeküche Herr Schleifenbaum, Saras Chef, begegnete und ihn neugierig fragte, was er in seiner Abteilung zu suchen hätte.

Die beiden mochten sich. Dennoch war Daniel nicht bereit, Schleifenbaum ohne Saras Zustimmung einzuweihen. Er würde es schon früh genug merken, dass etwas nicht stimmte, sollte der große Präsentationstermin morgen tatsächlich platzen müssen.

»Wir wollten uns nur noch kurz im Team wegen morgen abstimmen.«

»Hört sich gut an. Wir sind schon alle sehr gespannt. Ich wusste gar nicht, dass Sie auch bei dem Projekt mit an Bord sind?«

Bevor Daniel nähere Auskünfte geben musste, schnappte er sich schnell drei kleine Wasserflaschen und verschwand wieder im Besprechungszimmer.

»Frau Jakobs, ich bin mit dem Prozedere und auch der Technik hier im Haus nicht so vertraut. Können Sie mir nochmal erklären, wie jemand Fremdes eine Datei von Ihrem Computer löschen kann?«

»So genau weiß ich das ja auch nicht.«

»Also, das ist so«, half Daniel ihr weiter. «Jede Abteilung hat ein eigenes Laufwerk. Sprich, alles, was Marketing betrifft, wird auf dem Laufwerk ‚M‘ gespeichert, alles, was den Personalbereich betrifft, auf Laufwerk ‚P‘, und so weiter.«

»Verstehe.«

»Jeder aus der Abteilung hat Zugriff auf das entsprechende Laufwerk und wäre also in der Lage, die Datei zu löschen.«

»Oh je, da hätten wir aber viele Verdächtige. Wie groß ist denn die Marketing, Frau Jakobs?«

»Nein, nein …«, warf Daniel ein. »Manchmal, wie eben auch in dem Fall von Frau Jakobs, gibt es abteilungsübergreifende Projektgruppen. An der Präsentation des neuen Produktes ist das Immobilienzentrum, die Organisationabteilung, Marketing und auch die Vermögensberatung beteiligt. In solchen Fällen richtet uns die Orga einen kleinen Platz im Laufwerk ein, wo alle Beteiligten Zugriff drauf haben und daran arbeiten können.«

»Ah, so ähnlich wie eine Dropbox?«

»Ganz genau.«

»Das heißt aber, dass sich die Anzahl unsere Verdächtigen gerade um das Vierfache erhöht hat«, stöhnte Johanna.

»Eben nicht. Den Zugriff auf die Dateien haben nur die entsprechenden Einzelpersonen. Es kämen also außer Sara nur noch drei andere Kandidaten in Frage. Ist doch richtig, Sara, oder?«

Frau Jakobs schien irgendwann während des Gespräches abgeschaltet zu haben und in ihre eigene, verzweifelte Welt versunken zu sein. Johanna war voller Mitleid. Daniel versuchte es mit einer anderen Methode.

»Sara, jetzt reiß dich zusammen. Los! Wer arbeitet alles in deiner Projektgruppe mit?«, fragte er streng.

Seine Taktik schien Wirkung zu zeigen, denn Sara setzte sich tatsächlich auf, nahm einen Schluck Wasser und sagte:

»In meiner Projektgruppe ist Herr Eckhardt aus dem Immozentrum, Herr Radeberger aus der Orga und eben Louisa. Aber keiner von ihnen würde doch freiwillig seine eigene Arbeit sabotieren.«

Sara war jetzt wieder ganz bei ihnen.

»Stimmt!«, bestätigte Johanna. »Wieso sollte das jemand tun? Louisa, ist das Ihre Freundin Louisa Schnell?«

»Genau, sie ist auch die Einzige, die ich bisher nicht erreicht habe. Alle anderen haben mir schon bestätigt, dass sie die Datei weder gelöscht noch in einen anderen Ordner verschoben haben.«

»Ok, Herr Treude, haben Sie eine Idee, wie wir weiterkommen können?«

»Herr Radeberger aus der Orga meinte eben am Telefon zu mir,«, warf Sara ein, »dass man feststellen könne, von welchem PC aus die Dateien gelöscht worden seien. Das scheint auch gar nicht so kompliziert zu sein.«

»Tatsächlich.« Johanna warf Daniel einen begeisterten Blick zu, in dem große Hoffnung lag, endlich einen Schritt weiterzukommen.

»Dann auf zu diesem Radeberger.«

»Stopp, nein, das geht nicht!«, intervenierte Daniel. »Wenn Sie als Polizistin in der Orga auftauchen … das können Sie nicht machen. Außerdem weiß dann die ganze Stadtbank, dass hier sicher noch mehr im Busch ist, als nur eine gelöschte Datei.«

»Gut, haben Sie einen besseren Vorschlag?«

»Sein Büro ist nur ein Stockwerk über uns, ich flitze gerade mal hoch«, sagte er und verschwand augenblicklich durch die Tür. Zehn Minuten später war er wieder da. Johanna beobachtete seine Miene ganz genau, doch leider schien er nichts Positives berichten zu können.

»Also, der digitale Ordner für diese Projektgruppe liegt auf einem Server in Münster. Unsere Orga kommt da nicht ganz so schnell an die Daten ran. Herr Radeberger hat aber sofort eine Mail rüber nach Münster geschickt, mit der Bitte um die Identifikationsnummer des PCs, von dem aus die Datei gelöscht worden ist.

»Und? Wann können wir mit einer Antwort rechnen?«, fragte Johanna?

»Morgen sicher nicht. Übermorgen ist Karfreitag, dann

kommen die Ostertage … er sagt circa Mitte nächster Woche.«
Saras Augen füllten sich allmählich wieder mit Tränen, und Johanna konnte deutlich die Zerrissenheit in Daniels Verhalten spüren. Auf der einen Seite schien er sie trösten zu wollen, auf der anderen Seite schien ihn aber irgendetwas davon abzuhalten. Johanna entschied kurzerhand selbst einzugreifen, ging zu Sara und nahm sie fest in den Arm. Dankbar sah Sara zu ihr auf.

»Was wird denn jetzt aus meiner Präsentation? Beim letzten Termin wurde ich krankgeschrieben und jetzt muss ich schon wieder absagen? Wie sieht das denn aus!«, schluchzte sie.

»Frau Jakobs, wir haben eben mit Ihrer Personalratsvorsitzenden gesprochen. Sie weiß über alles Bescheid. Natürlich noch nicht über die gelöschte Datei, aber über alles andere. Sie wird den Vorstand informieren und Sie können sicher sein, dass jeder der drei Herren vollstes Verständnis für Ihre Situation haben wird. Außerdem ist es ja auch im Sinne der Stadtbank, wenn die Angelegenheit nicht an die große Glocke gehängt wird. Hey, alles wird gut! Das verspreche ich Ihnen! Wir kriegen den Kerl!«

Johanna war bewusst, dass sie in diesem Moment die oberste Regel knallhart gebrochen hatte: Gib einem Opfer niemals ein Versprechen!
Die Verzweiflung in Frau Jakobs Stimme hatte ihr dieses Versprechen einfach entlockt und Johanna war es bitterernst. Dieses Versprechen gab sie nicht nur Frau Jakobs, sondern auch sich selbst! *Wir kriegen ihn!!!*

13.

Louisa war sauer. Eine Fortbildung mitten in den Osterferien, das war wirklich eine Frechheit. Der Termin hatte ihr überhaupt nicht in den Kram gepasst, zumal sie doch gerade am Vorabend ihr Date mit Jochen Schmitz gehabt hatte.
Ihre Erinnerung an den Abend war etwas vage, aber die Zeichen sprachen für sich. Sie erinnerte sich an den leckeren Wein, den Duft des männlichen Rasierwassers, und bei dem Gedanken an Jochens Küsse auf ihrem Hals legte sich ein zufriedenes Lächeln auf ihre Lippen.
Sie hatte sich für halb sechs Uhr den Wecker gestellt und ihn seltsamerweise völlig überhört. Das war ihr in ihrer gesamten Laufbahn noch nie passiert. Um neun hatte sie in Münster sein sollen, um halb sieben war sie endlich aufgewacht. Noch völlig benommen und etwas orientierungslos hatte sie versucht, die letzte Nacht Revue passieren zu lassen.
Jochen ... hm ... Jochen ... vorsichtig hatte sie ihr Bett nach ihm abgetastet, dann irritiert die Augen aufgerissen und enttäuscht festgestellt, dass das Bett neben ihr leer war. *Das glaube ich jetzt ja wohl nicht! Ist der tatsächlich abgehauen? Und das nach dieser Nacht? Louisa, wie kannst du nur so blöd sein! Wieso hast du dich wieder mit diesem Arsch eingelassen?*
Langsam war sie aus dem Bett geklettert und hatte ihren schwarzen Lederrock nebst leerem Kondomtütchen als Zeugen der letzten Nacht auf dem Boden liegen sehen. Wie sie ins Bett gekommen war, dass Jochen ihr den Rock ausgezogen hatte und vor allem, dass sie miteinander geschlafen hatten – daran konnte sie sich nicht mehr erinnern. Wieso?
Kein Wunder, dass ich solche Kopfschmerzen habe, dachte Louisa mit einem Blick auf das leere Weinglas auf ihrem Nachttischchen. Langsam schlich sie ins Bad und

drückte zwei Aspirin aus der Verpackung. Erst im Spiegel registrierte sie, dass sie völlig nackt war. In der Küche angekommen, nahm sie ein Glas aus dem Schrank, hielt es unter den Wasserhahn und spülte die Tabletten mit einem großen Schluck Leitungswasser herunter.
Kaffee, ich brauche dringend einen Kaffee! Louisa warf einen sehnsüchtigen Blick auf ihre Kaffeemaschine und schlagartig machte sich ein überraschendes Prickeln in ihrem Bauch breit. Sie ging rüber und zog vorsichtig den gelben Klebezettel von der Maschine:

»Hey Geißlein, du warst Bombe, musste leider weg, melde mich!«

Liebevoll klebte sie den Zettel auf ihren Nachttisch und wäre sicher noch länger in ihren Gedanken versunken geblieben, wenn sich nicht ihre Sportuhr, die stündlich einen Piep von sich gab, durch die offene Badezimmertür gemeldet hätte.
Sieben Uhr, oh nein! Was ziehe ich bloß an? Ich muss auf jeden Fall bei Sara gewesen sein, bevor sie zum Frühstück runterkommt. Sie löchert mich, sobald sie weiß, dass ich die Nacht nicht bei ihr im Silberwald verbracht habe. Nein, diese Nacht bleibt erst einmal mein Geheimnis. Komm schon Louisa, beeil dich!, forderte sie sich selbst auf.
Sie entschied sich für eine Blitzdusche, zog eine frische Bluse an und schlüpfte in die Hose und den Blazer vom Vortag. Wie sie es geschafft hatte, wusste sie später auch nicht mehr, aber sie stand tatsächlich noch vor halb acht in Saras Küche und stellte die Kaffeemaschine an. Ungeduldig sah sie zu, wie der Kaffee durch die Maschine lief. Hastig trank sie zwei Schlucke, verbrannte sich dabei die Zunge und schlich wieder leise aus dem Haus, um sich zügig auf den Weg nach Münster zu machen.

Dass der Tag damit enden würde, dass sie abends wieder mit der völlig aufgelösten Sara im Arm auf dem Sofa sitzen würde ... nein, damit hatte sie an diesem Morgen wirklich nicht rechnen können.

14.

Ostern, auch das noch. Das Fest der Auferstehung und der Vergebung. Sara hatte keine Lust, an diesem Morgen aufzustehen, um mit Louisa, Leon und ihrer Mutter in die Kirche zu gehen. Wenn der neue Pastor nicht von all seinen Konfirmanden erwartet hätte, dass sie an Ostern brav im Gottesdienst erscheinen, sie wäre ganz bestimmt nicht aufgestanden.

Das Wetter war grauselig, es war kalt, regnerisch und es hätte sie nicht gewundert, wenn draußen alles weiß gewesen wäre, sobald sie die Rollläden hochgezogen hätte. Schnee im April, das hatte es alles schon gegeben und das passte auch genau zu ihrer Stimmung. Am liebsten wäre sie einfach liegengeblieben und hätte sich die Decke über den Kopf gezogen. Aber dann hätte sie ihrer Mutter sicher in allen Einzelheiten erklären müssen, wie schlecht es ihr ging und vor allem warum. Und das würde für ihre Mutter schwer zu verkraften sein. Das eigene Kind bedroht zu wissen, hätte ihre Mutter um den Verstand gebracht.

Auch für Leon wollte sie stark sein. Im Mai hatte er Konfirmation und sollte nicht wissen, wie eingeschüchtert und verzweifelt sie war. Sie glaubte zwar nicht, dass die gelöschte Datei irgendetwas mit dem ‚Märchenonkel', wie ihn die Polizei nannte, zu tun hatte, aber im Moment schien ihr das Glück einfach nicht hold zu sein.

Also riss sie sich zusammen, verbrachte eine Viertelstunde länger im Bad als üblich und war mit dem Ergebnis ihres Schminktalents am Ende doch zufrieden. Man sah ihr nicht an, dass sie die letzten Nächte wieder so schlecht geschlafen hatte. Gut so!

Die Haardter Kirche war eine imposante evangelische Kirche. Die größte in Südwestfalen. Fast neunhundert Menschen konnten hier zusammen Gottesdienst feiern. Heute an Ostern sah das alles ganz anders aus. Wenn es hoch kam, hatten sich bei diesem Schmuddelwetter knapp hundertfünfzig Menschen auf den Weg zum Ostergottesdienst gemacht. Das war nicht viel für solch ein hohes Kirchenfest.
Sara saß eingesunken auf ihrer Bank in der viel zu großen Kirche. Fakt war, dass sie sich noch nie so einsam gefühlt hatte wie an diesem Ostersonntag – in einer kalten Kirche, ohne ihren Ehemann und ohne die Hoffnung, dass sich ihr Leben irgendwann wieder normalisieren würde. Dennoch tat ihr das Orgelspiel gut, und auch die alten Kirchenlieder, obwohl sie längst überholt waren, gaben Saras Herz einen Hauch von Geborgenheit zurück. Trotzdem fiel es ihr schwer, der Predigt zu folgen. Es wollte ihr einfach nicht gelingen, das Foto von ihrem Mann und dieser Alex aus ihrem Kopf zu verbannen. Sie war zu tief verletzt.

Mitten in ihre Gedanken versunken, zuckte Sara plötzlich zusammen. Sie fühlte sich ertappt. *Hat der Pastor gerade wirklich meinen Namen genannt? Was hat er da gerade gesagt? Ich bin zu alt? Wofür?*
Mit einem Mal hatte der Mann, Mitte dreißig, in seinem schwarzen Talar oben auf der Kanzel ihre volle Aufmerksamkeit, als er, überraschend modern, einen interessanten Kommentar aus einem Bibel-Blog vorlas, dessen Verfasser unbekannt zu sein schien.

»Abraham und Sara waren zu alt!«
Ich? Wieso? Wofür?

»Isaak war ein Tagträumer!«
Das ist ja nichts Schlimmes ...

»Lea war hässlich!«
Ein Grund, warum ich Leon nicht Lea genannt hätte, wenn er ein Mädchen geworden wäre ...

»Josef wurde missbraucht!«
Oh, das wusste ich nicht ...

»Mose stotterte!«
Genau wie Onkel Otto.

»Gideon hatte Angst!«
Das Gefühl kenne ich gerade nur zu gut ...

»Simson hatte lange Haare!«
Wenn sie gepflegt sind, kann das ganz schön sexy sein.

»Rahab war eine Prostituierte!«
Im Ernst?

»David hatte eine Affäre!«
Arschloch!

»Jesaja predigte nackt!«
Hihi ...

»Jona lief vor Gott weg!«
Und ich vor dem Märchenonkel ...

»Hiob war pleite!«
Wie so mancher unserer Kunden ...

»Die Jünger schliefen beim Beten ein!«
Kann ich verstehen ...

»Marta machte sich immer nur Sorgen!«
Kann ich auch verstehen ...

»Jakob war ein Lügner!«
War das nicht der mit dem Fell über dem Arm, der seinen Bruder um das Erbe betrogen hatte?

»Die Frau aus Samaria war geschieden, sogar mehr als einmal!«
Geschieden? Wahrscheinlich hatte sie auch allen Grund dazu ...

»Und Lazarus war tot!!!«
Ach du Schreck! Und was kommt jetzt?

Nach einer kurzen Kunstpause fuhr der Pastor fort:
»Ihr Lieben, ihr seht, keiner ist unfehlbar. Selbst die Größen der Bibelgeschichte nicht. Jeder Mensch ist wertvoll, mit all seinen Macken und Fehlern. Du und ich … und auch dein Nächster …«

Na toll, das hat mir gerade noch gefehlt. Da gehe ich einmal in die Kirche und bekomme sofort eine Standpauke gehalten. Super! Trotzdem! Nein! So einfach mache ich es Christian als meinem Nächsten ganz bestimmt nicht! Sie nahm sich fest vor, sich von dieser Predigt nicht beeindrucken zu lassen.

15.

»Hey Leon, du hast heute so unkonzentriert gespielt! Was ist los? War dir das Tor heute zu klein?«, versuchte es Jochen auf die witzige Art. Aber Leon reagierte nicht auf seinen Trainer.

Viele seiner Spieler waren mit ihren Eltern in die Osterferien gefahren, sodass Jochen das Training eine halbe Stunde früher beendet hatte als geplant. Allerdings nicht ohne einen Hintergedanken.

»Hey, jetzt bleib doch mal stehen. Im Ernst, was ist los? Kann ich dir irgendwie helfen?«

»Nee, mir kann keiner helfen. Ist halt gerade alles Scheiße zu Hause.«

»Hm, ich verstehe. Das war keine Heldentat von deinem Vater, mit Tims Mutter ins Bett zu steigen, was?«

Leon funkelte Jochen böse an: »War ja klar, dass du über alles Bescheid weißt. Und vielen Dank auch, dass du meinen Vater so freundlich bei dir aufgenommen hast«, schnauzte ihn Leon an.

»Moment mal, jetzt mach aber mal halblang. Dein Vater stand plötzlich mit einem Koffer vor meiner Tür«, versuchte Jochen sich zu rechtfertigen. Schließlich wollte und brauchte er für seine nächste Aktion das Vertrauen von Leon Jakobs. »Hast du denn jemanden, der für dich da ist? Was ist mit deiner Mutter?«, horchte er in mitfühlendem Ton nach.

»Ach, die … die heult den ganzen Tag und denkt, ich merke das nicht. Irgend so ein Psycho ist hinter ihr her und das ist echt nicht lustig. Eigentlich ist sie nämlich ziemlich cool drauf, aber im Moment hat sie selbst gerade genug eigene Probleme.«

»Verstehe. Also, wenn ich dir irgendwie helfen kann?«

»Ich wüsste gerade wirklich nicht wie.«

»Wie wäre es, wenn du einfach mal ein Wochenende rauskommst? Einfach mal was anderes sehen? Das täte

dir vielleicht ganz gut.«
Leons Augen leuchteten für einen kurzen Moment lang auf.

»Würde ich ja mega gerne, aber ich war ja vor Kurzem erst auf Skifreizeit und außerdem braucht Mama mich im Moment zu Hause.«

»Ok, aber wenn du dir etwas wünschen könntest, wo würdest du dann gerne mal ein Wochenende verbringen wollen?«

Leon wurde leicht verlegen und bekam sogar etwas rote Farbe ins Gesicht, die nicht daher kam, dass er eben im Training zu viel gelaufen wäre.

Jochen merkte, dass sich sein Gegenüber nicht sicher war, ob er sich ihm anvertrauen sollte, deshalb fragte er schnell: »Da ist ein Mädchen im Spiel, hab ich recht?«

Das Rot nahm noch einen Farbton tiefer an und Jochen hatte fast Mitleid mit ihm.

»Naja,«, gab Leon schließlich zu, »da ist so ein Mädchen in meiner Stufe, Emma. Die ist echt klasse, aber die einzige Zeit, die wir mal ungestört zusammen haben, ist auf dem Schulweg. Sie reitet fast jeden Tag und wenn sie frei hat, dann habe ich Training oder ein Spiel. Oder noch schlimmer: meine Mutter oder ihre Eltern sind dabei. Toll!«

»Das ist ja wirklich doof«, heuchelte Jochen. »Aber vielleicht kann ich dir ja zu einem ungestörten Date mit deiner Emma verhelfen. Wir müssen uns da nur ein paar gute Ausreden überlegen. Wär das was?«

Das Funkeln in Leons Augen zeigte Jochen deutlich, dass er es geschafft hatte. Mit einem aufgesetzten Lächeln fragte er:

»Jetzt erzähl aber mal … wie sieht deine Emma denn eigentlich aus?«

16.

»Mann, das kann doch nicht so lange dauern, endlich diese blöde Genehmigung zu bekommen!«, schimpfte Johanna. »Jetzt ist schon wieder eine Woche um. Wieso macht eigentlich alle Welt in den Osterferien Urlaub, nur wir beide nicht? Der Staatsanwalt muss doch wenigstens eine Vertretung haben.«

Kriminalhauptkommissar Holger Stein saß gemütlich in seinem Sessel hinter seinem Schreibtisch und aß zur Abwechslung mal keinen Donut oder Berliner Ballen, sondern biss gerade mürrisch in ein Schwarzbrot, das ihm seine Frau geschmiert hatte, als Johanna sich ihm, mit beiden Händen in die Hüfte gestemmt, gegenüberstellte.

»Hannilein, jetzt reg dich doch nicht so auf. Natürlich hat er eine Vertretung, aber die liegt mit vorzeitigen Wehen im Krankenhaus. Tut uns beiden, und besonders dir, aber auch mal ganz gut, wenn du nicht jeden Tag in deiner Arbeit erstickst.«

»Holger! Das ist nicht dein Ernst! Du weißt schon, dass da draußen noch immer jemand rumläuft, der es auf Sara Jakobs abgesehen hat, oder?«

»Wie könnte ich das vergessen, wenn du mich täglich daran erinnerst?«, gab er etwas beleidigt zurück. »Trotzdem sollte es aber auch für dich so etwas wie ein Privatleben geben.«

Johanna war bewusst, dass es ihr Partner nur gut mit ihr meinte: »Hast ja recht! Ich meine ja nur … wir müssen doch irgendetwas tun können!«

»Pass auf! Ich mache dir jetzt einen Vorschlag, den du nicht ablehnen kannst!«

»Na, da bin ich aber mal gespannt.« Johanna schien ehrlich neugierig zu sein.

»Da ich mir nicht ganz so sicher bin, ob es dir um die Ergreifung unseres Märchenonkels geht oder aber um ein Wiedersehen mit deinem Blumengießer …«

Weiter kam er nicht.

»Jetzt reicht's aber!«

»Ich wollte dir ja nur vorschlagen, dass du dich gerne, dienstlich natürlich«, zwinkerte er seiner Kollegin zu, »mit ihm treffen kannst, um ihn über unseren neuesten Ermittlungsstand zu informieren.«

»Weißt du was? Das würde ich auch sofort tun, wenn es irgendetwas Neues zu berichten gäbe!«, gab Johanna offen und ehrlich zu.

Holger öffnete die Akte, die vor ihm auf seinem Schreibtisch lag, holte eine Visitenkarte heraus, nahm den Hörer ab und wählte eine Nummer. »Guten Tag, Herr Treude, hier spricht Kriminalhauptkommissar Stein.«

» …«

»Nein, es ist nichts passiert. Alles ok.«

Johanna sah ihren Partner fassungslos mit großen Augen an.

» …«

»Wir hätten da nur noch ein paar kleine Fragen an Sie.«

» …«

Holger sah auf seine Uhr und antwortete: »Ja, das passt!«

» …«

»Nein, das ist für uns auch an einem Freitagabend wirklich kein Problem.«

» …«

»Ich habe zwar um 18 Uhr noch einen Termin außer Haus, aber meine Kollegin Frau Daub wird die Befragung sicher gerne für mich übernehmen.«

Holger konnte nicht so schnell gucken, wie sich Johanna über den Schreibtisch gebeugt und ihm kräftig auf den Oberarm geboxt hatte. Ein lautes ‚Aua!' entfuhr seiner Kehle, begleitet von einem breiten Grinsen.

» …«

»Nein, nein, Herr Treude, alles in Ordnung, ich habe mich nur an der Schublade gestoßen.«

» …«

»Sehr gut, dann gebe ich meiner Kollegin Bescheid, dass sie Sie gegen halb sieben heute Abend hier auf der Wache erwartet.«

17.

Christian hatte auf der Liege am Hotelpool auf Lanzarote gelegen und in der E-Paper-Version der Siegener Zeitung gelesen, dass es zu Hause an Ostermontag heftigen Schneefall gegeben hatte – und das Mitte April. Bei sechsundzwanzig Grad und herrlichstem Sonnenschein wirkte das Foto, für das der Siegener Fotograf extra auf den Monteschlacko in Weidenau geklettert sein musste, um die schneebedeckte Stadt festzuhalten, surreal.
Heute war Freitag. Sein Urlaub war vorbei, und Montag musste er wieder seinen täglichen Weg nach Freudenberg nehmen, um für seinen Arbeitgeber um die Welt zu fliegen.
Eigentlich machte er seinen Job gerne und im Moment kam es ihm auch sehr gelegen, Jochen nicht allzu sehr auf die Pelle zu rücken, denn die nächsten drei Dienstreisen für ihn waren schon in Planung. Dennoch trieb es ihn im Moment nicht weg. Er wollte in der Nähe seiner Familie sein. Er wollte jede Chance nutzen, um Sara um Verzeihung zu bitten und hoffte inständig, dass sie sich ihm eines Tages bot. Und eben dann wollte er zur Stelle sein.

Auf dem Weg vom Frankfurter Flughafen zurück ins Siegerland machte er sich ernsthaft Gedanken, wo er in der nächsten Zeit schlafen sollte. Er konnte und wollte nicht länger bei Jochen wohnen. Zum einen konnte Sara seinen Freund nicht ausstehen und es wäre sicher für sie ein gutes Zeichen, wenn er sich etwas von ihm zurückzog. Zum anderen hatte er schon länger das Gefühl, für Jochen eine Belastung zu sein.

Christian nahm die Autobahnabfahrt Siegen, fuhr die Rampe herunter an einem großen Möbelhaus vorbei und bog dann rechts ab, um nach einer langen Rechtskurve Richtung Innenstadt zu fahren. Kurze Zeit später stand er vor der Ampel an der großen Kreuzung Ecke Leimbachstraße. Während er auf Grün wartete, fiel sein Blick auf das neue, in Rekordzeit errichtete Stadthotel direkt an der Kreuzung. Erst im September war Richtfest gewesen, heute schienen dort schon Gäste einquartiert zu sein. Vielleicht war das eine Alternative? Gleich morgen würde er sich darum kümmern, ob die Preise es zuließen, sich dort auf unbestimmte Zeit einzuquartieren. *Vielleicht geben sie ja sogar Rabatt für Dauergäste,* dachte er deprimiert.
Die Ampel schaltete auf Grün und Christian fuhr traurig weiter, bis er vor der Haustür seines Freundes am Weidenauer Giersberg stand und auf die Klingel drückte.

18.

Was für ein seltsamer Anruf, dachte Daniel, als er den Hörer wieder auf die Gabel legte. *Ich habe also heute Abend ein Treffen mit Kriminaloberkommissarin Johanna Daub*, freute er sich.
Er vermutete, dass jeder normale Polizist Freitagabends um halb sieben andere Termine hatte, als die Befragung eines Zeugen durchzuführen. Johanna Daub schien eine sehr engagierte Polizistin zu sein. Er war gespannt, was sie Neues zu berichten hatte.
Von seiner Seite aus waren sie bislang noch nicht weiter-

gekommen. Anfang nächster Woche erwartete er die Rückmeldung aus Münster, von welchem PC aus die Datei mit der für Sara so wichtigen Präsentation gelöscht worden war. Es musste doch einen Zusammenhang zwischen all den Dingen geben, die gerade in Saras Leben passierten!

Seine Theorie, dass dieser Jochen etwas damit zu tun hatte, wurde von Louisa kein Stück geteilt. Sie war richtig böse geworden, als er sie erneut auf diesen Kerl angesprochen hatte.

Und dennoch, seitdem dieser Typ aufgetaucht war, hatte das Chaos bei Familie Jakobs begonnen. Das konnte einfach kein Zufall sein. Daniel öffnete das passende Computerprogramm und begann den Namen einzutippen. ‚Jochen …'

Mist, heißt er nun Schmidt, Schmitt oder Schmitz? Noch nie hatte er den vollständigen Namen ausgeschrieben gesehen. Er kannte ihn nur von Saras und Louisas Erzählungen, und da hörten sich die Endungen alle sehr ähnlich an. Nachdem er alle drei Varianten durchprobiert hatte und anschließend eine Liste mit achtzehn verschiedenen Personen vor ihm lag, griff er erneut zum Hörer und rief in der Marketingabteilung an. »Hey Frauke, sag mal, die Liste mit den Kunden, die zu der Gala letzten Sommer ins Kundencenter eingeladen worden sind. Hast du die noch irgendwo?«

Dankbar, dass Frauke ein gutorganisierter Mensch war und nicht viele Fragen stellte, musste er nicht länger als eine Minute darauf warten, bis er von ihr ein: »Tata, da haben wir sie ja. Ok, mein Lieber, und wie kann ich dir jetzt damit helfen?«, hörte.

Zwei Minuten später bedankte er sich bei Frauke für die Auskunft und gab den Namen ‚Jochen Schmitz' in seinen Computer ein. Sie mussten doch irgendwelche Informationen über ihn haben.

Dass der Kerl in Weidenau wohnte, wusste Daniel be-

reits. Getrost konnte er also den einen Jochen Schmitz aus Kreuztal und den anderen aus Wilnsdorf streichen. Laut der erfassten Daten war er Jahrgang neunundsechzig, das heißt achtundvierzig Jahre alt, rechnete Daniel zügig aus. Eine Ehefrau oder Kinder schien er nicht zu haben, sonst hätte der Berater bestimmt einen Verbund angelegt, in dem er die Konten und Daten weiterer Familienangehöriger gefunden hätte.
Sara hatte ihm erzählt, dass er letzten Frühsommer als Trainer von Leon aufgetaucht sei und sich darüber mit Christian angefreundet hätte. Zeitlich dazu passend hatte ihm der Computer die Information ausgespuckt, dass Jochen Schmitz erst im letzten Frühling ein Konto bei der Stadtbank eröffnet hatte.
Daniel versuchte noch weitere Informationen über seinen Verdächtigen Nummer eins herauszufinden und hoffte, dass die nette Kommissarin ihm gleich den Wisch zeigen würde, der ihn dazu berechtigte, seine Gedanken und auch die gefundenen Informationen mit ihr auszutauschen.
Er machte sich noch kurz frisch, bevor er sich auf den Weg zur Hauptwache an der Weidenauer Straße machte. Der Besucherparkplatz war leer, sodass er schon kurze Zeit später vor dem Haupteingang stand und auf den Klingelknopf drückte. Ein Summer ertönte und Daniel drückte die Tür auf. Eine freundliche Dame hinter Sicherheitsglas fragte, zu wem er wolle und ob er einen Termin habe.
»Einen kleinen Moment bitte!«, bekam er zu hören, musste aber nicht lange in dem Vorraum warten, bis eine hübsche und fröhlich strahlende, aber etwas verlegene Johanna Daub die Tür öffnete und ihn hineinließ.
Dieses Mal war es anders herum. War er letztens derjenige gewesen, hinter dem sie hatte herlaufen müssen, war er es nun, der sich beeilen musste, mit ihr Schritt zu halten. So schnell wie sie die Treppe hinaufhüpfte, muss-

te sie gut in Form sein. Der Fahrstuhl schien für sie keine Option zu sein, bemerkte Daniel bewundernd.
War er in seiner Abteilung eben der Letzte gewesen, der das Licht ausgeschaltet hatte, so war auch auf dem Flur von Frau Daubs Büro nichts mehr los.

»Kommen Sie rein in unsere bescheidene Hütte«, sagte Johanna freundlich. »Kann ich Ihnen einen Kaffee anbieten?«
Daniel musste lachen: »Um diese Uhrzeit? Da ist es wohl eher Zeit für ein Feierabendbier, oder?«

»Oh je, Herr Treude, ich hoffe, wir halten sie jetzt nicht tatsächlich von einer netten Verabredung und Ihrem wohlverdienten Feierabendbier ab?«, wurde er von Johanna neugierig gefragt.

»Ich? Nein, ich bin froh, dass wenigstens Sie heute Abend Zeit für mich haben. Meine Freunde haben mich für dieses Wochenende alle im Stich gelassen«, antwortete er wahrheitsgemäß.
Ihr Interesse an seinem Abendprogramm war ihm nicht entgangen. Allerdings war er sich nicht ganz sicher, was er davon halten sollte. Sein Herz hing noch immer an Sara, auch wenn er auf einem guten Weg war, sich von ihr zu lösen. Innerlich frei war er aber noch lange nicht, auch wenn Johanna Daub sich allem Anschein nach Mühe gab, ihn besser kennenzulernen.
Vielleicht war es auch genau das, was er gerade brauchte. Ihre Unbeschwertheit, ihr Eifer, mit dem sie ihre Arbeit tat, und auch ihr Äußeres hatten ihn eindeutig neugierig auf die Person gemacht, die hinter der Kriminaloberkommissarin steckte, die an einem Freitagabend nichts Besseres zu tun hatte, als ihn in ihr Büro zu bestellen.

Als Johanna ihm nun den Vorschlag machte, dass sie ihm die Neuigkeiten auch gerne in der Kneipe nebenan erzählen könne, war er vollends davon überzeugt, dass das alles ein sehr geschickt eingefädeltes Manöver war.

Verwundert stellte er fest, dass er sich geschmeichelt fühlte.

19.

Meike Lindt hatte sich für sie stark gemacht, mit dem Vorstand gesprochen und ihm ihre Situation erklärt. Sara vertraute ihrer Personalratsvorsitzenden blind und wusste, dass sie für ihre Kollegen ihr letztes Hemd geben würde.
Außerdem war sie einfach nur erleichtert, dass sie den drei Herren nicht selbst Rede und Antwort stehen musste. Sie war zurzeit in keiner guten Verfassung und wollte auf keinen Fall den Eindruck einer Mitarbeiterin erwecken, die ihrem Job nicht gewachsen war. Denn das war völlig falsch. Sie liebte ihre neue Arbeit, die Präsentation war perfekt geworden und selbst die Aufgabe der Teamleiterin hatte sie mit Bravour gemeistert. Dass Louisa hinter ihr und ihrer Idee der Hausverwaltung stand, war fast selbstverständlich. Aber die Begeisterung der Kollegen aus den anderen Abteilungen hatte sie in ihrer Arbeit bestärkt und ihr Mut gemacht. Nein, sie würde sich, egal wer dahinter steckte, nicht kleinkriegen lassen. Auf keinen Fall!

Wenn auch die Präsentation gelöscht worden war, hatte sie doch die Hoffnung, dass die Kollegen aus der Projektgruppe ihre Daten und Zahlen nicht nur in dem gemeinsamen Ordner gespeichert hatten, sondern eventuell auch auf ihrem eigenen Abteilungs-Laufwerk unter ihrem eigenen Namen.
Sie selbst zumindest machte das so. So konnte sie in aller

Ruhe in ihrer Datei rumwuseln, Dinge hinzufügen oder abändern und erst dann die alte gegen die neue Version in dem, für die ganze Gruppe einsehbaren, Ordner austauschen, wenn sie auch wirklich mit ihrer Arbeit zufrieden war.
Sie hatte Glück. Herr Radeberger und Herr Eckhardt hatten tatsächlich eine Kopie ihrer Recherchen angefertigt, sodass sie nicht wieder bei null anfangen musste. Sie hatte mit ihrem Chef gesprochen, der nach der Aufklärung durch Frau Lindt bestürzt in ihrem Büro aufgetaucht war und ihr seine Unterstützung angeboten hatte. Er hatte sofort eingewilligt, dass sie diese Woche ausnahmsweise ganztags zur Arbeit kommen durfte, um die Präsentation wiederherzustellen, auch wenn sie damit einen Berg an Überstunden aufbaute.
Sara war nicht dumm. Die Fortbildungen, die sie damals vor der Geburt von Leon gemacht hatte, hatte sie alle ohne Schwierigkeiten bestanden und durch ihre neue Aufgabe war ihr alter Ehrgeiz wieder geweckt worden. Sie hatte sich ganz bewusst dafür entschieden, wieder arbeiten zu gehen und auch Verantwortung zu übernehmen. Und genau das würde sie jetzt auch tun!
Louisa hatte ihre Hilfe angeboten und war nach wie vor eine große Stütze. Auch wenn sie im Moment nach der Arbeit öfter erst mal bei sich zu Hause im Sieghütter Hauptweg vorbeifuhr, bevor sie zu ihr in den Silberwald kam, um mit ihr gemeinsam den Abend zu verbringen. Irgendetwas war da im Busch. Sie war ja nicht blöd und blind war sie auch nicht.
Wenn sich ihre beste Freundin mit geröteten Wangen und einem glückseligen Lächeln abends neben sie aufs Sofa setzte und nicht mit der Sprache rausrücken wollte, dann war doch alles klar …
Sara freute sich wirklich und ehrlich für ihre Freundin. Verdächtig war nur, dass sie nicht mit ihr über den neuen Mann in ihrem Leben sprechen wollte. Ihre Befürchtung,

so hoffte Sara, dass er verheiratet war und Louisa deshalb nichts erzählen wollte, würde sich hoffentlich nicht bewahrheiten.

In ihrer Abteilung tanzte zurzeit der Bär. Zum Jubiläumsjahr hatte sich Herr Schleifenbaum, im Einvernehmen mit dem Vorstand und auf Vorschlag einer beauftragten Werbeagentur, dazu entschieden, passend zum neuen Werbeslogan, mit den Kunden zu feiern.

»Wir LiEBEN Siegen! Da steckt eine Botschaft drin. Deshalb werden wir nicht eine große Geburtstagsfete veranstalten, nein, wir lassen unseren Worten Taten folgen und leben unser Siegen«, hatte ihr Chef bei der letzten Abteilungsbesprechung pathetisch verkündet. »Wir feiern mit unseren Kunden gemeinsam in den Filialen unseren 150. Geburtstag … und dafür, liebe Kolleginnen und Kollegen, brauche ich Ihre Hilfe!«

Für Sara war das eine interessante, aber entspannte Ankündigung gewesen, da sie neu in der Abteilung war und daher nicht in die Vorbereitungen involviert war. Sie konnte sich ganz auf ihr eigenes Projekt konzentrieren und dennoch in den Filialen mitfeiern, weil sie für acht der achtundzwanzig Filialfeiern als Hostess gebucht worden war. Für ihre Kollegen bedeutete das allerdings neben ihrer alltäglichen Arbeit viele Überstunden in diesem besonderen Jubiläumsjahr.

Während Sara gerade dabei war, die einzelnen Daten wieder in die Präsentation einzufügen, klingelte ihr Telefon.

»Herr Radeberger, danke für die Dateien. War ich froh, dass Sie sich eine Kopie gemacht haben.«

»Kein Problem! Ich bin froh, dass ich Ihnen damit wenigstens etwas helfen konnte.«

Sara hörte an seinem Tonfall, dass irgendetwas nicht stimmte.

»Was ist los? Sie haben nicht wegen Ihrer Dateien angerufen, richtig?«

»Richtig! Münster hat sich gemeldet. Sie haben uns die Identifikationsnummer des PCs geschickt, von dem aus der Ordner unserer Projektgruppe gelöscht worden ist.«

»Na endlich! Und?«

»Naja, ich weiß nicht, wie ich es Ihnen sagen soll, Frau Jakobs ...«

»Nun machen Sie es nicht so spannend!«, forderte Sara den Kollegen aus der Organisationsabteilung ungeduldig auf.

»Also gut, die Identifikationsnummer gehört zu dem PC Ihrer Freundin und Kollegin Louisa Schnell!«

20.

Holger konnte sein süffisantes Grinsen kaum unterdrücken. »So, so, du hattest also einen schönen Abend ... Mehr hast du mir nicht zu sagen?«

»Nö!«, war Johannas schlichte Antwort.

»Also, Moment mal. Schließlich hast du den Freitagabend mir zu verdanken! Da habe ich ja wohl das Recht darauf, ein paar Details zu erfahren, meinst du nicht?«

Johanna genoss es, ihren Partner zappeln zu lassen.

»Später, Holger, erst muss ich noch Daniel anrufen«, sagte sie und war diesmal diejenige mit dem Grinsen im Gesicht.

»Ach ne, da sind wir also schon beim Du gelandet.«

Sie wusste, dass er anbeißen würde. »Du glaubst doch nicht im Ernst, dass ich irgendetwas über Freitag preisgebe, damit du es brühwarm meiner Mom weitererzählst.«

»Hannileinchen ... bitte«, flehte er und setzte dabei den treuesten Dackelblick auf, den er zustande brachte.

Johanna konnte nicht anders und musste lauthals lachen.

»Holgerleinchen, ich werde dich gleich von deiner Neugier erlösen, ok? Aber erst muss ich tatsächlich bei Herrn Treude anrufen.« Sie stand von ihrem Schreibtisch auf, ging rüber zu Holger, schob ihn Schritt für Schritt nach nebenan in sein Büro und schloss die Tür hinter ihm. Durch die Glasscheibe warf sie ihrem neugierigen Kollegen noch eine Kusshand zu und toppte ihre Show damit, dass sie die Lamellen so drehte, dass es für Holger unmöglich war, in ihr Büro zu sehen.

So gut gelaunt war sie lange nicht mehr gewesen. Sie genoss es tatsächlich, kurz bei Daniel anzurufen, um ihm die frohe Botschaft zu verkünden, dass die Genehmigung der Staatsanwaltschaft endlich auf ihrem Schreibtisch lag. Nun hatte er es offiziell, und sein Schweigegelübde, wie er es nannte, wurde nicht von ihm gebrochen, indem er ihr seinen Verdacht und die Infos über Jochen Schmitz weitergab.

Sie freute sich darauf, endlich mit Daniel im Archivkeller des Stadtbankgebäudes auf Verbrecherjagd zu gehen. Sie glaubte sogar, wenn sie den netten Abend in der Kneipe an der Weidenauer Straße, ganz in der Nähe ihrer Wache, richtig deutete, dass auch er sich darauf freute.

Am kommenden Wochenende, so hatte er ihr erzählt, machte er sich mit den meisten seiner Kollegen auf den Weg nach Bremerhaven. Die Stadtbank hatte für alle ihre Mitarbeiter einen Betriebsausflug organisiert und die Mitfahrerquote bewies in ihren Augen eindeutig, dass ein gutes Betriebsklima vorherrschen musste.

Fast sechshundert Mitarbeiter hatten sich angemeldet. Für Johanna unfassbar. Daniel hatte ihr einige der besten Storys der letzten Ausflüge zum Besten gegeben, nicht ohne vorher von ihr tiefstes Stillschweigen verlangt zu haben. Nach dem vierten Glas Bier waren ihm beim Erzählen süße kleine Lachtränchen über die Wangen gelaufen.

Nach diesem schönen Abend hoffte sie sehr darauf, dass die Kelleraktion noch vor dem kommenden Wochenende stattfinden würde. Sie hätte ganz bestimmt nichts dagegen, ein paar Stündchen mit Daniel Treude im Archiv zu verbringen.

Das Telefonat mit ihm dauerte nicht lang. Sie hatte ihn mitten in einem Mitarbeitergespräch erwischt. Dennoch ließ sie sich Zeit, bevor sie die Lamellen wieder zur Seite schob und ihrem Partner zwinkernd zuwinkte, er dürfe jetzt wieder reinkommen.

»Johanna Daub, du bist manchmal ein richtiges kleines Miststück, weißt du das eigentlich?«, sagte er scherzhaft, zog sich einen Stuhl heran und setzte sich Johanna direkt gegenüber.

Johanna musste lachen. »Ok, ok, aber erst das Dienstliche!«, sagte sie lächelnd. »Also, Herr Treude hat selbst auch Nachforschungen angestellt und unseren Freund Jochen Schmitz unter die Lupe genommen. Auch er hat nichts über ihn gefunden. Er ist plötzlich im letzten Frühjahr aufgetaucht, hat, laut Daniel, ein Girokonto mit richtig viel Kohle eröffnet und ansonsten gibt es keine Unterlagen oder Informationen über ihn.«

»Ich hab doch direkt gesagt, dass der Typ zwar ein frauenfeindlicher Arsch ist, aber zum einen ein Alibi von Christian Jakobs bekommen hat und zum anderen keinen Haustürschlüssel für das Haus im Silberwald besitzt. Er hätte niemals die Briefe dort hinterlassen können, ohne Einbruchsspuren zu hinterlassen.«

»Daniel sagt, es sei etwas seltsam, dass auf dem Konto seit einem Jahr kaum Bewegung sei.«

»Und was ist daran seltsam?«

»Normalerweise werden ja Gehalt oder die klassischen Abbuchungen wie Strom, Heizung oder Telefon über so ein Konto gebucht. Aber nichts, null, nada! Er muss also noch irgendwo anders ein Konto haben.«

»Johanna, ich kann dir auch genau sagen wo.« So langsam wurde er leicht ungehalten. »Ich weiß, dass du den Kerl nicht ausstehen kannst, aber deshalb ist er noch lange nicht der Täter. Er hat doch offen zugegeben, dass er nur für kurze Zeit hier im Siegerland bleiben will. Er will das Haus renovieren, es verkaufen und dann wieder zurück in den Schwarzwald ziehen. Und selbst ich, meine Liebe, weiß, dass man in Zeiten von Online-Banking kein Girokonto mehr vor Ort haben muss!«

»Aber das ist es doch gerade …«, ließ Johanna nicht locker. »Warum bitte hat er dann überhaupt bei der Stadtbank ein Konto eröffnet?«

»Ich nehme an, dafür habt ihr zwei auch schon eine Theorie entwickelt?«, konterte Holger leicht ironisch.

»Allerdings! Er will hier als reicher Macker auftauchen und …«

»Na, jetzt bin ich aber gespannt!«

» … naja,«, gab Johanna ehrlich zu, »das wissen wir eben auch noch nicht.«

»Ok, dann fasse ich alles noch einmal für uns zusammen: Was unseren Fall angeht, seid ihr kein Stück weitergekommen, womit wir das ‚Dienstliche' nun endlich abgehakt hätten. Und jetzt endlich Butter bei die Fische! Wie sieht's mit dem Weiterkommen auf der privaten Ebene aus? Deine Mutter erwartet schließlich Antworten von mir!«, sagte Holger verschmitzt.

21.

»Beeil dich! Los, komm schnell!«, riefen ihr Sara und Daniel aus dem Fenster ihres Zugabteils gleichzeitig zu.

»Ja, ich mache ja schon …«, rief Louisa abgehetzt zurück.

Samstagmorgen Viertel vor acht. Es war einfach nicht ihre Zeit.
Ihr Biorhythmus schien sich in all den Jahren darauf eingestellt zu haben, samstags ausschlafen zu dürfen.
Vielleicht hätte sie aber auch nicht die halbe Nacht mit Jochen die neuesten Stellungen ausprobieren sollen. Ihre Gelenke taten ihr jetzt noch weh, aber nach dieser turbulenten Woche hatte ihr der Sex mit ihm einfach gutgetan. Sie hatte ihn angerufen und er hatte zwanzig Minuten später bei ihr auf der Matte gestanden. Eigentlich perfekt! Für eine feste Beziehung war Jochen nicht ihr Typ, aber er war sportlich und hatte immer neue Ideen, wie er sie auf unglaubliche Höhen treiben konnte. *Also, was soll's? Wir sind beide Single und ich bin keinem gegenüber Rechenschaft schuldig.*
Dass ihre beiden liebsten Stadtbankkollegen und Freunde ihr heute Morgen einen Platz im Zugabteil freihielten, war Anfang der Woche noch nicht abzusehen gewesen.
Nach der Arbeit war sie am Montag kurz nach Hause gefahren, hatte sich für einen Quicky mit Jochen frischgemacht und war eine Stunde später völlig entspannt bei Sara im Silberwald aufgetaucht. Sie hatte sich noch gewundert, warum Daniels Auto vor der Garageneinfahrt stand, obwohl er ihr erzählt hatte, dass es besser für ihn und auch für Sara sei, wenn sie zurzeit etwas Abstand zueinander hätten. Sie hatte die Tür aufgeschlossen und war mit einem eisigen Empfang begrüßt worden. Sara hatte ihr kaum in die Augen sehen können.

»Ihr sitzt da wie ein Inquisitionsgericht. Habe ich etwas angestellt?«, fragte sie völlig unbekümmert und hielt inne, als sie den Gesichtsausdruck ihrer besten Freundin bemerkte.

»Ob du etwas angestellt hast?«, war sie von ihrer Freundin angeschrien worden. »Sag du es mir?«

»Hey, jetzt mal ganz ruhig!«, versuchte Daniel die Situation zu entschärfen. »Louisa, komm, setz dich erst mal!

Möchtest du etwas trinken?«

»Nein, danke! Also, spuckt es aus! Was habe ich ausgefressen?« fragte sie verunsichert.

Sie war froh gewesen, dass Daniel mit seiner ruhigen und besonnenen Art die Gesprächsführung übernommen hatte. In aller Sachlichkeit, die ihm möglich war, hatte er sie vorsichtig damit konfrontiert, dass die für Sara so wichtigen Dateien mit der Präsentation von ihrem Computer aus gelöscht worden waren.

»Was? Wie? Von meinem PC? Wann? Ich war das nicht! Wirklich nicht, das müsst ihr mir glauben«, versuchte sie ihre Freunde zu überzeugen.

»Wir glauben dir sofort, dass du die Datei nicht absichtlich gelöscht hast. Das würdest du Sara niemals antun.«

Louisa entging nicht, dass gerade diese Sara noch immer nicht in der Lage war, ihr in die Augen zu sehen und spürte, wie langsam eine tiefe Enttäuschung in ihr hochkroch.

»Louisa, du tust alles Menschenmögliche, um Sara zu unterstützen, du reibst dich auf mit deinen Kundenterminen und versuchst dennoch abends bei ihr zu sein, du schenkst ihr dein Ohr und bist sogar hier eingezogen. Da ist es doch klar, dass du Sara auf keinen Fall schaden willst.«

Während Daniel sein Plädoyer auf ihre Loyalität hielt, registrierte sie, wie sich der Gesichtsausdruck ihrer besten Freundin langsam veränderte. Daniels Worte schienen zu ihr durchgedrungen zu sein und hatten sie wohl ihre Sichtweise überdenken lassen. Aus tränengefüllten Augen sah Sara sie endlich an und sagte:

»Ich kann einfach nicht mehr! Ich … ich war einfach so verwirrt und habe mich so verraten gefühlt. Ich konnte nicht mehr klar denken. Ich habe dich wirklich für einen Moment verantwortlich für all meinen Schlamassel gemacht. Louisa, es tut mir ehrlich leid!«

»Das war aber ein sehr langer Moment, hab ich recht?«,

hatte sie noch immer verletzt und enttäuscht zurückgegeben.

»Es tut mir wirklich leid! Eigentlich weiß ich doch, dass du so etwas niemals mit Absicht tun würdest. Für mich war nur die Präsentation so unheimlich wichtig, und als dann Herr Radeberger aus der Orga sagte, dass du die Dateien gelöscht hast, da habe ich einfach rotgesehen.«

»Das hat er gesagt? Ich hätte die Dateien gelöscht? Sara, im Ernst, hat er das wirklich so gesagt?« hatte sie empört nachgehakt.

»Er sagte, sie seien von deinem Computer aus gelöscht worden.«

»Aha, und dann hast du nichts Besseres zu tun, als mir die Schuld in die Schuhe zu schieben, oder was? Unglaublich! Sara, ich bin deine beste Freundin, traust du mir das wirklich zu? ... Ich glaube, ich muss hier raus!«

Sie hatte ihre Handtasche genommen und war aus dem Haus geflohen. Das hatte sie nicht nötig und das hatte sie auch nicht verdient. Eine Stunde später hatte es geklingelt und Daniel stand vor ihrer Haustür.

»Was willst du denn hier? Hat Sara dich geschickt?«

»Hey, jetzt sei nicht kindisch. Nein, sie hat mich nicht geschickt.«

Sie hatten ein langes Gespräch geführt. Über die ungerechte Sara, über Freundschaften, über Fehler, die man manchmal in Beziehungen eben einfach macht. Nach zwei Gläsern Sauvignon Blanc und einem Daniel, der in ihren Augen ein wirklich guter Zuhörer war, war sie etwas versöhnlicher geworden.

Sie hatte zugestimmt, sich am nächsten Tag mit ihm und Herrn Radeberger zusammenzusetzen, um herauszufinden, wie es möglich war, aus Versehen eine Datei zu löschen oder, was sie selbst gar nicht laut aussprechen wollte, wie jemand anderes über ihren Computer an die Datei rangekommen sein konnte.

Fakt war, dass an dem Abend, an dem wegen eines Bom-

benanschlags das Champions-League-Spiel ausgefallen war, jemand in Louisas abgeschlossenem Büro gewesen sein musste, ihren PC hochgefahren und ihr Passwort eingegeben hatte. Derjenige hatte sogar genug Zeit, die Laufwerke in aller Ruhe nach gerade diesem einen Ordner abzusuchen.
Louisa musste zugeben, dass hier wirklich vieles gegen sie sprach. Woher sollte jemand ihr Passwort kennen? Ok, sie war da nicht sehr geistreich gewesen und hatte ihren Vornamen zusammen mit ihrem Geburtsdatum gewählt, aber sollte ihr das jetzt zum Verhängnis werden? Und außerdem, wie sollte jemand an ihren Büroschlüssel gekommen sein? Sie hatte ein Alibi, das wusste sie genau. Dieser Abend war genau der Abend gewesen, an dem sie einiges getrunken und zum zweiten Mal mit Jochen Sex gehabt hatte. Sie erinnerte sich noch gut daran, wie verkatert sie am nächsten Morgen zu ihrer Schulung nach Münster gefahren war. Und genau deshalb würde sie ihr Alibi, wenn sie überhaupt danach gefragt würde, erst einmal für sich behalten. Dass sie mit Jochen Schmitz ins Bett ging, das ging niemanden etwas an. Sie hoffte nur, dass sich die ganze Sache schnell aufklären würde.

22.

Während seine Ehefrau auf Betriebsausflug mit über sechshundert Kollegen in Bremerhaven unterwegs war, saß Christian in der Wartehalle an Gate 28 am Frankfurter Flughafen und trank einen Latte Macchiato aus einem braunweiß gepunkteten Pappbecher. Vor drei Tagen hatte er seine Koffer bei Jochen gepackt und war in das neu gebaute Hotel an der Koblenzer Straße gezogen. Er hatte

tatsächlich einen Rabatt aushandeln können, wenn er mindestens für drei Wochen als Gast bleiben würde.
Da Christian nicht zu hoffen wagte, dass Sara ihm, wenn überhaupt, so schnell verzeihen würde, hatte er das Angebot dankbar angenommen. Auch Jochen schien drei Kreuze zu machen, als er seinen ungebetenen Gast mit gepackten Koffern zu Hause antraf. Er hatte sich zwar bemüht, sich seine Erleichterung nicht so deutlich anmerken zu lassen, allerdings war ihm das nicht so recht gelungen. Mit einem: «Du kannst dich jederzeit bei mir melden, wenn du mich brauchst«, war er kurz und knapp verabschiedet worden.

Im Hotel hatte noch alles nach frischer Farbe und neuen Möbeln gerochen, aber die Einrichtung der Zimmer war top: ganz neu und gemütlich, sofern man das von einem Hotelzimmer überhaupt sagen kann. Er hatte schon in vielen fremden Zimmern übernachten müssen. Dieses hier zählte da eindeutig zu der besseren Kategorie. Er hatte sich auf die Bettkante gesetzt und mindestens zehn Minuten immer wieder auf sein Handy gestarrt, als ob es ihm Antwort auf seine Fragen geben könnte. Schließlich hatte er sich ein Herz gefasst und die Nummer seines früheren Zuhauses gewählt.

»Hey, ich bin's. Ich wollte mich einfach mal melden und fragen, wie es dir geht.«
Er spürte durchs Telefon, dass er seine Frau mit diesem Anruf völlig überrumpelt hatte und war freudig überrascht, dass sie nicht sofort wieder einhängte, sondern tastsächlich anfing ihm zu erzählen, wie es in ihrem Leben gerade aussah. Sie hatte ihm berichtet, dass Leon frisch verliebt zu sein schien und dass Louisa sich liebevoll um sie kümmerte.

»Sag mal, wie war denn eigentlich deine Präsentation? Hast du die Zahlen von dem … warte … Eckhardt hieß er, oder?, noch rechtzeitig bekommen?« Das schien ein falsches Thema gewesen zu sein. Er hatte gehört, wie sie tief Luft holen musste, um sich selbst zu beruhigen.

»Das erzähle ich dir ein anderes Mal, ok?«

»Ok, sehr gerne … wann?«

»Ich … ich weiß nicht. Ich rufe dich an, in Ordnung?«

Auch wenn Christian sich mehr erhofft hatte, wollte er seine Frau auf keinen Fall drängen. Er konnte froh sein, dass sie überhaupt mit ihm sprach, nach allem, was er ihr angetan hatte. Also sagte er: »Ja, klar, ruf einfach an und genieß den Ausflug am Wochenende. Das wird dir guttun und bringt dich auf andere Gedanken.«

Mai

1.

Kriminaloberkommissarin Johanna Daub stand vor ihrem Badezimmerspiegel, band sich ihre roten, lockigen Haare streng zu einem Pferdeschwanz zusammen und begann damit, sich die Augenbrauen zu zupfen. Anschließend waren ihre Beine fällig.

Epilierer tun einfach sauweh, aber als Polizistin durfte sie das höchstens denken und auf keinen Fall laut sagen. Da sie sich fest vorgenommen hatte, in Zukunft wieder öfter Röcke zu tragen, kam sie ums Epilieren leider nicht herum. Sie wollte eben vorbereitet sein. Heute Abend kam Daniel von seinem Ausflug zurück, und wenn sich ihre Hoffnung nun endlich erfüllen sollte, so würde sie morgen, spätestens am Mittwoch, mit ihm ein paar nette Stündchen im Archiv der Stadtbank verbringen. Sie konnte es kaum erwarten.

Zehn Minuten später versteckte sie ihre schmerzenden und geröteten Beine unter einer buntgeblümten Sommerhose, zog sich ein sonnengelbes T-Shirt an und freute sich königlich, dass sie heute nicht arbeiten musste, sondern Zeit hatte, mit einigen ihrer Kollegen durch den Wald zu wandern und anschließend auf einer Wiese zu picknicken.

Wenn nicht am ersten Mai, wann dann? Sie fand den Brauch klasse, an diesem Tag wandern zu gehen, ob mit oder ohne Bollerwagen. Und irgendwo hatten ihre Eltern dann doch recht behalten. Das Siegerland bot sich dafür geradezu an.

Sehr beliebt war die Strecke ab dem Wanderparkplatz in

der Dautenbach in Weidenau, an der Zinse-Quelle und dem Windrad vorbei bis rüber zum Aussichtssturm Rabenhain in Volnsberg.
Leider gab es auch immer wieder schwarze Schafe unter den überwiegend jugendlichen Wanderern, sodass die Polizei jedes Jahr aufs Neue wegen Schlägereien und Alkoholvergiftungen rund um den Rabenhain ausrücken musste.
Sollten sich doch heute mal die anderen mit den Betrunkenen rumärgern. Sie hatte frei! Ganz bewusst hatten sie gemeinsam eine Wanderstrecke weit weg von der Dautenbach ausgesucht. Der nette Max von der Spurensicherung war im Johannland aufgewachsen und hatte einen rund zwölf Kilometer langen Rundweg rund um Hainchen ausgesucht. Warm war es zwar nicht, aber immerhin trocken. Ein dunkelblauer Kapuzenpulli komplettierte ihr Outfit zusammen mit ihrem vollgepackten Wanderrucksack, den sie letztes Jahr von ihren Eltern zu Weihnachten geschenkt bekommen hatte.
Sie waren noch immer der Meinung, dass jemand, der freiwillig im Siegerland lebte, zu einem Naturburschen mutiert sein musste. Schließlich war Siegen gerade wieder frisch zur grünsten Großstadt Deutschlands gekürt worden.
Damals hatte sie sich über den Rucksack geärgert, heute war sie froh über jedes einzelne Fach, das mit den unterschiedlichsten Utensilien gefüllt werden konnte. Sie hatte sogar extra Mini-Pizzaschnecken gebacken und drei Flaschen Sekt eingekauft. Sie trank zwar auch gerne mal ein Bier, aber eigentlich war es doch die Puffbrause, wie ihre männlichen Kollegen ihr Lieblingsgetränk scherzhaft nannten, die sie am liebsten trank.

Dass sie an diesem ersten Mai doch noch zur Arbeit gerufen würde, konnte sie morgens zu Hause vor ihrem Spiegel nicht erahnen.

2.

Jochen Schmitz saß in dem schon stark abgewetzten Sessel im Kinderzimmer und wartete darauf, dass seine Töchter endlich mit dem Zähneputzen fertig wurden. Auf seinem Schoß lag das schwere Märchenbuch der Gebrüder Grimm, aus dem seine Mutter ihm schon als kleiner Junge vorgelesen hatte. Mittlerweile konnte er fast alle Märchen auswendig, aber seine Töchter bestanden darauf, dass er ihnen wortgetreu aus dem schweren Buch vorlas.

Heute Abend hatten sie sich für Rumpelstilzchen entschieden. Die beiden liebten die Stelle, an der das kleine Männlein für die Tochter des armen Müllers eine ganze Kammer voll Gold spann.

»Du, Papa, was denkst du? Wie groß wird die Kammer gewesen sein?«, hatten sie ihn jedes Mal gefragt.

Und wieder hatte er liebevoll geantwortet: »Ganz bestimmt so groß wie euer Kinderzimmer hier. Und das ist ja auch gefüllt mit wertvollem Gold.«

»Hihi, Papa, wieso das denn?«

»Na, weil ihr beide mein wertvollster Schatz seid und euer Antlitz in kostbarstem Goldglanze erstrahlt.«

Daraufhin waren beide noch einmal aus ihren Bettchen gekrochen, hatten ihm einen Kuss auf die Wange gedrückt und sich wieder in ihre flauschigen Decken gehüllt.

»Lies weiter, Papa! Gleich kommt die Stelle, wo der König die schöne Müllerstochter heiratet …«

Er war sich nie sicher gewesen, ob die beiden das Märchen je bis zum Ende gehört hatten oder ob sie schon vorher eingeschlafen waren. Leise klappte er das Buch zu und wollte gerade aus dem Sessel aufstehen, um sich langsam aus dem Raum zu schleichen, als die Tür aufging.

Jochen traute seinen Augen nicht. Seine Frau Claudia

stand, in ein zerfranstes langes Kleid gehüllt, mit einem Korb unter dem Arm und einem dicken Pickel auf einer seltsam lang wirkenden Nase, vor ihm und grinste verschlagen. Aus ihrem Korb nahm sie einen feuerroten Apfel und schnitt ihn mit einem kleinen Messerchen in der Mitte entzwei.

Jochen wollte aufstehen und ihr den Apfel aus der Hand nehmen, aber seine Beine waren am Sessel festgewachsen. Sie ließen sich einfach nicht bewegen. Tatenlos musste er mitansehen, wie sie zu seiner jüngsten Tochter ans Bett ging, ihr zärtlich durchs Haar strich und leise flüsterte: »Aufwachen, meine Kleine, die Mama hat etwas Leckeres für dich.«

»Neiiiiiin!«, wollte Jochen schreien, aber aus seiner Kehle kam kein einziger Laut. Es blieb ihm nichts anderes übrig, als zuzusehen, wie seine kleine Tochter dankbar den Apfel nahm, ein großes Stück davon abbiss und anschließend wieder ihre Augen schloss, um weiterzuschlafen.

Claudia ging leise rüber zur zwei Jahre älteren Tochter. Auch ihr strich sie vorsichtig durchs Haar, um sie sanft aufzuwecken.

»Du alte Hexe, du!« schrie Jochen, aber Claudia schien ihn nicht hören zu können. »Lass sie in Ruhe! Sie haben dir doch nichts getan! Bitte, Claudia, tu es nicht!«

Mit einem höhnischen Grinsen drehte sich seine Ehefrau zu ihm um: »Nie wieder wirst du deinen Töchtern aus deinem Märchenbuch etwas vorlesen. Der Apfel ist mit einem Gift getränkt, das jede süße Erinnerung an dich in den Gedanken der Mädchen auslöschen wird. Bald werden sie nicht einmal mehr wissen, wer du bist …«

Jochen wollte aufspringen, wollte mit aller Macht verhindern, dass auch seine zweite Tochter von diesem Apfel aß, doch noch immer versagten ihm seine Beine ihren Dienst.

»Bitte Claudia, ich tue alles, was du willst! Bitte tu es

nicht!«, flehte er seine Frau weinend an.

»Dafür, mein Lieber, ist es nun zu spät!«, waren ihre Worte. Dann drehte sie sich zu ihrer schlafenden Tochter um, gab ihr einen Kuss auf die Stirn und flüsterte auch ihr leise zu: »Aufwachen meine Kleine, Mama hat etwas Leckeres für dich!«

Und wieder wachte Jochen klatschnass geschwitzt aus seinem Albtraum auf. Seit gut fünfzehn Jahren wurde er immer wieder von ihm verfolgt und hatte machtlos zusehen müssen, wie er Stück für Stück wahr geworden war.

3.

Der Betriebsausflug war klasse gewesen. Die Hinfahrt am Samstag hatte mit einer halbstündigen Verspätung begonnen, die aber von allen Kollegen ganz entspannt hingenommen worden war. Wie bei jedem Ausflug war es wieder ein Bild für die Götter, wenn rund sechshundert Stadtbankmitarbeiter gleichzeitig versuchten in einen Zug einzusteigen, um sich einen Platz im Abteil zu sichern. Sara hatte sich fest vorgenommen, diesen Ausflug in vollen Zügen zu genießen und empfand das Chaos am Bahnsteig sogar als eine interessante Abwechslung.

Nach dem Abend, an dem sie ihre beste Freundin bezichtigt hatte, ihre Präsentation gelöscht zu haben, war sie über sich selbst zutiefst erschrocken gewesen. Wo kam sie denn hin, wenn sie nun noch nicht einmal in der Lage war, Louisa zu vertrauen? Sollte die Polizei noch einmal die Frage stellen, ob bei ihr etwas gestohlen worden war, konnte sie nun mit Fug und Recht behaupten: Jawohl, Herr Kommissar, mein Vertrauen!

Sie hatte in einem netten kleinen Schreibwarenladen in der Bahnhofstraße eine Postkarte gefunden, auf der eine dicke Kuh abgebildet war, über deren Kopf der Zeichner eine Sprechblase gezeichnet hatte: ‚Manchmal bin ich einfach eine blöde Kuh!‘ Sara war sofort klar, dass sie genau diese Karte für Louisa kaufen musste.
Scheinbar hatte sie ihre Wirkung auch nicht verfehlt, denn ihre Freundin hatte sie noch am selben Abend angerufen. Nach einem mindestens einstündigen Gespräch hatten sie sich wieder versöhnt und gemeinsam beschlossen, dass es für Sara besser sei, nicht mit in die Suche nach dem Märchenonkel und dem ‚Dateienlöscher‘ involviert zu sein. Bevor sie wieder falsche Verdächtigungen aussprach, war es sicher der bessere Weg, wenn Louisa und Daniel die beiden waren, die die Polizei bei der Suche unterstützten.

Sara hatte sich letzte Woche über den Anruf von Meike Lindt sehr gefreut. Eine Kollegin hatte sich kurzfristig krank melden müssen und so hatte sie die Möglichkeit bekommen, doch noch mit auf den Betriebsausflug fahren zu dürfen, obwohl sie erst nach Anmeldeschluss ihr Beschäftigungsverhältnis als Angestellte begonnen hatte.
Sie hatten viel Spaß gehabt, das Wetter hatte mitgespielt und natürlich gab es auch nach diesem Ausflug wieder einige lustige Anekdötchen zu erzählen. Doch die durften, so lautete ein ungeschriebenes Gesetz, nur innerhalb der Stadtbank weitererzählt werden. Meike Lindt und ihr Team hatten eine klasse Arbeit gemacht, da waren sich auf der Heimreise im Zug alle Mitarbeiter einig.

Trotz der Abwechslung der letzten drei Tage freute sich Sara nun wieder auf ihr Zuhause.

»Hey, ihr zwei Hübschen, soll ich euch nach Hause fahren? Mein Wagen steht eh in der Tiefgarage, da könnt ihr euch das Taxi schon sparen«, bot Daniel ihnen an.

»Danke, aber eigentlich wollte ich erst einmal in meiner Wohnung nach dem Rechten sehen!«, war Louisas Antwort.
Sara fühlte sich nach den letzten drei Tagen so beschwingt, dass sie zu ihrer Freundin meinte: »Weißt du was? Du kannst gerne wieder bei dir zu Hause einziehen. Ich genieße jetzt noch zwei Stündchen mit Leon am Sofa und dann gehe ich ins Bett. Und du machst dir endlich nochmal einen ruhigen Abend in deinen eigenen vier Wänden!«

»Ist das dein Ernst?«

»Klar! Ich habe in den letzten drei Tagen mit euch so viel Kraft getankt …«

»Sehr witzig! Getankt hast du alles andere, aber bestimmt keine Kräfte!«, lachte Louisa. »Wir können es ja für eine Zeit ausprobieren, und sobald du ein ungutes Gefühl hast oder dich alleine fühlst, bin ich sofort wieder da! Ok?«

»Einverstanden!«

Also setzte Daniel ihre Freundin erst im Sieghütter Hauptweg ab, um anschließend auf den Giersberg in den Silberwald zu fahren. Ihren kleinen Trolley brachte er ihr bis vor die Haustür, wünschte eine gute Nacht und wartete, bis sie im Haus war und die Tür hinter sich geschlossen hatte.

»Leon, ich bin wieder da«, rief sie von der Diele das Treppenhaus hoch. Keine Antwort.

Na, vielleicht ist er im Wohnzimmer? Sara fuhr den Trolley neben die Garderobe, zog sich die Jacke aus und wunderte sich, dass das Haus so still war. Zu still für ihren Geschmack. Das Wohnzimmer war leer, genau wie die Küche. Sara wurde unruhig. Sie durchforstete jedes Zimmer und suchte sogar im Keller nach ihrem Sohn.

»Leon, wo bist du?«, rief sie. Aber wieder erhielt sie keine Antwort. Sara blickte auf ihre Uhr. Es war zwar noch nicht ganz 20 Uhr, aber morgen begann wieder die

Schule und Leon schien auch noch nicht zu Abend gegessen zu haben.
Ihre Handtasche lag auf der Kommode im Flur. Schnell kramte sie zwischen Taschentüchern, Lippenstift, Deo und Portemonnaie ihr Handy hervor und rief Leon an. Nach sechsmal Klingeln sprang jedoch nur die Mailbox an.
Jetzt werde bloß nicht hysterisch, ermahnte sie sich selbst. Dein Sohn ist mittlerweile fast vierzehn Jahre alt. Natürlich kommen Jungs in dem Alter nicht immer pünktlich nach Hause.
Nach einer weiteren halben Stunde hielt sie es nicht mehr aus und rief widerstrebend bei Christian an. Bei ihm sprang die Mailbox seltsamerweise sofort an.
Was mach ich nur? Ok, bleib ruhig … Leon kommt sicher gleich nach Hause und wird nicht verstehen, warum ich mich so aufrege. Außerdem hat er bestimmt Hunger und will etwas essen. Du hast auch noch nichts gegessen. Ok – ich backe eine Pizza auf. Sara, das ist ein guter Plan!, beruhigte sie sich selbst, froh, etwas tun zu können.
Sie ging in den Keller, öffnete die Tiefkühltruhe und entschied sich für eine Mozzarella- und eine Salamipizza. Zurück in der Küche, stellte sie den Backofen auf hundertachtzig Grad und drehte den Schalter auf Ober- und Unterhitze. In dem Moment, in dem das Licht im Ofen anging, entfuhr Sara ein lauter Schrei.
»Neeein, bitte nicht!«
All ihre Beschwingtheit, ihre neu gewonnene Zuversicht wich schlagartig aus ihrem Körper. Mechanisch öffnete sie die Klappe zum Backofen, bevor der rosafarbene Briefumschlag völlig verbrannte. Er war warm und an den Rändern ein wenig braun geworden. Mit zitternden Händen öffnete sie den Umschlag und zog das Blatt Papier heraus.
Sie traute sich kaum hinzusehen, als sie die Schrift des Märchenonkels erkannte:

Heute back ich, morgen brau ich und übermorgen hole ich der Sara ihr Kind …

4.

»Ok, Frau Jakobs, wir sind in zehn Minuten bei Ihnen. Bleiben Sie ruhig und öffnen Sie niemandem die Tür!« Johanna wählte die Nummer der Zentrale und ließ sich mit dem diensthabenden Kriminalkommissar Reiner Müller verbinden. »Danke nochmal, dass du mich gerade angerufen und informiert hast! Ich habe ihr gesagt, dass ich in zehn Minuten bei ihr bin.«

»Alles klar, dann treffen wir uns im Silberwald.«

»Äh, Reiner? Ich hätte da noch eine Bitte: Könntet ihr mich vielleicht abholen?«

Johanna hatte einen schönen Tag mit Bier, Sekt und netten Kollegen verbracht. Frisch geduscht und leicht angesäuselt wollte sie sich gerade ihr Nachthemd überziehen, als Müller sie anrief und fragte, ob sie bei der Befragung von Frau Jakobs mit dabei sein wolle. Schließlich sei es ja ihr Fall. Johanna rechnete ihm das hoch an, denn selbstverständlich war das nicht.

Nach dem Telefonat mit Müller hatte sie sofort bei Holger angerufen. Auch er war sofort bereit, sich auf den Weg zum Silberwald zu machen. Glücklicherweise schien er sogar, im Vergleich zu ihr, nüchtern zu sein.

Während sie auf die Streife wartete, die sie abholen sollte, sortierte sie ihre Gedanken. Schon wieder ein Brief. Und diesmal war es richtig ernst. Ihr Sohn war verschwunden. Das war wohl mit das Schlimmste, was einer Mutter passieren konnte.

Müller hatte gerade den Knopf der Türklingel gedrückt, als Johanna eine Autotür zuschlagen hörte und Holger in

großen Schritten auf sie zukam. Auch er machte sich Sorgen, das sah Johanna in seinen Augen. Dafür kannte sie ihren Partner einfach zu gut. Ein verschwundenes Kind, das ging wohl jedem Polizisten nahe.
Schon auf der Fahrt im Streifenwagen war die Stimmung gedrückt gewesen. Alle hofften, dass sich Leon Jakobs schnell und wohlbehalten wieder zu Hause einfinden würde. Die Drohung allerdings war deutlich …
Während sie bei ‚Heinrich, der Wagen bricht' länger hatten überlegen müssen, aus welchem Märchen dieses Zitat stammte, war ihnen bei dem neuesten Brief die Herkunft sofort klar. Es waren die Verse, die Rumpelstilzchen sang, als es draußen, in Vorfreude auf das Kind der Königin, um ein Feuer tanzte.

Johanna hatte dieses Märchen als Kind oft bei ihrem besten Freund zu Hause nachgespielt. Sie erinnerte sich daran, wie neidisch sie gewesen war, als Julian zu Weihnachten ein kunterbuntes Kasperletheater geschenkt bekam und ihre Eltern versucht hatten, ihr mit einem Kaufladen eine Freude zu machen.
Jedes Mal, wenn sie bei Julian zu Besuch war, hatte sie ihn gezwungen, das Kasperletheater aufzubauen und darauf bestanden, den Polizisten spielen zu dürfen. Julian war wie immer der Bösewicht. Je nach Märchen musste er in die Rolle des Räubers, der Hexe oder eben auch mal in die Rolle des Rumpelstilzchens schlüpfen.
Plötzlich bekam Johanna wieder dieses seltsame und doch vertraute Kribbeln im Bauch. Eigentlich glaubte sie nicht an so einen Unsinn, aber ein Gedankensplitter, eine kurze Erinnerung hatten ihr bei Aufklärung der letzten Fälle sehr geholfen. Und immer war ihnen genau dieses Bauchkribbeln vorausgegangen. Aber dieses Mal war es anders. Sie suchte krampfhaft in ihrem Kopf nach irgendwelchen abgespeicherten Bildern, Situationen, Hinweisen, aber sie kam einfach nicht drauf. *Denk nach,*

Johanna, was ist hier los? Was soll dir hier auffallen? An was sollst du dich erinnern?
Sie wurde jäh aus ihren Gedanken gerissen, als sich die Haustür öffnete und ein kleines Häufchen Elend in der Diele stand. Sara konnte sich kaum auf den Beinen halten. Wortlos zeigte sie nur auf die offene Küchentür. Zu dritt gingen sie hinein und fanden den geöffneten Brief auf dem Tresen.

»Genau wie beim letzten Mal«, erklärte Johanna ihrem Kollegen Müller. »Wieder ein rosafarbener Umschlag, wieder auf festem Büttenpapier geschrieben.«

»Und wieder wird er keine Handschuhe getragen haben, weil sich der Sauhund sicher ist, dass wir ihn nicht bei uns in der Datenbank gespeichert haben«, ergänzte Holger.
Auch seine Nerven lagen blank. Mit einem eindeutigen Blick gab er ihr zu verstehen, dass sich die beiden Männer etwas zurückhalten würden, damit sie versuchen konnte, zu Frau Jakobs durchzudringen.
In welchem Schrank sich die Gläser befanden, wusste Johanna noch vom letzten Mal. Sie füllte es mit kaltem Wasser und reichte es ihr rüber.

»Frau Jakobs, haben Sie versucht, Ihren Sohn zu erreichen?«

»Natürlich, was denken Sie denn?«, antwortete Sara gequält.

»Bitte versuchen Sie es noch einmal.«
Wieder wählte Sara die Nummer ihres Sohnes und wieder meldete sich nur die Mailbox. Johanna wusste, dass Frau Jakobs gemeinsam mit Daniel, Louisa und weiteren sechshundert Kollegen das Wochenende verbracht hatte – aber Reiner und Holger nicht. Sie sollten es besser aus dem Mund von Frau Jakobs hören, als dass Holger auf die Idee kam, sie hätte es von ihrem Blumengießer Daniel erfahren.
Deshalb fragte sie nun: »Frau Jakobs, ich habe in der

Diele einen Trolley gesehen. Waren Sie verreist? War Ihr Sohn in der Zeit alleine zu Hause?«

»Sind Sie verrückt? Ich lasse doch meinen Sohn mit vierzehn Jahren nicht unbeaufsichtigt zu Hause«, fauchte Sara sie an.

»Nein, natürlich nicht, entschuldigen Sie bitte«, fuhr Johanna einen Gang runter. Immerhin hatte ihre Taktik, sie bei ihren Mutterpflichten zu packen, funktioniert. Sara war wieder voll bei sich. »Wo sind sie denn gewesen?«

»Ich war von Samstagmorgen bis eben auf unserem Betriebsausflug der Stadtbank in Bremerhaven.«

»Und ihr Sohn?«

»Um den wollte sich in der Zeit mein Mann kümmern.« Johanna war verwirrt und musste sich bei ihrer nächsten Frage sehr beherrschen. »Ist ihr Mann wieder bei Ihnen eingezogen?«

»Frau Daub, ich weiß, was Sie jetzt denken! Nein, mein Mann wohnt nicht wieder hier bei mir. Er wohnt auch nicht mehr bei diesem furchtbaren Jochen Schmitz. Er ist letzte Woche in das neue Hotel an der Ecke Leimbachstraße gezogen und hatte mich am Freitagabend gefragt, ob Leon übers Wochenende statt zu meiner Mutter bei ihm mit ins Hotel ziehen könnte.

Leon war natürlich erst überhaupt nicht begeistert, aber dann hat er doch zugestimmt. Die beiden hatten schon immer ein sehr gutes Vater-Sohn-Verhältnis und mir tat es in der Seele weh, dass Leon in der letzten Zeit jeglichen Kontakt zu seinem Vater vermieden hatte.«

»Das heißt, ihr Sohn ist zurzeit mit seinem Vater unterwegs?«

»Ja, aber auch er geht nicht an sein Handy und außerdem wollte er Leon schon um 18 Uhr nach Hause bringen. So hatten wir das fest vereinbart.«

Unter anderen Umständen wäre das keine ungewöhnliche Situation gewesen, dass Vater und Sohn gemeinsam die Zeit vergaßen. Johanna kannte solche Anrufe von getrennten Müttern zur Genüge, die nach zwei Stunden Verspätung Anzeige gegen den Vater wegen Kindesentführung erstatten wollten, nur um ihrem Ex eins auszuwischen. Aber hier war das anders. Frau Jakobs machte sich große Sorgen – zu Recht. Der Brief war schließlich eindeutig.

»Frau Jakobs, haben Sie es schon im Hotel versucht?«, mischte sich Holger ein.

»Oh, auf die Idee bin ich gar nicht gekommen«, antwortete Sara mit leiser Hoffnung in der Stimme.

»Ich übernehme das«, entschied Müller und ging nach nebenan ins Wohnzimmer. Gespannt warteten die anderen drei auf seine Rückkehr. Leider sprach das Gesicht von Kommissar Müller bei seiner Rückkehr Bände.

»Haben Sie jemanden erreicht?«, fragte Sara beunruhigt.

»Naja,«, druckste Müller, »Herr Jakobs hat das Hotel gestern verlassen und hat sich auch erst für Mittwoch wieder dort angemeldet.«

»Was? Wieso das denn? Leon hat doch Schule! Das hätte Christian niemals gemacht … nein, da stimmt etwas nicht! Das würde er mir niemals antun! Erst recht nicht, wo wir uns wieder etwas angenähert haben.«

Johanna konnte trotz der schwierigen Umstände nicht anders, als sich darüber zu freuen, dass Sara Jakobs ihr Herz nicht an Daniel Treude gehängt hatte, sondern dies noch immer ihrem Ehemann gehörte. Auch wenn der es ihr gerade nicht leicht machte.

»Bitte versuchen Sie es doch noch einmal auf dem Handy Ihres Mannes für uns.«

Auch dieser Versuch blieb wieder ohne Erfolg.

»Wenn die Mailbox sofort anspringt, scheint er es ausgestellt zu haben«, dachte Holger laut nach und drehte sich dann zu Müller um. »Reiner, würdest du dennoch eine Handyortung in Auftrag geben? So wissen wir wenigstens wo er ist, sobald er das Handy wieder einschaltet. Frau Jakobs, würden Sie meinem Kollegen bitte die Nummer geben?«

Reiner Müller holte gerade sein Handy aus der Tasche, als es plötzlich in seiner Hand anfing zu bimmeln.

»…«

»Was?«, fragte er aufgeregt.

»…«

»Wo?«

»…«

»Ok, ich komme sofort.«

Als er sein Handy wieder einsteckte und aufblickte, wurde er von drei Augenpaaren angestarrt.

»Es ist noch ein Kind verschwunden. Ein Mädchen aus der Känerbergstraße. Frau Jakobs, kennen Sie zufällig eine Emma?«

5.

Daniel schloss die Tür zu seiner Wohnung auf, schmiss die Reisetasche auf den Boden und ging ins Wohnzimmer. Dort zog er sich die schwarze Lederjacke aus und warf sie achtlos über die Sofalehne. Dann ging er rüber in die Küche, nahm sich ein Bier und schaltete den Fernseher an. Das Programm war ihm gerade völlig egal. Nach fünf Minuten stand er wieder auf und lief unruhig im Wohnzimmer hin und her. Was hatte sich Louisa bloß dabei gedacht?

Nachdem sie auf der Hinfahrt nach Bremerhaven einige Sekt intus gehabt hatte, war sie sehr redselig geworden.

»Hey, erinnerst du dich?«, hatte sie ihn vor dem ganzen Abteil gefragt.

Völlig unbedarft hatte er geantwortet: »Was meinst du? Woran?«

»Na, daran, wie wir vor Jahren beim Betriebsausflug zusammen im Bett gelandet sind.«
Er war puterrot geworden, hatte sich an dem Käsewürfel verschluckt, den er gerade vom Sticker gezogen hatte und Louisa mit seinen Blicken erdolcht. Seine Blicke schienen aber bei Weitem nicht die Wirkung zu haben wie die, die er daraufhin von Sara bekommen hatte. Er war förmlich unter ihnen zusammengezuckt. Dieser vernichtende und zugleich traurige Blick traf ihn noch jetzt.
Sara hatte ihn wie ein verletztes Reh angesehen, dabei hatte sie nun wirklich keinen Grund dazu. Sie war zu der Zeit glücklich verheiratet, hatte sich ganz bewusst gegen ihn, aber für Christian entschieden. Warum also schien sie das so getroffen zu haben? Louisa und er waren Singles gewesen und hatten ein paar nette Monate miteinander verbracht. Ja und? War sie etwa eifersüchtig? Dazu hatte sie kein Recht. Aber warum war sie dann aus dem Abteil geflüchtet und eine halbe Stunde später mit leicht verquollenen Augen zurückgekommen?

»Das ist einfach nur der Heuschnupfen«, hatte sie den anderen Kollegen aus dem Abteil erklärt, die ihr das auch abgekauft hatten.
Nur – was machte die ganze Sache nun mit ihm? Er hatte immer gehofft, dass Sara niemals davon erfahren würde. Aber warum?
Er wusste genau warum: *Weil ich immer gehofft habe, dass wir eines Tages doch noch ein Paar werden und es da einfach nicht so gut ankommt, wenn man vorher mit der besten Freundin geschlafen hat.*
Daniel setzte sich wieder aufs Sofa und versuchte seine Gedanken zu ordnen. Eigentlich war er ganz froh, dass die Geschichte mit Louisa von damals endlich raus war!

Sara hatte auf dem Schiffchen bei der gemeinsamen Weserrundfahrt in Bremerhaven erzählt, dass sie Leon über das Wochenende bei seinem Vater gelassen hatte. Das

hatte er nicht erwartet!
Aber scheinbar hatten die beiden öfter telefoniert und sich wieder etwas angenähert. Christian schien sich ernsthaft mit Sara versöhnen zu wollen. Sie aber brauchte wohl noch etwas Zeit, war aber grundsätzlich bereit, daran zu arbeiten.
Daniel hoffte sehr für Sara, dass sie damit keine falsche Entscheidung getroffen hatte. Für ihn war und ist Christian schon immer ein Arschloch gewesen, aber das ging ihn nichts mehr an.
Und plötzlich traf ihn diese Erkenntnis wie ein Blitz: *Stimmt! Das geht mich nichts an!*
Er war völlig perplex, wie einfach das war. Er hatte tatsächlich Frieden darüber gefunden und musste nun nicht mehr einer Frau hinterherjagen, die er vor zwanzig Jahren einmal heiß und innig geliebt hatte. Sie waren gute Freunde, genau wie er und Louisa … nicht mehr und nicht weniger.
Mit einem Mal fühlte er sich frei und erleichtert und just in diesem Moment küssten sich Edward Cullen und Bella Swan in ‚Biss zum Ende der Nacht' innigst vor ihm auf dem Bildschirm.

Warum nur hatte Bella Swan für ihn plötzlich solche Ähnlichkeit mit Kommissarin Johanna Daub?

6.

Während sich die beiden Männer auf den Weg zu Emmas Eltern in die Känerbergstraße machten, kümmerte sich Johanna weiter um Sara Jakobs. Der Gedanke, dass ihr Sohn nicht alleine verschwunden war, ließ sie hoffen, dass es sich einfach nur um ein Ausbüchsen zweier ver-

liebter Teenager handelte, obwohl der Brief sehr deutlich dagegen sprach.
Dann klingelte Johannas Handy plötzlich in die Stille hinein. Das Gespräch dauerte nur ganze dreißig Sekunden.

»Frau Jakobs, ihr Mann scheint jetzt wieder erreichbar zu sein. Das war gerade die Zentrale. Es scheint sogar so, als befinde er sich am Flughafen in Seoul!«

»Was? Aber wieso das denn? Er wollte doch dieses Wochenende auf Leon aufpassen?«, fragte Sara irritiert.

»Kann es vielleicht sein, dass er kurzfristig auf Reise und daher umdisponieren musste?«

»Das klären wir jetzt sofort.«
Sie ließ keine Zeit verstreichen und wählte sofort die Nummer ihres Mannes. Nach zweimaligem Klingeln hob er ab.

»Christian, wo bist du? Bist du wirklich in Seoul?«
Saras Lautsprecher war so laut eingestellt, dass Johanna nichts anderes übrig blieb, als dem Gespräch zwischen den beiden zu lauschen.

»Hat Leon dir denn nichts gesagt?«

»Nein, Leon hat mir gar nichts erzählt. Er ist nämlich verschwunden.«

»Was? Wie? Er ist verschwunden?«

»Ich bin vor ein paar Stunden von unserem Ausflug nach Hause gekommen und da war das Haus leer.«

»Sara, du kennst doch Leon ...«

»Jetzt hör mir doch erst mal zu!«, fuhr sie ihren Mann durchs Telefon an. »Im Backofen lag ein Zettel des Märchenonkels.«

»Was? Ja, aber ... wie ist er denn ins Haus gekommen? Du hast doch alle Schlösser auswechseln lassen.«

»Das ist doch jetzt nun wirklich absolut zweitrangig«, schimpfte Sara fassungslos über die erste Reaktion ihres Mannes.

»Du hast recht, entschuldige bitte.«

Männer! Da siegt selbst in solchen Situationen ihre Rationalität über die Sorge, dachte Johanna. *Allerdings ist das eine berechtigte Frage, nur zum falschen Zeitpunkt.*

»Wie lautete denn die Nachricht?«

Sara erzählte es ihm.

»Jetzt sag du mir bitte, was du mit Leon gemacht hast! Du wolltest doch auf ihn aufpassen.«

»Ich habe einen Anruf bekommen, dass der Kunde unbedingt heute mit den Verhandlungen hier in Korea beginnen will. Da habe ich Jochen gefragt, ob Leon die zwei Tage bei ihm bleiben kann, bis du zurück bist.«

Jochen? Meint der etwa dieses Ekel Jochen Schmitz?

»Christian, das ist jetzt nicht dein Ernst. Da fragst du diesen Mistkerl eher als meine Mutter?«

Ja, er meint eindeutig Jochen Schmitz.

»Hey, ich habe Leon gefragt, was ihm lieber ist«, versuchte er sich zu verteidigen.

»Und da kommst du nicht auf die Idee, mich vorher anzurufen? Christian, wenn Leon irgendetwas passiert ist, verzeihe ich dir das nie.«

»Sara, bitte. Es tut mir wirklich leid. Ich wollte dir nur einen unbeschwerten Ausflug mit deinen Kollegen gönnen. Ich wollte dich wirklich nicht übergehen. Leon hat sich sogar gefreut, die Tage bei Jochen zu wohnen.«

Johanna gab Frau Jakobs ein Zeichen, daş Gespräch langsam zu beenden. Sie wollte endlich diesen Schmitz anrufen.

»Ich muss jetzt auflegen. Kannst du mir noch schnell die Nummer von Jochen geben?«

»Die schicke ich dir sofort per WhatsApp. Und bitte, Sara, es tut mir wirklich leid. Melde dich, sobald du etwas weißt, bitte ...«

Der flehende Ton in seiner Stimme war nicht zu überhören.

»Ok!«, gab Sara etwas versöhnlicher zurück.

Johanna wollte endlich wissen, was mit dieser Emma

war. Warum meldete sich Holger nicht bei ihr, um sie auf den neuesten Stand zu bringen? Doch noch bevor sie Jochen Schmitz Handynummer zu Ende gewählt hatte, hörte sie ein Geräusch an der Haustür.

»Frau Jakobs, Sie bleiben in der Küche!«, flüsterte Johanna Sara zu, schlich leise in die Diele und versteckte sich hinter der Haustür. Ein Schlüssel wurde ins Schloss gesteckt. Sofort hatte Johanna ihre Waffe aus dem Holster gezogen, bereit für den Märchenonkel. Vorsichtig wurde der Schlüssel umgedreht und die graue Aluminiumhaustür langsam aufgedrückt. Johanna sah, wie ein blauer Sportschuh vorsichtig über die Schwelle stieg und die Tür gleichzeitig um noch circa weitere zwanzig Zentimeter aufgeschoben wurde.

»Jetzt reicht's!«, dachte sie, riss die Haustür auf und sprang mit vorgehaltener Waffe in die Diele.

»Polizei!«

Erschrocken sah sie in das völlig verängstigte Gesicht Leon Jakobs, der mechanisch die Hände nach oben nahm und leise rief:

»Mama?«

Völlig überrascht und erleichtert ließ Johanna ihre Waffe sinken. Sara kam aus der Küche gelaufen, sah Leon, wie er völlig versteinert in der Tür stand und rannte auf ihren Sohn zu. Fest schlang sie ihre Arme um ihn und begann bitterlich zu weinen. Leon stand hilflos da und wusste nicht, was er tun sollte. Man konnte ihm ansehen, dass er mit der Situation überfordert war und keine Ahnung hatte, warum seine Mutter mit so vielen Tränen auf seine Heimkehr reagierte.

Schließlich entschied er sich dazu, seine Arme um seine Mutter zu legen und sie zu trösten. Gerührt von Leons Geste wollte sich Johanna gerade von den beiden abwenden, als ihr Blick auf einen rosafarbenen Umschlag in Leons Händen fiel, mit denen er gerade seine Mutter

umarmte. Geistesgegenwärtig gab sie Leon ein Zeichen, indem sie den Zeigefinger auf ihren Mund legte. Vorsichtig zog sie ihm den Brief aus der Hand.
Im Wohnzimmer öffnete sie mit zitternden Händen den Umschlag, auf dem ‚Für Sara Jakobs' geschrieben stand. Sie zog ein Blatt Büttenpapier heraus, auf dem sich der Märchenonkel erneut verewigt hatte:

Leon klein, ging allein,
in die weite Welt hinein.
Stock und Hut steht ihm gut,
er ist wohlgemut.
Aber Mutter weinet sehr,
hat ja nun keinen Leon mehr.
Da besinnt sich das Kind,
läuft nach Haus geschwind.

7.

Louisa machte es nichts aus, wieder bei Sara einzuziehen. Es war für sie völlig in Ordnung. Allerdings würde sie auf keinen Fall erwähnen, dass sie sich genau den Mann als derzeitigen Sexualpartner ausgesucht hatte, der in Saras Augen der letzte Mensch auf diesem Erdenboden war, dem ihre Freundin je wieder begegnen wolle.
Dabei konnte Jochen doch gar nichts dafür. Alle Welt hatte plötzlich einen tierischen Hals auf ihn. Angefangen über Sara, Daniel, die Polizistin und sogar Christian, der extra früher aus Korea zurückgeflogen war. Dabei war er es doch gewesen, der Jochen gefragt hatte, ob er auf Leon aufpassen würde und nicht umgekehrt. Jochen war nur so freundlich gewesen und hatte ‚Ja' gesagt. Das war ja wohl ein echt netter Freundschaftsdienst von ihm gewe-

sen, fand Louisa.
Dass er keine Ahnung von Kindererziehung hatte, war bestimmt nicht seine Schuld. Auch, dass er Leon erlaubt hatte, von Sonntag auf Montag bei Emma zu übernachten, war sicher seiner Unwissenheit geschuldet. Er hatte sich einfach von Leon um den Finger wickeln lassen, das war alles.
Jochen hatte ihr erzählt, dass Leon ihm etwas schüchtern gebeichtet hätte, wie verliebt er sei und sich nichts sehnlicher wünsche, als endlich mal ungestört etwas Zeit mit seiner Emma zu verbringen. Da habe er einfach nicht anders gekonnt und es ihm erlaubt.
Dass Emmas Eltern in Urlaub gefahren und ganz und gar nicht damit einverstanden waren, dass ihre Tochter in ihrer Abwesenheit männlichen Schlafbesuch hatte, konnte er nicht wissen.
Sie waren über das lange Wochenende zum Fahrradfahren an der Tauber gewesen und hatten ihrer Tochter das Versprechen abgenommen, keinen Unsinn zu machen. Aber das war nicht Jochens Problem, sondern das der Eltern.
Er war sich keiner Schuld bewusst und auch Louisa musste zugeben, dass Jochen eigentlich nur das Beste für Leon im Sinn gehabt hatte. Dass auch genau in dieser Zeit der Märchenonkel wieder zugeschlagen hatte, ging auch ganz sicher nicht auf sein Konto. Hätte er das geahnt, so hatte er ihr versichert, hätte er Leon niemals zugestanden, gegen die Vereinbarung mit Christian erst vier Stunden später zu Hause aufzuschlagen.
Das war das eigentlich Schlimme. Menschen, die sich Sorgen machten, wurden schnell unfair und waren nicht mehr in der Lage, die Sachlage neutral zu betrachten.

Wäre Leon, wie mit seinem Vater abgesprochen, um 18 Uhr zu Hause gewesen und nicht noch mit Emma auf die Panzerwiese im Tiergarten gewandert, um mit ein paar

Freunden den ersten Mai ausklingen zu lassen, und hätte er bei der lauten Musik das Handy nicht überhört, wäre nichts passiert. Leon hätte zwei traumhaft schöne Tage verlebt und wahrscheinlich hätte sogar niemand von Emma erfahren. Das wäre eine Sache zwischen Leon und seinem Coach geblieben. Alle wären Jochen dankbar gewesen, dass er sich so nett um Leon gekümmert hätte und es hätte keine Probleme gegeben.
Außer der Sache mit dem Brief. Die Tatsache ließ sich nicht wegdiskutieren. Der Märchenonkel hatte sich tatsächlich als Clown verkleidet an den Jungen rangemacht, nachdem sich der Heimweg von Leon und Emma getrennt hatte. Ohne Worte hatte er ihm diesen schrecklichen Brief für seine Mutter einfach in die Hand gedrückt.

8.

Johanna war jedes Mal aufs Neue darüber verblüfft, wie viele Gänge, Kellerräume und Parkgaragen es unterhalb der beiden miteinander verbundenen Stadtbankgebäude gab.
Endlich hatte es mit einem Termin geklappt. Daniel hatte sie am Mittwoch angerufen und sie für Donnerstagabend zu sich ins Büro eingeladen. Im Gegensatz zu ihr war die Recherche im Keller keine Arbeitszeit für ihn. Er tat das aus reiner Freundschaft zu Sara Jakobs.
Mit dem Fahrstuhl fuhr er mit ihr in das erste Untergeschoss, führte sie durch eine Parkgarage, die mit einem großen Rolltor verschlossen war, und weiter durch eine schwere, graue Sicherheitstür. Im Gang hinter der Tür ging plötzlich wie von Geisterhand das Licht an. Ein Bewegungsmelder, bestätigte Daniel ihre Vermutung. Sie ließen drei Kellertüren links liegen, bevor Daniel vor der

nächsten stehenblieb und sie mit seinem Sicherheitsschlüssel öffnete. Auch hier waren Bewegungsmelder angebracht worden, sodass Johanna zwei Sekunden später von dem grellen Neonlicht geblendet wurde.

»Nicht erschrecken, hier sieht es aus wie Kraut und Rüben«, entschuldigte sich Daniel.

Das fand Johanna gar nicht. Der riesige Kellerraum war an allen vier Wänden mit deckenhohen Regalen bestückt. Jedes dieser Regale war wiederum bis zur Decke mit unzähligen Kartons gefüllt, auf denen eine Jahreszahl stand. In der Mitte des Raumes stand ein großer schwerer Tisch mit zwei Stühlen dran.

Erst jetzt registrierte sie, dass auf dem Tisch eine Kanne Kaffee und zwei Stückchen Schokoladentorte standen, die er im Sieg Carré gekauft haben musste. Es war zwar schon nach sechs Uhr, aber Johanna war ganz gerührt von der liebevollen und umsichtigen Geste. Wie nett!

Sie hoffte trotz der ernsthaften Recherche auf einen schönen Abend, und Daniel hatte da eindeutig den Anfang gemacht. Ob es ihm ähnlich ging wie ihr?

Natürlich wusste er schon über die neuesten Vorkommnisse im Hause Jakobs Bescheid. Dennoch hatte Johanna das Gefühl, dass sich bei Daniel innerlich etwas verändert hatte. Er schien nicht mehr so emotional zu sein, wenn es um Sara Jakobs ging. Noch immer hatte er tiefes Mitgefühl, aber irgendwie mit mehr Abstand.

»Sag mal, habt ihr eigentlich schon eine Idee, wie der Typ ins Haus gelangt sein könnte? Sara hat doch gerade erst alle Schlösser austauschen lassen. Also, wie kann er reingekommen sein?«

»Die Frage haben wir uns auch schon gestellt. Im Haus waren alle Fenster und Türen verschlossen, nirgendwo gab es Einbruchspuren. Selbst die Kellertür war unberührt und die hätte es dringend nötig, mal ausgetauscht zu werden. Da wird auf Dauer auch das neue Schloss nicht vor einem echten Einbruch schützen.«

»Seltsam, also muss derjenige tatsächlich einen Schlüssel gehabt haben?«

»Sieht ganz so aus. Frau Jakobs erzählte mir, dass außer Louisa Schnell, ihrer Mutter und ihrem Sohn niemand im Besitz eines Schlüssels ist. Und du hast nach deinem Dienst als Blumengießer deinen Schlüssel abgegeben?«, formulierte Johanna die Frage mit einer nicht zu überhörenden Neugierde.

An Daniels Lächeln erkannte sie, dass er genau wusste, worauf sie hinaus wollte. »Natürlich habe ich den Schlüssel wieder abgegeben. Wir sind nur gute Freunde, mehr nicht!«

Johanna wurde rot: »Ja, äh, das geht mich ja auch eigentlich gar nichts an«, sagte sie leicht verlegen.

»Natürlich geht es dich etwas an«, versuchte Daniel ihr aus ihrer Verlegenheit zu helfen. »Es ist ja schließlich wichtig für euch zu wissen, wer alles im Besitz eines Schlüssels ist. Louisa war auf Betriebsausflug und Saras Mutter und Leon scheiden als Täter auch aus. Aber wie kann es sein, dass jemand unbemerkt ins Haus gelangen kann, ohne Spuren zu hinterlassen?«

Johanna sah Daniel an. Er sah süß aus, wenn er nachdachte. Unwillkürlich musste sie an Wickie denken, der sich immer die Nase rieb, kurz bevor ihm eine glorreiche Idee einfiel.

»Es sei denn ...«

»Es sei denn was?«

»Es sei denn, jemand hat den Schlüssel nachmachen lassen.«

»Stimmt! Eine andere Lösung gibt es nicht«, rief Johanna begeistert aus.

»Aber wer …?«

»Ich glaube, ich weiß wer. Jemand, den ich schon die ganze Zeit in Verdacht habe«, freute sich Johanna.

»Wenn sein Vorname mit ‚J‘ anfängt, weiß ich genau, wen du meinst.«

Johanna sah ihn überrascht an. »Was hast du denn mit Jochen Schmitz zu tun?«, fragte sie ihn ehrlich interessiert.

»Eigentlich nichts, außer, dass es mir sehr seltsam vorkam, dass mit seinem Auftauchen im Siegerland der Schrecken bei Familie Jakobs anfing.«

Johanna überlegte kurz: »Du hast recht. Aber ich habe ihn überprüft und in unseren Straftäterdateien nichts über ihn finden können. Ich war mir so sicher, dass dieser schleimige, unangenehme Typ irgendwie Dreck am Stecken hat, aber wir haben noch nicht einmal Fingerabdrücke von ihm.«

»Ich habe ihn auch überprüft. Aber auch wir haben keinerlei Unterlagen über ihn. Als hätte er früher gar nicht existiert. Er taucht plötzlich mit einem dicken Batzen Kohle hier auf, eröffnet ein Konto bei uns und das war's. Er hat sogar eine Beratung über eine Geldanlage abgelehnt, als wolle er eh nicht lange hierbleiben. Keinerlei Geldeingänge, keine Buchungen wie Strom usw. laufen über das Konto. Nichts, aus dem wir irgendetwas schließen könnten. Ich kann noch nicht mal sehen, wo er seine Lebensmittel einkauft.«

»Aber hallo. So etwas kannst du alles durch einen Blick auf ein Konto herausfinden?«

»Ja klar. Aber natürlich machen wir das nicht. Das interessiert uns ja auch im Regelfall gar nicht. Und wenn du nicht eben in meinem Büro mit der Genehmigung der Staatsanwaltschaft gewedelt hättest, würde ich auch jetzt nicht mit dir darüber sprechen«, grinste er sie an.

»Ja, ja, ich weiß! Euer Schweigegelübde. Aber seltsam ist das mit dem Konto schon, oder? Als ob er sich verstecken wollte.«

»Finde ich auch. Übrigens hat Sara erzählt, dass Leon die erste Nacht bei Jochen übernachtet hat, bevor er dann bei Emma eingezogen ist. Da hätte er locker einen Schlüssel nachmachen können.«

»Du hast recht. Das hat sie mir auch erzählt ... aber«, stockte sie enttäuscht, »das erklärt, wie er dieses Mal hätte hineinkommen können, aber wie sollte er es die anderen Male geschafft haben?«

»Hm, vielleicht über den Ehemann. Christian hat doch bis vor Kurzem noch bei ihm gewohnt«, warf Daniel begeistert über seine eigene Theorie ein.

»Guter Ansatz, Herr Treude, aber leider hat die Sache einen Haken«, musste sie ihn dämpfen.

»Und welchen?«

»Der erste Brief kam schon, bevor Herr Jakobs ausgezogen war.«

»Richtig, aber der kam mit der Post. Erinnerst du dich?«

»Ja, ich erinnere mich, aber auch der zweite, der mit dem BH am Schlafzimmerspiegel, wurde vorher platziert. Der hat ja erst alles mit dem Rauswurf ihres Mannes ins Rollen gebracht. Und außerdem glaube ich, dass der Märchenonkel der Gleiche ist, der auch die Datei gelöscht hat, oder was denkst du?«

»Das habe ich auch gedacht. Es wäre schon sehr seltsam, wenn Sara plötzlich zwei Feinde hätte, die es auf sie abgesehen haben. Aber um in das Büro von Louisa zu kommen, muss er sich einigermaßen in den Räumlichkeiten der Stadtbank auskennen«, überlegte Daniel. »Und außerdem braucht er den hier!«, sagte er und hielt ihr den Sicherheitsschlüssel vor die Nase.

»Mist, du hast recht! Und jetzt?«

»Jetzt streichen wir Schmitz von unserer Verdächtigenliste.«

»Welche Verdächtigenliste?«, fragte Johanna entmutigt und enttäuscht. »Wäre schön, wir hätten wenigstens eine.«

Johanna wusste, dass es nicht gut war, sich so früh und vor allem ohne Beweise auf eine Person einzuschießen, aber ihr Bauchgefühl sagte ihr da eindeutig etwas anderes. Irgendetwas stimmte mit dem Kerl nicht!

»So, junge Frau«, versuchte er sie aufzuheitern. »Mund auf …«, sagte er spitzbübisch und hielt ihr die Kuchengabel hin, auf die er ein großes Stück Schokoladentorte geladen hatte. Johanna musste lächeln und sperrte ihren Mund tatsächlich so weit auf, dass Daniel freie Einsicht bis auf ihre strahlendweißen Backenzähne hatte.

Doch genau in diesem Moment ging plötzlich das Licht im Keller aus. Erschrocken, klappte Johanna den Mund zu, sodass Daniel keine Chance hatte, mit der Gabel ihren Mund zu treffen.

Sicherheitshalber legte er sie im Dunkeln auf den Tisch, sprang zweimal in die Luft und … zack, sprang der Bewegungsmelder wieder an.

Die Neonlampen unter der Decke brachten schließlich die ganze Wahrheit ans Licht: Die Torte lag auf dem Boden und Johannas Mund war rundherum mit dunkler Schokolade beschmiert. Daniel musste herzhaft lachen, holte ein frisches Taschentuch aus seiner Jackentasche und fing behutsam an, Johannas Mund von der Schokolade zu befreien.

Johanna spürte, wie die Röte in ihr Gesicht kroch. Er hatte sein Jackett vorhin über den Stuhl gehängt, und obwohl er sein Hemd nicht gewechselt hatte, roch er einfach nur nach selbstbewusster Männlichkeit. Sie liebte diesen Geruch. Diesen Mix aus Männerparfüm und leicht angedeutetem Schweiß.

Für ihn schien es jedoch das Natürlichste der Welt zu sein, ihr so nahe zu kommen, während sie sich ernsthaft Sorgen darum machte, er könne ihr laut klopfendes Herz hören.

Etwas verlegen schaute sie zu ihm auf und blickte direkt in seine dunkelbraunen Augen, die sie liebevoll ansahen.

»Hey, alles klar?«, fragte er.

Johanna wusste sofort, dass sie keinen Ton rausbringen würde und nickte nur.

»Ok!«, lächelte er, steckte sich das Taschentuch wieder in die Hosentasche und schlug vor, dass sie mit ihrer Suche in den Akten beginnen sollten.

»Gute Idee«, hauchte sie. »Deshalb sind wir ja hier, oder?«

9.

Louisa war enttäuscht. Jetzt hatte sie die perfekte Idee gehabt, wie man den Dateienlöscher ausfindig machen könnte, und die Organisationsabteilung machte ihr einen dicken Strich durch die Rechnung.

Irgendwie musste er oder sie, da war sie sich nicht sicher, in die Stadtbank gekommen und dabei auf jeden Fall von einer der vielen Kameras erfasst worden sein.

Warum ihr das jetzt erst einfiel, wusste sie auch nicht, aber ihr war es wichtig, ihren Namen reinzuwaschen. Es hatte sie tief getroffen, verdächtigt worden zu sein, ihrer besten Freundin die für sie so wichtige Präsentation versaut zu haben. Sie hatte in der Orga angerufen und Herrn Radeberger erklärt, was sie von ihm wollte. Er wusste zwar sonst immer über alles Bescheid, aber ausgerechnet die Überwachung der Kameras zählte nicht zu seinem Aufgabengebiet. Er versprach ihr aber, dass sein Kollege sie sofort zurückrufen würde, sobald der wieder an seinem Arbeitsplatz erschien.

Leider hatte der ihr zwei Stunden später erklärt, dass die Videoaufnahmen nach drei Tagen wieder überspielt würden.

Louisa war bitter enttäuscht. Doch was sie zusätzlich irritiert und auch verunsichert hatte, war der Umstand, dass der- oder diejenige einen Schlüssel zu ihrem Büro besitzen musste. Oder hatte sie vielleicht vergessen, an

diesem Abend abzuschließen? In der Vorfreude auf den Abend mit Jochen könnte das durchaus passiert sein.
Und dennoch! Es konnte eigentlich nur ein Kollege gewesen sein. Es widerstrebte ihr vollends, einfach so jemanden zu verdächtigen. Trotzdem ging sie in Gedanken die verschiedenen Möglichkeiten durch und blieb letztlich nur bei den Hausmeistern stecken, weil sie die Einzigen waren, die einen Schlüssel zu jedem Büro besaßen. Das war wirklich absurd. Die beiden waren so nette Menschen. Und außerdem … was hätten sie davon? Sie kannten Sara doch kaum.
Nein, da war sie ganz sicher auf dem Holzweg. Schade, sie hatte tatsächlich gehofft, ihrer Freundin irgendwie helfen zu können.

Wer die Dateien gelöscht hatte, schien wohl ein ewiges Rätsel zu bleiben.

10.

»Und? Seid ihr einen Schritt weitergekommen?«, fragte Kriminalhauptkommissar Holger Stein seine Kollegin und fügte noch hinzu: »Ich meine rein dienstlich natürlich!«

»Alles andere würde dich auch gar nichts angehen«, foppte Johanna ihn. »Und meine Mom auch nicht!«

»Ok, habe verstanden. Meinen Job als Spion für deine Mutter hänge ich wohl besser an den Nagel, was? Aber dafür bringst du mir mindestens einmal die Woche einen Berliner Ballen oder ein Schweineohr mit. Ohne meinen Zweitjob bei Frau Daub senior kann ich mir das selbst ja nicht mehr leisten«, scherzte er.
Johanna drehte sich mit den zwei frischgebrühten Tassen

Kaffee zu ihm um und musste lachen. »Mein liebster Kollege, ich bekomme dich schon irgendwie durchgefüttert. Komm, setz dich!«
Holger setzte sich ihr gegenüber an den Schreibtisch und sah seine Kollegin aufmerksam an.

»Ich bin ganz Ohr.«

»Als Erstes, bevor ich das vergesse: da unten im Keller hat man keinen Handyempfang.«

»Das heißt, du bist dem Blumengießer dort unten völlig ausgeliefert?«, gab sich Holger gespielt besorgt.

»Haha, sehr witzig. Aber jetzt mal im Ernst! Wundere dich nicht, wenn ich abends mal nicht erreichbar bin! Und zweitens – Jochen Schmitz scheidet als Verdächtiger aus.«

»Ach ne, das sind ja ganz neue Töne.«

»Naja, auch Daniel hat leider in den Stadtbankdateien nichts Verdächtiges über ihn finden können. Ich hätte ihn wirklich zu gerne als Täter gesehen.«

»Was hat der Typ dir eigentlich getan, dass du dich so auf ihn eingeschossen hast? Nur, weil er dir gegenüber etwas anzüglich war?«

»Auch! Aber irgendwie war der viel zu überzeugt von sich selbst, hatte null Schiss vor uns und war mir gegenüber ein richtig arrogantes Arschloch.«

»Das geht natürlich gar nicht!«, nahm Holger sie nicht so ganz ernst.

»Und ihr habt nichts im Keller finden können?«

»Noch nicht, aber wir bleiben dran. Wir haben auf jeden Fall die fünf Kartons gefunden, in denen eventuell ein Vertrag zu finden ist, den Sara Jakobs gemeinsam mit Wilhelm Schwarz bearbeitet hat.«

»Fünf Kartons und ein großes Eventuell. Da habt ihr noch einiges vor euch. Aber wenn ich recht habe, kommt dir das ganz gelegen, oder, Hannilein?«
Johanna ging nicht auf seine Anspielung ein: »Du, das war gar nicht so einfach. Der Kellerraum ist riesig, alles

steht voller Kartons. Und dann die Kartons zu finden, in denen die Kreditverträge und Unterlagen verstaut sind, die in der Zeit von 2002–2004 in der Filiale Weidenau abgeschlossen wurden … puh, das hat echt lange gedauert.

»Kann ich verstehen. Und ihr seid euch sicher, dass das der richtige Weg ist?«

»Sicher sind wir nicht, aber es ist die einzige Idee, die wir haben. Der Verdacht, dass der Täter durch einen nicht genehmigten Kredit Pleite gegangen ist, scheint recht plausibel zu sein. Und damit hätten wir auch ein Motiv.«

»Es scheint auch die einzige Verbindung zwischen den beiden zu sein«, stimmte ihr Holger zu.

»Richtig. Wonach wir ganz genau suchen müssen, weiß ich auch nicht, aber Daniel ist guter Dinge, dass wir etwas finden könnten.«

»Dann hoffen wir, dass er recht hat. Ich muss ja ehrlich zugeben, dass ich ihm dankbar bin. Er ist gerade unsere einzige Hoffnung.«

Meine auch, dachte Johanna. »Anfang nächster Woche geht es mit der Suche weiter!« *Und dieses Mal bin ich an der Reihe, für die Verpflegung zu sorgen.*

11.

Christian war aus tiefstem Herzen dankbar, dass Sara ihm seine Fehlentscheidung, Leon in Jochens Obhut zu lassen, verziehen hatte. Wenn er jetzt darüber nachdachte, war das tatsächlich eine blöde und unüberlegte Idee gewesen. Er wusste doch genau, dass Sara nicht gut auf Jochen zu sprechen war. Warum also hatte er ihr Vertrauen sofort wieder aufs Spiel gesetzt?

Christian war richtig sauer. Klipp und klar hatte er Jo-

chen gesagt, dass Leon unbedingt am Abend von Saras Rückkehr um 18 Uhr zu Hause sein musste, weil sie sich sonst sicher Sorgen machen würde. Fast hatte er den Eindruck, dass Jochen sich absichtlich darüber hinweggesetzt hatte. Überhaupt schien es ihm nicht zu passen, dass er sich hin und wieder mit seiner Frau traf.
Eigentlich sollte er sich doch mit mir freuen!, dachte er. *Ich weiß, dass er froh war, als ich ins Hotel gezogen bin und er endlich wieder seine Ruhe hatte. Aber eine Versöhnung mit Sara ... warum ist er nur dagegen?*
Während Christian im Auto auf dem Parkplatz des Supermarktes nahe der Filiale in Eiserfeld darauf wartete, dass Sara mit ihrem Hostessenjob bei der ‚150 Jahre Stadtbank' Filialaktion fertig wurde, begann er, seine Beziehung zu Jochen noch einmal zu überdenken: Ohne zu zögern hatte der ihn damals aufgenommen, nachdem Sara ihn rausgeschmissen hatte. Andererseits war er es auch gewesen, der ihn ermutigt hatte, mit Alex fremdzugehen. Er war es auch, der ihn gefragt hatte, ob sie sich bei der Jugendfahrt nach Holland ein Zelt teilen wollten und ihn dann gegen Sara und deren Wunsch, wieder arbeiten zu wollen, aufgehetzt hatte.
Es war schon seltsam, dass da ein wildfremder Mann auftaucht, der in kürzester Zeit zu seinem besten Freund avanciert und gleichzeitig zum Coach seines Sohnes wird. Und dann hat er sogar einmal mit Saras bester Freundin geschlafen und …
Plötzlich wurde die Tür seines Wagens geöffnet und Sara setzte sich in ihrem roten Hostessenkostüm auf den Beifahrersitz. Sie sah umwerfend aus. Das Stadtbankoutfit stand ihr ausgesprochen gut. Noch bevor sie sich anschnallte, hatte sie sich schon ihre Pumps ausgezogen und damit begonnen, ihre Füße zu massieren.
Wenn er ehrlich war, hatte er wenigstens mit einem kleinen Begrüßungskuss gerechnet, aber so weit schien seine betrogene Ehefrau noch nicht zu sein.

»Danke, dass du mich abholst. Lieb von dir! Aus welchen Gedanken habe ich dich denn gerade rausgerissen? Du sahst aus wie Leon, wenn er versucht, eine Textaufgabe zu lösen.«
Auf keinen Fall würde er ihr verraten, dass es Jochen Schmitz war, der ihn so beschäftigt hatte, und so sagte er: »Ich habe überlegt, wie wir deine Präsentation am schnellsten wieder herstellen können. Ich bin übrigens sehr froh, dass du mich um Hilfe gebeten hast.«
»Und ich freue mich, dass du sofort ‚Ja' gesagt hast.«
In ihrer Stimme lag nichts Ironisches. Sie schien es wirklich ernst zu meinen.
Auf dem Weg die Eiserfelder Straße entlang Richtung Stadtbank-Kundencenter war er in solch einer hoffnungsvollen Stimmung, dass er erschrocken zusammenzuckte, als er von einem roten Licht geblendet wurde. Er hatte tatsächlich den Blitzer vergessen, an dem er schon so oft bewusst langsam schleichend vorbeigefahren war.
Macht nichts!, dachte er sich. *Dann habe ich wenigstens eine Erinnerung an diesen Abend.*
Acht Minuten später entriegelte Sara mit ihrem Sicherheitsschlüssel das elektrische Garagentor zur Tiefgarage im Stadtbankgebäude. »Seltsam, dass Daniels Auto noch hier steht. Vielleicht ist er ins Apollo-Theater gegangen?«, bemerkte Sara.

»Und es ist wirklich in Ordnung, wenn ich auf dem Parkplatz deines Chefs parke?«, forschte Christian noch einmal nach. »Vielleicht will er auch gerade heute Abend ins Theater.«

»So spät doch nicht mehr. Die Vorstellung hat schon längst begonnen. Außerdem ist Herr Schleifenbaum auf dem Geburtstag seiner Schwiegermutter. Das hat er mir gestern zumindest erzählt und dabei sehr auf mein Mitleid gehofft«, erzählte Sara belustigt.
Christian freute sich über Saras gute Laune. Sie hatte es in den letzten Monaten wirklich nicht leicht und hatte

tapfer versucht, sich nicht unterkriegen zu lassen. Doch jedes Mal, wenn gerade etwas Ruhe eingekehrt war, kam der nächste Schlag. Auf jeden Fall, so hatte er entschieden, würde er ab sofort für seine Frau und auch für Leon da sein, sofern Sara das zuließ.
Weitere fünf Minuten später saßen sie einträchtig nebeneinander in ihrem Büro vor dem Bildschirm und versuchten gemeinsam, die Präsentation wiederherzustellen.

12.

Dieses Mal war Daniel schlauer. Er hatte sich ein T-Shirt und eine Jeans eingepackt und am Morgen lange überlegt, ob er auch sein Eau de Toilette mit auf die Arbeit nehmen sollte. Am Ende war es dann tatsächlich zusammen mit seinen Wechselklamotten in seine braune Aktentasche gewandert. Er hatte schließlich noch bis zum Abend Zeit, um zu entscheiden, ob er es wirklich auftragen sollte. Er wollte ja nicht übertreiben.
Der Moment, in dem er Johanna Daub die Schokolade von ihrem zuckersüßen Mund mit den herrlich vollen Lippen abgewischt hatte, hatte ihn sogar bis in seinen Schlaf verfolgt. Allerdings war es in seinem Traum nicht dabei geblieben. Ein leidenschaftlicher Kuss, gefolgt von einer heftigen Knutscherei mitten auf dem alten Schreibtisch im Aktenarchiv seines Arbeitgebers, hatte dafür gesorgt, dass nach so langer Zeit endlich nochmal eine andere Frau in seinen Träumen Platz fand als Sara Jakobs. Das wurde auch Zeit! Und … vielleicht blieb es ja nicht bei einem Traum.
Den ganzen Tag hatte er sich auf den Abend gefreut, bis Johanna ihn endlich anrief, um Bescheid zu geben, dass sie unten vor dem Mitarbeitereingang auf ihn wartete.

Vorschriftsmäßig meldete er sich von seinem PC ab, verschloss sein Büro, schloss es wieder auf, sprühte einen kräftigen Schuss Eau de Toilette auf, und schloss es wieder zu. Mit dem Fahrstuhl fuhr er gespannt ins Erdgeschoss.

Durch die große Glastür konnte er Johanna sehen, die in einem blaugeblümten Sommerkleid und einem Korb unter dem Arm auf ihn wartete. Hätte er es nicht besser gewusst, hätte er vermutet, dass sie unterwegs zu einem gemütlichen Picknick auf einer blühenden Sommerwiese war. Ihre langen rötlichen Locken hatte sie ausnahmsweise mal nicht zu einem strengen Pferdeschwanz zusammengebunden und so umspielten sie ihr hübsches, sommersprossiges Gesicht.

Ihr Outfit passte zwar nicht zu ihrer Kellersuchaktion, aber ganz gewiss hatte er nichts dagegen. Im Gegenteil, er fühlte sich geehrt, dass Johanna sich extra für ihn etwas weiblicher gab als sonst. *Wie soll ich mich bei dem Anblick gleich bloß konzentrieren?*, fragte er sich selbst. Mit seinem Sicherheitsschlüssel entriegelte er die Tür und ließ Kriminaloberkommissarin Johanna Daub in die Räumlichkeiten der Stadtbank.

»Schön, dass du da bist«, sagte er herzlich.

»Danke! Nebenan ist ja ganz schön was los«, bemerkte sie mit einem Blick auf das bunte Treiben gegenüber des Apollo-Theaters, wo ein großes Zelt aufgebaut worden war.

»Im Moment findet wieder die Siegener Biennale statt. Was aber heute Abend gespielt wird, weiß ich nicht. Sag mal, interessiert dich das?«, versuchte er sein Glück. Je nach Antwort hätte er schon eine Idee für ein erstes Date in der Tasche.

»Kommt ganz drauf an, was gerade aufgeführt wird. Klassik ist nicht so meins, aber neulich war ich in einem echt guten modernen Ballett. Die ganze Gruppe kam aus NY. Die hatten ja vielleicht Bodys«, wurde er von ihr

aufgezogen.
Während Daniel sich entschied, auf ihr Spielchen einzugehen, öffnete sich die Fahrstuhltür. Er zog den Bauch ein, streckte die Brust raus und sagte mit gespielter Entrüstung: »Was die New Yorker Jungs können, kann ich auch! Darf ich bitten?«, forderte er sie auf, nahm sie an der Hand und drehte ihren Arm so, dass Johanna nichts anderes übrig blieb, als eine tänzerische Drehung Richtung Fahrstuhl zu machen, wenn sie sich nicht die Schulter auskugeln wollte. Im Inneren des Aufzugs ließ er ihre Hand lachend, aber schweren Herzens los. Auch Johanna musste lachen. Daniel war hin und weg. *Diese strahlend weißen Zähne, das Funkeln in ihren grünen Augen ...*

»Ok, ich werde dich dem Choreografen als Neuzugang vorschlagen«, scherzte sie.

»Wenn nur New York nicht so weit weg wäre«, gab er zu bedenken und hoffte auf ihre Zustimmung.

»Stimmt, das geht gar nicht. Mit wem sollte ich auch sonst meine Freitagabende verbringen. Und vor allem, wer außer dir könnte mir schon so gemütliche Kellerräume anbieten?«

Im Keller angekommen, sah er zu, wie Johanna Daub den Korb auf den Boden stellte und in ihrer Handtasche nach einem Haargummi kramte. Zu seinem Leidwesen wurde sie fündig und band sich nun doch ihre wunderschönen Locken zusammen. Während er sie etwas enttäuscht betrachtete, traf ihn plötzlich ihr Blick.

Hoffentlich weiß sie nicht, was ich gerade über ihren herrlich langen Hals gedacht habe!

Und obwohl er wusste, dass er das eigentlich nicht denken sollte, fand er es doch sehr schade, dass sie beim letzten Mal schon alle fünf Kartons aus den Regalen heruntergeholt und auf dem Boden rund um den Schreibtisch platziert hatten. Zu gerne hätte er erlebt, wie Johanna in ihrem blaugeblümten Kleidchen vor ihm die Leiter hochgeklettert wäre, um sich dann reckend und streckend zu bemühen, an die schweren Kartons im obersten Regal zu kommen. *Schluss jetzt! Ich hätte sie doch eh nicht auf die Leiter gelassen. Schließlich bin ich ein Gentleman! Oder nicht?*

»So, wo fangen wir an?«, wurde er aus seinen Gedanken gerissen.

»Äh … am besten teilen wir uns auf. Wir suchen alle Akten, Notizen, einzelne Zettel. Alles, was wir finden können, wo sowohl die Unterschrift von Sara Jakobs als auch die von Wilhelm Schwarz drunter gesetzt ist.«

»Ach du Schreck, da hoffe ich aber, dass sie nicht so ähnlich unterschreiben wie mein Hausarzt.«

»Keine Sorge«, beruhigte er sie amüsiert. »Der Name steht in der Regel nochmal gedruckt obendrüber.«

Nach einer Stunde hatten sie zwei Kartons durchsucht und fünf mögliche Verdächtige gefunden. Daniel bemerkte, wie Johanna auf ihre Uhr sah und sagte: »So, Feierabend!«

Dann ging sie an ihren Korb und zauberte inmitten der vielen Regale und Kartons ein leckeres Picknick hervor, indem sie eine Picknickdecke, zwei Gläser, eine Flasche Weißwein und selbstgebackene Brezeln hervorholte.

Als Johanna dann noch ihr Haargummi löste, sich auf der Decke niederließ und sagte: »Nun los, setz dich! Passend angezogen bist du ja. Gut, dass du deinen Anzug gegen T-Shirt und Jeans getauscht hast. Ich hoffe, der Wein ist ok für dich? Zumindest haben wir beide jetzt offiziell Feierabend, oder nicht?«, grinste sie und schenkte ihm ein volles Glas gut gekühlten Weißwein ein. Sie hatte sogar an die Kühlmanschette für den Wein gedacht und sich selbst in die Küche gestellt, um für diesen Abend zu backen. *Hoffentlich interpretiere ich das alles hier nicht falsch. Ruhig bleiben, Daniel! Bloß nichts überstürzen!*

Etwas schüchtern setzte er sich zu ihr auf die Decke, nahm das Glas entgegen und wartete, bis auch sie sich eingeschenkt hatte, um dann mit ihr anzustoßen.

Zehn Minuten später sprang plötzlich das Licht aus, doch keiner der beiden hatte Lust aufzustehen, um den Bewegungsmelder zu aktivieren. Stattdessen suchte Daniel in seiner Hosentasche nach seinem Handy und drückte auf die Lichtanzeige. Er schaltete die Taschenlampenfunktion ein und postierte das Handy so, dass der Lichtstrahl nicht den ganzen Raum, sondern nur den Picknickkorb beleuchtete.

»Fast wie Kerzenlicht …«, sagte er stolz über seine Idee.

»Stimmt!«, erwiderte sie und goss ihm noch etwas Wein ein.

Daniel war verunsichert. Am liebsten hätte er sie sich geschnappt und seinen Traum der letzten Nacht wahr werden lassen. Sie hatte aber auch so herrlich volle Lippen! Und dennoch blieb er standhaft. *Du hast alle Zeit der Welt. Genieß einfach den Moment.*

Er glaubte nicht, dass er sich die Enttäuschung in Johannas Blick eingebildet hatte, als er aufstand und ihr seine Hand entgegenstreckte, um ihr aufzuhelfen. Als sie sich beide so nah gegenüberstanden, sog er, noch immer ganz benommen, ihr Parfüm ein und ließ ihre Hand einen langen Moment einfach nicht los. Im Schein der Handytaschenlampe sahen sie sich tief in die Augen, bis plötzlich das Licht wieder ansprang und dem Zauber ein jähes Ende bereitete. *Wären wir bloß nicht vom Boden aufgestanden.*

Weitere zweieinhalb Stunden später hatten sie alle fünf Kartons durchforstet und am Ende achtzehn verschiedene Personen ausfindig gemacht, die Sara Jakobs und Wilhelm Schwarz gemeinsam in Kreditfragen beraten hatten.

»Und jetzt? Wie geht es jetzt weiter?«

»Jetzt packen wir erst einmal zusammen und nehmen die ganzen Akten mit nach oben. Nächste Woche werde ich mir dann nach Feierabend die ganzen Unterlagen mal zur Brust nehmen und durchforsten, was wir da eigentlich gefunden haben.«

»Und kann ich dir dabei helfen?«

»Leider nicht. Du kennst dich ja mit unserem System nicht aus«, sagte er und wunderte sich, wie enttäuscht er über seine eigene Antwort war.

»Ok, da habe ich aber eine Idee. Du machst das alles eh nach Dienstschluss, richtig? Dann kann ich doch wenigstens nochmal die Verpflegung übernehmen, oder?«

»Sehr gute Idee!«, freute er sich. »Genauso machen wir das.«

Nachdem sie die Akten in seinem Büro eingeschlossen hatten und durch die Tiefgarage zu seinem Auto gingen, kamen ihnen plötzlich Christian und Sara Jakobs entgegen. Daniel sah auf seine Uhr.

»Was macht ihr denn um diese Zeit noch hier«, fragte er schroff.

Zu einer freundlichen Begrüßung im Beisein von Christian war er einfach nicht fähig.

»Oh, Christian hat mir bei meiner verschollenen Präsentation geholfen. Jetzt kann ich sie endlich und hoffentlich nächste Woche vor unserem Vorstand halten«, antwortete ihm Sara ganz unbedarft.

Auch Johanna sah Christian etwas feindselig an. »Das ist aber sehr nett von Ihnen, Herr Jakobs. Dann bringen Sie Ihre Frau mal gut nach Hause!«, sagte sie mit scharfem Unterton.

Daniel war verwundert über Johannas deutliche Skepsis Christian gegenüber. Und irgendwie tat ihm das sogar gut. Er konnte und wollte Christian einfach nicht ausstehen.

»Euch auch eine gut Nacht«, gab Sara zurück und blickte ihm dabei etwas länger in die Augen als es nötig gewesen wäre. Doch dann schien sie sich besonnen zu haben, hakte sich bei ihrem Ehemann unter und ging mit ihm zu seinem Wagen.

»Ach, Herr Jakobs? Eine Frage noch: Sagen Sie, den

Film, den Sie sich mit Herrn Schmitz an dem Abend angesehen haben, als jemand einen fremden Spitzen-BH an den Schlafzimmerspiegel Ihrer Frau gehängt hatte … Wie hieß der noch gleich?«

Uih, Johanna, da lerne ich dich aber mal von einer ganz anderen Seite kennen, dachte Daniel. *Das war gerade sehr böse, diesen BH nochmal ins Spiel zu bringen!*

»Habe ich doch schon gesagt, ‚Stirb langsam'«, gab Christian genauso feindselig zurück.

»Ach ja, richtig! Was genau stand noch mal auf dem großen Schild?«

»Was für ein Schild?«

Johanna antwortete nicht und ließ die beiden ohne weitere Worte ziehen. Auf dem Weg zum Auto musste Daniel Johanna einfach fragen: »Was war das denn gerade?«

»Kennst du die ‚Stirb langsam' Filme?«

»Klar, welcher Mann kennt die nicht?«

»Gut, und wenn ich dich jetzt nach einem Schild frage, was fällt dir dann dazu ein?«

»Ah, ich verstehe!« Daniel war sichtlich beeindruckt. Du meinst Teil drei, in dem Bruce Willis ein riesiges Schild mitten in Harlem um den Hals hängen hatte, auf dem ‚Ich hasse Nigger' stand?«

»Genau. Würdest du diese Szene jemals vergessen? Vor allem, wenn du den Film vor Kurzem erst gesehen hättest?

»Sicher nicht! Und was heißt das jetzt?«

»Das, mein Lieber, heißt, dass der Arsch seinem angeblichen Freund Jochen Schmitz damals ein falsches Alibi gegeben hat! Und umgekehrt!!!«

13.

Für Sara war es sehr seltsam gewesen, Daniel mit dieser hübschen, jungen Polizistin im Keller zu begegnen. Was trieben die beiden an einem Freitagabend so spät dort unten? Außerdem war Frau Daub kaum wiederzuerkennen gewesen. Als sie ihrer Freundin Louisa am nächsten Morgen davon erzählte, wurde auch sie sofort hellhörig.

»Echt jetzt? Zehn Uhr abends? Aus welcher Richtung sind sie denn gekommen? Vielleicht hatte Daniel sein Auto dort unten geparkt und die beiden waren zusammen in der Stadt?«

»Du meinst ein richtiges Date?«

»Sara, bist du etwa eifersüchtig?«

Sara musste tatsächlich einen Moment lang überlegen, bevor sie ihrer Freundin wahrheitsgetreu antwortete: »Ich weiß es nicht. Eigentlich hatte ich mich entschieden, Christian nochmal eine Chance zu geben. Und er gibt sich im Moment auch alle Mühe. Aber als ich die beiden da so unbeschwert herlaufen sah ...«

»Was hatte Frau Daub denn an?«

»Auf jeden Fall alles andere als eine Uniform. Ein hübsches Kleid, Sandalen mit kleinen Absätzen und sogar die Haare hat sie offen getragen.«

»Ok, das hört sich nicht nach einem dienstlichen Einsatz an. Aber mal im Ernst! Freu dich doch für Daniel. Guck mal, er war immer für dich da. Und ist es sogar jetzt noch. Einen besseren guten Freund gibt es doch gar nicht.«

»Na, du musst es ja wissen«, sagte Sara vielleicht etwas zu spitz. Dass Louisa und Daniel für ein paar Monate ein Paar gewesen waren, stach ihr hin und wieder immer noch ins Herz.

»Hey, hey, junge Frau! Du wolltest ihn damals nicht!«

»Stimmt doch gar nicht. Er wollte mich nicht. Schließlich war er es, der mit dieser Amerika-Tussi abgehauen ist.« Während sie das sagte, sah sie Louisa an, dass irgendetwas an dieser Geschichte nicht zu stimmen schien.

»Louisa? Weißt du etwas darüber?«

»Ich? Unsinn! Was soll ich darüber wissen? Alles gut!«

»Ich kenne dich! Also los! War es nicht so?«

Sie sah ihrer Freundin lange in die Augen. Louisa brauchte gar nichts zu sagen. Sara konnte in ihrem Gesicht lesen wie in einem Buch. »Er ist nicht weggelaufen, richtig? Jetzt sag mir aber nicht, Christian hat die ganze Geschichte nur erfunden, um mich ins Bett zu kriegen.«

»Oder um Daniel eins auszuwischen. Er wusste, wie verknallt Daniel damals in dich war und kam sich ständig als drittes Rad am Wagen vor. Ich weiß das aber auch erst seit Kurzem.«

Sara war entsetzt. Sie musste sich erst einmal setzen.

»Und ich hätte ihn gestern Abend fast bei uns übernachten lassen.«

»Hey, das ist doch jetzt schon mindestens siebzehn oder achtzehn Jahre her. Wie lange seid ihr schon verheiratet? Das war damals sicher nicht richtig. Aber ihr habt Leon, ihr habt euch. Ihr habt schon so viele Dinge zusammen erlebt. Überleg dir gut, was du jetzt tust.«

Doch Sara saß in Gedanken versunken da und hörte ihrer Freundin schon gar nicht mehr zu.

14.

Jochen hatte seinen Spaß! Man, war das leicht gewesen. Die blöde Kuh hatte sich auf den Weg nach Bremerhaven gemacht und sich den gravierenden Fehler geleistet, ihren Sohn bei seinem Vater zu lassen. Unglaublich, wir dämlich diese Frau war. Jetzt schien sie ihrem Mann die

Fremdvögelei sogar verzeihen zu wollen. Wieso hätte sie ihm sonst Leon anvertraut?
Die Dienstreise von Christian war da gerade zur rechten Zeit gekommen. Als hätte er sie extra zu diesem Termin in Christians Firma bestellt. Korea! Christian würde für sehr lange Zeit im Flieger sitzen. Und das ohne Handyempfang. Perfekt!
Da Leon ihm vor einiger Zeit erzählt hatte, wie gerne er Emma einmal ganz für sich alleine haben würde, hatte es ihn keine große Mühe gekostet, ihn zu überreden, für zwei Tage zu Emma zu ziehen. Er hatte es sogar geschafft, Leon diesen Gedanken so geschickt in sein Hirn zu pflanzen, dass er in seinen Augen der nette Coach und Verbündete war, der ihm dieses Abenteuer erlaubte.

Auch in Louisas Augen traf ihn keine Schuld. Das war gut. Es wäre schade gewesen, die Beziehung zu ihr zu beenden. Es hatte sich gerade so schön mit den Quickies eingespielt. Der Sex mit ihr war wirklich unglaublich gut. Das Einzige, was er nicht tun durfte, war, Gefühle für Louisa zu entwickeln. Aber davon war er noch meilenweit entfernt.
Bis zum Finale in sechs Wochen war es nicht mehr lang und er freute sich, dass es bisher so gut lief. Es war ein Genuss, Sara Jakobs immer wieder einen neuen Schlag in die Magengrube zu verpassen. Auch ihren Sohn hatte er dazu gebracht, seine Mutter tief zu enttäuschen und in helle Aufregung zu versetzen. Aber der beste Schachzug war es eindeutig gewesen, Christian Jakobs in die Affäre mit Alex zu treiben. Das hatte seiner früheren Kundenberaterin den Boden unter den Füßen weggerissen.
Herrlich, wie er ihr Leben auf den Kopf gestellt hatte und weder sie selbst, noch Christian, noch Louisa, noch die Polizei hatten eine Ahnung, dass er dahintersteckte.

15.

»Sehr gut, Frau Jakobs. Eine wirklich gelungene Präsentation!«, lobte sie Vorstandsmitglied Herr Schreiner, nachdem Louisa, Herr Radeberger und Herr Eckhardt das Besprechungszimmer verlassen hatten. Louisa hatte ihr beim Rausgehen noch schnell ein Zeichen gegeben, dass sie ihr fest die Daumen drücken würde.

»Da kann ich meinem Kollegen nur zustimmen«, stimmte der Vorstandsvorsitzende, Herr Klein, in den Lobgesang mit ein.

»Ich glaube, Sie sind da genau die richtige Frau am richtigen Ort.«

»Ich hatte eben auch ein klasse Team!«, gab Sara bescheiden zurück. Dann sah sie, wie Herr Schleifenbaum ihr im Hintergrund ein Zeichen gab, selbstbewusster an die Sache ranzugehen, indem er seinen rechten Ellenbogen zur Seite schießen ließ, wie wenn er jemanden wegschubsen wollte.

Aber er hatte ja recht! Wann bekam man von den hohen Herren schon mal solches Lob zu hören? Das sollte sie wohl ausnutzen.

»Dann ist das Projekt also genehmigt?«

»Jawohl, aus Ihrem anfänglichen Projekt machen wir ab sofort einen neuen Arbeitsbereich, der im Immobilienzentrum angesiedelt werden wird. Sie hatten ja schon recherchiert, dass der Bedarf nach einer Immobilienverwaltung sehr groß sei, sodass wir Ihnen für den Anfang drei Mitarbeiter zur Verfügung stellen werden.«

Sara war völlig perplex und versuchte sich ihren Schreck nicht anmerken zu lassen: »Mir? Sie meinen, Sie wollen mir drei Mitarbeiter anvertrauen?«, fragte sie vorsichtig nach.

Herr Schreiner lächelte sie ermutigend an: »Ja, Frau Jakobs. Sie haben mit viel Eigeninitiative bewiesen, was sie drauf haben. Das gefällt uns. Sie werden mit Ihrer

Gruppe natürlich unter dem Leiter des Immozentrums arbeiten, aber Sie sind diejenige, die die Verantwortung für den Teilbereich der Hausverwaltung tragen wird.«

»Es sei denn …«, mischte sich Herr Klein ein.

Jetzt kommt's!

»… Sie sind mit einer Gehaltserhöhung und der Aufstockung Ihrer Arbeitszeit von fünfzig auf fünfundsiebzig Prozent nicht einverstanden.«

Sara blickte ungläubig von einem zum anderen. Sie wusste zunächst nicht, was sie sagen sollte: »Ich … ich freue mich und werde Sie nicht enttäuschen.« Zu mehr war sie nicht in der Lage, sonst wäre Sie wahrscheinlich vor Freude und Erleichterung vor ihrem Vorstand in Tränen ausgebrochen.

»Dann machen wir uns mal wieder rüber auf den Weg«, sagte Herr Schreiner, gab ihr die Hand und flüsterte ihr ins Ohr: »Und viel Kraft für Ihre gerade so schwierige Situation. Wir stehen absolut hinter Ihnen und werden Ihnen den Rücken stärken, wo immer wir können.«

Es war Sara etwas unangenehm, dass mittlerweile schon so viele über ihre Lage Bescheid wussten. Dennoch war sie dankbar, für die Mut machenden und verständnisvollen Worte.

Es war Mittag und Sara packte gerade ihre Sachen zusammen, als sie überlegte, wem sie als Erstes die frohe Nachricht verkünden wollte. *Louisa? Nein, die ist gerade erst wieder zurück in ihre Wohnung gezogen. Daniel? Nicht nach seinem Date mit der Polizistin. Christian? Auf keinen Fall!*

Letztendlich rief sie ihre Mutter an und fragte, ob sie nicht am Nachmittag bei ihr vorbeikommen wolle, um mit ihr eine Flasche Sekt zu köpfen. Nach dem kurzen Telefonat fuhr sie auf dem Heimweg noch kurz beim Supermarkt vorbei, um für Leon eine Flasche Kindersekt zu besorgen. Schließlich sollte auch er mitfeiern!

Der Tag heute gehörte ihr und ihren Lieben, ohne Sorgen

und trübe Gedanken. Heute wollte sie einfach nur glücklich sein.

16.

Es war Ende Mai und draußen pratzte die Sonne! Das Finale der Topmodels war gelaufen, Céline hatte gewonnen und auf der Arbeit war dieser Sieg bis ins Detail von seinen Kolleginnen durchdiskutiert worden. Im Ausgleich dazu siegten zwei Tage später die Dortmunder gegen Eintracht Frankfurt im Pokalendspiel, sodass, was die Diskussionen auf dem Flur anging, für ausgleichende Gerechtigkeit gesorgt war.
Draußen waren es fast dreißig Grad, drinnen hatte die Klimaanlage gut zu tun. Er sehnte sich nach einem gemütlichen Abend bei einem kühlen Bierchen auf seiner Dachterrasse, hatte sich aber anders entschieden.
Bisher hatte er in seinem Büro schon die Hälfte der Akten durchgesehen und noch nichts Vielversprechendes finden können. Abgesehen von ein paar Notizzetteln, die hin und wieder noch auf den alten Akten geklebt hatten. Ob diese kleinen Zettel wohl auch in Berlin eingescannt worden waren? Diese Mühe hatte sich sicher niemand gemacht und sie in die elektronische Akte des Kunden gepackt. Daher war er heilfroh, in den Original-Papieren suchen zu können. So würde ihm bestimmt nichts entgehen, denn die Kollegen hatten alles, was es zu den unterschiedlichsten Kunden gab, ob Verträge oder einfach nur Bemerkungen des Beraters, sorgfältig aufgehoben. Auf einer handschriftlich erfassten Aktennotiz von Herrn Schwarz hatte er lesen können: »Gut gemacht, Frau Jakobs.«
Eine andere Notiz gab Aufschluss über Herrn Schwarz'

Charakter: »Herr Manderbach wurde in meinem Büro aggressiv und bedrohte mich mit seinem Regenschirm. Diesen schlug er so fest auf meinen Schreibtisch, dass er zerbrach. Habe ihm einen unserer Stadtbankschirme geschenkt. Alles wieder ok.«

Wilhelm Schwarz muss ein interessanter Mann gewesen sein. So schnell schien ihn nichts aus der Ruhe gebracht zu haben. Das musste man erst mal bringen ...
Wie sich herausstellte, war Herr Manderbach Inhaber dreier florierender Tankstellen gewesen, hatte den beantragten Kredit für eine Erweiterung um eine Waschanlage benötigt und ihn auch bekommen. Aggressiv war er geworden, weil ihm alles nicht schnell genug ging und er sich Sorgen machte, dass der Kredit nicht vor den Sommerferien bewilligt werden würde. Er hätte dadurch massive Ertragseinbußen hinnehmen müssen, wenn er nicht pünktlich mit dem Umbau hätte beginnen können.
Anhand der einzelnen Unterlagen konnte Daniel glücklicherweise genau nachvollziehen, in welchen Fällen der Kunde in erster Linie von Schwarz betreut worden war und der sich nur wegen der Zweitunterschriftenregelung im Hause der Stadtbank den Vertrag von Sara gegenzeichnen ließ. Das Entscheidende war in der Regel die Höhe des Kredites. Saras Kompetenzen reichten zu der Zeit nicht aus, um größere Kreditsummen zu bewilligen.

Daniel hatte in mühevoller Kleinstarbeit herausgefunden, dass in allen sechs der bisher durchforsteten Akten die zugesagten Kredite ausgezahlt worden waren. Jeden Kundennamen, den Johanna und er im Keller entdeckt hatte, konnte Daniel nun oben in seinem Büro ins System eingeben und einsehen, welche Informationen sich in der Zwischenzeit über ihn angesammelt hatten. In fünfzehn Jahren war viel passiert. Bisher allerdings war noch nichts Verdächtiges dabei. Vier Kredite waren regulär

nach einer Laufzeit von zehn Jahren getilgt worden, die beiden anderen hatten eine Folgefinanzierung bekommen. Keinem der sechs Kunden ging es finanziell so schlecht, dass ein Mord als Rachemotiv gerechtfertigt gewesen wäre.
Daniel nahm die nächste Akte vom Stapel und schlug sie auf. Plötzlich setzte er sich kerzengerade an seinem Schreibtisch auf und starrte auf den Kreditantrag, der vor ihm lag. Zwei dicke rote Striche waren einmal quer über das ganze Blatt gezogen worden. Ein schwarzer Stempel zeigte in der Mitte des Blattes ein fettes, unnachgiebiges ‚ABGELEHNT'. Gespannt las er sich die Personendaten durch: Friedrich Werthenbach, geboren am 20. März 1924. *Ok, wieder einer weniger,* dachte Daniel entmutigt. *Mit dreiundneunzig Jahren wird er wohl bestimmt nicht mehr zu solchen Taten in der Lage sein.* Der PC gab ihm recht. Herr Werthenbach war kurz nach seinem neunzigsten Geburtstag verstorben. *Da waren es nur noch elf.*
Daniel brauchte eine Pause. Sein Jackett und die Krawatte hatte er schon lange ausgezogen. Er hatte endlich wissen wollen, wer solchen Spaß daran hatte, seine frühere beste Freundin derart zu quälen, dass er darüber seinen Hunger völlig vergessen hatte. Jetzt aber meldete er sich durch ein lautes Magenknurren zu Wort. Just in dem Moment klingelte sein Handy mit einer Stimme, auf die er schon den ganzen Tag gewartet hatte.

»Hey, Herr Hilfspolizist,«, meldete sich Johanna, »hier kommt Ihre Verstärkung mit Stärkung.«

»Na, das nehme ich doch dankend an«, freute er sich und machte sich auf den Weg, um Johanna Daub die Tür zu öffnen.

Nach einem leckeren kleinen Snack – Johanna hatte frische Brötchen geschmiert und eine kühle Flasche Wasser mitgebracht – ging es Daniel etwas besser und er hatte wieder einen klareren Kopf. Etwas enttäuscht war er allerdings schon, weil Johanna seine vorsichtige Zurückweisung bei ihrer letzten Recherche im Keller anscheinend sehr ernst genommen hatte. Sie hatte sich wieder einen strengen Zopf gebunden, ein Sweater mit Jeanshose angezogen und statt der Flasche Wein gab es heute Abend Mineralwasser.

Dennoch war Daniel beruhigt, denn sie schien nicht verletzt zu sein und ging genauso locker und leicht flirtend mit ihm um wie letzte Woche. *Sie ist einfach eine klasse Frau!,* und er freute sich schon auf die Zeit, wenn sie diesen Fall gemeinsam abgeschlossen hatten und sie sich in aller Ruhe und ganz privat, und nicht unter den Adleraugen von Kriminalhauptkommissar Holger Stein und den traurigen Augen von Sara Jakobs, kennenlernen konnten.

»So, und? Hast du schon etwas finden können?«, fragte sie ganz gespannt.

Wie gerne hätte Daniel mit ‚Ja' geantwortet, aber leider musste er ihr eingestehen, dass seine Suche bisher ohne Erfolg geblieben war.

»Aber zehn Versuche haben wir noch, richtig?«

»Richtig!«, antwortete Daniel ohne viel Hoffnung in der Stimme.

»Mensch, jetzt gib nicht direkt auf. Das kannst du nach der letzten Akte immer noch. Aber bitte erklär mir nochmal, was an den Daten im System so anders ist als an denen, die wir im Keller gefunden haben, wenn die doch eh alle eingescannt wurden und in dieser ominösen E-Akte zu finden sind.«

»Da hast du echt gut aufgepasst«, bemerkte er beindruckt. »Also, das System weiß nicht, welche Kunden von Sara und Wilhelm Schwarz gemeinsam beraten worden waren, das aber ist ja die Grundvoraussetzung für unsere Suche. Hier an meinem PC kann ich nur einen Namen eingeben und bekomme alles zu dem Kunden ausgespuckt, was wir haben. Auch die Daten aus dem

Keller. Aber ich wusste ja vorher nicht, welche Namen ich eingeben muss.«

»Mist, stimmt, das hast du mir alles schon mal erklärt. Ich erinnere mich«, sagte Johanna etwas zerknirscht.

»Was erwartest du denn von dir? Du bist doch keine Bankangestellte. Dafür hast du doch mich«, lächelte er sie verschmitzt an.

Sie warf ihm ein strahlendes Lächeln zurück, das ihn mal wieder völlig aus der Fassung brachte. Der Schelm, der aus ihren grünen Augen blitzte, ließ auf viele lustige und schöne Begegnungen mit ihr hoffen.

Nummer zehn hatte seinen Betrieb vor sieben Jahren gewinnbringend verkauft und war mit seiner Familie nach Frankfurt verzogen. Vor fünf Jahren hatte er sein Konto endgültig aufgelöst. Dennoch eröffnete Daniel mit dieser Akte den Stapel mit den eventuell Verdächtigen. Nummer elf hatte bei Sara einen Kredit beantragt, obwohl er schon drei laufende Kredite abzubezahlen hatte. Wie er sehen konnte, waren ihm die Raten für diese drei Kredite gestundet worden.

»Was bedeutet das?«, fragte Johanna.

»Es bedeutet, dass die Fälligkeit der nächsten Tilgungsrate aufgeschoben wird. Das verschafft dem Schuldner einen kleinen zeitlichen Puffer. Allerdings ergibt es meist wenig Sinn, einen neuen Kredit aufzunehmen, nur um damit seine Schulden zu bezahlen.«

»Weil dadurch die Schulden nicht weniger werden?«

»Genau, und deshalb nehmen wir Nummer zehn jetzt mal genauer unter die Lupe!«

Johanna sah ihm dabei über die Schulter, wie er in der Akte nach dem Namen suchte und ihn dann in seinen PC tippte:

Jochen Petry!

Juni

1.

Johanna hatte es nach ihrem spektakulären Fund des verdächtigen Jochen Petry kaum erwarten können, ihrem Partner Holger Stein davon zu erzählen. Sie hatte sich trotz herrlichen Sonnenscheins einen Schal umgebunden, sich früh morgens auf den Weg gemacht, war an Holgers Lieblingsbäckerei um die Ecke vorbeigelaufen und hatte ihm zwei Berliner Ballen mitgebracht. Heute wird er mal so rund rum verwöhnt, freute sie sich. Sogar die Kaffeemaschine lief schon, als Holger durch die Bürotür kam.

»Na, junge Frau, wie war dein halb privates Meeting gestern Abend mit Mister Blumengießer?«, zog er sie liebevoll auf.

Johanna mochte ihn dafür. Holger war auf seine Art so wunderbar neugierig, aber eben nicht aufdringlich dabei. Er interessierte sich wirklich für sie. Schade, dass er keine eigenen Kinder hatte. Johanna war davon überzeugt, dass er ein sehr guter Vater geworden wäre. Allerdings nur, wenn er Söhne bekommen hätte, die er auf dem Fußballplatz striezen könnte, eine Tochter … oh je, die hätte ihr leidgetan.

»Holger, du glaubst ja nicht, was gestern passiert ist!« Kriminalhauptkommissar Stein sah seine Kollegin neugierig an, ging auf ihren Schreibtisch zu, stellte seine Kaffeetasse ab und sah ihr fest in die Augen. »Ich kann es mir lebhaft vorstellen«, sagte er, ging dabei um den Schreibtisch herum direkt auf Johanna zu und zog ihr langsam das Tuch vom Hals.

»Reingefallen!«, prustete Johanna los. »Glaubst du im

Ernst, ich verhalte mich wie ein pubertierender Teenager und lasse mir einen fetten Knutschfleck an mein süßes Hälschen machen?«

»Ich hätte ihn auch dafür umgebracht«, scherzte Holger. Wobei sich Johanna ganz und gar nicht sicher war, ob das wirklich ein Scherz war.

»Aber jetzt mal im Ernst. Habt ihr etwas gefunden?«

»Haben wir! Zumindest einen Verdächtigen. Er heißt Jochen Petry, besaß eine kleine Schreinerei in Sohlbach und hat vor sechzehn Jahren versucht, einen vierten Kredit aufzunehmen, um mit dem Geld seinen Betrieb zu retten.«

»Aber er hat den Kredit nicht bekommen?«

»Richtig! Auf seinem Antragsformular stand ein dickes ‚ABGELEHNT'.«

»Lass mich raten: Unterschrieben von Sara Jakobs und Wilhelm Schwarz.«

»Wieder richtig. Das Einzige, was Daniel allerdings über diesen Jochen in den Stadtbankdaten finden konnte, war, dass ein Jahr später ein Insolvenzverfahren eröffnet worden ist und alle Geschäftskonten aufgelöst worden sind. Selbst sein privates Girokonto hat er bei dieser Bank aufgelöst.«

»Klingt fast so, als wolle er nichts mehr mit der Stadtbank zu tun haben.«

»Ja, oder? Sehe ich genauso. Auf jeden Fall ist er zur Zeit unser Hauptverdächtiger.«

»Und Jochen Schmitz ist endgültig aus dem Rennen?«

»Hm, scheint so! Auf jeden Fall werde ich gleich erst mal nachforschen, was wir alles zu diesem Petry in unserer Datenbank haben. Notfalls werde ich wohl Akteneinsicht anfordern. Wäre doch gelacht, wenn wir die Stadtbank da nicht toppen könnten.«

»Hannilein, eines Tages wirst du doch noch eine richtig gute Ermittlerin.«

»Du kleiner Charmeur, du!«

»Bei solch einem Einsatz, sogar bis in die späten Abendstunden hinein, habe ich sogar eine kleine Belohnung für dich.«

»Im Ernst? Und ich habe auch eine für dich, weil du mich bestimmt ganz schrecklich vermisst hast, während ich ohne dich in den dunklen Tiefen des Kellerarchivs gewühlt habe.«

Holger stand von ihrer Schreibtischkante auf, ging in sein Büro nach nebenan und kam mit einer Hand auf dem Rücken zurück. Johanna hatte in der Zeit die Tüte mit den Berliner Ballen aus ihrer Tasche gekramt und hielt sie verdeckt unter den Schreibtisch. Beide sahen sich mit einem Zwinkern an, bis Holger sagte: »Ok – Auf drei! Eins, zwei, drei …!«

Genau in der Mitte des Schreibtischs fand der Austausch einer Bäckereitüte und eines kleinen Notizzettels statt. Holger freute sich wie ein Schneekönig. Sie wusste nicht, was sie sagen sollte.

»Hm, lecker, danke! Woher wusstest du, dass ich für heute wieder nur einen Salat eingepackt bekommen habe?«

»Sei froh, dass du überhaupt eine Frau hast, die sich um dein Essen kümmert. Sieh mich an!«

»Hallo? Hab ich doch! Jetzt guck doch endlich mal auf deinen Zettel.«

Bildete sie sich das ein oder war Holger etwas hibbelig? Gespannt faltete sie den Zettel auseinander und las: »Daniel Treude, Talsperrenstraße 35, 57250 Netphen. Holger, das gibt's nicht!«, rief sie strahlend, nur um ein: »Mensch Holger, das darfst du doch gar nicht!«, nachzuschieben.

2.

Der Juni war freundlich gestartet und mit ihm auch das große Kultur-Festival auf der Ginsberger Heide. Christian freute sich. Er hatte im Internet noch zwei Karten für Sarah Connor ergattern können. Dass man es tatsächlich geschafft hatte, diese Sängerin in die Zeltstadt auf den Giller einzuladen, das war wirklich unglaublich. Seit siebenundzwanzig Jahren schon war das Festival über die Pfingsttage ein großes Highlight in der Region.

Da er wusste, wie gerne Sara diese Musik mochte, wollte er ihr eine Freude machen und war zutiefst enttäuscht, dass er im normalen Vorverkauf keine Chance gehabt hatte, an Tickets heranzukommen. Innerhalb einer Stunde waren beide Konzerte komplett ausverkauft gewesen.

Pfingstmontag musste seine Frau als Hostess für die Stadtbank den ganzen Tag die Festivalbesucher bis spät in den Abend hinein begrüßen und deren Fragen beantworten. Da hatte sie es sich verdient, wenigstens an einem anderen Abend einfach mal nur das schöne Ambiente und ein klasse Konzert zu genießen.

Als er aber am Freitag bei ihr vor der Tür stand und ihr freudig mit den beiden Tickets vor der Nase herumwedelte, bekam er eine Abfuhr, mit der er nicht gerechnet hätte.

»Was willst du denn hier?«, hatte Sara ihn unwirsch begrüßt, als sie ihn in der Tür stehen sah.

»Ich habe eine Überraschung für dich«, hatte er sie angelächelt und ihr die Tickets gezeigt.

»Nein, Danke, kein Bedarf!«

»Sara? Das sind Tickets für Sarah Connor! Ich habe schon mit deiner Mutter gesprochen, sie würde heute Abend auf Leon aufpassen.«

»Ach nee, na, wenigstens hast du deinen Jochen nicht wieder engagiert.«

»Jetzt sei doch nicht so biestig. Was ist denn mit dir? Bist du irgendwie sauer auf mich?«

»Allerdings!«
Er hatte keine Ahnung gehabt, was er nun schon wieder angestellt haben sollte. Die Sache mit Jochen als ‚Babysitter‘ hatte sie ihm zwar übel genommen, aber seiner Meinung nach auch wieder verziehen. Nach dem gemeinsamen Abend, an dem sie an der Präsentation gearbeitet hatten, hatte er sich sogar ernsthafte Hoffnung darauf gemacht, dass seine Ehe zu retten sei. Jetzt sah das aber gerade mal völlig anders aus.
»Und darf ich auch erfahren warum?«
»Ach weißt du, das liegt … lass mich überlegen … circa zwanzig Jahre zurück«, hatte sie ihm an den Kopf geworfen und ihm die Haustür vor der Nase zugeknallt.
Scheiße! Daniel! Da ist er wieder!
Er wusste genau, dass er damals über das Ziel hinausgeschossen hatte. Er war nicht damit klar gekommen, nur die zweite Geige im Leben seines besten Freundes zu spielen. Außerdem war Sara einfach eine klasse Braut. Jeder hatte Daniel um seine Freundschaft mit ihr beneidet.
Zuerst war es für ihn nur ein Spiel gewesen. Wie echt die Gefühle von Daniel, und scheinbar auch von Sara, zueinander gewesen waren, hatte er erst im Laufe der Jahre festgestellt. Daniel hatte jeden Kontakt zu Sara und ihm abgebrochen. Sara hatte viel geweint, als er ihr die Lüge von der Cheerleaderin aufgetischt hatte, mit der ihr bester Freund angeblich abgehauen war.
Als Sara dann wieder anfangen wollte, bei der Stadtbank zu arbeiten, war ihm klar, dass sich die beiden unweigerlich öfter über den Weg laufen würden. Wahrscheinlich war er deshalb zuerst so dagegen gewesen.
Bei ihrem Job als Hostess hatten sie kaum Berührungspunkte, schließlich war Daniel der Leiter Kreditabteilung und hatte mit Kundenveranstaltungen nicht so viel am Hut. Dachte er zumindest. Aber mit ihrer Halbtagsstelle und den Mittagspausen … da sah das schon wieder ganz

anders aus. Anscheinend war seine schwere Lüge nun aufgeflogen und hatte eine Versöhnung zwischen ihm und seiner Ehefrau in weite Ferne gerückt. Und er konnte Sara sogar verstehen. Er hatte seine Ehe auf dieser Lüge aufgebaut, war ihr nicht treu geblieben und hatte sie oft alleine gelassen.
Heute war ihm mehr denn je schmerzlich bewusst, wie sehr er Sara liebte und nicht ohne sie und Leon sein wollte. Nur leider hatte er nicht damit gerechnet, dass ihn eines Tages doch noch die Vergangenheit einholen würde.
Und jetzt? Zurück in mein trostloses Hotel? Es ist Freitagabend ... Er ging zurück zu seinem Wagen, holte sein Handy aus der Hosentasche und sah seine Kontakte durch. *Andreas, Christoph, Ebi, Georg, Ingo, Jochen ... wirklich? Jochen? Ach, was soll's, jetzt ist eh alles egal.* Auf Sara musste er jetzt wohl keine Rücksicht mehr nehmen.

»Hey Jochen, was machst du gerade?«, fragte er in sein Handy hinein. Fünf Minuten später drückte er bei Jochen Schmitz auf die Klingel, bekam die Tür geöffnet und eine Flasche Bier in die Hand gedrückt.

»Hey Alter, was gibt's Neues? Hab dich ja ewig nicht gesehen. Wie geht's Sara?«

3.

»Ach wie schade! Dann ein anderes Mal?«

» …«

»Ok, du meldest dich bei mir?«

» …«

»Na gut, dann kümmere dich mal um Christian!«

» …«

Louisa ließ die Hand vom Ohr sinken und war enttäuscht. Endlich war Jochen bereit gewesen, sie zu sich nach Hause einzuladen. Sie war so neugierig darauf, wie es wohl in seiner Junggesellenbude aussah.
Na toll! Und jetzt vermasselt mir ausgerechnet Christian diesen Abend. Wieso steht der überhaupt plötzlich bei Jochen vor der Tür? Er weiß doch ganz genau, dass Sara ihn nicht leiden kann. Es wäre bestimmt besser für ihn, wenn er sich Sara zuliebe einen anderen Freund suchen würde, bei dem er seinen Kummer ertränken kann.
Selbst sie hatte sich bisher noch nicht getraut, ihrer Freundin zu beichten, mit wem sie regelmäßig ins Bett stieg. Für Sara war Jochen immer noch der, der ihr eine Heidenangst eingejagt hatte. Schließlich war er derjenige, der Leon erlaubt hatte, bei Emma zu übernachten.

Nein, das würde sie schön weiter für sich behalten!

4.

Die freien Pfingsttage waren ihr dieses Mal zu lang gewesen. Zweimal war sie den Bäumchenweg am Giersberg entlanggejoggt, hatte mit ihrer Freundin in den USA geskypt und tatsächlich den Keller aufgeräumt.
Heute, am Pfingstmontag, ging es gleich hoch zur Ginsberger Heide, die malerisch auf dem Gillerberg lag. Sie hatte ihre Stelle als Hostess zum Ende des Monats gekündigt und so freute sie sich sehr auf ihre beiden letzten Einsätze im roten Kostüm.
Heute Abend durfte sie sich sogar nebenbei ein Konzert von Roger Hodgson anhören. Die Musik war laut genug, sodass man auch draußen vor dem Zelt noch etwas von der besonderen Atmosphäre mitbekam, auch wenn der

Klang dort natürlich nicht mit dem im Inneren des Zeltes zu vergleichen war. Aber wenn sie Glück hatte, durfte sie sogar die Künstlerbetreuung übernehmen und Roger Hodgson höchstpersönlich sein Essen und Trinken in den Wohnwagen bringen. Das wäre schon was.

Während sie sich zu Hause vorm Spiegel für ihren bevorstehenden Hostesseneinsatz schminkte, musste sie an den Tag denken, an dem sie ihre große Präsentation gehalten hatte. Dieser Tag hatte sie in ihrer Entscheidung bestärkt, den Hostessenjob baldmöglichst an den Nagel zu hängen. Nachdem der Vorstand und auch Herr Schleifenbaum ihr eine Dreiviertelstelle angeboten hatten, hatte sie noch am Nachmittag bei einer Flasche Sekt mit Leon und ihrer Mutter darüber diskutiert, ob das überhaupt machbar sei. Der Haushalt, der Sport und vor allem Leon. Er sollte auf keinen Fall zu kurz kommen.
Doch beide waren einhellig der Meinung, dass sich solch eine Chance nicht noch einmal für sie auftun würde und sie unbedingt ‚Ja‘ sagen solle. Daraufhin war sie aufgesprungen, hatte ihren beiden liebsten Menschen einen fetten Kuss auf die Wange gedrückt und ihrer Mutter und sich selbst ordentlich nachgeschenkt.

Beschwingt und fröhlich war sie am nächsten Abend einfach so zu Daniel gefahren, um ihm die freudige Nachricht mitzuteilen. Wohl nicht einfach so, musste sie sich selbst eingestehen. Was sie da geritten hatte, wusste sie heute auch nicht mehr. Sie hatte sich ordentlich rausgeputzt, hatte sich gedacht ‚was Christian kann, kann ich schon lange‘, hatte sich eine Flasche Merlot unter den Arm geklemmt und war zu ihm nach Brauersdorf gefahren.
Den Blick von Daniel würde sie wohl so schnell nicht wieder vergessen. Peinlich war das gewesen. Er hatte ihr die Tür geöffnet und sie mit einer Mischung aus Ver-

wunderung, Mitleid und Besorgnis angesehen. In dem Moment war ihr klar geworden, dass sie einen Fehler gemacht hatte. Eigentlich wollte sie sich in seine Arme werfen, mit ihm schlafen, wie sie es schon die ganzen Jahre hatte tun wollen, und für einen Moment alles um sich herum vergessen.

Aber Daniel war da anders. Daniel war jemand, der sich vorher Gedanken um das Morgen machte. Er war keiner für eine Kurzschlussreaktion, und schon früher war er es gewesen, der sie vor so mancher Dummheit bewahrt hatte. Sollte da noch ein Funken von Gefühlen für sie in ihm stecken, so wusste er gut, sie zu verbergen.

»Ich, entschuldige…«, hatte sie gestammelt.

»Ist alles ok? Du siehst echt übel aus!«

»Oh danke, und das, wo ich mir beim Schminken solche Mühe gegeben habe«, hatte sie versucht, die Situation mit einem Scherz zu retten.

»Hör mal, versteh mich nicht falsch. Wir kennen uns viel zu gut, um uns etwas vorzumachen.«

»Ich habe schon verstanden«, hatte sie mit Tränen in den Augen gesagt.

»Nein, so ist das nicht. Mein Ohr kannst du jederzeit haben, wirklich! Aber eben nicht mehr! Ich weiß nicht, wie ich es dir sagen soll …«

»Die süße Polizistin, stimmt's?«

Daniel hatte sie völlig überrascht angesehen.

»Woher weißt du das? Merkt man mir das so deutlich an?«

»Ich schon!«, hatte sie mit etwas Stolz in der Stimme geantwortet. Nach einer kurzen Pause, in der sie überlegt hatte, was sie ihm zum Abschied sagen sollte, hatte sie ihn schließlich aufgefordert: »Hey, dann schnapp sie dir. Sie scheint eine klasse Frau zu sein. Nur warte nicht zu lange! Du weißt ja, das kann nach hinten losgehen.«

»Ich weiß. Den gleichen Fehler werde ich nicht ein zweites Mal machen! Und du? Ist das okay für dich?«

Nach kurzem Zögern hatte sie ihm geantwortet: »Ja, Daniel. Das ist in Ordnung für mich. Danke!«

»Wofür?«

»Dass du bist wie du bist.« Dann hatte sie ihm die Flasche Wein in die Hand gedrückt und war nach Hause gefahren.

Zwei Tage später war Christian mit den Sarah-Connor-Karten bei ihr aufgetaucht. Aber so einfach ging das nicht!

5.

Jochen hatte Christian mit Kusshand aufgenommen. Louisa war als Informationsquelle schon Gold wert, aber Christian, der hatte noch bessere Kenntnis über die Wochenendplanung seiner Frau für ihn gehabt. Und … er hatte noch nicht einmal nachfragen müssen.

So wusste er jetzt, dass seine ehemalige Kundenberaterin Sara Jakobs an diesem Pfingstmontag beim Kultur-Festival auf der Ginsberger Heide am Giller bis spät in den Abend hinein arbeiten musste. Das Gejammer darüber, dass sie Christians Versöhnungsgeschenk nicht angenommen hatte, hatte er sich notgedrungen auch anhören müssen, aber im Gegenzug für die nützliche Information gerne in Kauf genommen. Denn eine Stadtbankhostess, die am Montag in ihrem roten Kostüm spät abends im Dunkeln auf dem Weg zu ihrem Auto ist … das hatte durchaus etwas sehr Reizvolles an sich.

Er hatte länger überlegen müssen, ob er mit dem Auto oder mit dem Fahrrad in die Zeltstadt fahren sollte. Ein Bus kam für ihn nicht infrage, auch wenn sie extra für dieses Spektakel rund um Pfingsten zuhauf gechartert

worden waren. Nein, er fuhr mit dem Fahrrad. So konnte er sichergehen, dass sein Auto, das er bisher so gut versteckt gehalten hatte, nicht irgendwo dort oben in der Nähe der Zeltstadt gesichtet wurde. Auch wenn er eigentlich keine Lust hatte, sich nachts für den Heimweg aufs Fahrrad schwingen zu müssen.
Leider hatte Christian ihm nicht verraten können, wie lange Sara heute dort oben arbeiten musste. Daher hatte er sich, früh genug und dankbar für seine gute Kondition, auf den Weg gemacht, um in aller Ruhe auszukundschaften, wo Sara Jakobs ihren Wagen abgestellt hatte.
Es war unglaublich. Tausende Menschen waren mit Tausenden von Autos auf den Giller gefahren und hatten, dank der Parkplatzanweiser, auch tatsächlich einen Platz gefunden. Nur, wie sollte er hier ihr Auto finden? Der kleine feuerrote Fiat fiel zwar im Straßenverkehr auf, aber hier unter all den anderen Autos auf diesen großen Wiesen? Es würde ihm wohl nichts anderes übrig bleiben, als sich mit tief ins Gesicht gezogener Kappe auf die Suche zu machen.
Es war gerade mal fünf Uhr nachmittags und viele Familien mit ihren Kindern machten sich langsam auf den Heimweg und somit auf den Weg zu ihren Autos. Auf keinen Fall wollte er Gefahr laufen, einem seiner Fußballkids zu begegnen. Das fehlte ihm gerade noch.
Am besten gehe ich erst eine Runde spazieren, bevor ich mit der Suche nach Sara Jakobs Auto weitermache.

Sara hatte er aus der Ferne noch nicht entdecken können. Er musste einfach darauf vertrauen, dass Christian ihm keinen Stuss erzählt hatte und sie tatsächlich bis spät am Abend im Dienst war.
Gegen halb neun war es endlich so weit. Die Besucher, die das vorherige Konzert von ‚Rody Reyes & Havanna Con Klasse‘ besucht und sich noch vor der Heimfahrt mit einer Wurst oder einem Crêpes gestärkt hatten, machten

sich auf den Heimweg. Der andere große Schwung an Festivalbesuchern befand sich zum größten Teil im großen Zelt, um dem ehemaligen Supertramp-Sänger zu lauschen.

Die Bahn war also langsam für ihn frei. *Endlich!* Um neun war kaum noch ein Mensch auf dem Parkplatz, sodass er sich in aller Ruhe und im Halbdunkel auf die Suche machen konnte. Unglaublich, wie weit entfernt die Autos teilweise geparkt waren. Nachdem er alle Wiesen abgegrast hatte, ging er zurück zu den, das musste er zugeben, herrlich angestrahlten Veranstaltungszelten. Das war schon eine besondere Atmosphäre, die er sicher genossen hätte, wenn er sich nicht gerade Sorgen darum machen würde, dass sein Plan für den heutigen Abend nicht aufgehen könnte. Er musste endlich ihren Wagen finden!
Jochen hatte gelesen, dass bis zu zweieinhalbtausend Menschen in dem großen Zelt Platz finden können. Allerdings stand man dann wie die Sardinen dicht an dicht und freute sich, wenn der Nachbar kein ärmelloses T-Shirt angezogen hatte, weil es sonst beim Applaus sehr unangenehm hätte werden können.
Die Erfahrung hatte er vor achtzehn Jahren gemacht, als er mit seiner Frau hier oben auf einem Konzert der Hip Hopper ‚Fettes Brot' gewesen war. Er hatte damals freundlich versucht, den begeisterten Fan neben ihnen darauf hinzuweisen, seine Arme beim Klatschen unten zu lassen, weil Claudia jedes Mal mit ihren Haaren in seinen nassen Achseln hängengeblieben war. Geändert hatte das allerdings nichts.
Bevor sie sich drinnen an die Gurgel gegangen wären, hatte Claudia darauf bestanden, sich drei Reihen weiter nach hinten zu stellen. Sehr zu seinem Bedauern!

Fehlanzeige! Allmählich war er es leid, weiterzusuchen.

Vielleicht war sie ja sogar mit einem der Busse gekommen und er suchte die ganze Zeit vergebens? Christian war wohl doch nicht so eine verlässliche Quelle gewesen, wie er anfangs gehofft hatte. Eine Idee allerdings hatte er noch. Ganz zu Beginn des langen Weges, fast war es schon eine Straße, die zur Zeltstadt führte, hatte er auf seiner Hinfahrt mit dem Fahrrad linker Hand einen Parkplatz entdeckt. Er war rappelvoll gewesen, und da es ein ganzes Stück zu laufen war, hatte er ihm bisher keine Bedeutung beigemessen. Er konnte sich Sara nicht mit ihrem Kostüm und Stöckelschuhen zwischen all den Menschen vorstellen, wie sie rüber bis zum Festivalgelände wanderte.

Mittlerweile war es schon 22 Uhr und er konnte hören, wie das Publikum laut, fast ekstatisch nach einer zweiten Zugabe rief. Er musste sich also beeilen. Gleich würde hier die Hölle los sein und von Menschen, die nach Hause wollten, nur so wimmeln. Die Busse standen schon für den Ansturm bereit. Es konnte also nicht mehr lange dauern.

Da der breite Weg, wunderbar gelegen und für seine Zwecke ideal, parallel zum Wald führte, war es für ihn ein Leichtes, unbemerkt zwischen den Bäumen bis zu dem großen Parkplatz am Anfang der Einmündung zu schleichen. Dort hinten, am Waldrand in der letzten Reihe, entdeckte er endlich das langgesuchte Fahrzeug in abscheulichem Stadtbankrot. SI-LJ 2003…

Das war wahre Mutterliebe!

Sehr gut. Jetzt musste er sich nur noch im Wald verstecken und warten, bis Sara mit ihrer Arbeit fertig war und sich auf den Weg zu ihrem Auto machte. Hoffentlich war sie allein!

Aber für alle Fälle hatte er da mal etwas vorbereitet …

6.

Sara hatte Spaß gehabt, aber jetzt taten ihr die Füße weh.

»Hey Sara, wo hast du denn geparkt? Das war ja selbst heute Morgen um elf schon eine Katastrophe«, wurde sie von ihrer jungen Hostessenkollegin Britt gefragt.

»Stimmt, aber ich hatte Glück. Ich stehe zwar jetzt linker Hand auf dem Parkplatz, ganz oben auf der Höhe, noch bevor die Straße hier rüber zu beginnt, aber besser als nichts. Und du?«

»Ich stehe ungefähr auf halber Strecke ganz unten in der Wiese.«

»Super, dann können wir ja zusammen gehen. Ist schon etwas unheimlich, wenn außer uns kaum noch einer hier oben ist.«

Es war tatsächlich schon sehr spät geworden. Die Gäste hatten mittlerweile das Festivalgelände geräumt, und nur die Mitarbeiter waren noch zum Aufräumen und auf einen kleinen Absacker am Ende des Tages geblieben.

»Gute Idee, ich wollte dich auch schon fragen. War das nicht klasse, noch mit den anderen den Abschluss des Festivals zu feiern? Morgen ist ja hier alles wieder vorbei. Kann man sich kaum vorstellen.«

»Was das für ein Aufwand gewesen sein muss. Aber es hat sich auf jeden Fall gelohnt. Und … tata, ich habe Roger Hodgson persönlich kennengelernt«, freute sich Sara.

»Rede nicht davon! Ich habe dich echt beneidet, dass du das lange Streichholz gezogen hast und ihn persönlich betreuen durftest! Ich glaube, alle Hostessen beneiden dich darum. Erzähl, wie ist er denn so?«

Während die beiden alleine und in ihren leuchtend roten Stadtbankoutfits nebeneinander auf der Straße durch den Wald und dann hinunter zur Wiese liefen, wo Britt ihr Auto geparkt hatte, erzählte Sara leidenschaftlich davon,

was für ein klasse und normaler Mensch dieser Roger war.
Gleichzeitig war sie unendlich froh, dass sie nicht alleine bis zu ihrem Auto laufen musste. Wie hatte sie auch nur in der hintersten Ecke und so weit entfernt parken können? Als sie morgens dort ankam, war richtig viel los. Menschenmassen rollten sich über die Straßen zum Festival, das den ganzen Tag ein buntes Spektakel für Jung und Alt geboten hatte.
Dass es abends ganz anders aussehen würde, daran hatte sie in dem Moment nicht gedacht. Britt drückte auf den Knopf an ihrem Autoschlüssel. Sara öffnete die Beifahrerseite und stieg ein. Bei ihrem Fiat angekommen, lehnte sie sich rüber zu ihrer Kollegin, drückte sie einmal fest und bedankte sich bei ihr. Dann stieg sie aus und suchte in ihrer Handtasche nach ihrem eigenen Autoschlüssel. Im Scheinwerferlicht von Britts Wagen wurde sie schnell fündig und war froh, dass ihre Kollegin so lange gewartet hatte, bis Sara sicher in ihrem Auto saß.
Puh, geschafft. Wirklich beängstigend die Strecke durch den Wald. Wie weit sie hätte laufen müssen, wurde ihr erst bewusst, als sie die ganze Strecke neben Britt mit dem Auto fahren durfte. Sara steckte den Schlüssel ins Schloss und stellte den Motor an. *Seltsam, wieso ist denn alles so dunkel? Sind die Scheinwerfer kaputt?* Langsam registrierte sie, dass auf ihrer Windschutzscheibe eine Folie lag, wie sie im Winter benutzt wurde, wenn der Autobesitzer morgens in der Früh keine Lust hatte, das Eis von der Scheibe zu kratzen. *Was soll das denn? Kein Wunder, dass ich nichts sehen kann.* Britt war zwar schon um die Ecke gefahren, aber es half ja nichts. Also stieg sie aus ihrem Wagen aus und nahm die Folie von der Scheibe.
Plötzlich hörte sie einen lauten Schrei, der mitten durch den Wald über die Ginsberger Heide schallte und ihr einen riesigen Schauer über den Rücken laufen ließ.

Noch schlimmer wurde es, als sie merkte, dass der Schrei aus ihrer eigenen Kehle gekommen war.

»Ene, mene Meck, und du bist weg!«

prangte in großen roten Buchstaben auf ihrer Windschutzscheibe.
Oh mein Gott! Nein, nein, nein, das darf doch nicht wahr sein.
Ihrer Schutzlosigkeit dort draußen alleine auf dem Parkplatz plötzlich völlig bewusst, schmiss sie die Folie neben das Auto und lief um die offenstehende Fahrertür herum, um sich schnell ins Auto zu retten und die Türen von innen zu verriegeln.
Sie saß schon fast im Wagen, als sie von hinten an ihren Haaren gepackt wurde und sie ein starker Arm gewaltsam aus dem Auto zerrte. Noch bevor sie laut aufschreien konnte, legte sich ihr eine Hand fest auf den Mund, der rechte Arm wurde ihr auf den Rücken gerissen.
Sara wurde panisch. Sie versuchte zu schreien, sich aus dem Griff zu befreien, machte damit aber alles nur noch schlimmer. Je mehr sie zappelte, umso fester wurde ihr der Arm verdreht. Nicht mehr weit, und ihr Schultergelenk wäre ausgekugelt.
»Hilfe, Hilfe!«, versuchte Sara durch die Hand ihres Angreifers zu rufen. Der Versuch scheiterte kläglich.
Sara spürte, wie ihre Beine butterweich wurden und ihre Zähne zu klappern begannen, als sich plötzlich ein Mund ihrem linken Ohr näherte und sie gezwungen wurde, auf dessen Worte zu hören, die ihr tief durch Mark und Bein stießen:

»Bald, meine kleine Sara, bald gehörst du mir!«

7.

Als Johanna die zitternde und weinende Sara im Krankenwagen sitzen sah, konnte sie nicht anders. Sie musste sie einfach in den Arm nehmen.
Eigentlich hatte sie Frau Jakobs ja gut leiden können. Aber als sie letzte Woche, nachdem Holger ihr Daniels Adresse zugeschustert hatte, aus purer Neugierde an seinem Haus vorbeigefahren war, hatte sie ihren Augen kaum trauen können. Sara Jakobs stieg genau in dem Moment mit einer Flasche Wein aus ihrem Auto, als sie mit dem Dienstwagen um die Kurve gefahren kam. Was war sie froh gewesen, dass sie sich keinen Streifen-, sondern einen Zivilwagen genommen hatte. Sonst hätte die ganze Situation sehr peinlich werden können.
An diesem Abend hatte sie noch lange wach in ihrem Bett gelegen und sich gefragt, wie sie die Zeichen von Daniel Treude hatte so falsch deuten können.
Aber all das musste sie jetzt beiseiteschieben. Was diese arme Frau heute Abend mitmachen musste, war grausam. Der Täter hatte es zum ersten Mal nicht dabei belassen, nur Briefe zu hinterlassen. Er hatte sich eindeutig gesteigert.
Damals bei dem Karnevalsumzug hatte er sich seinem Opfer zwar auch genähert, aber er hatte Sara nicht angegriffen. Das war neu und zudem brandgefährlich. Auf jeden Fall brauchte diese Frau mit ihrem Sohn Personenschutz, bis der Täter gefasst worden war.
Er hatte auch zum ersten Mal kein Zitat aus einem Märchen, sondern einen bekannten Abzählreim gewählt. Und dennoch hatten all seine Nachrichten etwas mit Kindern zu tun.
Sie war zwar keine Profilerin, aber es war eindeutig, dass der Täter von seinem bisherigen Muster abwich. Und das bedeutete ganz sicher nichts Gutes. *Etwas muss sich für ihn verändert haben. Aber was?*

»Frau Jakobs, können wir reden? Haben Sie den Täter erkennen können? Haben Sie vielleicht seine Stimme erkannt? Etwas Auffälliges an seiner Kleidung?«, fragte sie behutsam, ohne sie dabei aus ihren Armen zu lassen. Der Sanitäter im Krankenwagen warf ihr einen bösen Blick zu und schüttelte mit dem Kopf.

»Sie hat gerade eine Beruhigungsspritze bekommen und ist jetzt ganz sicher nicht in der Lage, Ihre Fragen zu beantworten. Da müssen Sie sich schon bis morgen gedulden. Vielleicht sogar bis übermorgen. Wir nehmen sie jetzt mit ins Krankenhaus und behalten sie über Nacht da.«

»Entschuldigung! Sie haben ja recht«, gab Johanna kleinlaut zu. »Tut mir leid!«

Frau Jakobs in diesem Zustand mit Fragen zu bedrängen, war wirklich nicht sehr klug von ihr. Sie ließ Sara aus ihrer Umarmung und legte ihr behutsam eine Decke über die Schultern.

Dann kletterte sie aus dem Wagen und überlegte kurz, was sie tun sollte. Auch wenn es ihr widerstrebte, sollte sie dennoch Daniel darüber unterrichten, was seiner Freundin zugestoßen war. Wahrscheinlich wollte er in dieser Situation gerne bei ihr sein. Zumindest, wenn Sara morgen früh erwachte.

8.

Endlich! Louisa freute sich. Endlich war es so weit und sie würde Jochen bei sich zu Hause besuchen. Sie hatte das Gefühl, dass sich zwischen ihnen beiden mehr entwickelt hatte, als nur hin und wieder mal Sex miteinander zu haben. Aus dem Hin und Wieder war mittlerweile

zwei- bis dreimal die Woche geworden. Nach dem ersten Mal zu Hause in ihrer Wohnung hätte sie nie gedacht, dass sie Jochen überhaupt noch einmal wiedersehen wollte. Er war grob und egoistisch gewesen. Aber dass sich jetzt so etwas daraus entwickeln würde?
Leider kam sie langsam an den Punkt, an dem sie es nicht nur beim Sex belassen wollte. Sie wollte eine Beziehung! Doch immer, wenn sie ein ernsthafteres Gespräch mit Jochen führen wollte, wich er aus. Er war zwar ein sehr guter Zuhörer, ja, er hörte sich alles über ihre Arbeit an, auch über ihre Sorgen, die sie sich um Sara machte, aber von ihm selbst war nie etwas gekommen. Deshalb wertete sie es nun als gutes Zeichen, dass er sie zu sich nach Hause eingeladen hatte.
Die entscheidende Frage für sie war nun: *Soll ich mit dem Auto kommen? Dann kann ich aber nichts trinken. Gehe ich zu Fuß, denkt er direkt, ich wolle bei ihm übernachten.* Jochen hatte nie bei ihr übernachtet. Länger als eine halbe Stunde war er selten geblieben.
Louisa entschied sich, alles auf eine Karte zu setzen und ließ sich ein Taxi kommen. Der anzügliche Blick des Taxifahrers war ihr unangenehm und schmeichelte ihr zugleich. Sie war vierzig Jahre alt, war mit ihrer hellen Haut und den hellen Haaren sicher nicht jedermanns Typ, aber ihre strahlend blauen Augen und ihre Figur hatten bisher noch immer Wirkung gezeigt. Sicher tat ihr Outfit mit den leicht hochgesteckten Haaren, dem weißen, enganliegenden Overall mit Reißverschluss und den feuerroten High-Heels das Seinige dazu. Dass sie nicht auf dem Weg zu einem Kaffeekränzchen war, musste auch ihrem Fahrer klar sein.

»Zwölf Euro, bitte! Und genießen Sie den Abend! Eine Abholung, nehme ich an, brauchen Sie wohl nicht?«, fragte er frech.
Und du kleiner Wicht bekommst ganz sicher kein Trinkgeld von mir!

Louisa ging nicht weiter auf die unverschämte Bemerkung ein, zahlte genau zwölf Euro und bog zu Fuß in Jochens Straße ein. Auf keinen Fall hätte sie sich bis vor die Haustür fahren lassen. Wenn sie Glück hatte, würde Jochen gar nicht merken, wie sie zu ihm gekommen war.

»Wow, du siehst umwerfend aus!«, wurde sie schon in der Haustür begrüßt. »Komm rein!«

»Danke, gerne.« *Warum bin ich nur so verlegen?*
Eine Jacke hatte sie nicht an, dafür war es heute zu warm. Daher führte Jochen sie direkt ins Wohnzimmer.

Louisa war enttäuscht. *Keine Kerzen, kein Wein – kein nichts! Als ob er überhaupt nicht mit mir gerechnet hätte. So viel dazu, dass ich mir eingebildet habe, aus unserer momentanen reinen Sexbeziehung könnte mehr werden. Und überhaupt. Wie sieht das Wohnzimmer eigentlich aus? Total altbacken. Die Möbel aus alter Eiche, das Sofa stammt auch aus einer anderen Zeit. Fehlt nur noch, dass er mich gleich in das Ehebett seiner verstorbenen Eltern entführen will.*
Wie komme ich bloß aus der Nummer wieder raus? Louisa, dafür bist du dir eindeutig zu schade. Es wird Zeit, dass du dir einen anderen Mann suchst. Einen, der dich auf Händen trägt, dir den Hof macht und, vor allem, der sich ein bisschen was Nettes einfallen lässt, wenn er seine Freundin das erste Mal zu sich nach Hause eingeladen hat. Ok, ich bin nicht seine Freundin ... trotzdem!
In dem Moment wurde ihr bewusst, dass sie das auch niemals werden würde und auch gar nicht mehr wollte.

»Geißlein, stimmt was nicht?«

»Wieso? Nein, alles in Ordnung!«

»Du guckst so komisch.«

»Naja, irgendwie habe ich etwas anderes erwartet«, sagte sie ehrlich.

»Verstehe. Aber weißt du, ich bin noch mitten in der Renovierung. Da lohnt es sich für mich einfach nicht, jetzt schon neue Möbel zu kaufen.«

Das erklärt die Möbel, aber noch lange nicht deine Unromantik!

»Ach so! Dann willst du also vielleicht doch hier im Siegerland bleiben? Sara hat mir erzählt, dass du geplant hattest, wieder zurück in den Schwarzwald zu ziehen.«

»Und da wird sie auch wahrscheinlich sehr froh drüber gewesen sein, oder?«

Das ist noch völlig untertrieben, Sara hat einen halben Freudentanz aufgeführt, als Christian ihr vor einiger Zeit die frohe Botschaft verkündet hat, dass du hier wieder wegziehst. Sie kann dich gar nicht schnell genug loswerden. Und mir geht es allmählich ganz genauso. Seltsam war das alles. Sie fühlte sich von Minute zu Minute unwohler.

»Dann zeig mir doch mal, was du schon renoviert hast. Ich bin gespannt, für welche Farben du dich entschieden hast«, fragte Louisa tapfer.

»Ach was, du siehst so klasse in deinem weißen Overall aus, da willst du sicher nicht meine Baustelle im ersten Stock besichtigen. Komm her zu mir! Komm setz dich!«, forderte er sie etwas unwirsch auf.

Bilde ich mir das ein oder ist er heute irgendwie anders? *Louisa, sei vorsichtig!*, ermahnte sie sich selbst und dachte dabei an ihr erstes Date mit Jochen. Langsam ging sie zu dem alten Sofa und setzte sich neben ihn. Sofort rutschte er rüber und legte seinen Arm um ihre Schulter.

»Geißlein, was ist? Ich sehe doch an deinen süßen roten Flecken an deinem Hals, das etwas nicht stimmt!«

Scheiße, müssen, die mich denn immer verraten?

Louisa konnte kaum noch zählen, wie oft sie diese Flecken schon geärgert hatten. Bei jeder Rede, bei jedem Kundentermin, der sie geärgert hatte, bei jeder sexuellen Erregung … Sie konnte noch so sehr dagegen angehen, gegen diese verräterischen Flecken konnte sie einfach nichts tun.

»Du, mir ist nur gerade eingefallen, dass ich mich für morgen noch auf einen wichtigen Kunden vorbereiten muss. Lange kann ich heute also nicht bleiben.«

»Das musst du doch auch gar nicht. Komm her!«, sagte er und versuchte ihren nackten Hals zu küssen.

Wusste ich's doch! Eine schnelle Nummer, dann hätte er mich eh wieder rausgeschmissen, dachte sie verbittert und entzog sich ihm.

Irritiert sah er sie an. »Soll das jetzt ein Spielchen werden? Hat mein Geißlein Angst vorm großen bösen Wolf bekommen?«

Er schien zu spüren, dass sie sich unwohl fühlte und meinte verständnislos: »Hey, bis jetzt war zwischen uns doch immer alles gut! Was ist auf einmal mit dir los? Jetzt sag aber nicht, dass du dir irgendwie mehr erhofft hast.«

Er fing tatsächlich an zu lachen, als er in ihr Gesicht sah.

»Geißlein, im Ernst. Ich dachte, das wäre klar zwischen uns! Wir toben uns aus, haben Spaß, lassen zusammen Dampf ab … Das ist doch genial. Keine Verpflichtungen, keine lästigen Geschenke oder Blumengedöns …«

Louisas Augen füllten sich langsam mit Tränen. Wie konnte er nur so gemein sein.

»Nenn mich nicht immer Geißlein«, schnauzte sie ihn an und spürte, wie sie langsam die Beherrschung verlor. Sie musste schnellstens hier raus, sonst brach sie noch vor diesem Ekelpaket in Tränen aus. Das sollte ihr auf keinen Fall passieren. Also stand sie auf und wollte gerade zur Tür gehen, als Jochen nach ihrer Hand griff und sie zurück aufs Sofa und eng neben sich zog. Zärtlich streichelte er ihren Nacken und meinte verführerisch:

»Ich bin doch noch immer derselbe. Denk an unsere letzten Abenteuer in deinem Bett, auf deinem Wolfsfell, in deiner Wanne … Das hat dir doch auch gefallen, oder nicht?«

Louisa konnte sein Aftershave riechen, schloss die Augen

und hörte seiner Stimme zu, die ihr immer intensiver die Dinge vor Augen führte, die sie in den letzten Wochen getrieben hatten.

»Jetzt komm schon, Rapunzel, lass dein Haar für mich herunter«, sagte er sanft und zog ihr die Nadeln aus dem Haar.

Es dauerte fünf Sekunden, da verließ ein gequälter Laut Louisas Kehle. Sie sprang entsetzt vom Sofa auf, rannte zur Tür und riss sie panisch auf, als sich von hinten ein Arm um ihren Hals legte und sie im Würgegriff zurück ins Haus zog.

»Das hätte ich wohl gerade nicht sagen sollen!«

9.

Der Arzt erlaubte Johanna erst zwei Tage später mit Frau Jakobs zu sprechen. Es hatte sie psychisch schwer erwischt und man sah ihr an, dass ihr der letzte Schlag des Märchenonkels sehr zugesetzt hatte. Ihre tiefbraunen Augen lagen in genauso tiefen Augenhöhlen. Die Augenringe sprachen deutlich von zu wenig Schlaf und vielen Tränen.

Dabei war es ihr doch in den letzten Tagen so gut gegangen. Sogar ihren Daniel hatte sie zurückbekommen, dachte Johanna traurig. Und dennoch! Tapfer hatte die Frau, die so kümmerlich vor ihr in dem weißen Krankenhausbett lag, versucht, sich der Angst zu stellen. Aber was brachte das, wenn irgendjemand immer wieder neu gegen sie ausholte.

»Es tut mir sehr leid, was Ihnen passiert ist! Wie geht es Ihnen?«

»Danke, es geht schon. Schön, dass Sie da sind«, antwortete Sara leise. »Die Medikamente machen mich noch etwas dusselig, aber das ist vielleicht gar nicht so schlecht.«

»Ist es in Ordnung, wenn ich Ihnen ein paar Fragen stelle?«

»Natürlich. Ich werde alles versuchen, damit das hier endlich ein Ende hat, glauben Sie mir!« Sara atmete tief ein und aus, doch dann brach es doch aus hier heraus: »Ich habe Angst, so schreckliche Angst.«
Johanna nahm zaghaft ihre Hand: »Ich kann Sie so gut verstehen. Wir werden den Täter bald finden. Versprochen!« Johanna sah im Geiste Holgers entsetzten Blick, weil sie zum zweiten Mal ein Versprechen gegeben hatte, das man als Polizist niemals, wirklich niemals geben sollte. Aber der Funke Hoffnung in Sara Jakobs Augen war es für Kriminaloberkommissarin Johanna Daub wert.

»Sie werden den Täter finden? Gibt es denn etwas Neues? Haben Sie eine Spur?«, wurde Johanna hoffnungsvoll gefragt.

»Ja, vielleicht! Sagen Sie, können Sie sich noch an einen Herrn Jochen Petry erinnern, der vor circa sechzehn Jahren Kunde bei Ihnen in Weidenau war?«

»Petry … Petry,«, musste sie nachdenken, »ja, ich hatte da mal einen Petry mit einem sehr dominanten Vater. Er hatte damals, ich glaube, es war eine Schreinerei, von seinem Vater übernommen. Ein ganz unangenehmer Kerl!«

»Wer? Der Vater oder der Sohn?«, fragte Johanna interessiert.

»Der Vater. Er hatte die Firma aufgebaut und sie dann später an seinen Sohn abgegeben. Der junge Petry war ganz nett. Er hatte nur große Probleme mit seinen Unterlieferanten, sodass er in finanzielle Schwierigkeiten geriet. So ganz genau weiß ich das aber auch nicht mehr.«

»Frau Jakobs, nach all den Jahren und den vielen Kun-

den ist das ganz schön viel, an das Sie sich noch erinnern.«
Sara lächelte zaghaft: »Danke! Ich weiß noch, dass der Vater damals nicht bereit war, für seinen Sohn zu bürgen. Für ihn war vor allem er daran Schuld, dass es mit der Firma den Bach runterging. Die beiden haben sich in meinem Büro einmal so sehr gestritten, dass Herr Schwarz von nebenan rüberkommen musste, um die beiden Streithähne auseinanderzubringen.«

»Ich habe einen Zeitungsartikel gefunden. Wenn das stimmt, was in der Zeitung steht, hat Herr Petry irgendwann seine eigene Schreinerei in Brand gesetzt, um die Versicherungssumme zu kassieren. Würden Sie sich das Foto einmal ansehen?«
Sara studierte ausgiebig das Schwarz-Weiß-Foto, auf dem ein Mann mit längeren schwarzen Haaren, Bart und circa einhundertzwanzig Kilo Körpergewicht abgebildet war.

»Ja, das ist er. Wie furchtbar! Und Sie glauben jetzt, er ist der Märchenonkel? Was habe denn ich damit zu tun? Ich habe ihm doch nichts getan. Ich kenne ihn überhaupt nicht näher. Wieso sollte er mir das antun wollen?«, fragte Sara zweifelnd nach.

»Das, Frau Jakobs, werden wir noch herausfinden! Sagen Sie …«
Die Tür zum Krankenzimmer ging auf und eine Person kam herein, mit der Johanna niemals gerechnet hätte. Christian Jakobs stand besorgt in der Tür und sagte nur:

»Hallo Liebes, ich bringe dich jetzt nach Hause!«

10.

»Hey Johanna, kannst du sofort kommen?«, rief er aufgeregt ins Telefon.

»Ich wünsche dir auch einen guten Morgen«, wurde er schroff von ihr belehrt.

»Johanna, im Ernst, es ist wichtig! Kannst du bitte in mein Büro kommen? Ich muss dir dringend etwas zeigen!«

»Wenn es denn so unglaublich wichtig ist. Ich bin in zwanzig Minuten da!«

Bilde ich mir das nur ein, oder ist sie irgendwie sauer auf mich?, fragte sich Daniel.

Die ganze Sache hatte ihm keine Ruhe gelassen. Seit Johanna ihn neulich nachts angerufen hatte, um ihm zu erzählen, was Sara am Pfingstmontag nach dem Kultur-Festival passiert war, war alles anders. Sie hatte ihm nüchtern und kühl erklärt, dass seine Freundin – und dieses Wort hatte sie seltsam betont – jetzt gerade nach Weidenau ins Krankenhaus gebracht würde und es ihr bestimmt guttäte, wenn er an ihrer Seite wäre.

Er wollte noch nachhaken, aber Johanna hatte nach dieser kurzen und knappen Information sofort eingehängt. Seitdem hatte er dreimal versucht sie am Handy zu erreichen, einmal sogar im Büro. Nie war sie rangegangen. Auch gerade war sie wieder so kurz angebunden und unfreundlich gewesen, dabei freute er sich ehrlich sie zu sehen. *Frauen! Ein ewig unbekanntes Mysterium ...*

»Da bin ich! Und? Was gibt es so Wichtiges?«, wurde er unwirsch von einer plötzlich in der Tür stehenden Kriminaloberkommissarin gefragt.

Überrascht, dass sie nicht angerufen hatte, um sich von ihm abholen zu lassen, fiel ihm ein, dass ja Geschäftszeit war und die Eingangstüren für jedermann offen standen. *Mist, ich hatte doch recht. Sie ist total sauer auf mich. Aber warum? An dem Abend nach unserer Recherche war doch noch alles in Ordnung.*

»Ich freue mich auch dich zu sehen!«

»Sehr witzig, also?«, fragte sie und setzte sich ganz bewusst weit weg von ihm an den Beratungstisch.

»Äh, Johanna? Ich bin's! Der nette Stadtbankmitarbeiter, mit dem du dich bis vor Kurzem noch so gut verstanden hast?«

Johanna sah ihm lange in die Augen: »Und heute bist du der Stadtbankmitarbeiter, der gerne zweigleisig fährt!«

»Wie zweigleisig? Verstehe ich nicht. Würdest du mir das bitte erklären?«, bat er irritiert. Daniel war sich keiner Schuld bewusst. *Zweigleisig? Wie kommt sie denn jetzt darauf? Wenn dieser Christian wieder irgendetwas damit zu tun hat, dann kann er was erleben!*

»Nein, werde ich nicht! Jetzt erzähl schon, was hast du gefunden?«

Daniel gab sich geschlagen und ließ sich auf ein rein sachliches Gespräch mit Johanna ein. Es blieb ihm auch nichts anderes übrig.

»Ich habe noch weiter in den Akten von diesem Jochen Petry gesucht und habe tatsächlich etwas Interessantes gefunden.«

»Erzähl?«, forderte Johanna ihn, plötzlich hochinteressiert, auf.

Ich bin gespannt, was sie jetzt sagt, freute sich Daniel und verkündete stolz seine Entdeckung: »Jochen Petry hat zwei Töchter.«

Johanna war sprachlos: »Und das soll die große Entdeckung sein?«

Daniel war enttäuscht. »Johanna, zwei Töchter, Märchenonkel … klingelt da was bei dir?«

»Geht so. Aber du hast recht. Die Töchter passen wirklich gut ins Profil«, gab sie etwas versöhnlicher zu. »Wahrscheinlich hat er den beiden früher immer Märchen vorgelesen. Wie hast du das herausgefunden?«

»Beide Mädchen hatten früher ein Sparbuch bei uns.

Und eine Familie wird bei uns im System immer zusammen in einen Verbund gepackt.«

»Was heißt denn ‚in einen Verbund gepackt'?«

»Eltern und Kinder gehören ja rein rechtlich zusammen. Ohne ihre Eltern sind die Kinder nicht geschäftsfähig. Deshalb packen wir alle Familienmitglieder zusammen in einen Verbund. Wenn dann zum Beispiel die Mutter kommt und ihrem Berater erzählt, dass die Familie umgezogen ist, dann wird das automatisch bei allen Familienmitgliedern geändert.«

»Wie praktisch! Und existieren die Konten noch?«

»Leider nein, die wurden letztes Jahr im Frühjahr aufgelöst.«

»Wie? So spät? Hattest du nicht gesagt, Herr Petry hätte sich schon nach einem Jahr von all seinen Konten bei der Stadtbank getrennt?«

»Das stimmt. Und das hat mich auch stutzig gemacht, deshalb habe ich mir das mal genauer angesehen.«

»Da warst du aber fleißig«, lobte ihn Johanna mit dem Anflug eines kleinen Lächelns.

Gilt das Lächeln jetzt mir oder dem, was ich herausgefunden habe?, fragte sich Daniel.

»Oh, vielen Dank! Ich habe entdeckt, dass damals beide Konten der Kinder von Herrn Georg Petry angelegt worden sind.«

»Das muss der Opa gewesen sein.«

»Genau! Aber nach drei Jahren, nachdem die Schreinerei pleiteging, wurden die Namen von Petry in Richter umgeändert.«

»Was? Wie das denn?«

»Durch den Verbund konnte ich sehen, dass Jochen Petry dort irgendwann gelöscht worden ist und die Mutter, Claudia Petry, das alleinige Sorgerecht bekommen hatte.«

»Also Jochen Petrys Frau«, warf Johanna ein.

»Genau, Jochen Petrys Frau muss ihren eigenen Nachnamen und den der Kinder von Petry in Richter geändert haben.

»Das gibt's ja nicht. Das sind echt Neuigkeiten, Daniel. Gut gemacht!«, sagte Johanna begeistert. »Jetzt kommen wir auch dem Motiv so langsam näher.«

Dieses Mal war es Daniel, der auf dem Schlauch stand.

»Wieso?«

»Wenn ich dich richtig verstanden habe, geht die Firma pleite und er steckt sie in Brand. Das wird ganz bestimmt nicht ohne strafrechtliche Folgen abgegangen sein. Nehmen wir an, er war dafür im Gefängnis …«

»Wie, er hat die Schreinerei in Brand gesteckt?«

»Das wollte ich dir ja noch erzählen.«

»Ach so, ja klar … Wann denn?«, fragte Daniel etwas beleidigt.

»Hey, jetzt spiel mir hier nicht die beleidigte Leberwurst.«

Musst du gerade sagen!

»Ich habe mich im Archiv der Lokalzeitung ausgetobt und herausgefunden, dass Petry vor sechzehn Jahren seine eigene Schreinerei in Schutt und Asche gelegt hat, um die Versicherungssumme zu kassieren.«

»Und da hast du mich nicht in das Zeitungsarchiv mitgenommen?«

»Wenn du weiter so beleidigt drauf bist, werde ich dich bis ans Ende deiner Tage Leberwurst nennen.«

Na wenigstens kommt so langsam ihre gute Laune zurück! Daniel, jetzt mach bloß keinen Fehler!, ermahnte er sich selbst.

»Sehr lustig, Johanna. Aber im Ernst, das müsstest du doch wissen, wenn er im Gefängnis gesessen hätte!«

»Ja, eigentlich schon, wenn die ganze Geschichte nicht schon länger als fünfzehn Jahre her wäre. Dank unseres tollen Resozialisierungsprogramms soll ein böser Bube, der seine Strafe abgesessen hat, als unbescholtener Bürger und ohne Vorurteile wieder Fuß fassen können.«

Sie scheint kein Fan dieses Programms zu sein!

»Ich habe aber Akteneinsicht beantragt und warte fast stündlich auf Bescheid.«

»Ok, dann sieht die Sache allerdings tatsächlich etwas anders aus. Petry steckt die Schreinerei in Brand, kommt ins Gefängnis, seine Frau verlässt ihn, lässt sich scheiden und zieht mit den Kindern weg.«

»Genau, einmal alles so richtig im Arsch!«, fasste Johanna Daub das Motiv des Jochen Petry in einem Satz zusammen.

»Ich bin beeindruckt von deiner Ausdrucksweise«, grinste Daniel. *Da ist sie wieder, meine Johanna mit ihrem wunderschönen Lächeln.*

»Hast du eine Idee, wo die Familie heute wohnt?«

»Moment, wer von uns beiden arbeitet noch gleich bei der Polizei? Ich kann dir nur sagen, dass Claudia Richter ein Konto in Lüneburg und die beiden Töchter ihre in Hamburg eröffnet haben«, wusste Daniel zu berichten.

Johanna schien beeindruckt zu sein.

»Na, das ist ja schon mal was, damit kann ich arbeiten.«

»Du? Du meinst wohl wir«, intervenierte er und spielte währenddessen mit dem Zeitungsartikel über den Brand der Schreinerei, den Johanna ihm vorhin auf seinen Schreibtisch gelegt hatte.

»Wie alt wird er wohl heute sein?«, wollte sie wissen.

»Das kann ich dir genau sagen«, antwortete Daniel und schlug die Akte auf, die er mit Johanna im Keller der Stadtbank nach langem Suchen entdeckt hatte. »Irgendwo müsste es eine Kopie des Personalausweises geben.«

Johanna stand neugierig auf und setzte sich auf Daniels Schreibtischkante.

»Tata, gefunden!«, rief Daniel stolz und bekam sofort das Papier aus der Hand gerissen.

Daniel beobachtete sein Gegenüber, wie sie das Papier mit der Ausweiskopie studierte. Ihr Gesichtsausdruck ging schlagartig von konzentriert in ungläubig über.

Dann stand Johanna wie in Trance von der Schreibtischkante auf, ging um den Schreibtisch herum, legte ihre Arme um ihn und drückte ihm einen festen Kuss mitten auf den Mund.

»Ich muss los!«, hörte er sie aus der Ferne sagen und sah zu, wie sie zur Tür ging und das Zimmer verließ.
Endlich wieder Herr seiner Sinne, sprang er auf und lief hinter ihr her. Die Fahrstuhltür wollte sich gerade schließen, als sie ihm zurief: »Sieh dir den Ausweis mal genauer an!«
Der Fahrstuhl schloss sich und Daniel konnte nur noch von außen zusehen, wie Johanna Stück für Stück ein Stockwerk tiefer verschwand.
Das hätte ich ja gerne, wenn du mir nicht das Papier aus der Hand gerissen und eingesteckt hättest.
Er beeilte sich, in sein Büro zurückzukommen, gab den Namen Jochen Petry in seinen PC ein und öffnete dessen elektronische Akte. Als er den eingescannten Ausweis fand, studierte er als Erstes das Foto. Der Mann sah genau so aus, wie der, den er eben in dem sechzehn Jahre alten Presseartikel gesehen hatte. Das konnte also nicht der Grund für Johannas Gefühlsausbruch sein.
Dann plötzlich traf es auch ihn wie ein Blitz. Neben dem Foto auf dem Personalausweis stand es klar und deutlich:

Name: Jochen Petry, geb. Schmitz

11.

Warum? Was habe ich mir da bloß eingebrockt? Hilfe! Ich will hier raus! Bitte, hört mich denn niemand?
Natürlich hört mich niemand. Wie auch? Es weiß ja auch niemand, dass ich hier bin. Hätte ich doch wenigstens

Sara erzählt, dass ich mit Jochen verabredet bin, dann hätte ich noch eine Chance hier wieder rauszukommen.
Louisa lag, mit auf dem Rücken zusammengebundenen Armen, auf dem Bett und ließ ihren Tränen freien Lauf. Wie hatte sie auch so blöd und blauäugig sein können. Die Zeichen hätte sie schon viel früher erkennen müssen. Jochen Schmitz, der plötzlich beste Freund von Christian Jakobs, der plötzliche Trainer von Leon Jakobs, der plötzliche Gast beim Adventsessen von Sara Jakobs … Daniel hatte recht gehabt. Er hatte sofort gewusst, dass da etwas nicht stimmt, aber sie hatte ja nicht auf ihn hören wollen.
Jochen Schmitz, der Sara weiße Lilien mitgebracht hatte. Blumen, mit denen man ein Grab schmückte … Warum war ihr das nicht vorher aufgefallen? Jochen Schmitz, der sie häppchenweise über alle Interna der Stadtbank ausgequetscht hatte. Er hatte genau wissen wollen, wo ihr Büro liegt. Genauso interessiert war er daran gewesen, welchen Job ihre Freundin Sara macht und besonders zu welchen Uhrzeiten.
Das hätte sie doch merken müssen. Aber nein, sie war zu sehr damit beschäftigt gewesen, sich von ihm vögeln zu lassen.
Ihre Tränen hatten braune Flecken des Make-ups auf ihrem weißen Overall hinterlassen, aber das war ihr egal. Sie hatte jede zeitliche Orientierung verloren und keine Ahnung, wie viele Tage sie schon hier unten im Keller gefangen gehalten wurde. Jochen kam zweimal täglich zu ihr, brachte ihr Essen, ging mit ihr aufs Klo und fragte sie zum Abschied jedes Mal grinsend, ob sie Bock auf Ficken hätte – dann sei er gerne bereit, sie dafür loszubinden.
Louisa hasste diesen Scheißkerl. Er hatte ihr mitten ins Gesicht gelacht und erklärt, dass sie für ihn nur Mittel zum Zweck gewesen sei. Sein eigentliches Ziel sei die Stadtbankschlampe Sara Jakobs. Als deren beste Freun-

din sei sie ihm da gerade recht gekommen. Mit ihrem Schlüssel wäre er problemlos nachts in die Stadtbank eingedrungen und hätte Saras Dateien mit der ach so wichtigen Präsentation gelöscht. Morgens sei er dann rechtzeitig zurückgewesen, um ihn wieder an Ort und Stelle zu legen. »K. o.-Tropfen sind das Schlüsselwort,« war seine Antwort auf ihre Frage gewesen, warum sie davon nichts bemerkt hätte.
Jetzt lag sie im Keller eines alten Hauses am Weidenauer Giersberg in einem Raum, in dem sich ein altes Schlagzeug und ein zerkratzter Kinderschreibtisch aus Kiefernholz befanden. Sie selbst lag auf einem alten, quietschenden Bett mit einer nach Moder stinkenden Matratze und einem Bettbezug mit Star-Wars-Motiv.
Die Wände, so hatte ihr Jochen erklärt, habe sein Vater vor vierzig Jahren mit Schallschutzschaumstoff verkleidet, damit die Nachbarn nicht von seinem Schlagzeugspiel gestört wurden.
Ein kleines Zugeständnis seines Vaters, kurz nachdem seine Mutter sie beide von heute auf morgen verlassen und einen verzweifelten Vater mit einem kleinen Jungen und tiefsten Selbstzweifeln zurückgelassen hatte.
»Hier unten hört dich niemand«, hatte er ihr auf den Kopf zugesagt und sich sogar den Knebel gespart.

Ein Mann, der mich Geißlein nennt ... ein Mann, der Märchenzitate hinterlässt und damit Sara tyrannisiert. Louisa, wie konntest du nur so blöd sein? Sein ‚Rapunzel lass dein Haar herunter‘ hatte ihr endgültig die Augen geöffnet, aber da war es schon zu spät gewesen.
Bisher hatte sich Jochen regelmäßig um sie gekümmert. Hatte sich sogar jeden Tag zwei Stunden zu ihr in den Keller gesetzt und seine Hasstiraden auf die Stadtbank losgelassen. Er hatte eindringlich versucht sie davon zu überzeugen, dass sie sich für den falschen Arbeitgeber entschieden hatte.

Am meisten beunruhigte sie aber die Tatsache, dass er ihr das Handy abgenommen und ihr all die privaten Nachrichten vorgelesen hatte, die sie an ihren Freundeskreis, und somit auch an Sara, in den letzten Wochen geschrieben hatte.
Er hatte ihren Schreibstil verinnerlicht und schrieb sich nun in ihrem Namen fleißig mit ihrer besten Freundin. Arme Sara! Wenn sie wüsste.
Es machte Jochen Spaß, ihr regelmäßig vorzulesen, was Sara ihm unwissentlich an Details aus ihrem Leben offenbarte. Sie brachte sich eindeutig mit diesen Informationen in Gefahr und Louisa konnte nichts dagegen tun. Wie schrecklich!

12.

»Frau Jakobs, jetzt regen Sie sich doch nicht so auf! Warum genau glauben Sie Ihrer Freundin denn nicht?«

»Weil Louisa so etwas niemals tun würde.«

»Sind Sie sich da sicher?«, hakte Johanna nach. »Vielleicht hat sie den Urlaub einfach mal dringend nötig gehabt. An Frau Schnell ist die ganze Sache bestimmt auch nicht spurlos vorübergezogen.«

»Ja, das weiß ich wohl. Und trotzdem passt das einfach nicht zu ihr. Louisa ist eine sehr organisierte Frau und hätte den Urlaub mindestens eine Woche vorher bei ihrem Chef angemeldet. In dem Job hat man Kunden, Beratungstermine … da kann man nicht so einfach in Urlaub fahren, auch wenn man ihn noch so dringend nötig hat.«

»Sie meinen also, sie ist einfach so in Urlaub gefahren, ohne sich frühzeitig abzumelden und sich um eine Vertretung zu kümmern?«, fragte Johanna ins Telefon und winkte ihren Partner durch die Glasscheibe herbei. Holger wusste immer, was zu tun ist.

»Richtig. Und genau so etwas würde sie niemals tun. Sie hat mir und ihrem Chef eine Nachricht aufs Handy geschickt, dass sie mal raus müsse und einen Flug nach Kos gebucht habe. Damit sie sich auch richtig erholen könne, hätte sie direkt drei Wochen gebucht, sogar all inklusive.«

Johanna hatte den Lautsprecher am Telefon angestellt, sodass ihr Kollege Holger Stein das Gespräch mitverfolgen konnte.

Zu ihrer Beruhigung konnte sie an seinem Blick erkennen, dass er sich, im Gegensatz zu ihr, keine Sorgen machte. Trotzdem musste sie die nächste Frage einfach stellen: »Frau Jakobs, kannte Frau Schnell den Freund Ihres Mannes Jochen Schmitz?«

»Jochen Schmitz? Warum fragen Sie? Ja, sie haben sich bei einem Abendessen bei uns zu Hause kennengelernt und … naja … ja, sie kennen sich.«

Johanna hörte sofort, dass Frau Jakobs nicht mit der ganzen Wahrheit rausrücken wollte.

»Was heißt, ‚naja'. Wie gut kannten sich die beiden?«, drängte sie Johanna zu einer Antwort.

»Louisa hat Jochen nach diesem Abend mit zu sich nach Hause genommen und die beiden hatten ziemlich unschönen Sex!« Holger blickte auf und hörte plötzlich wieder ganz interessiert zu. »Jochen soll recht grob geworden sein. Soweit ich weiß, haben sich die beiden danach aber nicht noch einmal gesehen.«

Na hoffentlich!, dachte Johanna.

»Ok, das ist gut! Aber jetzt noch einmal zusammengefasst: Frau Schnell ist spontan in Urlaub gefahren. Das ist zwar ungewöhnlich, aber in ihrer Situation auch verständlich. Sie hat sich bei Ihnen und Ihrem Chef per Handy abgemeldet. Was genau macht Ihnen dann solche Sorgen?«

Holger nickte ihr zustimmend zu. Auch er schien die Vermutung zu haben, dass Sara, nach alledem was sie zuletzt durchmachen musste, wahrscheinlich etwas überreagierte.

»Frau Daub, bitte glauben Sie mir. Louisa hat noch nicht einmal die Genehmigung ihres Urlaubs abgewartet, da stimmt etwas nicht!«

»Haben Sie denn versucht, sie telefonisch zu erreichen?«

»Ja, natürlich, direkt am nächsten Morgen, nachdem ich ihre Urlaubsnachricht bekommen habe. Aber es ging sofort die Mailbox an.«

»Wahrscheinlich ist ihr Akku leer und sie hat das Ladekabel vergessen, oder sie möchte wirklich einfach mal ganz in Ruhe abschalten, ohne gestört zu werden.«

»Wenn Sie meinen …«

Die klägliche Stimme von Sara Jakobs stach Johanna ins Herz. Sie tat ihr unendlich leid und irgendwie war es auch rührend, dass sie sich solche Sorgen um ihre Freundin machte.

»Ok, haben Sie einen Schlüssel zu ihrer Wohnung?«

Johanna konnte ihre Dankbarkeit fast schon durchs Telefon spüren.

»Ja, habe ich!«

»Ich bin in einer halben Stunde vor dem Haupteingang der Stadtbank und hole Sie ab!«, sagte Johanna und legte auf.

Holger sah sie lange an.

»Hanni, du bist zu gut für diese Welt.«

»Kann sein, aber wenn es Frau Jakobs beruhigt, dann mache ich das gerne.«

»Und genau dafür liebe ich dich!«, sagte Holger und ging rüber in sein Büro. In der Tür drehte er sich noch einmal zu ihr um. »Sag mal, Frau Jakobs weiß nicht, dass Jochen Petry heute Jochen Schmitz heißt?«

»Du meinst, wieder Schmitz heißt! Nein, das werde ich

ihr auch bei unserem jetzigen Ermittlungsstand auf keinen Fall erzählen. Nur weil Schmitz früher mal straffällig geworden ist und einen Brand gelegt hat, muss er ja noch lange nicht unser Täter sein. Auch wenn ich mich sehr darüber freuen würde!«

»Sehr gut! So muss eine objektive Ermittlung aussehen«, sagte Holger grinsend und verschwand in seinem Büro.

Stimmt, darüber hatte sie noch gar nicht nachgedacht. Wenn Schmitz ein geborener Schmitz und ein geschiedener Petry ist, dann war er nicht mit seinem Vater, sondern mit seinem Schwiegervater in der Beratung bei Sara Jakobs. Und das bedeutet, Jochen Schmitz hat das zukünftige Erbe seiner Ehefrau in Brand gesteckt. Kein Wunder, dass sie ihn verlassen hat!

Fast auf die Minute pünktlich fuhr sie vor den Haupteingang zum Kundencenter und ließ Sara einsteigen. Sara sah schon viel besser aus, als Johanna sie in Erinnerung hatte.

»Frau Jakobs, hallo! Wollen wir los?«

»Gerne, ich muss nur zu Hause noch schnell den Schlüssel holen, ist das in Ordnung? Tut mir leid, dass Sie deshalb einen Umweg machen müssen.«

»Kein Problem, Hauptsache, Sie sind nicht alleine unterwegs, solange wir den Täter noch nicht geschnappt haben.«

Auf dem kurzen Weg vom Giersberg in den Sieghütter Hauptweg versuchte Johanna es mit Smalltalk.

»Und? Wie geht es Leon?«

»Danke, nett, dass Sie fragen. Wir haben ihn erst einmal zu meiner Mutter gebracht. Sie wohnt zwar in Wilden, aber so ist er aus der Schusslinie. Das war mir und auch Christian sehr wichtig.«

»Das war eine gute Entscheidung! Und Sie sind sich sicher, dass Sie noch immer keinen Polizeischutz haben wollen?«

»Absolut sicher. Ihre Kollegen tun schon so viel für mich! Morgens werde ich zur Arbeit gebracht und mittags wieder nach Hause.«, erzählte Sara. »Oh, da fällt mir ein, dass ich Ihren Kollegen noch kurz Bescheid geben muss, dass sie mich heute nicht abholen brauchen!«

Johanna sah während der Fahrt aus dem Augenwinkel, wie sie ihr Handy aus der Handtasche zog und mit ihren Kollegen telefonierte. »Außerdem habe ich den beiden netten Herren versprochen, das Haus nicht alleine zu verlassen und daran halte ich mich auch. Abends kommt dann mein Mann nach der Arbeit nach Hause und passt auf mich auf.«

Johanna konnte nicht anders: »Ihr Mann kommt abends nach Hause? Und was ist mit Herrn Treude?«

»Daniel? Wieso? Was soll mit ihm sein?«

»Ach nichts, ich dachte nur, wo Sie sich doch eigentlich von Ihrem Ehemann getrennt haben …«, fragte Johanna wie beiläufig und hoffte, dass ihre Fragerei sie nicht verriet. Allerdings sah sie ein kleines Lächeln über Frau Jakobs Gesicht huschen und war sich dessen da gar nicht so sicher.

»Mein Mann und ich haben beschlossen, es noch einmal miteinander zu versuchen. Aber wir lassen uns Zeit. Er schläft im Moment im Gästezimmer und das ist auch gut so. Mir tut es gut, dass jemand nachts im Haus ist, und er ist froh, dass er etwas für mich tun kann. Ich versuche gerade wieder Vertrauen zu ihm aufzubauen, aber das ist gar nicht so leicht.«

Johanna bewunderte diese Frau. Nach allem, was Christian Jakobs ihr angetan hatte … Sie wusste nicht, ob sie in dieser Lage genauso reagieren würde. Sie wünschte ihr ehrlich, dass ihr Vertrauen nicht noch einmal enttäuscht wurde. Die Frage nach Daniel und ihrem nächtlichen Stelldichein hatte sie allerdings geschickt umgangen.

Vor dem Mehrfamilienhaus angekommen, schloss Sara die Tür auf. Der Briefkasten war länger nicht geleert worden, aber das war ja auch natürlich, wenn jemand in Urlaub gefahren war. Sara widersprach: »Louisa hat immer ihre Nachbarin gefragt, ob sie für sie die Post reinholt und die Blumen gießt, wenn sie in Urlaub gefahren ist. Frau Daub, da stimmt wirklich etwas nicht.«

So langsam wurde Johanna von der Sorge angesteckt. Das war tatsächlich seltsam. Nachdem sie die Treppen hochgegangen waren, öffnete Sara die Wohnungstür. In der Wohnung war es stickig und heiß, als wenn die Sonne seit einigen Tagen ungeschützt hereingepratzt hätte. Auf dem Wohnzimmertisch lagen zwei typische Frauenzeitschriften.

Während Sara das Bad inspizierte, ging Johanna rüber in die offene Hochglanzküche. Das beste Indiz, ob jemand verreist war, war eindeutig der Kühlschrank. Niemand verlässt seine Wohnung für drei Wochen, ohne vorher die verderblichen Lebensmittel zu essen oder zu entsorgen.

An die rote Tür hatte Louisa gesammelte Werke ihrer Postkarten mit bunten Magneten befestigt. Es schien so, als wären diese Postkarten das einzig wirklich Persönliche, was Louisa Schnell in ihrer Wohnung ausstellte. Sonst wirkte hier alles eher nüchtern.

Mit Spannung öffnete sie die Kühlschranktür und war sofort in Alarmbereitschaft. Die offene Milchtüte war seit zwei Tagen abgelaufen, ein fertiger Teller mit den Resten vom Vortag war mit einer Schicht weißen Schimmels bedeckt, aus dem Kopfsalat war eine dunkle Brühe gelaufen, die sich im untersten Fach auf dem ganzen Boden verteilt hatte.

Das sieht nicht gut aus!

»Frau Daub, kommen Sie mal?«

Nachdenklich ging Johanna rüber ins Badezimmer.

»Hier, sehen Sie sich das mal an. Der Lippenstift liegt noch offen rum, die Nagellackflasche hat sie auch nicht zugedreht ... das sieht doch so aus, als hätte sie sich gerade für ein Date fertig gemacht und nicht, als dass sie für drei Wochen ihre Kosmetik zusammengesucht hätte.«

»Das stimmt.«

Johanna öffnete eine Schublade und fand eine Haarbürste neben Louisa Schnells Deo. Daneben lag zu ihrer großen Überraschung eine geöffnete Packung Kondome.

»Frau Jakobs, hat Frau Schnell einen Freund?«

Sara blickte genauso irritiert auf die Kondompackung und schüttelte nur den Kopf.

»Ich hatte mal die Vermutung, aber das hätte sie mir bestimmt erzählt.«

Johanna öffnete die Klappe des kleinen Kosmetikeimers.

»Sie hatte eindeutig einen Freund!«, sagte sie und machte den Blick auf ein benutztes Kondom für Sara frei.

»Was? Aber, warum hat sie mir nichts davon erzählt? Ich verstehe das nicht«

»Wo ist denn das Schlafzimmer? Sehen wir nach, ob sie vielleicht doch etwas für ihren Urlaub eingepackt hat.«

Im Schlafzimmer wurden sie von einem Stapel Kleidungsstücke überrascht, die Louisa achtlos auf das Bett geworfen haben musste. Es sah tatsächlich nach einer Frau aus, die sich nicht hatte entscheiden können, in welchem Outfit sie aus dem Haus gehen wollte.

Plötzlich hörte Johanna hinter sich einen beängstigenden Aufschrei. Johanna drehte sich um und sah Sara Jakobs, die sich erschrocken die Hand vor den Mund hielt und sie aus großen Augen ansah. In der anderen Hand hielt sie einen gelben Klebezettel, den sie vom Nachttisch weggenommen haben musste.

Schon aus der Ferne erkannte Johanna die unverwechselbare Handschrift.

»Hey, Geißlein, du warst Bombe, musste leider weg, melde mich!«

13.

»Danke, dass du mich dieses Mal mitgenommen hast«, bedankte sich Daniel bei ihr. »Aber kann es sein, dass du das nur tust, weil ich als Zivilperson nicht so hart bestraft werde, wenn ich in fremder Leute Garten herumschleiche, wie du als Beamtin?«

Johanna errötete leicht.

»Nein, nicht nur ...«

»Wirklich nicht?«

»Nein, wirklich nicht«, antwortete sie ehrlich. *Schließlich begehe ich gerade deshalb einen Regelverstoß, der sich gewaschen hat.* Natürlich hatte sie lange überlegt, ob sie Daniel tatsächlich fragen sollte, ob er mit ihr das Haus von Jochen Schmitz observieren würde. Aber irgendwie hatte sie Sehnsucht nach ihm gehabt. Auch wenn sie sich bei dem Gedanken sehr über sich selbst ärgerte. »Sag mal«, fragte sie scheinheilig, »weißt du eigentlich, dass Christian Jakobs wieder bei seiner Frau eingezogen ist?«

»Na klar ...«

»Und?«

»Was und? Ist doch gut, oder nicht? Hast du ein Problem damit?«

»Ich? Nein, wieso?«

Irgendwie verlief das Gespräch gerade etwas seltsam.
Wie bekomme ich jetzt bloß die Kuh wieder vom Eis, überlegte Johanna fieberhaft.

»Ich habe Christian doch selbst zu Sara ins Krankenhaus geschickt, nachdem du mich über den Überfall informiert hattest.«

»Du hast was?«

»Rede ich heute so undeutlich, dass du ständig nachfragen musst?«, fragte er etwas belustigt.

»Ich habe Christian ...«, wiederholte er nun langsam und deutlich ...«

»Jaja, ich habe verstanden.«

Oh Mann Johanna, du doofe Nuss! Bist du blöd ... aber Moment, ich habe mir Sara Jakobs mit einer Flasche Wein vor seiner Wohnungstür ja nicht eingebildet.

»Und du findest das also gut?«

»Klar, warum nicht? Sollte Christian allerdings noch einmal irgendeinen Unsinn verzapfen, bekommt er von mir eins auf die Nase.«

Von mir auch.

»So, junge Frau, jetzt aber mal Butter bei die Fische! Mittlerweile kenne ich dich gut genug, als dass du mich nicht einfach so ohne Grund verhörst. Was ist los?«

Johanna war sich ganz und gar nicht sicher, ob sie sich die Blöße wirklich geben sollte, aber der bittende, fast schon flehende Blick von Daniel, ihn endlich aufzuklären, verfehlte seine Wirkung nicht.

»Ich war bei dir.«

»Was? Wann? Auf der Arbeit?«

»Nein, bei dir zu Hause.«

»Woher weißt du wo ich wohne?«

Ups ...

»Äh, das ist ja mal egal. Auf jeden Fall habe ich deine Freundin Sara gesehen, wie sie abends mit einer Flasche Wein bei dir aufgetaucht ist.«

Daniel war völlig perplex.

»Also, erstens freue ich mich sehr, dass dein neugieriges Näschen dich bis zu mir nach Brauersdorf geführt hat und zweitens scheinst du nicht lange genug geblieben zu sein, denn sonst hättest du gesehen, dass Sara nach fünf Minuten wieder gegangen ist.«

Johanna brauchte einen Moment, um das Gehörte sacken zu lassen. Dann sagte sie betont nüchtern: »Danke für die freundliche Aufklärung, Herr Treude.«

Daniel sah sie fassungslos an: »Das war's?«

»Jawoll, wir sind ja schließlich nicht zum Spaß hier.«

Daniel ließ sich auf das Ablenkungsmanöver ein und meinte dann ganz schlicht: »Einverstanden!«

Danke, Daniel!

»Und du glaubst also tatsächlich, dass Jochen Schmitz unser Märchenonkel ist?«, fragte er.

»Klar, es passt doch alles zusammen. Selbst das Motiv haben wir endlich gefunden.«

»Stimmt, seine komplett gescheiterte Existenz. Aber dass jemand die Schuld so völlig von sich auf andere schiebt ... kommt so etwas denn öfter vor?«

»Öfter als du glaubst. Schmitz gibt nicht sich selbst, sondern Sara Jakobs und Wilhelm Schwarz die Schuld, weil sie ihm den Kredit verweigert haben. Das ist purer Realitätsverlust.«

»Unglaublich! So viel zu dem Motiv. Was ist mit seinen Alibis?«

»Ich werde mir Christian Jakobs nochmal vorknöpfen, vielleicht redet er jetzt offener mit mir, wo er weiß, was auf dem Spiel steht.«

»Das ist eine gute Idee. Und seitdem wir wissen, dass Louisa regelmäßig von ihm besucht wurde, wissen wir auch, wie er in die Stadtbank gekommen sein kann, um die Präsentation zu löschen. Arme Louisa, wenn sie wüsste …«, tat ihm seine gute Freundin leid.

»Ich denke, das weiß sie schon.« *Und das Wörtchen ‚Besuch' ist an dieser Stelle wohl etwas untertrieben.*

»Wie geschickt Schmitz das angestellt hat. Er musste sich nur an die Freunde und Familie seines Opfers ranmachen und schon wurden ihm alle Türen geöffnet«, schlussfolgerte Johanna.

»Aber was ist mit der Haustür? Wie ist er ins Haus der Familie Jakobs gekommen?«

»Durch den Ehemann natürlich.«

»Moment, wenn ich mich recht entsinne, wurde doch der Brief mit dem ‚Spieglein, Spieglein an der Wand' im Schlafzimmer postiert, bevor Christian bei Schmitz eingezogen ist«, gab Daniel zu bedenken.

»Mist, du hast recht. Ich muss morgen unbedingt mit

ihm sprechen. So, und jetzt lass uns aber endlich aussteigen und einmal ums Haus gehen, einverstanden? Hier drin geht man ja ein vor Hitze!«

»Gute Idee! Und Schmitz ist garantiert nicht da?«

»Nein, er ist mit seiner Jugendmannschaft bei einem Auswärtsspiel. Also auf jetzt, du Angsthase.«

»Er ist mit Leon in der Mannschaft bei einem Spiel? Wie konntet ihr das zulassen? Sara weiß doch von nichts. Sie wird ihn gedankenlos mitgegeben haben«, schimpfte Daniel.

»Keine Sorge, Leon wohnt vorrübergehend bei seiner Oma in Wilden und ich habe einen Freund angerufen, der zufällig dort Trainer ist und gefragt, ob er Leon unter seine Fittiche nehmen kann, damit der Junge etwas abgelenkt ist.«

Daniel musterte sie anerkennend. »Das war sehr umsichtig von dir. Du würdest eine gute Mutter abgeben.«

»Meine Mom würde jetzt sagen: ‚Hanni, du brauchst jetzt nur noch den richtigen Mann dazu‘.« Und schwupp, war es ihr rausgerutscht und ließ sich auch nicht mehr zurücknehmen. Bevor sich ihre Gesichtsfarbe dem Rot ihrer Bluse anpassen konnte, war sie schon aus Daniels SUV gesprungen und machte sich auf den Weg zu Jochen Schmitz’ Haus.

Vorsichtig öffnete sie das Gartentörchen und stieg die fünf Stufen bis zur Haustür hinunter. Links ums Haus führte ein kleiner Weg mit alten Waschbetonplatten, die wackelig mitten in die Wiese gelegt worden waren. Der Garten war ungepflegt, der Rasen nicht gemäht.

»Gut, dass hier bis vor einem Jahr noch Mieter gewohnt haben, wer weiß, wie es hier sonst aussehen würde.«

»Stimmt, viel Zeit mit Gartenarbeit hat er definitiv nicht verbracht.«

Sie gingen langsam ums Haus herum und spähten auf ihrem Weg durch ein zweiflügeliges Fenster ins Schlafzimmer. Ein altes Doppelbett aus dunklem Nussbaum stand auf einem rot-bunt gewebten Teppich, wie ihn alle älteren Menschen in ihren Häusern liegen haben. Johanna konnte nichts Auffälliges entdecken. Es gab nur eine Bettdecke und auch nur ein Kopfkissen. Kein Zeichen von einer Frau, die in diesem Zimmer gefangen gehalten wurde.

Sie schlichen weiter und kamen über die Terrasse vor die große Wohnzimmerscheibe. Johanna drückte sich die Nase platt.

»Kann eine Nase eigentlich Nasenabdrücke hinterlassen?«, fragte Daniel.

»Du Witzbold ...«

»Im Ernst, ich habe eine Kollegin, die im Winter ihr Handy immer mit ihrer Nase entsperrt, weil sie sich nicht die Handschuhe ausziehen will.«

»Du meinst bei diesen Touch Screen Handys? Und das funktioniert?«

»Wenn ich es dir sage.«

Während Johanna sich in aller Ruhe durch die Scheibe das Wohnzimmer ansah, machte sich in ihrem Bauch wieder dieses Kribbeln breit.

Mein Instinkt ... da ist er wieder ... Was will mein Bauch mir sagen?

Und da plötzlich sah sie es ... das Kasperletheater. Das ist es!

Mit einem Mal wurde ihr alles klar.

»Ein erwachsener Mann mit einem Kasperletheater!«, rief sie laut aus.

Johanna glaubte keine Minute, dass Schmitz es nur aufgestellt hatte, um als lustige Idee den Fernseher dahinter zu verstecken. Nein, da steckte mehr dahinter. Sie dachte an die zwei Töchter, die Daniel in den Unterlagen entdeckt hatte. Er ist es!

Doch leider keine Spur von Louisa Schnell!

14.

Es war Ende Juni. Kinder, Eltern und Lehrer waren mitten im Endspurt vor den großen Sommerferien. Das Wetter war schön, die Freibäder endlich gut gefüllt. Eigentlich war alles gut. Wenn nicht noch immer Louisa Schnell verschwunden wäre. Ihre Handy-Ortung hatte nichts ergeben, der Akku musste ihr wirklich leergegangen sein.

Dass Jochen Schmitz hinter alldem zu stecken schien, war ihr besonders gegenüber Holger eine echte Genugtuung gewesen.

»Johanna, du bist klasse. Hattest mal wieder von Anfang an den richtigen Riecher«, hatte er sie gelobt.

Das war auch ein Grund, warum sie so gerne mit ihm zusammenarbeitete. Er hatte keine Probleme damit, ein Lob auszusprechen oder jemand anderem den Erfolg zu gönnen. Wobei man zurzeit leider noch nicht von einem Erfolg sprechen konnte.

»Jetzt musst du trotzdem Geduld haben. Klar? Wir dürfen keinen Fehler machen und zu früh zuschlagen.«

»Ich weiß, trotzdem würde ich am liebsten das Haus von Jochen Schmitz sofort auf den Kopf stellen.«

»Und genau das wirst du schön bleiben lassen, bis wir die Gewissheit haben, dass er auch wirklich unser Mann ist.«

»Ich sag dir eins, sobald wir die Fingerabdrücke aus der endlich freigegebenen Strafakte von Jochen Petry mit denen auf den Briefen mit den Märchenzitaten verglichen haben, bin ich in seiner Wohnung.«

»Aber nicht ohne mich! Verstanden?«

Johanna spürte, dass ihr Partner sauer auf sie war, weil sie Daniel und nicht ihn mit zu der Observierung genommen hatte. Das Einzige, was ihn versöhnlich stimmte, war ihre Kurzinfo, dass der Abend sehr aufschlussreich im Hinblick auf eine eventuelle zukünftige

Beziehung gewesen war.

»Ich habe übrigens, um ganz sicherzugehen, auch eine Untersuchung des Spermas in Auftrag gegeben, das wir hinter dem Haus der Familie Jakobs gefunden haben. Sicher ist sicher!«

»Sehr gut!«

»Wenn wir Glück haben, kommt das Ergebnis noch heute Abend. Ansonsten morgen … und dann haben wir ihn!

»Und was machen wir jetzt so lange?«

»Jetzt gehst du nach Hause zu deiner lieben Frau und ich werde dem Ehepaar Jakobs noch einen Besuch abstatten. Wenn ich Glück habe, ist der Ehemann schon von der Arbeit zu Hause.«

»Ok, mach das … und sei wachsam!«

Jetzt stand sie im gut gepflegten und kunterbunten Vorgarten der Familie Jakobs. Das Steinkraut blühte in den schillerndsten Farben und passte so gar nicht zu der Situation. Auf der einen Seite freute sie sich, dass Sara Jakobs jetzt nicht mehr allein zu Hause war, auf der anderen Seite konnte sie ihren Ehemann Christian nicht besonders gut leiden. Ein Mann, der seine Frau betrog, war schon schlimm genug, aber mitten in einer solch schlimmen Phase ... das war schon fast bösartig. Natürlich stand ihr kein Urteil darüber zu, aber dennoch würde sie Christian Jakobs heute nicht mit Samthandschuhen anfassen, sondern im Gegenteil. Sie würde ihn richtig in die Mangel nehmen.

Zögerlich drückte sie auf die Klingel und bekam kurze Zeit später von Saras Ehemann die Tür geöffnet. Christian Jakobs schien noch keine Zeit gehabt zu haben, sich umzuziehen, denn er stand in einem dunkelblauen Anzug und weißem Hemd mit einer blauorange gestreiften Krawatte, deren Knoten er gelockert hatte, vor ihr. Johanna konnte nichts dafür, aber ihre Begrüßung fiel kurz und knapp mit einem leicht feindseligen Unterton aus.

»Guten Abend, Herr Jakobs. Ich habe da noch ein paar Fragen an Sie. Lassen Sie mich bitte herein!«

»Natürlich, kommen Sie, setzen wir uns doch auf die Terrasse. Möchten Sie etwas trinken?«

Etwas verwirrt von seiner Freundlichkeit, nahm sie sein Angebot gerne an. »Ist Ihre Frau auch zu Hause?«, fragte sie, als er mit einer Wasserflasche und zwei Gläsern in der Hand zurückkam.

»Ja, sie ist eben von der Arbeit gekommen und ist jetzt oben im Bad.«

»Ich dachte, Ihre Frau geht immer vormittgas arbeiten?«

»Tut sie auch. Allerdings hat sie ihre Stelle noch etwas aufgestockt. Dazu kommt, dass sie in ihrem Job flexibel sein muss. Zwei potenzielle Kunden mit mehreren Mehrfamilienhäusern haben sie in dieser Woche für nachmittags in ihr Büro bestellt. Unglaublich, wie sie das macht, nach allem, was ihr passiert ist«, erzählte er mit Anerkennung in der Stimme. » Aber die Arbeit tut ihr gut, das lenkt sie ab. Hier zu Hause fühlt sie sich im Moment einfach nicht sicher. Selbst die Terrassentür lässt sie bei dem schönen Wetter zu, weil sie Angst hat, jemand könnte sie überfallen.«

»Das ist verständlich und auch gut so.«

»Ich bin gespannt, wie lange sie das noch durchhält.«

Die arme Frau! Hoffentlich kann ich dem Ganzen bald ein Ende setzen!

Johanna wunderte sich über das Feingefühl ihres Gegenübers. Von dieser Seite hatte sie ihn bisher noch nicht kennengelernt. Wie schön für Frau Jakobs, in ihrem Mann wieder eine Stütze zu haben. Dennoch musste sich Johanna selbst daran erinnern, warum sie gekommen war.

»Herr Jakobs, wir sind uns noch nicht sicher, ob wir Ihrer Frau davon erzählen wollen, aber wir haben einen Verdächtigen.«

»Na endlich! Das sind sehr gute Neuigkeiten. Wer ist es? Kenne ich ihn? Ist es dieser Petry, von dem mir Sara erzählt hat?«

»Allerdings! Nur, dass Jochen Petry gleichzeitig ihr guter Freund Jochen Schmitz ist!« Johanna war gespannt auf seine Reaktion. Irgendwie wirkte er enttäuscht.

»Petry soll Jochen sein? Das glaube ich nicht! Da täuschen Sie sich! Das würde er uns niemals antun! Er ist mein Freund, Leons Trainer, wir verstehen uns gut … das kann ich mir nicht vorstellen.«

»Jetzt denken Sie doch mal nach. Vor einem Jahr gab es Schmitz noch gar nicht. Erst seitdem er wieder hier im Siegerland aufgetaucht ist, fing es mit den ersten Briefen an.«

Johanna sah zu, wie Christian überlegte.

»Das stimmt zwar, aber … nein! Ich vertraue ihm. Er hat mich bei sich aufgenommen und war mir gegenüber immer freundlich. Er hat sich doch sogar um Leon gekümmert, als ich auf Reise musste.«

»Das ist es ja! Er hat sich in ihr Leben eingeschlichen, weil er über sie und Leon an Ihre Frau rankommen wollte.«

»Aber wie soll er das denn angestellt haben? Und vor allem, warum?«

Johanna nahm sich die Zeit und erzählte ihm von der Schreinerei, dem nicht bewilligten Kredit, dem Namenswechsel und bemerkte während ihrer Erzählung, wie sich die Haltung von Herrn Jakobs langsam veränderte. Sie konnte es in seinem Hirn förmlich rattern sehen.

»Dieser Scheißkerl! Er hat mich nach Strich und Faden ausgenutzt. Erst hat er mir dazu geraten, mich mit dieser Alex einzulassen und Sara zu betrügen, damit sie mich anschließend rauswirft. Dann hat er mich bei sich wohnen lassen, damit er mich über Sara aushorchen konnte. So ein Arschloch.«

Johanna ließ ihn einfach reden. Stück für Stück sah sie

zu, wie Christian das Puzzle zusammensetzte.

»Dann war er es auch, der den BH an Saras Kleiderschrank gehängt und ihr das Foto geschickt hat? Erst gibt er mir ein Alibi und dann verpfeift er mich? Mensch, war ich blöd.«

»Moment«, hakte Johanna nach, »zurück zu dem Alibi. Sie sagten, er hätte Ihnen ein Alibi gegeben. Sie meinen damit den ‚Stirb langsam'-Film, richtig? Ich wusste zwar schon, dass das Alibi falsch war, aber es ist gut, es offiziell von Ihnen bestätigt zu bekommen.«

»Sie müssen mich für einen Vollidioten halten!«

Stimmt!, dachte sie. *Obwohl … nein, eigentlich nicht! Auch Louisa Schnell ist auf den Typen reingefallen. Aber gut, dass du endlich kapierst, mit wem du dich da eingelassen hast.*

»Naja, ganz so schlimm ist es nicht.«

Für diese Antwort bekam sie sogar ein kleines Lächeln.

»Frau Daub, wie kann ich Ihnen helfen?«

»Erst einmal möchte ich von Ihnen alles wissen. Wir haben es noch nicht hintereinander bekommen, wie Schmitz hier ins Haus gelangen konnte, um die Briefe zu verstecken. Wann genau sind Sie bei ihm eingezogen? Das war doch erst nach dem Brief mit dem BH, oder?«

»Ja, das stimmt, allerdings habe ich ihn vorher schon öfter zu Hause besucht. Einmal, nach einem bösen Streit mit meiner Frau, habe ich sogar bei ihm übernachtet.«

»Also hätte er vorher schon locker an Ihren Haustürschlüssel kommen und ihn nachmachen lassen können«, schlussfolgerte Johanna und schrieb in ihr kleines Notizbuch, dass sie morgen unbedingt die Schlüsseldienste abklappern wollte.

Plötzlich wurde Christian Jakobs kalkweiß im Gesicht.

»Und ich habe diesem Menschen unseren Sohn anvertraut. Ich habe Leon mit ihm alleine gelassen.«

»Jetzt regen Sie sich nicht so auf. Es ist ja nichts passiert. Leon stand zu keinem Zeitpunkt in der Schusslinie.

Schmitz will Ihre Frau. Ihr Sohn und Sie waren da nur Mittel zum Zweck.«

»Jetzt wird mir alles klar! Mit meinem Schlüssel ist er zu Beginn seines Plans ins Haus gekommen, und nachdem Sara mich rausgeworfen hatte, hat er sich an Leon wegen des neuen Schlüssels rangemacht. Und ich Idiot habe ihm auch noch erzählt, dass Sara die Schlösser hat austauschen lassen, ich habe ihm von der Präsentation erzählt, von mir weiß er, dass Sara in Bremerhaven auf dem Betriebsausflug war …«

Johanna ließ ihn reden. Sie wusste, dass es für ihn gerade sehr wichtig war, die Ereignisse hintereinander zu bekommen, um sie wenigstens ein kleines Stück zu begreifen.

Nach einer Zeit sagte sie: »Herr Jakobs, ich verabschiede mich jetzt von Ihnen. Vorher müssen Sie mir allerdings etwas versprechen!«

»Alles, was Sie wollen.«

Irgendwie tat ihr der Mann auf dem Gartenstuhl ihr gegenüber mit all seinen Selbstvorwürfen leid. Christian Jakobs hatte sich tatsächlich verändert.

»Machen Sie jetzt keinen Unsinn. Wir wollen Schmitz doch nicht unnötig aufscheuchen, geschweige denn vorwarnen. Also, bitte halten Sie die Füße still, gehen Sie nicht an Ihr Handy, falls er anruft, und lassen Sie Ihre Frau keine Minute aus den Augen. Morgen schnappen wir ihn uns! Versprochen!«

Und wieder hatte sie ein Versprechen gegeben.

Finale

1.

»Und du glaubst wirklich, das bringt was?«

»Klar, ich muss das einfach wissen. Ich will wissen, wie der Kerl tickt.«

»Ok, welche soll ich übernehmen?«

»Danke, Holger, du bist ein Schatz! Vielleicht übernimmst du die beiden in Weidenau und ich klappere die Schlüsseldienste in Siegen ab. Dann haben wir zumindest die in seiner Nähe abgegrast.«

»Hanni, mal ehrlich. Wir könnten auch einfach hier warten, bis der Abgleich der Fingerabdrücke bei uns eintrudelt.«

»Pass auf, mein Schatz, das kannst du gerne machen, aber ich bin dafür viel zu hibbelig. Ich werde mich nicht hinter meinem Schreibtisch verkriechen und darauf warten, dass irgendwann in den nächsten Stunden der Bescheid kommt, dass Jochen Schmitz, alias Petry, die Briefe geschrieben und Wilhelm Schwarz in den Tod getrieben hat.«

»Du scheinst dir da ja ganz schön sicher zu sein.«

»Allerdings bin ich das! Also, was ist jetzt? Bist du dabei oder nicht?«

»Hab ich dich je hängenlassen?«, fragte Kriminalhauptkommissar Holger Stein und nahm die Petry-Akte von Johannas Schreibtisch. Auf der ersten Seite war neben seinen Personendaten ein Foto abgebildet, das Holger auf den Kopierer in der Ecke legte.

»So, jetzt brauchen wir nur noch eins mit seinem heutigen Aussehen.«

»Du hast recht! Warte einen Moment, ich habe da eine Idee.«
Sie griff zum Hörer und wählte die Nummer, die sie mittlerweile in- und auswendig konnte.
»Daniel, sag mal …«
» …«
»Ja, Danke, mir geht es gut. Ja, gut geschlafen habe ich auch …«
Holger bekam sich kaum noch ein. Mit seinen Lippen formte er einen Kussmund, mit seinen Händen formte er ein noch schöneres Herz, als Angela Merkel es mit der Raute tat.
» …«
»Ich wollte dich eigentlich nur fragen, ob du mir eine Kopie des Personalausweises von Jochen Schmitz zuschicken könntest. Er hat doch vor einem Jahr ein Konto bei euch eröffnet, oder? Müsst ihr dann nicht immer die Legitimation prüfen?«
» …«
»Ich hatte ja auch einen guten Lehrmeister.«
» …«
»Danke, klar passe ich auf! Ich melde mich bei dir, sobald ich etwas weiß, ok?«
» …«
Mit leicht erröteten Wangen legte sie den Hörer auf die Gabel.

»Holger, du bist unmöglich!«

»Und du scheinst mir sehr glücklich zu sein.«
Johanna musste kurz überlegen, wie sie darauf antworten sollte.

»Weißt du was? Ich glaube, das bin ich. Wir lösen heute unseren Fall …«

»Das meine ich nicht«, fiel ihr Holger ins Wort. »Du weißt genau, worauf ich hinaus will. Was, bitte schön, soll ich deiner Mutter erzählen, wenn sie mich das nächste Mal anruft!«, fragte er mit einem breiten Grinsen.

»Hallo? Du hast mir da was versprochen, erinnerst du dich? Kein Wort zu meiner Mom! Aber um deine Neugier zu befriedigen, sage ich dir nochmal in aller Deutlichkeit: Daniel Treude und ich sind kein Paar!«
Holger war mit dieser Antwort wohl ganz und gar nicht zufrieden. »Und das war's? Wo ist dein Kampfgeist geblieben? Schnapp ihn dir!«
Würde ich ja gerne, aber ich befürchte, nach meinem Eifersuchtsanfall hat er jedes Interesse an mir verloren.
»Oh, ich werde kämpfen … und wie! Aber erst mal gegen Jochen Schmitz!«
»Einverstanden! Aber danach sehen wir weiter…!«
»Klar, mit der Betonung auf ‚wir'«, lächelte sie ihren Partner an.
»Genau! Und jetzt, Frau Kriminaloberkommissarin Daub, drucken Sie schon endlich die E-Mail mit dem neuesten Foto von Schmitz aus! Und dann ufftata!«

2.

Sara tat es gut, trotz aller Probleme und ihrer großen Sorge um Louisa, regelmäßig auf die Arbeit zu gehen. Die beiden Kundengespräche waren prima gelaufen. Beide Eigentümer der Mehrfamilienhäuser hatten großes Interesse an dem neuen Angebot der Stadtbank gezeigt. Sara war zufrieden und Schleifenbaum war es auch.
Heute sollte nun ihr letzter Einsatz als Hostess sein. So langsam wurde ihr die viele Arbeit auch zu viel. Eine Dreiviertelstelle und ein Job als Hostess, der regelmäßig bis spät abends ging. Auf Dauer konnte das nicht gutgehen. Sie hatte gerne als Hostess gearbeitet. Sie mochte es, die Kunden zu verwöhnen, sie auf ihre Plätze zu begleiten, ein Gläschen Sekt zu reichen … Außerdem hatte

ihr ihre Tätigkeit als Hostess die Tür zu ihrer Festanstellung geöffnet.
Heute war Freitag, der 30. Juni. Ihr letzter Einsatz als Hostess in Rot sollte für sie die große Geburtstagsfeier in der Stadtbankfiliale in Geisweid sein. 150 Jahre Stadtbank. Das war schon etwas Besonderes und sollte auch in jeder der achtundzwanzig Stadtbankfilialen an einem Tag in diesem Jubiläumsjahr gefeiert werden. Heute war Geisweid an der Reihe.
Sara erinnerte sich daran, wie sie sich noch vor einem Jahr in ihr rotes Kostüm hatte zwängen müssen. Heute war es ihr eindeutig eine Nummer zu groß. *Egal! Ein letztes Mal. Danach kommt es eh in den Schrank und kommt nie wieder raus!*

Ihr Dienst ging heute offiziell von 13 bis 18 Uhr, danach wurde noch aufgeräumt. Wenn es sich ergibt, könnte ich die anderen Mädels zum Abschied vielleicht in die Kneipe ganz in der Nähe im Wenscht einladen. *Ja, das ist eine gute Idee!,* freute sie sich. Jetzt müssen nur noch meine beiden Polizisten mitspielen.
Bevor sie das Haus verließ, stellte sie noch schnell in der Küche die Spülmaschine an, packte im Keller die Wäsche von der Waschmaschine in den Trockner und ging kurz ins Gästezimmer, um für Christian das Bett zu machen. Das hatte er früher nicht selbst getan und das würde er auch heute nicht tun, auch wenn er sich in vielen Bereichen gerade um einhundertachtzig Grad gedreht hatte.
In der Küche hatte sie keine Frühstücksreste von ihm entdecken können. Er frühstückte immer eine Kleinigkeit zu Hause, trank seinen Kaffee dazu und ließ anschließend Teller und Tasse auf dem Küchentresen stehen. Wie oft war das schon zum Streitthema geworden. Als sie nun im Gästezimmer vor einem gemachten Bett stand, wurde ihr sofort flau im Magen. Christian machte nie sein Bett. Gestern Abend hatte er sich mit den Worten verabschie-

det, dass er morgen früh rausmüsse und ihr versprochen, leise im Haus zu sein, damit sie sich mal richtig vor ihrem letzten Hostesseneinsatz ausschlafen konnte.
Sie hatte das als sehr einfühlsam empfunden. Dass er sich aber nach ihrer Verabschiedung aus dem Haus geschlichen und die Nacht woanders verbracht hatte, das tat weh. Sehr weh. Wie sehr hatte sie gehofft, dass diese Alex aus seinem und aus ihrem Leben verschwunden war.
Traurig zog sie die Haustür hinter sich zu und drehte den Schlüssel sicherheitshalber zweimal um, auch wenn sie auf Anraten von Frau Daub das Schoss zum zweiten Mal hatte auswechseln lassen.

3.

»Ich könnte Sie gerade mal knutschen!«, rief Johanna dem verdutzten Mann hinter der Theke des Schlüsseldienstes beim Rausgehen zu. *Hab ich's doch gewusst*, freute sie sich und packte die beiden Fotos wieder ein. Jochen Schmitz hatte tatsächlich beim Schlüsseldienst hinter dem Apollo-Theater einen Haustürschlüssel nachmachen lassen. Allerdings nur einen. Egal! Auf jeden Fall bestätigte sich ihre Theorie, dass dieser Mistkerl beim ersten Mal den Schlüssel von Christian Jakobs und ganz bestimmt beim zweiten Mal den zu dem ausgewechselten Schloss passenden Schlüssel von dessen Sohn Leon benutzt hatte.
Der Inhaber des Schlüsseldienstes hatte ihn auf dem Foto im Outfit von Jochen Petry wiedererkannt und ihr erklärt, dass dieser Mann eine spezielle Knete vorbeigebracht hatte. Der Abdruck, den der freundliche Inhaber des Schlüsseldienstes daraus entnehmen konnte, war perfekt

gewesen, hatte er Johanna vorgeschwärmt.
Während sie über die Brücke, am Theater vorbei, über den Scheinerplatz zum Auto lief, rief sie ihren Kollegen Holger an, um ihm die gute Nachricht zu überbringen. »Holger, ich hatte einen Treffer!«, schnurrte sie in ihr Handy.
Holger schnurrte zu ihrer Überraschung zurück. »Ich auch!«

»Sehr gut! Wir kriegen ihn!«

»Dann treffen wir uns gleich wieder auf der Wache?«

»Äh, ich komme etwas später, dauert aber nicht lange! Ich habe da noch eine Kleinigkeit zu erledigen.«

»Und das wäre?«, fragte er neugierig.

»Och ... nur deinen Rat befolgen«, gab sie ihm zur Antwort und sah dabei langsam an dem Hochhaus hoch, bis sie mit ihren Augen den sechsten Stock erreichte und hoffte, jemand ganz bestimmtes würde dort am Fenster stehen und ihr zuwinken.

Johanna, hör auf deinen Kollegen! Kämpfe!

4.

Daniel freute sich. Vor einer halben Stunde noch hatte er Johanna über den Scheinerplatz laufen sehen und nun stand sie ganz überraschend bei ihm im Büro. Sie musste sich auf ihrem Rückweg überlegt haben, ihn zu besuchen. Jetzt stand sie mit ihren offenen vollen roten Locken und einem bezaubernden Lächeln in der Tür und fragte ihn schüchtern, ob er einen kurzen Moment Zeit für sie hätte.

»Klar habe ich Zeit! Für dich doch immer!«

Hatte sie ihre Haare nicht eben draußen noch zusammengebunden gehabt?

»Es gibt Neuigkeiten … und da ich eh gerade in der Stadt war, dachte ich, ich bringe sie dir persönlich vorbei.«

Ob sie die Haare extra für mich aufgemacht hat? Erst flirtet sie mit mir, dann zieht sie sich zurück und ist ziemlich abweisend – und was kommt jetzt?

»Verstehe einer die Frauen!«

»Bitte was ?«

»Oh, äh, ich sagte, ‚Verstehe einer das Bauen!'«

»Welches Bauen?«

»Na, der gelbe Kran dort hinten bei der Spandauer Straße«, versuchte sich Daniel zu retten. *Habe ich das eben wirklich laut gesagt?*

»Nun erzähl, was gibt es für Neuigkeiten? Willst du dich setzen? Komm, ich mache dir erst mal einen Kaffee.«

Während er den Kaffee kochte, musste ihr Handy geklingelt haben, denn als er zurückkam, war Johanna aufgeregt in einem ernsten Gespräch.

»Ok Frau Jakobs, unsere Beamten bringen Sie jetzt wie geplant zur Stadtbankfiliale nach Geisweid und Sie achten darauf, dass Sie ständig unter Leuten sind. Sollte Herr Petry Sie beobachten, soll er auf keinen Fall Verdacht schöpfen, dass wir nah an ihm dran sind. Ok? Wir kümmern uns um Ihren Mann und melden uns, sobald wir etwas wissen.«

Nachdenklich hängte Johanna ein. Daniel war besorgt.

»Was ist mit Saras Mann?«

»Frau Jakobs war schon zur Haustür raus, als im Haus das Telefon klingelte. Die Firma, bei der Christan Jakobs früher einmal gearbeitet hatte, war am Apparat.«

»Und? Was ist daran so besonders? Hat er dort damals auch Mist gebaut?«

»Ganz und gar nicht. Er hat sich dort beworben.«

»Seltsam, Sara meinte zu mir, er sei in Freudenberg eigentlich ganz glücklich mit seiner Arbeit«, meinte Daniel.

»Tja, das ist wohl müßig, darüber zu spekulieren. Aber so wie ich Christian Jakobs zuletzt kennengelernt habe, will er bestimmt seinem Seitensprung nicht täglich auf der Arbeit begegnen. Ich glaube, seine Ehe ist ihm wirklich wichtig und vielleicht will er damit einfach ein Zeichen für seine Frau setzen.«

»Kann sein! Das wäre Sara auch sehr zu wünschen. Aber warum hat sie dich angerufen? Doch bestimmt nicht nur, um dir mitzuteilen, dass ihr Mann vielleicht die Arbeitsstelle wechseln will.«

»Nein, natürlich nicht. Christian Jakobs ist verschwunden. Er ist letzte Nacht nicht zu Hause gewesen und auch heute Morgen nicht aufgetaucht.«

»Das muss aber nichts heißen.«

»Ich denke doch. Ich war gestern bei ihm und habe ihm von unserem Verdacht gegenüber Jochen Schmitz erzählt. Er war völlig geschockt, hat sich große Selbstvorwürfe gemacht, seine Frau in solche Gefahr gebracht zu haben. Ich traue ihm sofort zu, dass er gestern Abend noch zu Schmitz gefahren ist, um ihn zur Rede zu stellen. Du nicht?«

Daniel musste erst überlegen. »Doch, du hast recht. Ich hätte es wahrscheinlich genauso gemacht, auch wenn es unvernünftig ist.«

»Das ist es allerdings. Zumal ich ihm deutlich gesagt habe, dass er auf keinen Fall etwas unternehmen, sondern auf seine Frau aufpassen soll.«

»Noch wissen wir ja gar nicht genau, ob er tatsächlich zu Schmitz gefahren ist.«

»Stimmt, aber ich glaube das und du glaubst das auch. Sei ehrlich!«

»Ja, du hast ja recht. Was machen wir jetzt?«

»Jetzt rufe ich erst mal Holger an.«

Daniel sah interessiert zu, wie Johanna das Handy aus der Jackentasche zog, als es plötzlich in ihrer Hand anfing zu vibrieren.

»Wenn man vom Teufel spricht«, sagte sie lächelnd zu ihm gewandt.

»Holger, was ist? Ich wollte dich gerade anrufen.«

»Halt dich fest! Die Fingerabdrücke auf den Briefen stimmen mit den Fingerabdrücken von Jochen Petry von damals überein.«

»Hab ich's doch gewusst!«, rief sie in ihr Handy und führte vor Daniels Augen einen kleinen Freudentanz in seinem Büro auf.

»Und damit sind es auch die Fingerabdrücke von Jochen Schmitz. Perfekt! Was ist mit dem Sperma?«, fragte Johanna gespannt.

»Meinst du das, was wir hinterm Haus der Jakobs gefunden haben oder das aus dem Mülleimer von Frau Schnell?«

»Holger! Rede!«

»Ok, ok, … ich wollte es doch nur etwas spannend machen. Beide stimmen mit Schmitz alias Petry überein.«

»Dann ist die Bahn jetzt frei?«

»Ist sie. Ich mache mich jetzt sofort auf den Weg und besorge einen Hausdurchsuchungs- und einen Haftbefehl für Jochen Schmitz!«

»Sehr gut. Mach das! Wir treffen uns dann vor seinem Haus!«

5.

»So, ihr Lieben, geht's euch gut?«, fragte Jochen ohne wirkliches Interesse.

»Ihr gebt hier unten schon ein klasse Paar ab. Zwei Versager auf einen Streich … Christian, Christian, für so dumm hätte ich dich nicht gehalten. Hast du im Ernst geglaubt, ich hätte keine Vorkehrungen getroffen für den

Fall, dass mir jemand auf die Schliche gekommen ist? Hast du schon mal was von einer Wildkamera gehört? Du, die Dinger sind so praktisch!«, hielt Jochen seinen Vortrag in dem kleinen schalldichten Kellerräumchen. Louisa und Christian lagen nebeneinander auf dem Bett und sahen ihn mit großen Augen an. Er hatte zwar Louisa versprochen, ihr den Knebel zu ersparen, hatte das Versprechen aber gebrochen. Eine Unterhaltung zwischen den beiden … nein, das wollte er nun doch nicht. Unterhalten konnten sie sich, wenn er bald weg war. Er hatte bei seinem Versprechen ja nicht ahnen können, dass Louisa eines Tages hier unten noch Besuch bekommen würde. Außerdem fühlte er sich als Alleinunterhalter gerade mal pudelwohl.

»Gestern hat sie für mich richtig gute Fotos geschossen, als die Kommissarin mit ihrem Loverboy um mein Haus geschlichen ist und sich die Nase an der Wohnzimmerscheibe platt gedrückt hat. War ja klar, dass sie irgendwann auf mich kommen würden. Das kleine Miststück hatte mich schon von Anfang an auf dem Kieker. Ich wüsste nur wirklich gerne, wie sie das geschafft hat. Dass sie anschließend zu dir nach Hause rennen und dich und Sara über mich ausquetschen würde, war so sicher wie das Amen in der Kirche. Und was sehe ich da, oh Wunder, gestern Abend auf meiner kleinen Fahrradtour über den Giersberg und am Silberwald vorbei? Na? Habt ihr beiden eine Idee? Genau … das Dienstfahrzeug von Fräulein Daub vor eurer Haustür, mein lieber Freund.«

Jochen hatte sich richtig in Fahrt geredet und war ganz in seinem Element. »Eins plus eins ergibt?« Es schien ihm höllisch Spaß zu machen, seinen beiden Gefangenen Fragen zu stellen und sie dann selbst zu beantworten.
»Richtig, ich musste nur noch zusammenzählen und schon war klar, dass ich heute Nacht Besuch von einem gewissen, durch Fräulein Daub aufgestachelten, Christian

Jakobs bekomme. Die Platzwunde an deinem Kopf tut mir übrigens ausgesprochen leid und, Geißlein, das Blut auf eurer gemeinsamen Bettdecke auch.
Aber ich bin mir ganz sicher, dass bald jemand kommen wird, um euch aus meinen bösen Klauen zu befreien.«
Sich seiner Sache sicher, erzählte er Christian und Louisa von seinem Plan, jetzt mit der Jugendmannschaft zum alljährlichen Fußballturnier nach Holland zu fahren und sich nach seiner Rückkehr in aller Ruhe um die süße, hübsche Sara Jakobs zu kümmern.
Mit tiefer Befriedigung sah er das Aufbäumen von Christian und seine scheiternden Versuche, seine Arme von den Heizungsrohren zu befreien. Aber dafür hatte Jochen gesorgt: Die Rohre waren bombenfest in der Wand verankert und die Kabelbinder um die Handgelenke der beiden hilflosen Geschöpfe ihm gegenüber würden ihnen eher die Haut aufschürfen, als dass die Rohre auch nur einen Zentimeter nachgeben würden.
Louisa liefen dicke Tränen über die Wangen. Der flehende Blick in ihren Augen ließ Jochen etwas gnädiger werden.

»Ok, mein Geißlein, weil du es bist«, sagte er und schnitt ihr den Kabelbinder vom rechten Handgelenk durch, nicht ohne sich vorher vergewissert zu haben, dass keine spitzen Gegenstände in ihrer Reichweite zu finden waren.

»Hier habt ihr zwei Flaschen Wasser, drei Tüten Chips und, meine Süße, eine Flasche leckeren Sauvignon Blanc. Denk an mich, wenn er deine heiße Kehle hinunterläuft.«
Dann zog er mit einem schnellen Ruck das Klebeband von Louisas Mund und drückte ihr einen festen Kuss auf ihre Lippen. Im gleichen Moment spürte er ein heißes Brennen auf seiner linken Wange.

»Geißlein, du böses Mädchen! So habe ich wenigstens eine kleine Erinnerung an dich«, sagte er mit einem breiten Grinsen und rieb sich dabei die Wange.

»Jetzt wünsche ich euch ein schönes Wochenende! Wir sehen uns dann am Sonntagabend wieder.«

6.

Zur gleichen Zeit stand Sara vor dem großen Stadtbankgebäude in Geisweid und blickte sich auf dem großen Vorplatz um. Eine Hüpfburg, eine Cocktailbar, alkoholfrei natürlich, ein Grill, bunt geschminkte Kinder und Tausende bunter Ballons stachen ihr ins Auge. Die Fröhlichkeit der Menschen, die mit der Stadtbank ihren Geburtstag feierte, stand in krassem Widerspruch zu ihrer Stimmung. Ihre Sorge brachte sie fast um. Wie sollte sie bloß diesen Tag mit all diesen lustig feiernden Menschen überstehen? Die Sorgen ließen sie einfach nicht los. Erst um sich selbst, dann um Louisa und nun sogar um ihren Ehemann. Gut, dass Leon wenigstens bei ihrer Mutter in Sicherheit war. War er doch, oder?

»Hey, Mama, ich wollte nur mal kurz hören, ob bei euch alles in Ordnung ist«, rief sie bei ihrer Mutter in Wilden an.

»Sicher, mein Schatz. Ich habe Leon eben von der Schule abgeholt, jetzt werfe ich uns erst einmal ein paar Steaks auf den Grill. Das lenkt ihn vielleicht etwas ab.«
Sara bewunderte ihre Mutter. Grillen war die Leidenschaft ihres Vaters gewesen, doch nach seinem Tod hatte der Grill lange Zeit unbenutzt in der Ecke gestanden. Nach drei Jahren hatte sie sich dann doch herangewagt und selbst eine Leidenschaft fürs Grillen entwickelt. Nun lud sie regelmäßig ihre halbe Nachbarschaft auf gemütliche Grillabende ein.

»Ist er noch immer sauer, dass er nicht mit seinen Jungs auf die Mannschaftsfahrt durfte?«

»Was denkst du denn? Alle seine Kumpel sitzen jetzt im Bus nach Holland zum Turnier und er sitzt bei seiner Oma.«

»Ach Mama, was soll ich denn machen? Ich hoffe, das ist alles bald vorbei. Weißt du was? Sag ihm doch, dass wir dann zu dritt ein paar Tage nach Barcelona fahren und uns irgendwo Tickets für ein gigantisches Fußballspiel besorgen.«

»So machen wir das«, lachte ihre Mutter. »Aber jetzt genieß deinen letzten Hostessen-Arbeitstag und melde dich, wenn du wieder zu Hause bist!«

»Mache ich. Und, Mama?«

»Ja, mein Kind?«

»Danke.«

Es hatte ihr das Herz gebrochen, Leon so bitterlich weinen zu sehen, als sie ihm mitteilen musste, dass er in diesem Jahr nicht mit seiner Fußballjugend übers Wochenende zum Fußballturnier mitfahren durfte. Sie hoffte inständig, dass ihr Sohn ihr und auch Christian diese Entscheidung verzieh, sobald er alt genug war, die schlimmen Hintergründe zu verstehen.

Lachende Verkäuferinnen aus der Bäckerei gegenüber der Filiale hatten sich von ihrer Kollegin ein Glas Sekt in die Hand drücken lassen, zogen sich die Schuhe aus und wollten sich gerade in die Hüpfburg begeben, als Sara sich daran erinnerte, warum sie heute hier war. Ihr letzter Arbeitseinsatz als Hostess würde wohl damit beginnen, drei erwachsene Menschen in der Hüpfburg zu beaufsichtigen.

Ihr Handy hatte sie in der Innentasche ihres Blazers auf Vibrieren gestellt. Sie wollte den Anruf von Frau Daub auf keinen Fall verpassen, wenn sie ihr mitteilen würde, dass Christian, und hoffentlich auch Louisa, wieder aufgetaucht waren.

Sara riss sich, wie in den letzten Monaten so oft, zusammen, setzte ihr freundliches Lächeln auf und versuchte die Worte zu verinnerlichen, die ihr Frau Daub für diesen Tag mit auf den Weg gegeben hatte:

»Lassen Sie sich nichts anmerken!«

7.

Johanna fuhr gerade die Känerbergstraße hoch, als sie, fast auf der Höhe angekommen, ihren Blinker in dem Moment nach rechts setzte, als Holger mit dem Streifenwagen ihr gegenüber auf der Kuppe auftauchte. Beide Autos wurden in der kleinen Seitenstraße geparkt, direkt vor Jochen Schmitz geerbtem Haus. Hinter der Scheibengardine im Nachbarhaus registrierte Johanna eine Bewegung. Es war doch immer das Gleiche. Kaum tauchte irgendwo ein Polizeiauto auf, wurde die Neugier der Nachbarn geweckt.

Aber sie waren heute nicht wegen der Nachbarn hier. Nein, endlich hielten sie den langersehnten Durchsuchungsbefehl für das Haus dieses Scheißkerls in Händen. Zu viert gingen sie die paar Stufen zum Eingang des Hauses hinunter, wo Johanna einem der Polizisten ein Zeichen gab, die Terrassentür hinter dem Haus im Auge zu behalten.

Dann drückte sie auf die Klingel und wartete eine Minute. Entweder Schmitz war ausgeflogen oder er versteckte sich im Haus. Ob es für ihn kostengünstiger war, die Haustür aufzubrechen oder eine Fensterscheibe einzuschlagen, um ins Haus zu gelangen, wollte sie gar nicht erst diskutieren.

»Aufmachen!«, sagte sie forsch zu dem anderen Streifenbeamten und zeigte auf die Eingangstür. Holger schien mal wieder die Ruhe in Person zu sein. Doch jetzt sah er sie etwas besorgt an.

»Johanna, ich weiß, wie lange du auf diesen Moment gewartet hast, aber bitte, sei nett zu unseren Kollegen, ok?«

»Ja, ja … ok!«

Sie sahen zu, wie der Kollege innerhalb kürzester Zeit mit einem Brecheisen die alte Haustür aufhebelte.

»Danke, gut gemacht!«, sagte Johanna freundlich mit einem Blick auf Holger. *So, Schmitz, dann nehmen wir jetzt mal deine Bude so richtig auseinander.*

Außer dem Kasperletheater befand sich im Wohnzimmer nichts Verdächtiges, was darauf hindeuten würde, dass Jochen der Märchenonkel, geschweige denn ein Entführer war. Auch in der Küche konnte sie nichts entdecken. Während die anderen drei sich weiter auf der unteren Etage umsahen, schlich sie sich ein Stockwerk höher. Sie wollte Jochen Schmitz für sich alleine. Sollte er sich tatsächlich hier oben irgendwo versteckt halten … sie würde ihn finden.

Sie hatte sich auf eine frisch renovierte Wohnung, zumindest auf eine Baustelle, eingestellt, aber hier oben war nichts, einfach gar nichts passiert. Sie begutachtete eine uralte Küche mit Schränken, die über die Jahre ihre Farbe von Weiß ins Gelbliche gewechselt hatten. Auch die anderen Zimmer waren in einem Zustand von vor mindestens vierzig Jahren geblieben. Hatte Schmitz ihr nicht erzählt, er wäre hier, um das Haus zu renovieren, damit er es anschließend gewinnbringend verkaufen konnte?

Oh nein!, wurde es Johanna schlagartig bewusst, *seine Motivation zurück ins Siegerland zu kommen, ist einzig und allein seine Rache an Wilhelm Schwarz und Sara Jakobs! Das ist nicht gut! Das ist gar nicht gut!*

Mitten in ihre Gedanken hinein hörte sie Holger durchs Treppenhaus rufen: »Hanni, schnell, wir haben sie!«

Johanna rannte die Treppe hinunter. »Wo seid ihr?«

»Hier unten im Keller!«

Aus einem der Kellerräume hörte Johanna ein lautes Schluchzen.

Das muss Louisa Schnell sein, dachte sie erleichtert. *Sie lebt!*

Dann hörte sie aufgeregte Stimmen: »Sie müssen sich beeilen. Er ist mit der Fußballmannschaft auf dem Weg nach Holland. Schnell, Sie müssen ihn erwischen!«

Ihr fiel ein Stein vom Herzen, als sie diese Stimme eindeutig Christian Jakobs zuordnen konnte und wurde darin bestätigt, als sie endlich an der Tür des Kellerraumes angekommen war, der in früheren Zeiten der Musikraum des jungen Jochen Schmitz gewesen sein musste. Holger war gerade dabei, Christians Hände von den Heizungsrohren zu befreien, indem er mit seinem Leatherman die Kabelbinder durchtrennte.

Gott sei Dank! Den beiden geht es gut! Und das meinte Johanna ganz ehrlich. Nächsten Sonntag würde sie in die Kirche gehen und ‚Danke' sagen.

Sie wusste nicht, zu wem der beiden sie zuerst gehen sollte und sagte zu ihrem Kollegen: »Können Sie bitte einen Krankenwagen und psychologische Betreuung anfordern?«

Auch der junge Kollege schien erleichtert zu sein. Sie alle hätten in dem Haus etwas ganz anderes, viel Schlimmeres vorfinden können.

Johanna entschied sich für Louisa, ging zu ihr und nahm sie in ihre Arme. Sofort wurde das Schluchzen lauter und alles, was sich in den letzten Wochen an Angst und Verzweiflung in ihr aufgestaut hatte, schien sich in diesem Moment Bahn zu brechen.

»Hey, es ist alles gut. Sie sind in Sicherheit!«, versuchte Johanna sie zu beruhigen und streichelte ihr beruhigend über den Rücken.

Zehn Minuten später war der Krankenwagen da. Johanna

nahm Louisa auf der einen Seite unter den Arm, Holger übernahm die andere Seite. Gemeinsam halfen sie ihr die Treppe hinauf und sahen zu, wie die Sanitäter Louisa Schnell vorsichtig im Wagen auf die Trage hoben und ihr eine Blutdruckmanschette um den Arm und einen Zugang für eine Kochsalzinfusion legten. Gemeinsam mit der Polizeipsychologin wurde sie im Krankenwagen nach Weidenau ins Krankenhaus gebracht.
Christian Jakobs stand hinter ihnen und schüttelte nur völlig fassungslos den Kopf.

»Herr Jakobs, alles klar mit Ihnen?«

»Was?«, schreckte er aus seinen Gedanken auf.

»Ja, alles klar! Mir geht es gut. Aber …«, verfiel er plötzlich in Panik und packte Johanna fest am Arm, »was ist mit meiner Frau?«

»Ihrer Frau geht es gut!«, beruhigte Johanna ihn und versuchte sich aus seinem festen Griff zu befreien.

»Unsere Kollegen haben sie heute Mittag zu der Stadtbank-Geburtstagsfeier nach Geisweid gebracht und holen sie auch heute Abend dort wieder ab. Ihr geht es wirklich gut, aber vielleicht sollten Sie sie anrufen und ihr Bescheid geben, dass es auch Ihnen gut geht. Sie hat sich große Sorgen gemacht!«
Dass seine Frau bei seinem Verschwinden zuerst an einen erneuten Seitensprung gedacht hatte, musste er nicht wissen. Sara war später zutiefst gerührt gewesen, als sie ihr von dem geplanten Arbeitsstellenwechsel ihres Mannes zurück nach Weidenau erzählt hatte.

»Aber bitte erwähnen Sie ihr gegenüber noch nichts von Jochen Schmitz, einverstanden? Das würde sie nur unnötig beunruhigen.«
Während Christian liebevoll mit seiner Frau telefonierte, rief Johanna bei ihren Kollegen an und bat sie, sich in Geisweid unter das Volk zu mischen und Sara Jakobs im Auge zu behalten.

»Aber in Zivil natürlich!«, belehrte sie die Kollegen

unnötigerweise, wofür sie eine hochgezogene Augenbraue von Holger erntete.
Christian war wieder zu ihnen gestoßen und schien den Rest ihres Telefonats mitbekommen zu haben.

»Das müssen Sie nicht. Sara geht es gut und Jochen ist auf dem Weg nach Holland. Also ist sie erst einmal in Sicherheit.«
Die Erleichterung in seiner Stimme sprach Bände. In dem Moment wurde Johanna bewusst, wie sehr dieser Mann seine Frau liebte. Er hatte sich für sie in Gefahr gebracht.

»Solange wir nicht sicher wissen, dass Schmitz tatsächlich in Holland steckt, gehen wir lieber auf Nummer sicher«, mischte sich Holger ein. »Und Sie bringen wir jetzt schleunigst ins Krankenhaus, Herr Jakobs! Die Wunde an Ihrem Kopf muss dringend genäht werden.«

»Ich muss nur noch ganz kurz telefonieren«, sagte Johanna.

»Das kannst du auch gleich im Auto machen.«

»Sehr witzig, Kollege! Komm schon – nur eine Minute.«

»Na gut, aber beeil dich.«
Johanna ging ein paar Schritte die Straße hinunter und rief bei Daniel an. Sie war selbst ein wenig erschrocken darüber, wie gut es ihr tat, seine Stimme zu hören. Er bedankte sich, dass sie ihn sofort angerufen hatte und war sehr ehrleichtert darüber, dass alle Beteiligten diesen Einsatz ohne größere Blessuren überstanden hatten. Zur Feier des Tages wurde sie von ihm für halb acht zu einem leckeren Abendessen nach Brauersdorf eingeladen.

»So, Herr Treude ...«

»Jakobs! Johanna, er heißt Jakobs!«, berichtigte Holger sie grinsend.
Johanna versuchte ihren Versprecher zu ignorieren. »Herr Jakobs, Sie sagten, Schmitz ist auf einem Turnier? Wie kommen Sie darauf?«

»Er trainiert gemeinsam mit dem Chefcoach die Jugendmannschaft hier oben am Giersberg und die fahren jedes Jahr auf ein Turnier nach Holland.«

»Jetzt sagen Sie mir aber nicht, Leon sitzt mit Schmitz zusammen in einem Bus auf dem Weg in die Niederlande?«

»Nein, natürlich nicht. Wir haben Leon verboten mitzufahren. Er war zwar bitterlich enttäuscht, aber was hätten wir denn tun sollen?«

Leon tat ihr leid. Der arme Kerl verstand bestimmt die Welt nicht mehr. Dennoch sagte sie: »Das war eine gute Entscheidung. Wissen Sie, wohin genau der Bus unterwegs ist?«

»Ja, das weiß ich so genau, weil ich letztes Jahr selbst mitgefahren bin und mich dort mit Jochen Schmitz angefreundet habe«, erinnerte sich Christian verbittert. »Der Ort heißt Ommen.«

»Ok, und die Telefonnummer des Cheftrainers? Haben Sie die auch für mich?«

Dankbar, dass Jochen ihm sein Handy nicht abgenommen hatte, weil er eh mit den Händen ans Rohr gefesselt war, gab er Johanna die Nummer.

»Hallo? Ja, hier spricht Kriminaloberkommissarin Johanna Daub aus Siegen.«

Johannas Handy war so laut gestellt, dass die beiden Männer ihr Gespräch mitverfolgen konnten.

»Jungs, jetzt seid mal etwas leiser. Bitte wer ist dort?« Die Stimmung im Bus schien der Lautstärke nach sehr gut zu sein.

»Johanna Daub, von der Kreispolizeibehörde Siegen-Wittgenstein.«

»Oh, ist e wa pa iert?«

»Hallo? Ich verstehe Sie schlecht!«

»I ka si ni ver ehen«

»Hallo?«, schrie Johanna ins Handy, als ob es dann besser ginge.

»Das macht doch hier alles keinen Sinn. Ich schicke

Ihnen besser eine SMS!«

»Und jetzt?«, fragte Holger.

»Jetzt frage ich ihn, ob Jochen Schmitz mit auf der Fahrt nach Ommen ist, was sonst?«, antwortete sie ihm und tippte dabei auf ihrer Tastatur rum. »Wir müssen nun nur noch warten, bis er halbwegs Empfang hat und uns antworten kann.«

Vorm Krankenhaus angekommen, nahmen sie Christian Jakobs das Versprechen ab, sich nach seiner Behandlung ein Taxi zu nehmen und brav zu Hause auf dem Sofa darauf zu warten, bis seine Frau nach Hause kommt. Sein ‚Ja' glaubte ihm Johanna dieses Mal sofort.

Holger stellte den Motor aus und sah Johanna lange an: »Ich weiß, dass du ihn dir heute schnappen wolltest. Aber wir sind jetzt schon so nah dran. Auf den einen Tag kommt es doch nun auch nicht mehr an, oder?«

Johannas Handy machte einen Ton, wie wenn eine Bierflasche geöffnet wurde. Mit gemischten Gefühlen las sie die Textnachricht: »Jochen Schmitz ist als Betreuer dabei, was ist los?«

»Das ist gut«, entspannte sich Holger etwas.

»Das stimmt. Und trotzdem! Ich wäre wirklich gerne bei der Verhaftung dabei gewesen«, gab sie ehrlich enttäuscht zu.

»Das kann ich verstehen, aber es hilft nichts.«

»Ich weiß!«, sagte sie und rief bei ihren niederländischen Kollegen an, um sie schweren Herzens um Amtshilfe zu bitten. In jedem Bus, der heute beim Oranje Cup in Ommen aufschlug, sollte nach Jochen Schmitz, alias Jochen Petry, gesucht werden. Abschließend klärte sie die dortigen Kollegen auf, warum sie ihnen zur Identifizierung gleich zwei Fotos, mit zwei völlig unterschiedlich aussehenden Männern darauf abgebildet, zuschicken würde. Man konnte wirklich kaum glauben, dass es sich dabei um ein und denselben Kerl handelte.

»Das hast du gut gemacht«, lobte sie Holger und sah in

ihr trauriges Gesicht. »Freuen wir uns, dass es Frau Schnell und dem Jakobs gut geht. Um Sara Jakobs müssen wir uns heute auch keine Sorgen machen. Das ist doch erst mal gut.«

»Ja, du hast recht. Ich wäre nur einfach gerne dabei gewesen.«

»Johanna, dann fahr hin. Das bekommen wir beim Chef ganz sicher durchgedrückt.«

»Würde ich auch sofort tun, aber bis ich an einem Freitag durch den Feierabendverkehr in Ommen angekommen bin, ist doch eh schon alles gelaufen. Wo ist dieses Ommen überhaupt?«

Diesmal zückte Holger sein Handy und versuchte auf dem kleinen Display zu erkennen, welche Route ihm von Siegen nach Ommen angezeigt wurde. »Drei Stunden Fahrtzeit … erst die A 45 hoch, dann auf die A 1 Richtung Münster …«

»Na super! Erst an Lüdenscheid, dann am Westhofener Kreuz vorbei … das lasse ich wohl lieber. Da können ja selbst die Jungs im Bus noch froh sein, wenn sie vor dem späten Abend dort ankommen.«

»Na komm, jetzt übertreib mal nicht«, lächelte er sie an. »Pass auf! Ich mache dir einen Vorschlag: Ich fahre ins Büro und schicke den Kollegen drüben die Fotos von Schmitz und Petry und besorge uns ein paar Leckereien zum Kaffeetrinken. Du machst in der Zeit einen Kurzbesuch bei Louisa Schnell, wenn wir jetzt eh schon hier vorm Krankenhaus stehen. Einverstanden?«

Johanna sah ihren Partner dankbar an:

»Einverstanden!«

8.

Sara war unendlich erleichtert. Die letzten Stunden waren für sie fast unerträglich gewesen. Christian und Louisa ging es gut. Laut ihrem Ehemann waren sie beide unverletzt. Laut ihm würde es für sie keinen Sinn ergeben, Louisa noch heute im Krankenhaus zu besuchen, weil sie wohl eben eine Beruhigungsspritze bekommen hatte und mindestens bis morgen früh durchschlafen würde.
Sara wusste aus eigener Erfahrung, wie gut diese Spritze wirkte.

»Hallo Liebes, ich warte zu Hause auf dich, ok? Es ist völlig in Ordnung, wenn du noch etwas mit deinen Kollegen deinen Abschied als Hostess feiern willst. Mach das! Wo wollt ihr denn hin?«

»Ich hatte gedacht, wir gehen hier in Geisweid in die Kneipe, wo es die leckeren Käsehäppchen gibt.«

»An einem Freitagabend? Ich hoffe, du hast einen Tisch reserviert. Aber wie ich dich kenne, hast du schon lange daran gedacht!«
Sara musste lachen. Schon immer hatte sich Christian darüber gewundert, dass sie in den größten Stresssituationen in der Lage war, etwas zu organisieren. »Danke, dass du auf mich wartest. Es kann allerdings etwas später werden.«

»Und du lässt dich von der Polizei nach Hause bringen?«

»Klar! Wir haben hier eben nach der Filialfeier die Stehtische, Banner, das Glücksrad und … ach, ist ja auch egal. Die komplette Ladefläche ist auf jeden Fall rappelvoll. Ich werde nach der Feier mit Steffen nach Siegen fahren und ihm beim Ausladen helfen. Sobald wir dort fertig sind, rufe ich meine beiden Beschützer an und lasse mich abholen.«

»Musst denn ausgerechnet du Steffen noch helfen?«

»Hey, laut Frau Daub besteht heute für mich keine

Gefahr und es ist doch mein letzter Einsatz. Ich finde, den sollte ich auch ordentlich abschließen, oder?«

»Ich kann dich ja verstehen. Aber morgen ist Samstag und da schlafen wir beide aus, ok? Und dann holen wir Leon nachmittags ab und machen eine schöne Fahrradtour. Einverstanden? Nur wir drei – so wie früher!«

»Das ist eine sehr gute Idee«, freute sie sich! »Dann leg du dich aber schon ins Bett! Es wird bei mir sicher spät. Und dir geht es wirklich gut? Ich komme sonst auch gerne nach Hause und wir holen die Abschiedsfeier mit meinen Kollegen nach.«

»Nein, auf keinen Fall! Mir geht es wirklich gut! Und Sara …?

»Ja?«

»Ich liebe dich!«

9.

Das Essen war richtig lecker gewesen. Daniel war ein hervorragender Koch. Ihre Mom würde begeistert sein. Johanna fand es faszinierend, ihn beim Kochen zu beobachten. Riesengarnelen mit frischen gehackten Tomaten, Zwiebeln, Speckwürfelchen und diversen Gewürzen, dazu einen trockenen Riesling. Lecker! Langsam machte sich auch bei ihr die Entspannung breit.

Daniel hatte ihr sofort angespürt, dass etwas nicht in Ordnung war, als er ihr die Tür zu seiner Wohnung geöffnet hatte. Er hatte ihr in die Augen gesehen und sie, ohne ein Wort zu sagen, einfach in die Arme genommen. Sie hatte sich beherrschen müssen, nicht zu weinen.

Noch immer war sie bitterlich enttäuscht, dass sie selbst keine Chance hatte, Jochen Schmitz dingfest zu machen. Sie hasste es, das Ende eines Falles, der sie emotional so sehr beschäftigt hatte, in die Hände anderer abgeben zu müssen. Noch schlimmer war es, auf den erlösenden Anruf warten zu müssen, der ihr bestätigte, dass Jochen Schmitz von den niederländischen Kollegen in Gewahrsam genommen worden war. Aus Erfahrung wusste sie, dass dieser Anruf vermutlich erst Stunden nach der Festnahme erfolgen würde, weil dort niemand eine Ahnung davon hatte, wie dringend der Anruf in Siegen von ihr erwartet wurde.

»Hey, jetzt komm erst mal rein«, hatte er gesagt und ihr als Erstes ein Glas mit dem trockenen Riesling in die Hand gedrückt. Neugierig hatte sie sich umgesehen. Daniel hatte seine Chance genutzt, ihre trüben Gedanken zu vertreiben, indem er ihr eine Führung durch die Wohnung gab. Fast einhundert Quadratmeter für einen Single, das war sehr großzügig.

»Naja, Brauersdorf ist halt nicht gerade die City. Aber ich fühle mich hier wirklich wohl.«

»Das kann ich mir vorstellen«, sagte sie ehrlich und blickte dabei von der Dachterrasse über die weiten Felder.

»Und direkt um die nächste Kurve ist die Obernautalsperre. Genial zum Joggen.«

»Du joggst?«

»Klar, von nichts kommt nichts«, hatte er gescherzt und sich dabei mit der Hand über seinen nicht vorhandenen Bauch gestrichen. *Ob sich unter dem T-Shirt wohl ein Sixpack verbirgt?*

Die Jeans saß eng um seinen Hintern, sodass Johanna erst jetzt richtig bewusst wurde, was Daniel Treude für einen Knackarsch besaß. Anders als in seinen Anzugshosen.

Johanna, erwarte nicht zu viel von diesem Abend! Aber ein bisschen gucken darfst du schon …

Im Wohnzimmer lag gemütliches Parkett in einem warmen Wengeton, der für diese helle, nach Süden ausgerichtete Wohnung keinesfalls zu dunkel war. Dazu hatte sich Daniel eine cremefarbene Wohnwand ausgesucht, auf der ein riesiger Fernseher stand.

»Hin und wieder zocke ich halt gerne und ein Actionfilm kommt auf einem kleinen Bildschirm einfach nicht so gut rüber«, hatte er sich wie ein kleiner Junge entschuldigt.

»Du, das ist für mich völlig in Ordnung!« *Meiner ist mindestens genauso groß,* amüsierte sie sich.

Wie Louisa Schnell, hatte auch er eine offene Wohnessküche, sodass sich Johanna auf einen schwarzen Barhocker aus Leder und Edelstahl an die Theke setzte, um Daniel beim Kochen zuzusehen. Sie fand es süß, dass er bei seiner Führung das Schlafzimmer ausgespart hatte. Sie hatten alle Zeit der Welt und die wollte sie sich auch nehmen. Daniel schien es da genauso zu gehen, obwohl sie das Gefühl hatte, dass es ihm eben sehr schwer gefallen war, sie aus seinen Armen wieder zu entlassen.

Nach dem Essen hatten sie sich auf seinem dunkelgrauen Sofa niedergelassen und versucht, sich auf einen Film zu einigen. Die Längsseite des Sofas bestand aus einem langen Recamiere für zwei Personen, daran schlossen sich zwei Sitzplätze an. Gegenüber hatte Daniel zwei gleiche Hochlehnsessel gestellt, die mit etwas hellerem Stoff bezogen worden waren. Die ganze Sitzecke wirkte sehr gemütlich.

»Fühl dich ganz wie zu Hause!«, hatte er sie mit Blick auf ihre Pumps ermuntert.

Das ließ sich Johanna nicht zweimal sagen, schlüpfte aus ihren Schuhen, kuschelte sich in die Ecke des Recamieres und streckte ihre Beine gemütlich aus. »Hätte ich das geahnt, hätte ich mir meine Jogginghose eingepackt«, lachte sie.

»Ha, dann bist du also auch ein Jogginghosenfernsehgucker?«, fragte er fröhlich.

»Erwischt.«

»Soll ich dir eine leihen?«

Johanna wusste nicht, ob er das Angebot ernst meinte und lehnte vorsichtshalber dankend ab. Mit ihrer Jeans war sie für diesen Abend genau richtig angezogen.
Daniel hatte eine Schublade aufgezogen und ihr diverse Filmtitel vorgelesen, die ganz nach ihrem Geschmack waren.

»Uih, das ist aber schwer, sich bei der Auswahl zu entscheiden.«
Dann musste Daniel plötzlich lachen, schob eine DVD, die er schlichtweg selbst ausgesucht hatte, in den Recorder, legte sich neben sie aus Sofa und drückte auf den Startknopf der Fernbedienung. Zwei Minuten später fuhr Kevin James als Paul Blart in Uniform auf seinem Segway durchs Bild. ‚Der Kaufhaus-Cop' war eindeutig einer ihrer Lieblingsfilme! Fast schon erschreckend, wie ähnlich Daniel und sie sich waren.
Anderthalb Stunden später lag Johanna mit ihrem Kopf auf Daniels Brust und sah dabei zu, wie Paul Blart seiner Amy am Flughafen eine Liebeserklärung machte, als endlich Johannas Handy klingelte.
» …«

»Was? Oh Gott!«

10.

Den ganzen langen Tag, nein, fünfzehn lange Jahre, hatte sich Jochen auf diesen Abend gefreut. Dass Louisa und Christian in seinem Haus entdeckt worden waren, hatte er aus der Ferne beobachten können. Sorgen machte er sich darüber aber nicht. Schließlich hatte er vorgesorgt. Er war sich nur nicht sicher gewesen, ob Sara tatsächlich für den Einsatz in der Filiale Geisweid als Hostess eingeteilt worden war und vor allem, ob ihr Nervenkostüm das

überhaupt zuließ. Er musste zugeben, dass dieses Miststück ihm tatsächlich imponierte. Zwischendrin hatte er gedacht, er hätte sie kleingekriegt, aber immer wieder hatte sie sich aufgerappelt.
Heute, liebe Sara, wirst du dich ganz sicher nicht mehr aufrappeln, wenn ich mit dir fertig bin!
Seine Vorfreude auf den Abend hatte ihn regelrecht aufgepeitscht, als er heute Nachmittag aus dem Fenster der Bäckerei gegenüber der Filiale in Geisweid die wunderschöne Hostess in Rot mit Namen Sara Jakobs an der Kinderhüpfburg entdeckt hatte.
Perfekt, heute Abend gehörst du mir. Ja, geh du ruhig erst noch etwas feiern. Es wird eh das letzte Mal für dich sein, dass du deine Kollegen wiedersiehst. Zuerst war er wütend gewesen, als Sara nach getaner Arbeit nicht auf direktem Wege nach Hause gefahren war, sondern in eine Kneipe, um, wie es aussah, mit ihren Kolleginnen noch etwas zu feiern.
Im Laufe des Abends aber war seine Stimmung immer weiter gestiegen, als ihm klar wurde, dass er Sara nicht zu Hause vor der Tür abfangen musste, sondern, wenn alles gut ging, sein persönliches Finale sogar in der Stadtbank selbst erleben durfte. Und das, weil Sara Jakobs ihren Kollegen nicht im Stich ließ, sondern ihm bestimmt beim Ausladen in der Tiefgarage der Siegener Stadtbank helfen würde.

Zwei Stunden später hatte sich sein Warten vor der Kneipe gelohnt, als sie, gemeinsam mit ihrem Kollegen, zu Fuß an seinem Auto vorübergegangen und in Richtung Stadtbanktransporter gelaufen war, den sie um die Ecke rum am Schwanenteich geparkt hatten. *Jochen, los, beeil dich! Sieh zu, dass du vor ihr in Siegen bist!*
Im Schutz der Dunkelheit versteckte sich Jochen im Eingangsbereich des Apollo-Parkhauses direkt gegenüber der Einfahrt zur Tiefgarage. Zu seinem Glück hatte die

Abendveranstaltung im Theater heute schon um 18 Uhr stattgefunden, sodass er zu so später Stunde nicht mit einem großen Ansturm von Besuchern rechnen musste, die nach der Veranstaltung ins Parkhaus wollten.

Na endlich. Da sind sie ja ... dachte Jochen, als er den roten Transporter um die Ecke in die Morleystraße einbiegen sah.
Das hat auch lange genug gedauert. Sehr schön, komm! Sara, komm zu mir, du Miststück! Heute ist der 30. Juni, also auf zum Finale!
Dann endlich war es so weit. Sara Jakobs Kollege drückte auf den Funksender und wie von Geisterhand fuhr das große Rolltor langsam nach oben. Der Wagen fuhr in die Tiefgarage hinein, die Rampe hinunter. Jochen schaute hastig nach rechts und links und lief dann unbemerkt hinüber, um gerade noch unter dem Tor durchzuhuschen, bevor es sich von alleine wieder schloss.

In der Tiefgarage war es fast taghell. Das hatte Jochen nicht erwartet. Vorsichtig schlich er sich die Rampe hinunter. Glücklicherweise machte sie eine Biegung, sodass die Sicht von unten auf die Ein- und Ausfahrt durch eine Betonwand versperrt war. Das kam Jochen an diesem Abend sehr zugute. Langsam tastete er sich immer näher heran und lugte vorsichtig um die Biegung. Dort stand der Transporter mit offenen Türen, bereit, entladen zu werden. Trotz des lauten Brummens der Lüftungsanlage konnte er fast jedes Wort verstehen.

»Ich hole gerade eine Sackkarre und den Wagen für die Stehtische, ok? Ich bin gleich wieder da«, hörte er ihren Kollegen sagen.
Perfekt! Besser geht's nicht!
»Warte, ich komme mit!«
Scheiße! So langsam ging ihm ihre Hilfsbereitschaft gehörig auf den Keks.

Ok. Zeit, sich hier unten etwas umzuschauen.
Er lief die Rampe bis zum Ende hinunter und war überrascht, wie viele Autos an einem Freitagabend zu so später Uhrzeit hier unten parkten. Schnell suchte er sich einen besseren Beobachtungsposten zwischen einem weißen Audi und einem silbernen Familien-Van, von dem er freie Sicht auf das rote Stadtbankauto hatte. Irgendwo ging eine Tür auf und Sara kam mit ihrem Kollegen und zwei kleinen Wägelchen um die Ecke.

»Steffen, das ist wirklich kein Problem für mich! Ehrlich! Gut, dass dich Nele noch erreicht hat, bevor wir in die Tiefgarage gefahren sind. Sie braucht dich jetzt. Das ist völlig in Ordnung, wenn du dich gleich abmachst.«

»Mit dir zu arbeiten ist echt klasse, Sara. Du wirst mir fehlen. Danke! Besonders im Namen von Nele.«

»Hey, alles gut. Ist schon schlimm genug, dass eure Kids Magen-Darm haben, aber jetzt auch noch Nele? Das will ich mir gar nicht ausmalen. Pass du nur auf, dass du dich nicht auch noch ansteckst!«

»Und du, mach nicht mehr so lange, ok? Lass uns gerade noch die Tische rüber in den Marketingkeller fahren und den Rest lassen wir dann einfach hier stehen. Ich kann dich auch gleich gerne noch schnell nach Hause fahren.«

»Das ist lieb von dir, aber wirklich nicht nötig. Außerdem liegt Eiserfeld nicht gerade auf dem Weg Richtung Giersberg.«

Jochen beobachtete, wie die beiden die Stehtische auf den Wagen hievten und mit ihnen durch eine andere Kellertür verschwanden.
Wie viele beschissene Ausgänge hat denn diese Garage?, schimpfte er.

Fünf Minuten später beobachtete er, wie der idiotische Kollege – wie kann man eine Frau nachts alleine in einer Tiefgarage zurücklassen – zu seinem kleinen Opel Corsa

ging, den Motor anließ und die Rampe hinauf zum Ausgang fuhr. Dort schien er warten zu müssen, bis sich das Tor so weit geöffnet hatte, bis er mit seinem Kleinwagen durchfahren konnte.
Jetzt endlich war es so weit. So kurz vor dem Finale brach sich der in all den Jahren aufgestaute Hass gegen seine ehemalige Kundenberaterin in ihm Bahn und wollte unbedingt heraus. Er hasste diese Frau. Sie hatte alles gehabt. Einen Mann, ein Kind, ein Haus, eine gute Arbeitsstelle. Ihr ging es gut, während er im Gefängnis alles verloren hatte. *Hätte sie mir damals den Kredit gegeben, hätte sie sich mehr bei diesem Oberarschloch Schwarz für mich eingesetzt ... ich hätte heute auch eine Frau, zwei Töchter, die mich lieben, eine florierende Schreinerei ...*
Sara Jakobs, heute wirst du für all das bezahlen, was du mir weggenommen hast!
Leise schlich er aus seinem Versteck hinüber auf die Fahrerseite des Transporters. Sara war gerade dabei, einen Karton mit Tesafilm, Scheren und anderem Kleinzeug hinter der Ladefläche auf die Sackkarre zu stellen, als er gepardenschnell mit einem gewaltigen Satz auf sie zusprang und seine Hand auf ihren Mund presste, bevor sie auch nur einen Laut von sich geben konnte.

»Na, du mieses Miststück! Erkennst du mich wieder?«

11.

»Johanna, sag schon? Was ist los?«
»Ich verstehe das nicht«, sagte Johanna und sah entsetzt auf ihr Handy. Daniel nahm es ihr vorsichtig aus der Hand und legte es auf den Couchtisch.

»Johanna!«
Völlig abwesend sah sie zu ihm rüber und war nicht in der Lage ihm zu antworten.

»Johanna, rede!«

»Er ist nicht in Holland!«

»Wer?«

Johanna gab keine Antwort. Es dauerte keine fünf Sekunden, da kam Daniel von selbst drauf.

»Woher weißt du das? Ich dachte, der Trainer hätte dir geschrieben, dass er mit ihm und den Jungs auf dem Weg nach Ommen ist?«

»Das habe ich auch gedacht. Ja, das hat er auch irgendwie geschrieben, aber …«

Auch wenn es nicht oft vorkam, aber langsam verließ Daniel die Geduld und er versuchte es anders. »Wer war gerade am Telefon?«

»Das war die niederländische Polizei. Sie haben alle Busse durchsucht und Jochen Schmitz nicht gefunden.«

»Das bedeutet nicht, dass er nicht dort ist.«

»Sie haben aber den Trainer ausfindig gemacht und ihn nach Schmitz gefragt.«

»Und?«

»Schmitz hatte ihm gesagt, dass er mit dem eigenen Auto nachkommt, weil er hier noch etwas zu erledigen hätte. Er hatte ihm aber versprochen, pünktlich zum Aufbau der Zelte in Ommen zu sein, um den Jungs zu helfen.«

Daniel musste zusehen, wie sich Johanna die schlimmsten Vorwürfe machte.

»Wie konnte ich nur so blöd sein? ‚Schmitz ist als Betreuer dabei. Was ist los?‘«, las sie Daniel die Nachricht des Trainers vom Nachmittag vor.

»Und du hast ihm nicht geantwortet, was los ist?«

»Nein, habe ich nicht. Ich wollte doch nicht, dass Schmitz gewarnt ist. Alle sollten sich ihm gegenüber ganz normal verhalten, damit wir ihn uns schnappen können und er nicht frühzeitig abhaut.«

»Verstehe. Und bis jetzt ist er dort nicht aufgetaucht?«

»Nein, ist er nicht. Selbst bei dem dicksten Stau hätte er mittlerweile dort ankommen müssen.«

»Du hast recht. Und jetzt? Wo ist Sara?«

Johanna lief es bei dem Gedanken daran, dass sie ihr erlaubt hatte, erst noch in einer Kneipe feiern zu gehen, kalt den Rücken hinunter. Sie sah zu, wie Daniel in seinen Kontakten nach Sara Jakobs suchte und die Nummer seiner guten Freundin und Kollegin wählte.

»Und?«

»Springt sofort die Mailbox an.«

»Das heißt, ihr Handy ist ausgeschaltet oder sie hat keinen Empfang.«

Nun griff Johanna zu ihrem Handy und lies sich über die Zentrale mit dem Personenschutz von Sara verbinden. »Jungs, wie sieht's aus? Habt ihr Frau Jakobs schon nach Hause gebracht?«

»Nein, sie wollte uns anrufen, wenn sie so weit ist.«

»Und sie hat sich noch nicht gemeldet?«

»Nein, hat sie nicht. Aber Johanna, es ist noch nicht einmal Mitternacht. Gönn ihr doch den Spaß.«

Wie konnten ihre Kollegen nur so bescheuert daher reden. »Gebt mir sofort Bescheid, sobald sie sich bei euch meldet, ok? Egal wie spät es ist.«

»Machen wir!«

Ratlos sah Johanna zu Daniel rüber.

»Ruf bei Christian an!«, hatte er als hoffnungsvolle Idee.

Nach dem ersten Klingeln war er am Apparat. Johanna hielt sich nicht mit einer langen Begrüßung auf.

»Herr Jakobs, ist Ihre Frau zu Hause?«

»Nein, warum? Sie sagten doch, es besteht keine Gefahr.«

Johanna ging nicht darauf ein und fragte: »Wo ist Ihre Frau jetzt?«

»Sie war erst mit den anderen Hostessen in einer Kneipe im Wenscht in Geisweid und wollte anschließend ihrem Kollegen helfen, das ganze Material von der Filialfeier wieder zurück in den Marketingkeller zu bringen.«

»Wo ist dieser Marketingkeller?«, fragte sie und konnte sich im gleichen Moment selbst die Antwort geben: Sara Jakobs befindet sich an einem Freitagabend ohne Handyempfang, in Begleitung nur eines Kollegen, in den Kellerräumen der Stadtbank, ohne zu wissen, in welcher Gefahr sie schwebt.

»Herr Jakobs, es ist alles gut. Wir holen Ihre Frau in Siegen ab und bringen sie Ihnen nachher sicher nach Hause! Sie warten bitte dort, für den Fall, dass Ihre Frau schon auf dem Weg zu Ihnen ist.

»Ok, mache ich, aber können Sie mir bitte erst mal erklären, was eigentlich …«

Johanna hatte schon eingehängt.

»Daniel, ich brauche deinen Stadtbankschlüssel! Sofort!«, befahl sie, ganz in ihrem Element.

»Warte, ich komme mit!«

»Das geht nicht, ich kann dich nicht mitnehmen. Stell dir vor, dir passiert etwas?«

»Johanna, ich komme mit. Du kennst dich doch bei uns im Keller gar nicht aus.«

Nach kurzem Zögern nickte sie nur und stürmte zusammen mit Daniel aus der Wohnung das Treppenhaus runter.

Hoffentlich kommen wir nicht zu spät!

12.

Sara geriet in Panik. Ihre Gedanken konnte sie nicht so schnell ordnen, wie Jochen Petry ihr in die Kniekehlen getreten hatte, sodass sie hilflos mit den Knien auf den harten Betonboden schlug. Der Schmerz war unbeschreiblich. Tränen schossen ihr in die Augen und liefen ihr die Wangen hinunter. *Petry? Jochen Petry?*

Sara musste sich diese Frage nicht lange stellen, da hatte Jochen ihr schon braunes Klebeband über den Mund und einmal um den Kopf gewickelt. Dass er ihre Haare mit eingewickelt hatte, schien ihm völlig egal zu sein. Mit Kabelbinder band er ihre beiden Handgelenke vor dem Körper zusammen und zog sie weg von dem signalroten Stadtbanktransporter, rüber zu seinem ersten Versteck zwischen Audi und Familien-Van. Geschützt zwischen den beiden Wagen band er ihr die Fußgelenke so fest zusammen, dass sie laut aufgeschrien hätte, hätte das Klebeband über ihrem Mund das nicht verhindert.

»Jetzt hab ich dich endlich!«, hörte sie ihn in ihr Ohr flüstern.

Tausend quälende Fragen gingen Sara durch den Kopf. *Geht es Leon und Christian gut? Was will Petry von mir? Warum ich? Warum erinnert er mich an jemanden? Habe ich irgendeine Chance hier wieder rauszukommen?*

»Dass ich dich genau hier, in der Tiefgarage dieser verfickten Stadtbank umbringen werde. Du glaubst gar nicht, was das für eine Genugtuung für mich ist«, sagte Jochen Schmitz und näherte sich dabei erschreckend nah ihrem Gesicht. Irgendetwas schien er darin zu suchen.

»Du weißt es nicht, oder? Du hast verdammt nochmal keine Ahnung, warum du hier bist! Es ist dir scheißegal, wenn du andere Menschen in den Ruin treibst, oder? Pass auf, du Stück Dreck, ich erzähle dir jetzt mal eine Geschichte …«

Bitte, lieber Gott, hilf mir! Ich tue alles, was du willst,

aber bitte hol mich hier raus!
Während sie von Jochen Petry, alias Schmitz, ausführlich über dessen Lebensgeschichte aufgeklärt wurde, holte er ein Klappmesser aus seiner Hosentasche und ließ es aufspringen. Eine lange gezackte Klinge kam zum Vorschein und versetzte Sara in Panik. Während seiner Erzählung klappte er es immer wieder auf, zu, auf, zu …
Sara kam fast um vor Angst.
Sie konnte kaum glauben, dass der Kerl mit den halblangen dunklen Haaren, braunen Augen und Zottelbart wirklich Jochen Schmitz sein sollte. Voller Stolz verriet er ihr, dass er sich extra für den von ihm herbeigeführten Unfalltod von Wilhelm Schwarz als Jochen Petry verkleidet hatte.

»Der sollte doch wenigstens wissen, wem er seinen Tod zu verdanken hat! Du hättest sein Gesicht sehen sollen, als er mich erkannt hat. Das war vielleicht ein Spaß.«
Während seiner Erzählung hatte er sich die Perücke vom Kopf und den Bart vom Kinn abgezogen. Bis auf die blauen Augen hatte er sich tatsächlich vor ihren Augen zu Jochen Schmitz verwandelt. *Er muss Kontaktlinsen getragen haben,* war Saras einzige Erklärung.
Immer wieder kullerten ihr neue Tränen über die Wange, als Jochen ihr erklärte, dass er ihren Ehemann in den Schoß dieser Alex getrieben hatte. Wie er sich aufgegeilt hatte, wenn er sie durch ihr Schlafzimmerfenster beobachtet hatte, wie er es genossen hatte, Leon zu seiner Emma zu schicken, in dem Wissen, dass ihr Mutterherz vor Sorge kurz vorm Zerreißen gewesen war.

»Ich habe keine Ehe, keine Kinder mehr … Ich habe nichts mehr. Und wer ist daran schuld? Du und dieser Schwarz! Das wirst du mir jetzt büßen!« sagte er und klappte sein Messer wieder auf!

13.

»Los, komm, beeil dich!«

Johanna war auf den Scheinerplatz gefahren und hatte dort mitten vor dem Haupteingang ihr Auto abgestellt.

»Wo gehen wir am sinnvollsten rein?«, fragte sie.

»Zum Marketingkeller gehen wir am besten hier lang«, antwortete er und schloss mit seinem Sicherheitsschlüssel die Tür des Seiteneingangs links neben dem Haupteingang auf. Er führte sie über die Treppe ein Stockwerk tiefer und lief mit ihr nach links. Johanna war genervt.

»Geht das nicht etwas schneller?«

Ihr Geduldsfaden war zum Zerreißen gespannt, weil Daniel vor jeder schweren Stahltür stehenblieb, um sie erst mit seinem Schlüssel zu entsperren.

»Johanna, ganz ruhig, wir wissen doch gar nicht mit Bestimmtheit, ob sie wirklich hier unten ist.«

Johanna wollte davon nichts hören. »Wo sind wir jetzt genau?«

»Wir sind jetzt ganz am Ende der Tiefgarage und müssen einmal rüber auf die andere Seite!«

»Und das ist der schnellste Weg?«

»Ist es!«, antwortete er geduldig.

»Ok, was mache ich, wenn ich am anderen Ende angekommen bin?«

»Ich verstehe deine Frage nicht!«

»Daniel, du wirst auf keinen Fall mit rüber in den Marketingkeller gehen. Schmitz ist bestimmt bewaffnet, wir tragen keine Schutzwesten. Du bleibst auf jeden Fall hier! Nein, besser noch, du läufst wieder zurück und rufst Verstärkung! Raus kommst du doch ohne Schlüssel, oder?

»Ja, schon, aber …«

»Kein ‚Aber‘! Wo muss ich am Ende der Garage hin? Sag schon!«, forderte sie ihn auf und zog sich dabei ihre Pumps von den Füßen. Hätte sie doch bloß Turnschuhe angezogen …

Daniel schien sich schweren Herzens geschlagen zu geben.

»Am Ende kommt auf der rechten Seite nochmal eine große Stahltür, danach ist es die zweite Tür auf der rechten Seite!«

Ohne Worte sah sie Daniel tief in die Augen und hielt dabei ihre Hand auf. Mit besorgtem Blick gab er ihr seinen Schlüsselbund. Johanna konnte nicht anders. Blitzschnell zog sie ihn an sich, drückte ihm einen Kuss auf seinen Mund und verschwand lautlos in der Tiefgarage.

Seltsam, dass eine so helle Garage trotzdem so beängstigend sein kann. Ich glaube, es ist einfach das Gefühl, von der Umwelt abgeschlossen zu sein, keinen Handyempfang zu haben und mit sich und seiner Angst alleine zu sein, überlegte sie, während sie sich Stück für Stück der schweren Stahltür am anderen Ende näherte.

14.

Jochen konnte sein Glück kaum fassen. Gleich zwei dieser Miststücke auf einen Schlag. Was für ein herrliches Geschenk schlich denn da an ihm und Sara vorbei?

Auch Sara schien die Ermittlerin entdeckt zu haben und versuchte sich vorsichtig aufzurichten, um sie zu warnen. Jochen sah sie böse an und formte mit seinen Lippen ein: »Wag es nicht!« und unterstützte seinen Befehl mit einem deutlichen Kopfschütteln. Er wollte gerade aus seiner Hocke aufstehen, als er Sara hinter sich sah, die versuchte auf die andere Seite des Wagens zu robben, um doch noch irgendwie auf sich aufmerksam zu machen.

Nun gut, Hostess in Rot, hier kommt deine Strafe. Wer nicht hören will, muss fühlen!

Leise drehte er sich um und schlich hinter Sara her, pack-

te sie an den Beinen und zog sie zurück hinter den Audi. Die panische Angst in ihren Augen war für ihn die pure Befriedigung. Blitzartig ließ er sein aufgeklapptes Messer nach unten schnellen und stach ihr mit einem tiefen Schnitt in den Oberschenkel. Sofort sprudelte frisches rotes Blut aus ihrer Wunde auf den Betonboden der Tiefgarage. Sara sah ihn mit weit aufgerissenen Augen an und schien nicht glauben zu können, was Jochen Schmitz gerade getan hatte.
Aus ihrer Schockstarre erwacht, versuchte sie hilflos mit ihren gefesselten Händen die Blutung zu stoppen.
Mädchen, wenn du schlau bist, entledigst du dich deiner Seidenstrumpfhose und machst dir einen Druckverband, wenn du nicht verbluten willst. Sieh bloß zu, dass du noch nicht tot bist, wenn ich zurückkomme. Das wäre jammerschade!, dachte Jochen und kroch leise von Auto zu Auto hinter der Kommissarin her, die barfuß und mit gezogener Waffe vor ihm her schlich.

15.

Diese Frau bringt mich noch um den Verstand!, dachte sich Daniel. *Das kann ja wohl nicht wahr sein. Ich kann sie doch jetzt nicht alleine lassen. Vielleicht braucht sie meine Hilfe ...*
Schnell steckte er seinen Fuß zwischen die schwere Stahltür, bevor diese hinter Johanna ins Schloss fallen konnte und biss fest die Zähne zusammen. *Aua, tut das weh!*
Langsam zog er die Tür einen Spaltbreit auf und schlüpfte leise hindurch. Johanna hatte schon fast die Mitte der Tiefgarage erreicht, als er glaubte, für einen kurzen Moment die brünetten Haare seiner Freundin Sara zwischen

zwei Autos gesehen zu haben. Schnell versteckte er sich hinter einem weißen Kombi und schlich sich von Auto zu Auto langsam immer weiter in Richtung des Audi, hinter dem er Sara vermutete.
Zwei Wagen von ihm entfernt sah er plötzlich einen Mann, der sich, genau wie er, Stück für Stück zwischen den Autos Richtung Marketingkeller und somit auch Richtung Johanna bewegte. Daniel musste vorsichtig sein. In der Hand des Mannes hatte er eindeutig etwas aufblitzen sehen.
Beim Audi angekommen, warf er einen Blick nach links und sah Sara, die verzweifelt versuchte, das Blut zu stoppen, das in großen Mengen an ihrem Bein herunterfloss. Kreidebleich sah Sara ihn aus fast leblosen Augen an. Der Blutverlust hatte ihr die Kräfte und ihren Kampfgeist geraubt. Er musste sich beeilen.

»Ich bin gleich wieder bei dir! Halte durch!«

Schweren Herzens ließ er Sara am Boden liegen und schlich weiter hinter dem Mann her, den er nun aus der Nähe betrachtet als Jochen Schmitz identifizierte. Er war der nichts ahnenden Johanna verdammt nahe gekommen. Daniel wusste im ersten Moment nicht, wie er reagieren sollte. Er wollte gerade ihren Namen rufen und sie warnen, als Schmitz mit drei schnellen Schritten hinter einem Auto hervorgeprescht kam und Johanna von hinten das Messer an die Kehle drückte.

»Hab ich dich! Waffe weg!«, hörte er ihn höhnisch sagen. »Das läuft ja alles wie geschmiert. Weißt du, ich stehe auf selbstbewusste und eigenwillige Frauen. Es macht höllisch Spaß, ihren Willen zu brechen. Und du, Schätzchen, gehörst für mich auf jeden Fall dazu. Hm, was mache ich bloß mit dir? Mit zu mir nach Hause nehmen kann ich dich nicht mehr. Da wimmelt es nämlich nur so von Polizei, wie du weißt … Muss ich dich jetzt hier sofort erledigen? Schade eigentlich, ich hätte gerne

noch etwas Spaß mit dir gehabt, aber was soll's …«
Daniel versuchte krampfhaft die Nerven zu behalten, als er zusehen musste, wie Johanna gezwungenermaßen ihre Walther R99 zu Boden fallen ließ. Fieberhaft durchsuchte er seine Hosentaschen nach einem geeigneten Gegenstand. Endlich hatte er ihn gefunden. Sehr einfallsreich war das nicht, aber wenn er Glück hatte, reichte es für seinen Zweck. Mit aller ihm zur Verfügung stehenden Kraft warf er sein Handy gegen einen silbernen BMW, der vier Autos hinter seinem Versteck geparkt war und hoffte inständig, dass sein Plan aufging. In einer unglaublichen Lautstärke schrillte dessen Alarmanlage durch die Tiefgarage. Perfekt! Jochen war irritiert und für einen kurzen Moment abgelenkt, als er nach der Ursache des Lärms suchte.
Blitzschnell stieß Johanna ihren Ellenbogen mit aller Macht nach hinten zwischen die Rippen von Jochen Schmitz. Schmerzerfüllt schien er seinen Griff um ihre Kehle gelockert zu haben, denn wie ein nasser Sack ließ sie sich plötzlich auf den Boden fallen und entkam so seinem Klammergriff.
Daniel musste zusehen, wie Jochen völlig entgeistert, aber noch immer mit dem Messer in der Hand, erneut versuchte, sich auf die am Boden liegende Johanna zu stürzen. In dem Moment fiel ihm nichts Besseres ein, als auf Schmitz zuzulaufen und laut »Stehenbleiben! Polizei!«, zu rufen.
Verwirrt blickte sich Jochen nach ihm um. Johanna nutzte den kurzen Augenblick, um ihre Waffe aufzuheben und musste dabei hilflos zusehen, wie Daniel immer weiter auf Schmitz zulief. Mittlerweile war er nur noch zwei Autobreiten von ihm entfernt.
»Komm her, du Wichser!«, schrie Jochen ihn an. »Dich mach ich fertig!« Völlig unerwartet war er mit einem Satz auf Daniel zugesprungen und hatte ihm sein Messer tief in den Bauch gerammt.

»Nein!«, schrie Johanna verzweifelt von hinten. »Bleib stehen, du Scheißkerl, oder ich schieße!«
Schmitz war schneller hinter einem Auto verschwunden als Johanna abdrücken konnte und rannte zwischen den geparkten Autos Richtung Rampe der Ausfahrt zu.
Statt ihn zu verfolgen, lief Johanna zu Daniel.

»Los, schnapp ihn dir! Mach schon!«, spornte er sie an.
So schnell sie konnte rannte sie hinter Jochen Schmitz her und konnte nach der Biegung gerade noch sehen, wie er krampfhaft an dem Seil zog, mit dem sich das schwere Rolltor von innen öffnen ließ.

»Stehen bleiben, Schmitz! Ich habe eine Waffe in der Hand und werde nicht zögern abzudrücken.«
Langsam drehte sich Jochen Schmitz, alias Jochen Petry, zu ihr um und sagte höhnisch grinsend: »Mach doch!«
Dann ließ er sich schlagartig auf den Boden fallen und rollte durch die schmale Öffnung des Tores, das gerade so weit hochgefahren war, dass er sich soeben mit seinem Körper hindurchquetschen konnte. Johanna spurtete hinter ihm her die Rampe hoch und sah zu, wie das Rolltor Stück für Stück den Blick auf die Straße freigab.
Mitten im Lauf blieb sie plötzlich stehen. Sie konnte es nicht glauben. Vor dem Tor stand ihr Partner Holger Stein in Begleitung dreier Streifen- und eines Krankenwagens, die auf dem Scheinerplatz mit ihrem Blaulicht ein interessantes Lichtspektakel ablieferten. Vor ihrem Partner kniete Jochen Schmitz mit Händen über dem Kopf am Boden.

»Hier«, sagte er grinsend, als sie bei ihm angekommen war. »Der Mistkerl gehört dir!«
Selten war Johanna so glücklich Holger zu sehen.

»Weißt du was? Ob du es glaubst oder nicht! Behalt' ihn! Ich habe tatsächlich etwas Besseres zu tun …
Verblüfft sah Holger zu, wie seine Partnerin mit zwei Sanitätern im Schlepptau die Rampe hinunter zurück in die Tiefgarage lief.

Er konnte nur erahnen, wer dort unten Hilfe benötigte, aber es schien dringend zu sein, wenn Johanna deshalb darauf verzichtete, Jochen Schmitz persönlich ins Gefängnis zu schicken.

Epilog

Sechs Wochen später saßen Kriminaloberkommissarin Johanna Daub und der hilfsbereite Stadtbankmitarbeiter Daniel Treude im Tiergarten in Weidenau auf einer der letzten Bänke, die seinerzeit von der Stadtbank gesponsert worden waren und schauten hinunter ins Tal auf die alte und auf die neue Stadtbankfiliale in Weidenau.

»Unfassbar, was sich aus einem abgelehnten Kreditantrag alles entwickeln kann«, bemerkte Johanna. Glücklich sah sie Daniel an. »Ich bin froh, dass Schmitz keine Organe bei dir verletzt hat.«

»Oh ja, das bin ich auch! Auch wenn mein Sixpack jetzt natürlich durch eine fette Narbe verunstaltet wurde«, grinste er.

»Ach du!«, sagte sie und strich ihm liebevoll über seinen Bauch, um den nun schon seit einer Woche kein Verband mehr gewickelt war. »Du weißt doch, jede Narbe macht einen Mann noch attraktiver.«

»Übrigens habe ich hier Post für dich!«, sagte Daniel.

Im ersten Moment hatte Johanna tatsächlich Sorge, er würde einen rosa Briefumschlag aus seinem Rucksack hervorziehen.

»Sara und Christian hatten keine Adresse von dir und auf die Arbeit wollten sie dir den Brief wohl nicht schicken.«

»Wie nett, geht es den beiden gut?«, fragte Johanna, während sie den Umschlag öffnete und eine Karte herauszog, auf der einfach nur ganz schlicht das Wort DANKE geschrieben stand. Johanna war gerührt.

»Ja, Sara kommt in zwei Wochen aus der Reha und dann, so sagt Christian, werden sie noch einmal ganz neu anfangen.«

»Hört sich gut an! Und wie sieht es mit uns beiden aus?«

»Mit uns? Ich finde, wir beide sind ein super Ermittler-Duo, findest du nicht?«

»Und wie!«, stimmte Johanna zu. »Aber sag mal … wenn doch der neue Slogan der Stadtbank ‚Wir LiEBEN Siegen' heißt und du Mitarbeiter bei der Stadtbank bist … naja, und ich ja mittlerweile schon einige Jahre in Siegen wohne … heißt das dann nicht, dass du …«

Weiter kam sie nicht, weil Daniel ihr einen Finger auf den Mund legte, tief in ihre grün funkelnden Augen sah und ihr einen langen und innigen Kuss auf ihren zuckersüßen Mund drückte.

Ohne diese lieben Menschen wäre das Buch in dieser Form nicht zustande gekommen. Mein ehrlicher Dank gilt euch:

Meiner Familie Michael, Lucas, Lara, Marie und Ben – dass ihr genauso seid, wie ihr seid … einfach perfekt für mich!

Meinen Probelesern Britt Kassel, Reiner Schneider, Peter Böcking – dass sie sich die Zeit genommen und mir ein ehrliches Feedback gegeben haben.

Meiner Freundin und Lektorin Anke Becker – du tust mir gut!

Andrea Strunk, Kathrin Brecker und Nils Obecny – für die Unterstützung bei der Umschlaggestaltung.

Frauke Westhäuser, Gesine Westhäuser, Eckhard Danzenbächer – für die ideenspendenden Mittagspausen und eure Freundschaft.

Rüdiger Schneider und seinem Vorländer-Team – für die wirklich nette und unkomplizierte Zusammenarbeit.

Andrea Müller, Hans-Hartwig Jochum – für die Teilhabe an eurem Fachwissen

Meinem Vater, meinen Schwiegereltern und all meinen Freunden – dass ihr mir euer Ohr geschenkt und mir den Rücken gestärkt habt!